葉衍蘭畫像

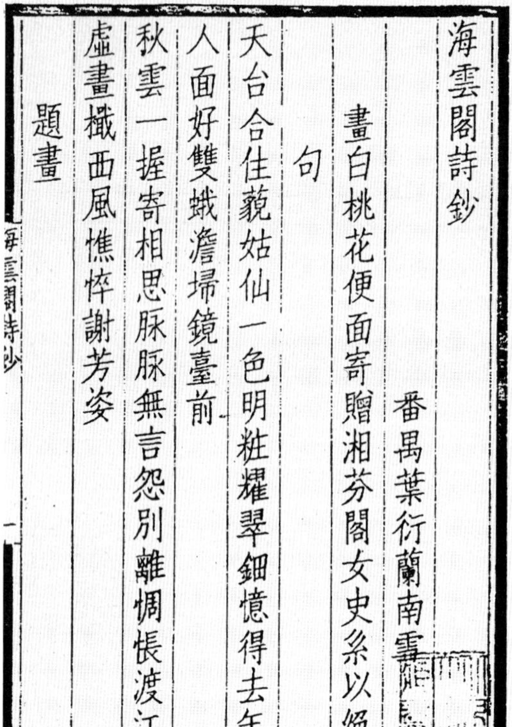
海雲閣詩鈔
番禺葉衍蘭南雪
畫白桃花便面寄贈湘芬閣女史系以絕
句
天台合住藐姑仙一色明粧耀翠鈿憶得去年
人面好雙蛾澹掃鏡臺前
秋雲一握寄相思脉脉無言怨別離惆悵渡江
虛畫檝西風憔悴謝芳姿
題畫
海雲閣詩鈔　一

民國十七年刊本《海雲閣詩鈔》書影

中國近代文學叢書

葉衍蘭 著
謝永芳 校點

葉衍蘭集

上海古籍出版社

圖書在版編目(CIP)數據

葉衍蘭集／葉衍蘭著;謝永芳校點.—上海：上海古籍出版社,2015.4
(中國近代文學叢書)
ISBN 978-7-5325-7542-8

Ⅰ.①葉… Ⅱ.①葉… ②謝… Ⅲ.①古典詩歌—詩集—中國—清代②古典散文—散文集—中國—清代 Ⅳ.①I214.92

中國版本圖書館 CIP 數據核字(2015)第 033329 號

中國近代文學叢書
葉 衍 蘭 集
葉衍蘭 著
謝永芳 校點
上海世紀出版股份有限公司
上 海 古 籍 出 版 社 出版
(上海瑞金二路 272 號 郵政編碼 200020)
(1) 網址:www.guji.com.cn
(2) E-mail:guji1@guji.com.cn
(3) 易文網網址:www.ewen.co
上海世紀出版股份有限公司發行中心發行經銷
上海展强印刷有限公司印刷
開本 850×1168 1/32 印張 19.5 插頁 7 字數 320,000
2015 年 4 月第 1 版 2015 年 4 月第 1 次印刷
印數：1—1,300
ISBN 978-7-5325-7542-8

I·2899 精裝定價：78.00 元
如有質量問題,請與承印公司聯繫

李長吉詩如鏤玉雕瓊無一字不經百鍊真嘔心而出者也二樵詩學胎息於斯故其評語冣為精當此黄陶菴評本二樵加墨其上呂石騧得之後歸陳蘭甫師余從孝直世兄處假歸課餘無事一一録出石騧間有附識亦并録之同人索觀不能徧應爰付剞劂以給所求坊肆刊行王琢崖評本亦有足互證處與此可參觀也光緒壬辰仲秋葉衍蘭識時年七十

葉衍蘭寫刻《李長吉集》跋

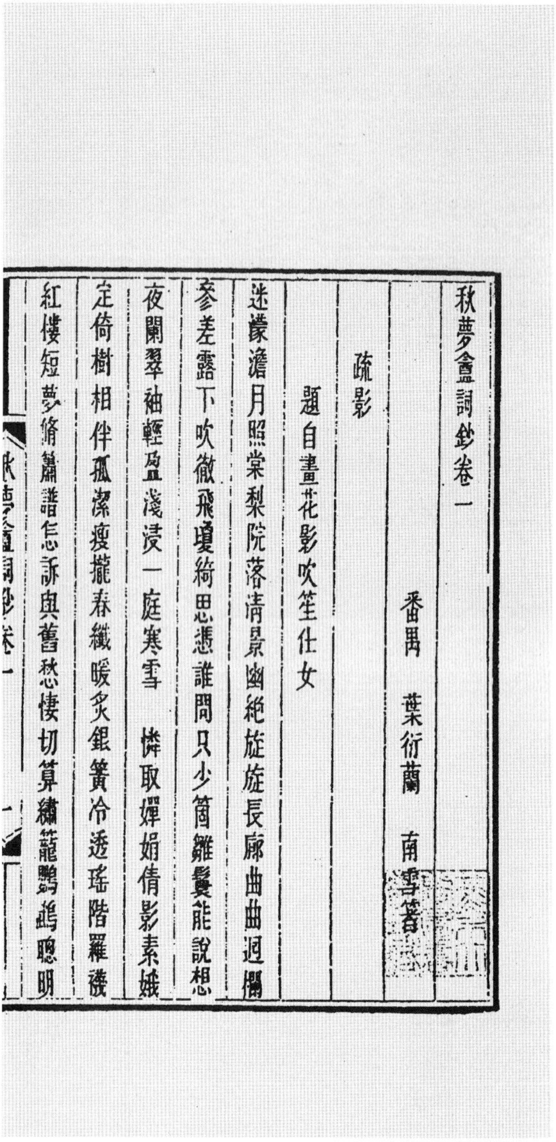
秋夢盦詞鈔卷一

番禺　葉衍蘭　南雪著

疏影

題自畫花影吹笙仕女

迷濛澹月照棠梨院落清景幽絕旋旋長廊曲曲迴闌參差露下吹徹飛瓊綺思憑誰問只少箇雛鬟能說想夜闌翠袖輕盈淺浸一庭寒雪　憐取嬋娟倩影素娥定倚樹相伴孤潔瘦攏春纖暖炙銀簧冷透瑤階羅襪紅樓短夢脩簫譜怎訴與舊愁悽切算繡籠鸚鵡聰明

光緒十六年刊本《秋夢盦詞鈔》書影

序言

錢仲聯

叢書是一種彙集各種同類性質或不同類性質以及多種性質的重要著作而輯印聚集在一編的大部頭書。正式啓用「叢書」這一名稱，盛於明清兩代。在此以前，雖有叢書性質而并不稱爲叢書的，如宋人所輯的《百川學海》等，還不算在内。叢書從正式啓用此名到發展，越來越多，有以時代爲範圍的，如《漢魏叢書》、《唐宋叢書》；有以輯佚書爲範圍的，如《漢學堂叢書》；有以史學方志考訂研究爲專題的，如《廣雅書局叢書》、《史學叢書》之類；有仿刻或翻刻以至影印宋元古籍版本爲宗旨的，如《士禮居叢書》、《古逸叢書》、《續古逸叢書》之類；有以校勘古籍爲宗旨的，如《抱經堂叢書》、《經訓堂叢書》、《岱南閣叢書》之類，這都是彙輯多家著作於一編者。此外，又有刊一人獨撰著作的，如清王初桐《古香堂叢書》、張雲璈《雲影閣叢書》、焦循《焦氏叢書》、朱駿聲《朱氏叢書》、丁晏《頤志齋叢書》、胡薇元《玉津閣叢書甲集》、況周儀《蕙風叢書》、易順鼎《琴志樓叢書》、吴之英《壽櫟廬叢書》、曹元忠《箋經室叢書》、章炳麟《章氏叢書》等，僂指不可盡。現在上海古籍出版社在負責編輯的《中國近代文學叢書》，便是屬於《漢魏叢書》、《唐宋叢書》等以時代爲範疇的一種大型叢書。

叢書而以「近代文學」爲幟，從名稱上看便知爲近代，而現代、當代不在内。近代的範圍，現在學術界公認爲始於一八四〇年鴉片戰争以後，迄於「五四」新文學改革運動以前。但這一階段的文學家，有生略早於一八四〇年，死或更在「五四」以後較長一段時間，而其人主要的文學成就或成名，則在此時期内的，一般也認爲應包括在内，當然也包括了「同光體」、彊邨詞派、「南社」等流派。它不是簡單地類同於《近代文學大系》那類「大系」式的分類選本（當然，可以包括有價值的選本在内），而是近代各種舊體文學專著的精華，或已刊而流傳不廣，現多已絶版者，或至今未刊者，或所刊不全者（如近代著名文學家黄人的《石陶梨煙室詩詞》，聞近有人從全國的期刊、各地的圖書館、藏書室等處，收集不少已刊的黄人集子以外的東西），一種一種地校刊或影印問世。近代文學介於古代文學和現代文學之間，其在文學史上承上啓下、繼往開來的地位和作用，自是無須贅言，至於近代舊體文學的樣式，到今天還有不少愛好而能寫作很高明的人，便可證明它的生命力依然存在，如新文學的巨擘俞平伯、沈尹默諸先生晚年都不寫新體白話詩而改寫古體詩詞便可爲證，駢文、散曲等，專門名家也很多。這裏，不是在討論新舊文學高低的較量，所以不多饒舌，祇是闡説一下「叢書」而名「近代文學」的簡略内涵。由於編者的學力視野有限制，這部叢書，無疑會存在取捨、標點等方面的不足，統待讀者指正。

二〇〇二年三月三日九五叟錢仲聯書於蘇州大學

前言

葉衍蘭（一八二三—一八九七），字南雪，號蘭臺，别署秋夢主人、曼伽。原籍浙江餘姚，生於廣東番禺（今屬廣州市）。咸豐二年（一八五二）中舉，六年成進士，改翰林院庶吉士。散館，授主事，分户部，考取軍機章京，「僕直樞垣二十餘年」。後「以忤某邸遂告歸」（梁鼎芬等《番禺縣續志》卷二十），主講越華書院。著有《海雲閣詩鈔》、《秋夢盦詞鈔》二卷、《續》一卷、《再續》一卷，《清代學者象傳》，編有《秦淮八艷圖詠》、《粵東三家詞鈔》、《舊雨聯吟》，寫刻有《李長吉集》、《返生香》等。

近世廣東中期詞壇（一八四〇—一九一九）是近世廣東詞壇（一七九七—一九四八）的鼎盛期之一，作爲本土著名詞人，葉衍蘭爲此期詞壇的繁榮作出了比較大的貢獻。具體説來，可以從詞體創作獨秀一時、詞學趣尚自成一格、詞學交游承上啓下等三個方面討論葉衍蘭的詞學貢獻，並揭示其相應的區域文化意義所在。這也是筆者點校葉氏别集的初衷之一。

首先，葉衍蘭之父英華有詞名，所著《花影吹笙詞鈔》，潘曾瑩許爲「大雅之遺音，南宋之正軌」（《花影吹笙詞鈔序》），冒廣生稱其「馨逸自成，南宋遺則」（《小三吾亭詞話》卷一），夏敬觀則評爲「殆《飲水》、《側帽》之亞也」（《忍古樓詞話》）。葉衍蘭專力填詞、「不復措意於詩」（冒廣生《海雲閣詩鈔跋》），是在他光緒八年（一八八二）辭官歸里之後，所作多「體格綿麗」（《番禺縣續志》卷二十）。這與他的學詞經歷是分不開的。除了父親的影響之外，也與自己的入手取徑有關：「余幼喜長短句，在書塾中偶得《花間集》一本，如獲異寶，時學爲之，未敢示人也。迄乎弱冠，填拍寖多，大都側艷之詞。」（葉衍蘭《秋夢盦詞鈔序》）葉衍蘭是從閱讀《花間集》開始學爲填詞的，因此，青年時期的作品如《長亭怨慢》（已拚作、天涯羈旅）、《虞美人》（梨花瘦損嬌無力）、《菩薩蠻》（重門已下葳蕤鎖）等，抒寫旅懷相思之情、天涯飄泊之感，纖細縝密，婉麗纏綿，頗得晚唐五代以來婉約詞家的韻致風情。中年以後，隨着閱歷的加深，技藝的成熟，葉衍蘭的詞作内容和風格都發生了比較大的變化：「壯歲而還，憂愁幽思，所作半緣寓感……不復作少年綺語。」（葉衍蘭《秋夢盦詞鈔序》）最主要的表現是詞中比興寄託成分的加强。風格上的變化則是由力學南宋詞但又並不是全學姜、張之「清空」、「騷雅」而帶來的。如歷來爲人們所推重的《水龍吟・五月十五夜，偕汪芙生瑔、杜仲容友韋登粤秀山看月，同芙生作》（銀蟾何處飛來），將友朋惜别之情與古今盛衰、滄桑變幻之感聯繫起來，營造了一個博大宏闊、縱横遼遠的境界，讓人讀後低徊不已。另一首名作《瑶花・辛酉七月十五夜，坐月緑莊嚴館，秋光欲波，天人息籟，老蟾素輝，盟予孤寂，意有所感，倚横竹寫之》（纖雲浄洗），詞意幽隱，寄託遥深，近乎常州派提倡的有寄託入而無寄託出。所以，冒廣生説他「刻意夢窗，而得玉田之神」（《小三吾亭詞話》卷一）；譚獻也説他的詞「綺密隱秀」，堪稱「南宋正宗」（《復堂日記》卷八），均可謂爲的評。總而言之，葉衍蘭「壯歲而還」之作，顯得更加老到凝重，骨格蒼勁，更多地將自己大半生的身世之感、憂幽之思寄寓其中，可謂老而彌健，從而形成了「綺密隱秀」的主導風格，映照一時，同時也是其詞品「清絶」之所自來。易順鼎序《秋夢盦詞鈔》有云：「先生詞品、人品皆清絶、高絶……以詞境論之，潔淨精微，追蹤白石，纏綿悱惻，嗣響碧山。蓋先生之詞品可見，先生之人品亦可見矣。」又進一步説明，人品的「清」「高」是其詞品清絶的外化與藝術性表現。

毋庸諱言，剪紅刻翠一向是文人詞的題中應有之義。葉衍蘭被認爲是當世之張先，慣將煙月情債驅入吟箋。《秋夢盦詞鈔》中有他傷悼十七歲夭亡的侍妾羅倩而作的七首詞，其中《大酺・題儷仙内子遺照》云：「甚返魂香，驚精樹，莫慰孤鸞離鏡。沈檀熏供養，剩綃幃留住，斷腸仙影。暗麝飄殘，嬌蛾蹙損，猶帶黄花秋病。芳容尚如昔，痛低鬟欲語，慧心誰證。算千縷愁絲，霎時塵夢，讓卿先醒。　書帷妝閣並。儘憐愛、都是淒涼境。今日個、寒侵翠被，淚灑犀簾，不争差、夜臺情景。縱有釵盟在，怎問得、奈何天應。願稽首、慈雲肯。生世難卜，還怕春人薄命。又傷墜蘭露警。」（卷二）這首詞，楊永衍所編《粵東詞鈔二編》作：「甚返魂香，驚精樹，慘絶孤鸞明鏡。沈檀熏供養，剩綃幃留住，斷腸仙影。暗麝飄殘，瘦蛾蹙損，猶帶黄花秋病。芳容尚如昔，痛低鬟無語，傷心誰證。算千縷愁絲，霎時塵夢，讓卿先醒。　那曾福慧並。儘憐愛、都是淒涼境。今日個、寒侵翠被，淚灑犀簾，不争差、夜臺情景。縱有釵盟在，怎問得、奈何天應。稽首祝、慈雲肯。他生難卜，還怕風淒露警。又作春人薄命。」兩相比勘可見，該詞收入別集時，情到深處的葉衍蘭幾乎是一字一淚地對原作進行了改易。葉衍蘭還曾以詞遍詠「秦淮八艷」——馬湘蘭、卞玉京、李香君、柳如是、董小宛、顧橫波、寇白門、陳圓圓。這幾位青樓女子，「或以明慧著，或以節烈彰，或以任俠傾動一時，或以禪悅懺修晚景，其人其事，均足千秋。且皆出於風塵淪賤之餘，蓮挺污泥而性仍高潔，不爲金鈿所染」（葉衍蘭《秦淮八艷圖詠序》）。葉衍蘭的詞作以哀婉的筆調寫出了對她們的憐惜之情。然而，也正是曾自嘲「若不知帶甲滿天地」（《小三吾亭詞序》）的葉衍蘭，當甲午戰爭爆發，清廷節節敗退之際，年逾古稀的他拍案而起，作成甲午感事《菩薩蠻》組詞十首，記述戰事，揭露腐敗，抨擊無能。全篇纏綿哀怨，字字痛切，意味深長，盪氣迴腸，「誠不失爲是一組創變新作」，「其時嶺南詞當以此爲壓卷」（嚴迪昌《清詞史》）。梁鼎芬以同調如數和之。葉、梁之作，合之可謂雙璧，都堪稱近世廣東乃至國內詞史上感念時事的經典名篇。

《秋夢盦詞鈔》的纏綿清絕，構成了葉衍蘭詞學貢獻中不可或缺的一部分，使之當之無愧地成爲近世廣東中期詞壇乃至整個中國近世詞壇上獨秀一時的詞壇「春蘭」（譚獻《篋中詞》今集續四），「詞人之詞」一派的優秀代表。

其次，以葉衍蘭爲中心的「粵東三家」，作品風貌與浙西詞家有着較多的相近之處。之所以如此，一方面與三家原籍浙江有關，正如張景祁在《粵東三家詞鈔序》中所揭示的那樣：「三君皆系出鑑湖，徙居嶺嶠。……鄉音未改……宜乎與浙西六家如燕之頎，如駿之靳，正不獨蠻煙蜑雨間各顯一席也。」另一方面，也與他們或困頓科場，或爲人幕賓，均屬抑鬱不達的人生遭際、生活經歷有關。

葉衍蘭序張景祁《新蘅詞》有云：「選調必精，摛辭必煉，有石帚之清峭而不偏於勁，有梅溪之幽雋而不失之疏，有夢窗之綿麗而不病其穠，有玉田之婉約而不流於滑，尋聲於清濁高下之別，審音於舌齶脣齒之分，剖析微茫，力追正始。」（龍榆生《近三百年名家詞選》引）張景祁序《秋夢盦詞鈔》亦云：「掃除浮艷，刻意標新，直合石帚之騷雅，夢窗之密麗，梅溪、竹山之疏俊，駘蕩而爲一手」，「南雪先生，其粵之竹垞、迦陵乎？」互評之中，當時一些詞人（當然不僅僅是廣東詞人）全方位遵從典雅的詞學審美趣味彰顯無疑。如許玉彬自跋《粵東詞鈔》所云：「詞者，詩之餘，其異於詩，惟體格耳。人或不察，多尚纖穠之語、佻巧之思、柔曼之音、艷冶之色，以爲匪是無當乎倚聲，齗齗然於字句間求之。至其近於詩者，輒摒之，又以爲非詞正軌。失之隘矣！不知詞萌於六朝，著於三唐，暢於五代，盛於兩宋，其短長、清濁，實《風》《雅》之遺，而人人各具面目，各寫性情。若徹其源流，自不必分詞與詩而爲二，更不必分詞與詞爲二，夫然後詞之道廣，而其體乃全。譬諸樂有五聲八音，謂舍角徵而獨尚宮商，去金石而專言絲竹，則斷乎不可。而詞亦何獨不然？余與沈君伯眉纂輯粵詞，實本此意。蓋吾粵詞家，向無總集，只就所見，綜而録之。有詞以人傳者，有人與詞俱傳者，古今多寡，不拘一格，要不失乎雅正而已。」再如沈澤棠自序《懺庵詞話》所言：「詞雖小道，然言外而意內，無論長闋小令，其抑揚頓挫、微窈紆曲處，皆如蛛絲馬跡，最難尋繹。又嘗如張叔夏所云，以雅正爲宗旨。」都能夠説明，在常州派詞學思想佔據詞壇主導地位的總趨勢下，浙西一派詞學思想的潛流在近世廣東中後期詞壇乃至整個國内詞壇上仍然存在，並且擁有一定的市場。

然而，「粵東三家」生活的時代，常州詞派理論已然風靡全國，因此，他們的作品較之南宋以來由屈大均所承繼的嶺南雄直詞風，已經有了根本的變化。這種變化的主要表現是，在受到主流詞學觀念的影響下，詞學趣尚漸漸呈現出混雜交融的特點，詞風也未可完全以浙西一派爲限，甚至有偏離浙西詞風而向常州詞風慢慢靠近的趨向。如夏敬觀便云：「（三家）詞皆風格遒上，力避乾嘉甜熟之習。」（《忍古樓詞話》）

光緒二十年（一八九四），葉衍蘭在《小三吾亭詞序》中側面表達了自己的若干詞學觀點：「（冒廣生）顧性好詞，雖從余游，而時有以啓余。嘗與余言，詞雖小道，音内言外，主文譎諫，上接《騷》《辯》，下承詩歌。自古風盛而樂府衰，六朝人《子夜》、《採蓮》之歌，未嘗不與詞合也。自長調興而短令亡，南唐人《生查子》、《玉樓春》之什，未嘗遽與詩分也。又言學詞當從唐人詩入，從宋人詞出。每怪近日詞家，極軌南宋，黄九、秦七已成絶響，亡論温、李。嘗集李昌谷詩爲詞一卷，欲以竟長短句之委，而通五七言之郵。余韙其言，未嘗不喜故人之有後也。」大抵就是常州詞派的觀點。冒廣生在光緒三十四年（一九○八）發表於《國學萃編》上的《小三吾亭詞話》卷三中也説其師「最韙其言」，只是在引述葉衍蘭所韙之言時，將自己的以下觀點挖去：「每怪近日詞家，極軌南宋，黄九、秦七已成絶響，亡論温、李。」這裏面透漏出來的信息是：當時，有部分詞家專嗜南宋，不能沿波討源，從北宋乃至晚唐詞家那裏吸取營養。冒廣生對此是有不同看法的，而葉衍蘭論詞也持有基本相近的觀點。這也就是説，在十九世紀末常州派詞學思想籠罩詞壇的情況下，葉衍蘭等深受其影響又微有差異：葉衍蘭作詞，師法取向的確是直指南宋，但也並非完全主張「極軌南宋」。當然，冒氏數十年之後，相關的觀點又有所轉變，並且對自己當年表露在《小三吾亭詞話》中的一些論點深具悔意：「今日覆視，面赤至頸，恨不作楚人一炬也。」（《冒鶴亭詞曲論文集·疚齋詞論》）上述被挖去的觀點，也許就隸屬於悔尤的範圍。這種轉變，是二十世紀上半葉國内詞壇風會使然。葉氏師徒兩人在詞學觀念上的分野，也許充其量只能算是同中之異，不過，這種在前後五十年左右的時間裏所産生出來的差異，卻愈發能够凸顯葉衍蘭，或者應該説是與葉衍蘭同時代的一批詞人們的詞學趣尚。作爲一種歷史的存在，它們有獨特之處，也有其相對獨立的價值。

由於是以自成一格的詞學趣尚作爲詞體創作的思想指南，所以，以葉衍蘭爲中心的「詞人之詞」群體與近世中期廣東詞壇上的「學人之詞」群體一道，將浙西詞派的審美觀念與嶺南雄直的詩風有機地融爲一體，締創出此期國内詞壇一格，共同繪製出了近世廣東詞壇的一幅生動畫卷，從而開創了近世廣東詞壇的新局面。

再次，葉衍蘭詞學交游較爲廣泛，爲叙述方便，兹分廣東内、外兩部分分别予以縷述。

其一，是與本土詞人的詞學交游。共學爲詞，結社吟詠，教授後學，有意識地選輯編刻詞集以彰顯一地一時詞學成就，是葉氏内部詞學交游的主要内容。

葉衍蘭識所編《粤東三家詞鈔》有云：「余與伯眉、芙生爲總角交，舞勺之年即共學爲詞，剪燭聯吟，擘箋鬭句，無間晨夕。」「共學爲詞」的主要是這三個人，酬唱詞作大抵作於葉衍蘭在粤期間，如葉衍蘭有《水龍吟・五月十五夜，偕汪芙生瑔、杜仲容友韋登粤秀山看月，同芙生作》、《雙雙燕・問燕，和沈伯眉世良韻》、《長亭怨慢・余與芙生别三十年，舊雨再聯，春風重唱，以詞稿屬爲點定，即書其後》、《孤鸞・貞孝金女傳題詞，芙生屬作》、《百字令・芙生以端溪石硯見貽，賦此寄謝》，沈世良有《雙雙燕・問燕，同葉衍蘭朱墨莊作》，汪瑔有《翠樓吟・清明日，坐碧痕館中，微雨如夢，薄寒中人，顧影微吟，不勝淒黯，賦此簡仲容、蘭臺諸子》、《百字令・五月望夜，偕葉蘭臺、杜仲容、季英登粤秀山看月》。結社吟詠是指道光癸卯前後，葉衍蘭參與了花田、訶林等詞社的活動，對象（社員）可據《番禺縣續志》卷十九所云（沈世良）「與張深、黄玉階、許玉彬、李應田、葉衍蘭結花田、訶林諸詞社」知悉，其中有外籍詞人張深。非結社吟詠詞友中，比較著名的有楊其光、鄭權、李綺青等。如楊其光有《三姝媚・葉秋庵夫子以羅浮蝶繭贈何一山丈並系長調，命和作》，鄭權有《最高樓・甲午上巳，葉蘭臺年丈修禊啓秀樓，因謁三君祠，同會者十人……》，李綺青有《霜天曉角・南雪先生以和漁洋秋柳詩寫寄，賦此答之》以及「題葉蘭臺先生《秦淮八艷圖》，即依元韻。同作者，錢唐張韻梅景祁、濰縣張韻舫僖、先生及余凡四人」的八闋詞作。教授後學主要是指主講越華書院期間，潘飛聲、梁鼎芬、汪兆銓、黃映奎、梁啓超、麥孟華、劉翰棻、葉璧華等人曾師從葉衍蘭學習詩詞。如梁令嫻編《藝蘅館詞選》識云：「居士爲蘭臺太夫子之尊甫，家大人與麥丈同學詞於蘭老。」劉翰棻《琴調相思引・己巳十一月十六日夜坐月菜香簃……》注云：「此題與葉户部南雪師《秋夢盦詞鈔》内調寄《瑶花》一首略同，而詞與意全不同。」當然，冒廣生、姚紹書等外籍詞人也是葉衍蘭的及門高弟。梁鼎芬除前文已述及之《菩薩蠻》十闋外，尚有《江南好・南雪丈有鴛鴦詩，爰題一詞，不敢步韻也》、《菩薩蠻・題葉南雪丈藏清微道人空山聽雨圖》、《一翦梅・題葉南雪丈梅雪幽閨畫扇》、《水龍吟・葉南雪丈屬賦並蒂蓮，同辛白、香雪》，葉衍蘭也有《賀新郎・賀梁節庵鼎芬新婚》。至於編刊本土詞學文獻，是指《粤東三家詞鈔》：「番禺葉蘭臺先生嘗選己作《秋夢盦詞》，與沈伯眉丈《楞華室詞》、汪芙生丈《隨山館詞》，合刻曰《粤東三家詞》。」（《小三吾亭詞話》卷一）參與其事者還有外籍著名詞人譚獻、張景祁、張鳴珂等。享譽近代詞史的「粤東三家」之名及其詞作的自我經典化，即由此而來。

其二，是與外籍詞人的詞學交游。據粗略統計，葉衍蘭交游的外籍詞人有：浙江仁和譚獻、許增（邁孫）、王存善（子展），錢塘張景祁，嘉興張鳴珂（玉珊），山陰姚紹書（伯懷）、陳壽祺；湖南龍陽易順鼎（實甫）；江蘇江陰金武祥（溎生、粟香），吴縣潘曾瑩、潘祖蔭，丹徒張深（荼農），如皋冒廣生（鶴亭），陽湖劉炳照（光珊），無錫杜雋（季英）；湖北恩施樊增祥（雲門）；山東濟寧孫楫（駕航），濰縣張僖（韻舫）；江西萍鄉文廷式（芸閣）；四川綿竹楊鋭（叔嶠）；廣西臨桂倪鴻（耘劬）。主要的交游形式是書札論詞、以詞酬唱、撰寫序跋、點定詞集等。

葉恭綽在《全清詞鈔序》中説「常看見他們（指譚獻、張景祁與葉衍蘭）論詞的書札」。遺憾的是，這些論詞書札基本上没有保存下來。不過，葉衍蘭曾爲張景祁《新蘅詞》作序，譚獻、張景祁、張鳴珂、易順鼎曾爲葉衍蘭《秋夢盦詞鈔》或者《粤東三家詞鈔》作過序，譚獻《復堂日記》中也有較多相關的記載。在這些間接材料裏，應該留有他們當初切磋詞論的痕跡。如葉衍蘭是譚獻「十年來未識面之老友」（《復堂日記》續録），光緒十五年，「番禺葉南雪太守衍蘭介許邁孫以《秋夢盦詞》屬予讀定。綺密隱秀，南宋正宗。於予論詞頗心折，不覺爲之盡言」（《復堂日記》卷八）。光緒十八年，譚獻得葉衍蘭廣州書。後作《瑣寒窗·寄答葉蘭臺粤中》。光緒十九年，譚獻閲《秋夢盦詞》有評：「七十老翁，旖旎風華，不露頹脱。此翁自少壯以來，殆專以倚聲爲寄者也。」（《復堂日記》續録）又，「葉蘭臺屬選《嶺南三家詞》，爲沈伯眉、汪玉泉及蘭翁，今日始就。審定圈識，寫目録寄去。沈爲《楞華館詞》，汪爲《隨山館詞》，葉爲《秋夢盦詞》」（《復堂日記》續録）。光緒二十年，「昨葉南雪以《詞續》寄示。鮮妍修飾，老猶少壯，壽徵也。予媿之」（《復堂日記》續録）。光緒二十一年，「得葉蘭臺粤華書院寄星海函，屬予先閲。蓋以沈伯眉、汪玉泉及南雪詞屬予選定，將刻三家詞也。卷中先有張韻梅、玉珊鈐小印記選，予繼之，大同小異耳」(《復堂日記》續録)。另外，應爲官京師的葉衍蘭之請，潘曾瑩曾爲其父葉英華《花影吹笙詞鈔》作序；潘祖蔭亦有序，作於同治十二年(一八七三)。

冒廣生早年與潘飛聲等人從葉衍蘭學詩詞，曾作《金縷曲・賦呈葉南雪先生》。光緒十八年，葉衍蘭招潘飛聲、冒廣生等集秋夢盦觀其手摩《陳其年填詞圖》，潘即席作《掃花游》(玉梅勸酒)，冒作《水龍吟》(一枝横笛梅邊)。光緒二十年，葉衍蘭爲冒廣生《小三吾亭詞》作序，賦《慶春澤・柬冒鶴亭(廣生)》「以寵其行」。其他的酬唱之作有：葉衍蘭和張鳴珂同調之作《垂楊》(章臺夢杳)、《瑣窗寒・譚仲修大令獻代訂詞集，賦此寄謝》、《水龍吟・久不得玉珊信，歲暮感懷，賦此寄之》、《西子妝・題玉珊寒松閣填詞圖》、《聲聲慢・題玉珊江天琴話圖》、《水龍吟・張公束大令鳴珂郵示新詞，賦此寄贈》、《洞仙歌・題潘星齋年丈曾瑩西崦探梅圖》、《浪淘沙・題潘星齋年丈曾瑩藤花館填詞圖》、《南浦・草色，和張韻梅大令景祁韻》、《秋宵吟・和蘊梅韻》、《陌上花・題金淮生同轉武祥冰泉唱和集後……》、《陌上花・送易實甫孝廉順鼎隨父任之黔中》、《金縷曲・題雅遜齋詩鈔贈樊雲門大令增祥》、《揚州慢・題孫駕航前輩楫虹橋舊游圖，用白石翁原韻》、《臺城路・客路逢陳珊士同年壽祺》、《鳳凰臺上憶吹簫・題劉光珊炳照留雲借月盦填詞圖》、《浪淘沙・倪君雲臒出示珠江春泛圖感而賦此》，樊增祥有《月華清・題餘秋室畫晚香玉便面爲南海葉南雪前輩賦》，等等。又，著名的「雁來紅唱和」，葉衍蘭「以詞壇老宿，亦欣然同作」(汪宗衍《雁來紅圖卷詞録跋》，載《忍古樓詞話》)：光緒十一年(一八八五)十一月，汪兆鏞招罷官歸里之梁鼎芬等人燕集學海堂。酒半，過菊坡精舍，時雁來紅盛絶，梁首倡《惜紅衣》（紅葉飄殘），余士愷繪《雁來紅圖》，王存善、楊銳、朱啓連、陶邵學、汪兆銓各作一闋題於後。翌年，徐鑄、石德芬、葉衍蘭、汪兆鏞、文廷式、易順鼎亦各作一闋。陳慶森更於戊戌秋補作一闋。又，據李佳《左庵詞話》卷下記載：「無錫顧梁汾……姊碧汾女士貞立《栖香詞》二卷，金粟香在葉蘭臺吏部許鈔得。」

綜觀上引材料可以發現，葉衍蘭的詞學交游具有以下特點：第一，持續時間長。從道光二十三年（一八四三）與同人共結詞社起，到光緒二十一年（一八九五）編刊《粵東三家詞鈔》時倩譚獻代爲選訂，前後達五十餘年。其中，道光二十三年前後、光緒二十年後是葉衍蘭詞學生涯中的兩個交游高峰期。這兩個高峰期與整個近世廣東詞壇在近一百五十年的時間裏出現的四個詞學交游高峰期中的兩個，是基本重疊的（另外兩個詞學交游高峰期是咸豐十年〈一八六〇〉前後、宣統三年〈一九一一〉前後）。交游高峰的出現，一在葉衍蘭赴京城爲官前，一在辭官返鄉之後，均與當時發生在廣東以及全國的重大歷史事件有密切關聯。第二，交游範圍廣。由以上材料可以考知，葉衍蘭最經常的詞學交游對象中，廣東籍詞家有二十三人，外籍詞家爲二十一人。若按外籍交游對象的省級構成統計，分别是江、浙各七人，湘、贛、鄂、魯、桂、川各一人，大致上與整個廣東近世詞壇對外交游對象的省級構成情況接近。如果説，這種情況能够大體上反映出對象所處地域在近世中國詞壇上地位的高下的話（分省統計表明，江、浙、湘、贛、閩、桂、川等省位居廣東近世詞壇對外交游對象前列），葉衍蘭的交游情形則比較直觀地反映出了他在廣東近世中期詞壇上的地位，也間接反映出了廣東地區在近世中國詞壇上的地位。第三，交游對象相對固定且集中。這一點對於探討葉衍蘭的詞學貢獻非常重要。前面已經談到，近世廣東詞人的內部交游在近一百五十年的時間裏出現過四個高峰期。葉衍蘭一生長達五十餘年的詞學生涯，使得他在客觀上具備了基本上全程經歷這幾個高峰期的條件。自宣統三年前後，廣東詞人詞學交游的主陣地轉向京、滬等地，廣東本土的內部交游活動有漸弱的趨勢。而此時，距離葉衍蘭去世已有十餘年。也就是説，在此前的近世中期廣東詞壇上，葉衍蘭實際上起到的是一種重要的承上啓下的作用。一方面，通過內部詞學交游，葉衍蘭成爲近世廣東中期詞壇自然湧現出來的一批核心詞人之一，與當時詞壇上的一批精英們（其中有多人如沈世良、汪瑔等爲葉衍蘭不同時期的本土固定交游對象）一道，直接帶動了本土詞學交游活動，爲本土詞人（其中有在當時嶄露頭角、日後成爲廣東近世後期［一九一九—一九四八］詞壇健將的潘飛聲等）創作水準的提升，以及本地詞壇最終的去邊緣化，都作出了相當大的貢獻。另一方面，在葉衍蘭生活的那個時段，廣東詞壇在外部交流方面還不能説十分活躍，其交游舞臺發生由內而外的根本轉變，要等到二十世紀初才得以初現端倪，此前的一切努力，都是在爲此積蓄力量，準備必要的條件。而正是在需要爲這種轉變提供推動力的關鍵時期，葉衍蘭站出來了，他通過自己令人信服的詞體創作才能，以及卓越的外交能力，與當時詞壇的若干風雲人物（其中如譚獻等是葉衍蘭晚期的外籍固定交游對象），建立起深厚而長久的詞學交誼，使得還處在主流詞壇邊緣的廣東詞壇，有機會借助這些外籍詞宗擴大自己在全國詞壇的影響，得到認可，甚至快速融入主流詞壇，進而最終一舉確立廣東詞壇在近世中國詞壇上應有的重要地位。

如果說，葉衍蘭在廣東詞壇的内部交游中所作出的主要貢獻在於推動了一大批詞人内功修養的加强的話，那麽，他頻繁的外部詞學交游活動，則在客觀上奠定了廣東詞壇最終去邊緣化的堅實基礎。

最後，廣東近世詞壇的邊緣地位，是廣東近世文化非主流地位在一個方面的表現，而廣東近世詞壇的去邊緣化努力，也是廣東文化在近世時期通過不斷努力，迎頭趕上的一個縮影。對任一文化區域而言，其國内文化中心地位的取得，都是多種合力共同推動的結果，絶非一朝一夕之功所能實現，並且尤其需要本土的文化人，在不同領域各自作出實實在在的貢獻。葉衍蘭在近世中期詞壇上的不懈努力，以及所取得的顯著成效，能够極大地激發後來者的信心，而其在具體實踐中，特别注重培養並發揮多方面藝術修養的優長的做法，則又能够給更多的後來者以啓示。葉衍蘭詞學貢獻最主要的區域文化意義就在於此。

「稟賦過人，多材多藝」的葉衍蘭，「於制藝、駢體、詩詞之外，凡篆隸各體以及鐘鼎文，俱能臨摹逼肖。又工寫花卉，善畫美人，精刻印章」（張維屏《藝談録》），可以算得上是廣東近代文化史上一位比較重要的人物。光緒三年（一八七七）秋，葉衍蘭繪成《三國人物相傳》六卷，凡百人，墨綫勾勒，形態各異，栩栩如生。同年，又繪成《歷代賢女相傳》，包括彭娥、武宗才人、關盼盼、衛敬瑜妻、臨川梁氏，等等，王秉恩《清代學者象傳序》所云「尚有《歷代名媛》一册，起元大長公主，及秦良玉」，蓋即指此。光緒十四年（一八八八），編刊《舊雨聯吟》一卷，係收録其《鴛鴦十二首》、《游絲四首和友人作》以及張鳴珂、劉光焕、蔡世佐、許善長、易順鼎、汪瑔、徐琪、譚獻、王人文等九人酬唱詩作。光緒十六年（一八九〇）秋，繪成《聖賢像傳》四册，凡一百五十二幅，毛筆白描，乃其上年所繪《聖賢圖相》之定稿。同年，又繪成《神仙高僧圖相》一册。光緒十八年（一八九二）八月，寫刻黄淳耀評、黎簡批點《李長吉集》四卷、《外集》一卷，跋識中「李長吉詩如鏤玉雕瓊，無一字不經百煉，真嘔心而出者也」等語，歷來被奉爲經典。光緒十九年（一八九三）春，繪成《梁山英雄譜》二册，毛筆白描，包括宋江、武松等人。同年，越華書院刊行《秦淮八艷圖詠》，收其爲「秦淮八艷」所繪畫像、所撰小傳，及與張景祁、李綺青、張僖等人同調吟詠詞作各八首共三十二首。光緒二十二年（一八九六），寫刻葉小鸞《返生香》，被葉德輝盛讚爲「書中之尤物」。光緒二十三年（一八九七）五月，所寫刻之《金剛般若波羅蜜經》（附《般若波羅蜜多心經》、《大悲心陀羅尼》）開雕，徐紹棨《廣東版片記略》謂：該本與《返生香》等，書法之工，「世人每以宋泉幣之瘦金書相擬焉」。民國十九年（一九三〇），經過葉衍蘭第二孫恭綽的努力，其所輯《清代學者象傳》由上海商務印書館印行，凡收人物一百六十九人，畫像一百七十一幅，各繫以小傳。杜聯喆、房兆楹編《三十三種清代傳記綜合引得》收入此書，使之成爲研究清史不可或缺的工具書之一。另外，葉衍蘭曾手鈔吴偉業《梅村詞》，並有兩則評語（參李學穎集評標校《吴梅村全集》）。咸豐六年（一八五六）所作時文《告諸往而知來者》，被考官評爲：「通篇細膩秀潤，迥異塵囂，非學養兼到者不能。」（顧廷龍主編《清代硃卷集成》第二十册）由此可見，詞學貢獻只是葉衍蘭文化貢獻中比較小的一部分。

在近世廣東詞史上，在衆藝兼長的詞人中，陳運彰也是比較引人注目的一位。如陳運彰曾與吕傳元連句分書易孺《大厂詞稿》，又曾寫存丁日昌《百蘭山館詞》一册，等等。與葉衍蘭一樣，他們也都能够將書法、繪畫等多種藝術才華，自覺不自覺地貫穿於詞學活動的始終，使之並行不悖，相得益彰，從而使得其詞學活動具有相當突出的特點。這一特點，在中國近世中後期詞壇上具有一定的典型性和代表性。也是因爲充分發揮出了自身藝術修養方面的特長，他們的詞學活動成果才具有多方面的研究價值，同時也就具有相對長久的學術生命力。所以，從這個意義上講，應當將近世尤其是近世中後期廣東詞學置於流動的、更爲廣闊的文化背景中進行多向考察。而這，也是我們在對葉衍蘭詞學貢獻的考論過程中可以獲得的文化層面上的重要啓示之一。

葉衍蘭所作詩，生前無定本，去世三十年後，其孫葉恭綽「就當時手寫及掇拾編入者」輯爲《海雲閣詩鈔》，民國十六年（一九二七）編定，次年刊行，凡一百四十七首。書名由葉衍蘭門人冒廣生、潘飛聲題寫，書前有汪瑔序，并冒廣生、葉恭綽跋。該本後來僅見中國書店影印再版。本書即以此爲底本，另據葉衍蘭《致繆荃孫詩稿》（校記中簡稱「詩稿本」）、所編《舊雨聯吟》（校記中簡稱「聯吟本」）、葉恭綽《先祖集外詩詞》（校記中簡稱「集外本」）、金武祥《粟香隨筆》（校記中簡稱「金本」）、羅聘《鬼趣圖卷》

（校記中簡稱「圖卷本」）以及余祖明編《廣東歷代詩鈔》（校記中簡稱「余本」）等，對小量篇章稍作校勘。葉恭綽當初輯編《海雲閣詩鈔》時，即已感歎歷年既久，其祖遺詩散佚較多，但苦於全稿無存，即便是曾被傳爲一時佳話的詠鴛鴦一聯，也未能收入集中。其實，葉衍蘭所作詩篇尚有存者，如《龍潭禱雨圖》上即有其題詩一首。近年影印出版的《清代硃卷集成》中，也保存有試帖詩一首。另外，汪瑔筆記《旅譚》中除上述一聯外，也還收録有其他斷句（汪瑔序《海雲閣詩鈔》有云：「集中佳句，既以朱圍識之，並擷其尤者入拙著《旅譚》中。」玩其意，汪瑔應該是見過這些斷句所出之全首詩篇的，惜現存別集中未見）。本書將之一併輯出，附於《海雲閣詩鈔》後。

葉衍蘭所作詞，生前曾手定爲《秋夢盦詞鈔》付梓，時在光緒十六年（一八九〇）。後來續有增補并親筆修改（所增補之作，當即葉衍蘭光緒二十二年六月十五日致冒廣生函中所云「近詞尚有數十首，未能即刻」者。修改稿本現藏上海圖書館），後印本（《續修四庫全書》所據以影印者即其中收藏於遼寧省圖書館者）據此作了更正，凡一百八十四首。書前有汪瑔、張鳴珂、譚獻、易順鼎、張景祁序（其中譚獻有二序），并葉衍蘭自序，其中初印本未收的「再續」部分，署爲「秋夢龕詞再續」。本書即以後印本爲底本，以上海圖書館藏鈔本《秋夢龕詞鈔》（此本可能是《秋夢盦詞鈔》原刻本所衍生出的一個鈔本，二卷，卷首有汪瑔、張鳴珂序及葉氏自記，校記中簡稱「鈔本」）及葉衍蘭所編《粵東三家詞鈔・秋夢龕詞》（校記中簡稱「三家本」）爲主要參校本進行整理，另取校葉衍蘭手書所序《空山聽雨圖册》、葉衍蘭《致易順鼎詞稿》（校記中簡稱「詞稿本」）、葉衍蘭編《秦淮八艷圖詠》、葉衍蘭《小三吾亭詞序》、葉衍蘭手書致冒廣生詞扇、張鳴珂《寒松閣詞》以及楊永衍編《粤東詞鈔二編》（校記中簡稱「二編本」）、丁紹儀編《國朝詞綜補》、郭則澐《清詞玉屑》、譚獻編《篋中詞》（校記中簡稱「譚本」）、葉恭綽《梁節庵遺文》（校記中簡稱「遺文本」）、夏敬觀《忍古樓詞話》（校記中簡稱「夏本」）、冒廣生《小三吾亭詞話》、金武祥《粟香隨筆》（校記中簡稱「金本」）等等，力求提供確鑿可靠的文本文獻基礎，以協助讀者體認葉衍蘭在詞創作方面所取得的較爲突出的成就。葉衍蘭詞在傳播過程中出現過遺佚、訛誤。《秋夢龕詞鈔》中原本鈔録有《賀新郎·賀梁節庵鼎芬新婚》、《金縷曲·題友人看劍讀書圖》、《浪淘沙·題潘星齋年丈曾瑩藤花館填詞圖》等三首詞，卻未被收入《秋夢盦詞鈔》；已經收入《秋夢盦詞鈔》中的《菩薩蠻》（緗奩春冷盤龍鏡）、（畫堂春暖圍金谷）、（湘裙疊翠泥金簇）、（畫欄幾點櫻桃雨）等四首詞，則又曾被《梁節庵遺文》誤爲梁鼎芬「遺漏」之作予以輯録。前者，可以作爲《秋夢盦詞鈔》集外詞附於其詞別集後；後者，也能够提供難得的校勘資源。

葉衍蘭没有文集傳世。不過，他曾經撰寫過關於清代學者和「秦淮八艷」的大量傳記文字，也寫過一定數量的本集和他集序跋，還有一些書畫題識、制義和書札等存世。葉衍蘭自同、光之際宦游京師起，即着力於搜集清代學者畫像，並請順天大興人黄小泉以寫真手法摹繪，他自己則爲每位像主撰著小傳，復以楷書寫出，積三十年之功而成《清代學者象傳》。《清代學者象傳》在葉衍蘭生前未能版行，其次子葉佩瑲謀劃多年亦未果。民國十九年（一九三〇）始由上海商務印書館印行，分四册，各收四十二、四十一、四十五、四十三幅。其中，第一册冒襄二幅，朱彝尊二幅，黄與堅、禹之鼎合一幅；第二册袁枚二幅；第三册阮元二幅；第四册陳裴之、汪端合一幅。譚延闓、蔡元培、于右任、羅振玉分别爲各册題簽。書前有康有爲、王秉恩序，樊增祥、沈尹默題詞，并葉恭綽序及所撰例言，書末有冒廣生跋。此次整理以上海書店影印本（與葉恭綽續編之《清代學者象傳》第二集合刊）爲底本，適當參考上海古籍出版社稍早影印出版的合集本，對馮爾康先生《清代人物傳記史料研究》、何奕愷博士《清代學者象傳研究》的部分成果也有所取資。何書曾指出原傳可能存在訛誤若干，如吴兆騫、顧貞觀二傳有「十載」、「五載」之異，洪亮吉、趙懷玉二傳有「西華門」、「東華門」之異，裘曰修傳中「太子太傅」當作「太子少傅」，等等，有待掌握更多的材料加以逐一釐正。今暫從底本，僅作標點，全面深入的校訂工作以俟來日。《秦淮八艷圖詠》亦爲葉衍蘭生前編定手書，於光緒年間刊行，今南京、蘇州、上海等圖書館均有藏本，其中蘇州圖書館的藏本卷首題識異於他本，似爲他本跋文之初稿，而傳文並無異同。《清代學者象傳》和《秦淮八艷圖詠》現均無整理本，今取其傳文，收入本集。

需要説明的是，葉衍蘭後人於二〇〇三年將家族書畫藏品一百三十五件捐與美國舊金山亞洲藝術博物館，其中葉氏個人作品當不在少數，因此，若干題識文字未曾寓目。又，葉衍蘭曾有函致曾國荃，致「榮晉浙藩之喜」的「静瀾老前輩」，内中有「送交師母查收」、「西陲軍務甚爲得手，烏魯木齊各城收復」

等内容的手札數通，以及「光緒二十二年丙申仲秋之月」爲李應田《李翰林遺集》所作序，惜均未獲一睹全帙。又，《新蘅詞序》，所見各版《新蘅詞》均未見收録。以上内容不得不暫付闕如。

爲方便研究者參酌使用，本書另於編末附録傳記、序跋評論和酬唱詩詞、年譜等。其中，因無緣得見黄華表先生批校《粤東三家詞鈔》的稿本，没有能够録出批語。《空山聽雨圖》的後續題跋，二十世紀六十年代葉恭綽所作跋及題詞《虞美人》一首雖已録出，然併時名流所題，包括陳聲聰先生七絶三首，瞿蜕園、陳文無、林巖、周錬霞先生《洞仙歌》各一首，梅鶴孫先生《浣溪沙》一首以及錢仲聯先生《點絳唇》一首等，手稿下落不明，未能録附。據有的學者研究，稍早之前，徐乃昌從不輕易將收藏的圖册示人，「只讓自己最好的朋友繆荃孫、惲毓珂、王藴章、徐珂和潘飛聲爲圖題詩作賦」，詳情亦未可盡知。均不免留下遺憾。

限於水平，書中難免存在一些疏漏，敬請讀者批評指正。整理過程中，黄坤堯先生、程章燦先生、孫虹教授、岳淑珍教授以及同門友生馮乾、曾肖、閔豐、李丹、羅瑛、傅宇斌、劉深、陳璇、夏志穎、李亭、莫崇毅、黄浩然、陳瑞贊、張明强、林傳濱、黄軍、鍾潔等多所助益。黄岡師範學院中國語言文學「十二五」湖北省重點（培育）學科提供出版資助。責任編輯劉賽博士付出了辛勤的勞動。謹此一併致謝。

謝永芳　二〇一二年七月於黄州

目録

詩集補遺

秋夢盦詞鈔

卷一

卷二

秋夢盦詞續

秋夢盦詞再續

秦淮八艷圖詠（圖略）

制義

序跋

書札

雜録

附録五　年譜簡編

海雲閣詩鈔

畫白桃花便面贈湘芬閣女史系以絶句

天台合住藐姑仙，一色明妝耀翠鈿。憶得去年人面好，雙蛾澹埽鏡臺前。

其二

秋雲一握寄相思，脉脉無言怨别離。惆悵渡江虚畫檝，西風憔悴謝芳姿。

題畫

涼飆起蕭瑟，秋色樹扶疏。幽人隱空山，修竹伴吾廬。所思在遠道，臨風獨踟躕。鴻雁久不來，素約終已虚。白日忽西匿，歲暮將何如。悠悠自適意，飲水讀仙書。

題李香君小影

花月秦淮夢已非，彩雲留照舊瓊枝。南朝金粉都零落，誰識紅妝却聘時。

其二

舊院風流各擅場，美人争識尚書郎。蘼蕪詩句横波畫，那及桃花扇底香。

紅蜻蜓

輕於粉蝶艷於花，春影晴天散綺霞。小立亭亭迷岸蓼，低飛款款綴汀葭。回身坐愛楓林醉，瞥眼頻驚水鳥差。認識紅衣垂釣處，竹枝柔颭一絲斜。

其二

一角南樓趁晚晴，不隨庭院逐流螢。藥欄花事餘紅雨，蘭沼煙光沁緑醽。清露雙鬟圈點的，斜陽薄翅畫零星。新涼雁齒橋邊立，閒看東風舞暫停。

其三

飛傍蘆枝又蓼枝，朱闌寂寂晝長時。禁風弱態嬌無力，點水斜身瘦不支。香破藕花微隱約，影撩楓葉故迷離。浮生小證繁華夢，未許尋芳蛺蝶知。

其四

煙景江鄉畫本收，夕陽飛滿酒家樓。香霏菡萏纔銷雨，影伴芙蓉醉過秋。遠火微茫炊荻岸，斷霞淺淡抹漁舟。賜緋也荷東皇寵，羨爾閒身澤國游。

題羅兩峰鬼趣圖

山人畫鬼鬼大笑，鬼笑人間真趣少。人趣既絶鬼趣生，白晝嬉嬉來現形。鬼耶人耶人不悟〔一〕，啾啾鬼向山人訴。王侯將相一刹那，比似夜臺朝復暮。山人覷破此機關，畫鬼容易畫人難。試從變化游魂狀，借作光陰浮世觀。大塊模糊雲滿幅，者是本來真面目。無端貴賤强隨身，諂人意態能驕人。愛河蕩漾鴛鴦性，蘭麝香濃花箭影。劉伶攜上糟丘臺，春暖黄罏金屋冷。掉臂游行大自在〔二〕，翻雲覆雨天無礙。炙手薰人氣燄濃〔三〕，頭顱如許丘山戴。尸居餘氣復何求，漏盡鐘鳴走不休。太息秋墳相對語，富貴難隨北邙去。回憶冥然墮地時，也得人間少佳趣〔四〕。山人寫出太分明，碧眼澄觀俗眼驚。鑿開渾沌心常熱〔五〕，語到骷髏夢未醒。我觀此圖長太息，世路悠悠何足惜。誰開鬼市闢陰山，特召么麽行出出。聞君尚有鬼雄圖，我未見之心踟躕。會使騰蘭齊攫食，彼諂而祭胡爲乎。〔六〕人情變幻皆魑魅，筆墨傳神大游戲。只恐橫招蒼帝愁，虛空打破都無味〔七〕。

【校】

〔一〕鬼耶人耶：圖卷本作「人耶鬼耶」。〔二〕掉臂：圖卷本作「撒手」。〔三〕濃：圖卷本作「雄」。〔四〕「也得」句：圖卷本作「也算人間一場趣」。〔五〕常：圖卷本作「還」。〔六〕自「我觀」以下八句：圖卷本無。〔七〕「虛空」句：圖卷本作「打破虛空無趣味」。案：圖卷本所録此詩後尚有題識一則，詳本書「雜録」之《鬼趣圖題識》。

題陳其年先生填詞圖

昔讀迦陵《烏絲集》，元龍豪氣蘇辛筆。今展迦陵《填詞圖》，清氣拂拂生髯鬚。拈毫欲下吟還止，春風顧影鬘雲膩。譜就頻教翠黛窺，歌成合付紅簫倚。陽羨書生夙擅奇，覆巢身世黨人碑。旗亭遍誦香山句，井水能歌柳七詞。小長蘆擅花間體，風流競樹騷壇幟。誰寫朱陳嫁娶圖，先生自中州入都，與秀水合刻詞集名《朱陳村詞》，流傳禁中，蒙聖祖賜問。五雲深處徵車至。明年走馬上京華，圖作於召試之先一年。折得東風上苑花。紅杏金蓮誇絶艷，長楊賦罷貢天家。舊時水繪園前路，玉梅花底春無數。新詞拍遍紫雲迴，琉璃捧硯人何處。壇坫東南幾鉅公，文章一代真豪雄。如何鐵板銅琶句，却付女郎歌曉風。題詩諸老風情妒，幼婦詞成筆歌舞。二百年來翰墨新，傾城名士俱千古。畫圖省識此花身，天女維摩想像頻。善卷應有吟魂唱，山鳥山花認故人。相傳先生前身爲善卷山中聽經猿，臨終吟「山鳥山花是故人」之句，振手作推敲勢而逝。

許星叔同年庚身招飲寓齋出尊甫玉年先生遺作寒林平遠圖屬題走筆應之

飛花撲簾散餘香，新陰微濃點石牀。主人高齋油幕張，招我一醉薰風涼。酒闌讀畫展縹緗，觸手一卷神飛揚。乍觀疑是查梅壑，骨氣秀逸神清蒼。山平水遠路綿邈，疏林蕭瑟含秋霜。君從何處得此本，云是先澤貽手藏。圖窮諦視始驚服，歎賞再拜喜欲狂。繪事風流久歇絕，妙手競欲推吾杭。鶴渚奚處士岡。無人鹿牀戴文節公。死，此筆誰與相頡頏。公昔遨游窮八荒，鳧飛絕塞來敦煌。大漠寒沙天山雪，奇景一一收吟囊。更驅雲煙入豪素，墨花灑雨飛篔簹。先生畫竹最工。讀破萬卷行萬里，此事詎許迂儒嘗。吾生也晚恨不時，不獲撰侍杖履旁。賣畫生涯記疇昔，竊冀私淑追徐黄。披圖宛轉三歎息，一瓣又爇南豐香。

高樓

高樓西北與雲齊，盡日空梁落燕泥。閬苑誰傳青鳥信，雕闌曾繫玉驄嘶。天風環珮仙山遠，秋水芙蓉畫閣迷。賸有裙腰芳草色，啼煙依舊碧萋萋。

感舊

秋千庭院玉雕闌，零落花飛燕子銜。行向空廊無一語，春風吹冷薄羅衫。

其二

朱樓閒煞舊簾櫳，尋到妝臺第二重。猶認芳魂無恙在，香奩爲拂舊塵封。

秋日感懷寄故園諸同好

涼風蕭颯起庭柯，木落淮南感逝波。世事坐看雲變幻，壯懷潛與墨消磨。花逢晚節穠華減，人入中年涕淚多。爲問故園裙屐侶，酒龍詩虎近如何。

其二

我所思兮杜若洲，客懷無那賦登樓。難馴龍性悲中散，誰見鳶肩識馬周。埋恨欲尋鸚鵡地，忍寒還戀鷫鸘裘。只愁久負名山約，何日煙波理釣舟。

其三

擬向空王證夙因，青衫憔悴綺羅身。分無肝膽酬知己，賸有頭顱拜美人。塵海夢迴金粟影，情天花墮玉樓春。年來懺盡風懷語，一卷《楞嚴》禮誦頻。

其四

鎮日緇塵染素衣，爲誰高詠入京畿。西風鱸菜紅千里，南國鶯花翠一圍。湖海倦游書劍在，仙山尋夢佩環非。黄河那有雙鬟唱，賭酒旗亭願已違。

白桃花

姑射天台共鬬奇，鉛華淨洗映冰肌。香迷玉洞春生靨，人隔晶簾淡掃眉。頰暈曉霞銷獺髓，態欹斜日褪燕支。鏡臺欲下東風聘，三月貧家嫁女時。

其二

重來崔護劇銷魂，人面妝臺冷夕曛。露井風迷三里霧，瑶池春隔一層雲。盟尋源水空無迹，情比潭波遠不分。猶有呢喃雙燕子，銜香飛傍玉京墳。

吳荷屋中丞榮光手摹高房山畫仇仁近山村圖卷並用仇自題詩韻賦五古一章爰步前韻題於卷後

吾粵多騷人，我愛吳荷屋。高情脱軒冕，沖懷忘利禄。東山丘壑志，故園饒松菊。一卷山村圖，臨摹意三復。緬兹素心人，予懷媚幽獨。平生山水興，遐心在空谷。忘機悦鷗鳥，怡情戀花木。秋風雁南飛，望遠聊極目。愧乏草堂資，歸計酬未足。披圖再三歎，幽棲何時卜。

錢文端公直廬問寢圖

金釭二等入皇闈，好把朝衣作綵衣。銀燭兩行先定省，北堂春靄繡羅幃。

其二

觚棱天近漏聲遲，薰罷鑪香侍女知。子婦承歡賢母歎，難忘夜紡授經時。

題張梅生大令兆華珠海侍游圖〔一〕

大令爲南山先生文孫，先生自號珠海老漁，有《海天霞唱詞》。

斷霞無復唱江天，杖履追隨記卅年。今日披圖重惆悵，舊游回首夢如煙。

其二

波光如鏡月如眉，親見文孫奉杖時。拋却漁竿人換世，傳家猶賸畫中詩。

其三

晴窗展軸幾摩挲，感舊懷人意若何。我憶蒓鱸歸未得，秋風閒煞舊漁蓑。

【校】

〔一〕題：據馮詢《子良詩存》卷十七《珠江侍釣圖爲張梅生題》，「珠海侍游圖」或當作「珠江侍釣圖」。

都門即事雜詩

廿年烏帽抗塵埃，誰遣長安索米來。禁樹坐看温室長，穠花生負故園開。壯懷老大成甌脱，詩思縱横費翦裁。今日黄金非市駿，燕昭臺畔首重回。

其二

衣滿緇塵鬢滿霜，輪蹄得得爲誰忙。艱難楮葉三年刻，冷淡梅花十月香。貧女無媒羞自獻，才人已老不容狂。黄金鑄出相思淚〔一〕，半化紅冰半海棠。

【校】

〔一〕鑄出：金本五筆卷八作「合鑄」。

其三

苦説鷦鷯戀一枝，側身萍海歎希微。蘭情幽艷騷人賦，花樣單寒寡女機。無可奈何牛馬走，不如歸去鱖魚肥。笠簷蓑袂平生夢，猶有鷗盟舊釣磯。

其四

悵望蓬山鶴影遥，難持飛燕彩裙飄。舞屏春冷悽鸞鏡，香塚花殘葬鳳翹。錦瑟怕彈三婦艷，華筵不唱百宜嬌。豐臺芍藥今何在，粉碓脂河總寂寥。

其五

銅箭聲沈玉漏遲，重煩纖手點朝衣。露華銀燭趨丹禁，瓊樹金釭傍紫微。鴛夢憐他醒蛺蝶，蟲飛催我駕驂騑。錦塘幾處文禽宿，翠被香濃夜未晞。

其六

退食從容跨紫騮，金鼇煙柳鏡中收。天魔夜舞全無地，帝子晨妝尚有樓。瓊島暮霞仙塔迥，珠江明月畫船秋。故園夢繞花深處，萬户千門已倦游。

其七

誰惱封家十八姨，狂驅萬馬逞驕嘶。奔濤勢欲排山岳，動地聲如振鼓鼙。御氣幾人愁退鷁，辟塵何處覓明犀。天涯多少悲秋客，怕有寒蟲徹夜啼。

其八

禪榻茶煙一桁横，抛書還對舊青燈。鶯花歲月愁中過，羅綺心情夢裏仍。南海荔枝妃子笑，西湖蓴菜美人登。鄉園風物君知否，饞煞鱸魚張季鷹。

秋暮

傳到阿連一紙書[一]，問余何事不歸與。爲言風雪長安慣，翻使烟蘿舊約虚。繡隴但能同買犢，金門誰肯久懸魚。羅浮説與梅花曉[二]，終遣仙茅卜隱居。

【校】

〔一〕傳到：金本五筆卷八作「秋暮」。　〔二〕「羅浮」句：金本作「羅敷告訴梅花説」。

其二

騷人風骨太憨生，坐對黎渦便有情。團扇勾留花月影，畫屏沈醉燕鶯聲。琵琶水閣新歌鬧，環珮仙山别夢縈。惆悵胭脂空北里，累儂縮屋强稱貞。

其三

秋顔覽鏡鬢絲加，小住京華即夢華。雞肋功名三黜柳，蛾眉謡諑一枝花。無端歌哭中年感，莫漫飛騰暮景斜。猶有西山堪極目，蒼茫獨立數歸鴉。

其四

朝回花底坐吹笙，散髮斜簪麈尾横。久别雲山終夜夢，偶談絲竹一時情。名心古井波瀾寂，幽恨狂葩爛漫生。詞賦暮年蕭瑟甚，江南愁絶庾蘭成。

蕭齋

蕭齋無一事，心跡本雙清。花亦如人懶，詩多即景成。簾低礙歸燕，樹老款啼鶯。領略閒中趣，茶煙繞座横。

春日即事

沈水香殘曲篆消，春光人意兩無聊。雨餘新漲魚兒活，風細閒庭燕子驕。詩味總憑花醞釀，悶懷惟愛夢逍遥。愁中歲月匆匆過，攬鏡渾傷鬢影凋。

曉寒

曉寒簾不捲，静坐藥鑪親。鳥似窺牆女，花如卧甕人。詩心隨夢遠，酒債入春新。執塵聊攤卷，斜揮案上塵。

春柳四首用漁洋山人秋柳韻和友人作

籠煙醮露劇消魂，無異蕭疏感白門。縈恨瘦腰臺畔影，傷心愁黛鏡中痕。斜陽悵望波千疊，殘月相思水一村。踠地柔條莫攀折，依依情緒不堪論。

其二

藍橋曾記覓玄霜，帽影鞭絲過曲塘。紅豆抛殘青玉案，黄羅題滿鏤金箱。吴孃暮雨歌歡子，神女朝雲夢楚王。回首章臺今在否，斷腸休問永豐坊。

其三

金縷飄零舊舞衣，姍姍環佩是耶非。愁看灞岸風光好，望斷陽關信息稀。不盡低徊春燕語，絶無聊賴夜烏飛。嬌黄漫綰同心結，往事封侯願已違。

其四

灣頭誰唱《想夫憐》，紫玉多情已化煙。繡陌春迷三里霧，翠樓花撲一重縣。鬧紅簫管思當日，慘緑衣裳憶少年。別有江潭摇落恨，濛濛絲雨板橋邊。

附

春柳用漁洋山人秋柳韻

張鳴珂

東風吹醒玉梅魂，又見柔條映郭門。斷浦荒灣迷曉月，淡煙疏雨畫春痕。紅橋修禊無多日，緑樹成圍又一村。張緒風流今老去，靈和往事不須論。

其二

回首章臺拂曉霜，匆匆駐馬別横塘。漫天飛絮飄金粉，踠地柔絲罥玉箱。三月春風大堤女，二篇樂府小秦王。長條不綰青驄住，枉送閒愁入教坊。

其三

空傳彈汁染征衣，學折腰支計恐非。畫裏朱樓春夢遠，天涯青眼故交稀。間關且聽流鶯囀，辛苦誰憐乳燕飛。聞道漢宮多雨露，恩深未必願全違。

其四

回黄轉緑劇堪憐，屈指江城過禁煙。水闊山遥聞玉笛，日斜風緊墮重綿。飄摇金縷牽新恨，拂拭青袍妒少年。好待蹇驢歸去日，依依送我灞橋邊。

月

皎皎中庭月，深宵只自看。美人渺何許，悵望碧雲端。此際誰吹箋，相思獨倚欄。涼風襲衣袂，花影落姍姍。

題自畫吹簫仕女

層欄花影瀉如潮，香霧冥濛濕翠翹。人隔天河秋在水，夜涼閒煞一枝簫。

斗室

斗室《維摩》一卷經，藥鑪禪榻坐忘形。春寒小院渾疑雨，人静虚廊只見星。錦瑟華年空有思，金輪仙咒總無靈。殘燈吟盡傷心句，更少凄然擁髻聽。

夜色

夜色黯虚帷，書牀落燕泥。殘燈欹壁冷，春雨壓樓低。藥裹添功課，花名費品題。海棠知睡否，簾影正淒淒。

感舊絶句〔一〕

落盡梨花晝掩門，畫簾微雨又黄昏。雕闌六曲窗三面，縱不思量也斷魂。

其二

閒庭風露劇淒清，寂寂光臺暗度螢。一襲羅衣涼似水，夜深無語看疏星。

【校】

〔一〕題：余本卷四將以上二首與前録《感舊》二首合併收録，題作《感舊》，并有尾注云：「汪穀菴先生序云：今讀《海雲閣詩》，清而實腴，麗而有質，富於藻采而性靈不爲所掩，嚴於格律而才氣不爲所拘，可謂獨暢靈襟，自成馨逸者矣。」

寓感

紫綬金魚一笑中，累他涼夜卜釵蟲。難同月姊偷靈藥，豈羡雲仙駕彩虹。南阮才華貧自慣，東施眉樣畫偏工。黄粱不作封侯想，夢醒花臺夕照紅。

寒夜獨坐信口放言拉雜録出得十七首

人生天地間，滄海渺一粟。王侯與富貴，頃刻花開速。功如郭汾陽，豪如石金谷。其餘赫赫者，悉數難更僕。我縱置身高，尚恐無能役。笑彼可憐蟲，營營競争逐。飲酒且看花，吾寧任所欲。高卧衆香叢，蝴蝶伴我宿。樂哉信天翁，逍遥萬事足。仰首看浮雲，高舉謝黄鵠。

其二

上古稱三皇，繼盤古而治。兄弟四萬年，三才紀其氏。是時洪荒闢，已有九州地。數傳至虙犧，始洩八卦祕。前此幾萬年，畢竟何所事。既無男女樂，飲食且未備。更乏《詩》《書》觀，那有逢場戲。須知混沌中，冥然如夢寐。萬年猶瞬息，温飽無所繫。奈何後世人，擾擾争名利。金丹求長生，百年尚未逮。何不學三皇，壽不知其紀。

其三

青史論人才，數見不鮮也。不恨見古人，恨不見來者。天地藴新奇，不盡供陶寫。十二萬年中，無窮出風雅。李杜文章前，徒知有班馬。建安七才子，不獲友陶謝。古人不可作，無乃見聞寡。惜吾生也早，莫識千載下。儘多未見書，難向後人假。何不並世出，大結文章社。此意徒茫茫，問天天亦啞。

其四

男兒意氣盛，讀書思古人。自念千載後，我亦古人身。時平老無功，不獲畫麒麟。煙霞骨相薄，那堪廊廟親。惟有畫書詩，享帚聊自珍。世人不相識，煮字莫療貧。謬作傳世想，無乃太不倫。吾聞古聖言，没世疾莫稱。從來三不朽，立言最無憑。文章信美好，賞識究誰真。巢由止洗耳，高風傳至今。遥遥箕潁間，不見著作存。

其五

騷壇兩元戎，青蓮浣花里。長慶稱元白，温李亦繼美。宋朝推坡翁，劍南足相抵。南北擅詞章，秦柳姜張是。遺山高青丘，乃樹孤軍幟。明代如戰國，擾擾有七子。熙朝《大雅》作，新城與秀水。前有吴梅村，海内稱詩史。左翼錢牧齋，右翼龔鼎孳。譬如張三軍，强敵必對壘。旗鼓兩相當，屹如山嶽峙。後有袁蔣趙，異軍復特起。奇才吴會出，黄洪首屈指。梧門詠三君，煙霞萬古麗。瓶水與天真，沾沾亦自喜。邇來百餘年，拔戟不成隊。風流已歇絶，壯士枕戈睡。惟聞説戰功，侈談曾左李。

其六

《離騷》繼葩經，美人比君子。厥後韓冬郎，乃創香奩體。紅玉緑雲鬟，蘭麝芬盈紙。東施强效顰，緣情慕綺麗。豈知好色心，即是求賢意。琴瑟鐘鼓樂，不盡閨房事。善言兒女情，《關雎》第一義。〔一〕

【校】

〔一〕余本卷四將以上二首合併收録，題作《論詩》，「襲鼎孳」作「龔鼎鼒」，「綺麗」作「綺旎」，并有尾注云：「按此詩不載集中，録自顯菴師《讀詩絶句》。師云南雪詩平視元白温李，此作即其寫詩之本旨也。」

其七

吾身具五官，不能無所欲。其中嗜好深，最莫過於目。奇書與美人，山水及花木。偶然雲煙過，輒思並收蓄。羅列置我旁，飽飫受其福。明知萬象空，其奈感斯觸。癡願未克償，予懷數往復。翻羨世間人，耳食亦已足。併無師曠聰，不識絲與竹。

其八

自我辭故鄉，廿載京華道。僕僕輪蹄間，混俗殊自誚。黄埃染素衣，紅塵抗烏帽。狂颼時肆虐，埃𡏖霾七竅。偶然一啓口，漱石齒牙摇。閉置車圍中，摶成黄土貌。有時淫雨過，街衢盡塗潦。驅車出門去，生死非所料。僕夫面如墨，詈我不乘轎。人於坎窞凶，人馬一齊叫。濁穢肆翻騰，其臭逾屎尿。我恐曳落河，公乃掀於淖。幸同溪躍馬，悔不泥行橇。安然退食回，喜如病初瘳。世途本險巇，誰望長安笑。饑驅墮塵網，冥鴻失高蹈。故園花月地，畫舫珠江櫂。蝴蝶歸去來，且睡斜陽覺。

其九

剖腹視孫超，曾聞宋廢帝。定如刁侍中，雞舌不堪賜。古人食養生，惟其甘且旨。一甌防風粥，口香三日氣。恨煞博望侯，穢種流當世。遂使嗜痂人，每飲食必置。口擲蟾蜍糞，身墮鮑魚肆。偶然氣一觸，嘔吐三舍避。勾踐事吴王，嘗糞原詭計。郭霸媚元忠，便液亦染指。無異爾朵頤，人過皆掩鼻。鮮于嗜臭蟲，賀蘭嗜狗矢。始知古今來，逐臭同一體。哀哉蜣蜋團，自詡八珍味。

其十

坐懷能不亂，吾欽柳下賢。眼前本無伎，吾笑程伊川。無奈對黎渦，心旌總摇然。平生探芳興，到處柘枝顛。昔聞豐臺花，胭脂北地妍。一抵京華游，即訪雲雨仙。那知百怪現，駭若溫犀然。胡粉半面妝，尺帛雙行纏。口脂雜葱蒜，羅襦膩腥羶。開口嚇神鴉，回身跕飛鳶。鬼手捉人臂，强作牽牛牽。頓使羅綺情，心腸木石堅。掩鼻西子旁，霜威卓氏前。不堪加諸膝，胡敢及亂焉。心目皆無伎，抱璞完其天。

其十一

米老寶晉齋，雲林清閟閣。古人富藏弆，琳琅燦滿屋。要知心賞真，神交千載屬。奈何多牛翁，謬欲風雅託。千金購贋岑，百緡收鼠璞。盲猜與瞎贊，共逞寸光目。蘇黄米蔡書，荆關董巨幅。群賢四壁上，觀此一人俗。自名書畫舫，人笑金銀窟。不如廣買田，夕陽看叱犢。一卷春牛圖，掛在兩牛角。

其十二

神農嘗百藥，不及煙草味。異種留人間，作俑自明季。土名淡巴菰，來從吕宋地。又名金絲薰，姚旅《露書》紀。前代衣冠人，吸食有禁例。只許軍營服，謂可辟寒氣。近日寰海内，男女有同嗜。本無辛與甘，茹吐爲何事。蚩尤霧薰蒸，令人欲走避。更有阿芙蓉，愛之入骨髓。横陳一盞鐙，不忍頃刻離。可憐用火攻，煎熬到腑肺。平生嗜薰香，我聞不如是。水沈細細爇，相對如佳士。偶然夜讀書，紅袖添香侍。輕篆裊簾櫳，嫩寒薰繡被。

其十三

我乏葡萄酒，何從得涼州。我非爛羊頭，何敢望封侯。終南多捷徑，能者爭先投。槐柳列潘陸，皂莢附孫劉。平生丘壑志，强作金門游。擾擾功名子，意氣迥不侔。側聞柴桑人，榮利非所求。不爲五斗米，折腰事督郵。長歌《歸去來》，琴書樂消憂。縱有《閒情賦》，高趣足千秋。

其十四

名將善用兵，陰符握奇訣。其上必鬭智，其次乃鬭力。阿奴用火攻，固是出下策。其後佛郎機，軍中號無敵。外夷恃火器，不事戈矛戟。海島日征戰，蠻觸互攻擊。奈何步後塵，下愚爭效習。牙慧强拾人，舉國有狂疾。經營置機器，國帑百萬擲。畢竟何所用，坐昧先幾失。天地有五行，相生必相克。其道火克金，此意人皆識。明明水制火，至理究誰測。變化出奇謀，自有神明術。捧海以澆螢，會俟奇才出。

其十五

近日火輪船，橫行遍海內。矜奇出鐵甲，其大乃無外。從來征戰具，亘古所未載。無可出其右，加之則已太。使徒工力敵，何堪與對待。豈知大神通，須彌可納芥。惟有衆志堅，長城吾不壞。我聞物至剛，遇柔終必敗。物理求相制，小者足加大。不見象千斤，惴惴防鼠害。

其十六

上下數千年，縱横幾萬里。人心縱不同，莫外七情裏。如何容貌間，萬衆不相似。眉目口耳鼻，悉同此位置。始知造物靈，奇巧絶思議。草木至禽魚，一一皆有異。吾人師化工，因之悟繪事。雲煙萬態活，悉自毫端起。作詩與作書，亦復同此理。變化出靈奇，神明合規矩。偶然有心得，意想所不逮。我讀古人書，書中有天地。

其十七

壽齊文潞國，功蓋郭汾陽。富豪邁金谷，韜略侔武鄉。詩歌李青蓮，詞譜姜堯章。容貌潘黄門，丹青顧長康。琴彈中散嵇，筆擅右軍王。百步楊葉箭，出手梨花鎗。緑珠與碧玉，巾櫛侍我旁。文君蘇若蘭，琴瑟樂相莊。蘭玉森庭階，羅縠滿後堂。更有劉伶德，痛飲足千觴。我欲一身兼，陳請叩彼蒼。帝曰此全福，古今誰堪當。一介爾寒儒，安敢冀非常。爾念誠不俗，姑且恕爾狂。錫爾清貧福，俾爾事縹緗。高官與厚禄，庸福不汝償。臣謹稽首謝，欽哉勿敢忘。忍飢還讀書，此樂誠未央。

寓感

拚拋穠艷謝東皇，誰解通明奏緑章。滿院嬌紅零落盡，碧苔沿砌蘚侵牆。

閒愁

楚蘭香瘦牡丹肥，嫋嫋垂楊又掛絲。饒有閒愁銷未得，海棠花下立多時。

擬唐人曉寒曲

流蘇寶帳芙蓉膩，蘭缸猶燦雙花蕊。春寒殘夢戀鴛篝，一半濃香偎繡被。曈曈旭日透疏寮，侍女金盤催進水。貂褕薄怯不勝寒，一朵頳雲嬌不起。温猊獸炭添珊紅，妝成半晌屏山倚。鈿瑟銀箏不肯彈，添香纔罷籠纖指。夫壻宵來事早朝，馬蹄踏月霜花碎。

雞鳴曲

蝴蝶蘧蘧復栩栩，黑甜中有大樂處。煞人風景雞一鳴，半壁殘燈無限情。不眠亦愛涼蟾魄，至此參橫留不得。何如未到雞鳴時，孤鶴橫江任所之。爾乃車轔轔，人僕僕，朝市紛紜互徵逐，此爲黃金彼官祿。紅塵白日蔽青天，名韁利鎖一時纏。我願雞人到曉亦不唱，憑他萬衆皆酣眠。此聲一起群情動，舉世營營來入夢。

春人曲

春人盈盈最少年，春心搖漾春情圓。銀鞍白馬珊瑚鞭，看花蹀躞紅樓前。樓上美人褰珠箔，姊妹花枝紅灼灼。留得斑騅繫綠楊，牽將紫燕穿羅幕。春人豪氣驕且狂，纏頭一擲錦盈箱。家儲百萬供揮霍，散盡黃金歌舞場。銀箏鈿瑟紛紛彈弄，月地花天然火鳳。千行蠟淚燦成堆，六曲雲屏春似夢。叩叩香囊易定情，美人私語囑卿卿。今宵莫向西家宿，同訂三生齧臂盟。九龍帳底歸郎臥，美人微醉雲鬟嚲。十斛明珠換得歸，春藏金屋嬌無那。戲水鴛鴦並蒂蓮，冰荷燈燼漏聲添。春人家有如花貌，翠被香寒獨自眠。

季士周駕部邦楨招飲呬村酒後作歌

門外紅塵十丈飛，門內菜花香一畦。山林何必非城市，此地成村只尺咫。延陵季子酒中豪，開筵留客沽村醪。花枝浮盞春香滿，樹影侵檐月色饒。主賓醉舞歡無極，琉璃光燦銀釭白。同話桑麻樂事濃，宛如社飲春燈夕。儂家家近羅浮村，梅花臨水繞柴門。遥知此際寒香發，開遍田家老瓦盆。江山如此不歸去，卻來乞米長安住。風月煙霞定笑人，金門那有青門趣。

臘月十五夜待月入直口號

黯黯簾櫳夜色昏，闌干背手步逡巡。再圓非是今年月，不寐偏憐待漏人。荷淚有聲如拍曲，花魂無影獨含顰。馬蹄又踏寒霜去，孤負鸞篝翠被身。

晚梅

若有藐姑仙，相思已隔年。寒香一夜發，清影落窗前。我夢羅浮月，開門雪滿天。縱然非早放，也占百花先。

題仕女畫幀

西施

誰道亡吴是妾家，蘇臺歌舞自繁華。越王春殿如花滿，兒在溪頭日浣紗。

昭君

漢家事業重和親，止有紅顔不惜身。笑彼黄金酬畫士，昭陽第一是何人。

文君

鑪畔春風鬢影横，白頭未敢負長卿。茂陵那有如花女，只覺琴心太薄情。

若蘭

佳人難得解憐才，織到回文亦可哀。但論當筵歌舞妙，若蘭争及趙陽臺。

紅拂

李郎髯客本奇才〔一〕，直得紅妝俊眼開。可惜當時未親見，太原公子裼裘來。

【校】

〔一〕髯：金本五筆卷八作「虬」。

楊妃

傷心環上繫羅衣，又向成都畫十眉。畢竟三郎情太薄，深盟牛女未多時。

微吟

微吟趺坐戀匡牀，一縷罏烟細炷香。人静似聞花太息，春愁惟共燕商量。紅塵福分神仙劫，青史功名傀儡場。會得《南華》秋水意，捲簾斜日讀蒙莊。

依舊

依舊飄然不繫身，青衫重檢牘啼痕。疏才無術能諧俗，薄福難消怕受恩。絲竹中年聊自寫，烟霞心性本常存。羅浮今夜還鄉夢，到得梅花第幾村。

將出都門感賦

紅蓼秋疏北雁飛，江湖載酒話歸期。十年磨劍緇塵老，一路看山畫舫宜。世事已同蒼狗幻，生涯惟有白鷗知。朝衫卸卻吾無戀，鄉味蓴鱸正此時。

其二

憔悴長安結客身，臣之壯也不如人。無才只覺琴書樂，垂別方看涕淚真。失路馬卿徒作賦，分財鮑叔未知貧。閒情歸夢珠江月，難忘煙蓑理釣綸。

其三

頻年學士畫葫蘆，嬴得霜華鬢影疏。知己無多同骨肉，懷人有夢到江湖。群空北野悲良馬，事在《南華》笑異書。不分蛾眉謡諑甚，何如歸去結吾廬。

其四

銀河清淺碧雲天，惜别情懷倍黯然。南浦波光涵夜月，西山眉黛冷秋煙。才人老大頻看劍，名士聲華值幾錢。待向羅浮尋舊約，萬梅花裏夢游仙。

咏柳和友人韻

十里隋堤漾麴塵，懷人心事水平分。嬌如碧玉靈蛇髻，嫩比金泥簇蝶裙。似爾銷魂真絶代，有誰垂盼只逢君。天涯又作攀條客，一闋《陽關》不忍聞。

無題

綫樹垂楊罨畫樓，捲簾斜日正梳頭。空憑青鳥傳芳信，浪説文魚駕遠游。賭醉記翻金鑿落，題詞還認鈿箜篌。徐孃老去風情減，一角銀河路阻修。

嚴瀨

嚴瀨千秋姓字馨，高風從此仰儀型。當年若使投竿起，未必雲臺畫客星。

讀西青散記鬼詩戲仿其體

秋冷羅衣淡欲無，芳魂摇曳倩花扶。繁華夢醒身如葉，黄透胭脂病已蘇。

其二

虛廊月黑漏聲沉，風露閒階冷不禁。寂寂珠簾春似水，夜深無語立花陰。

送彭雪琴宫保玉麟回籍步何小宋尚書璟韻

百戰從容矍鑠身，巖疆保衛仗忠純。籌邊世識樓船將，賜沐天憐柱石臣。虎帳勳名中外倚，騷壇酬和性情親。珠江多少臨岐淚，我亦攀轅卧轍人。

其二

征西大樹耻論功，雲夢湖山一洗胸。蠻觸漫争新戰壘，貔貅猶肅舊軍容。延年豈羨長生藥，勁節真如百尺松。退省平泉聊息影，爲霖終竟望夔龍。

送倪豹岑中丞文蔚入都

帝命皋夔作雁臣，平泉暫許息閒身。九霄雨露恩原渥，百粵謳歌頌已頻。兩次去粵。庚嶺梅遲難贈别，越臺花好不留春。攀轅淚比明珠重，持壓歸裝未算貧。

其二

我愧氍毹鶴不翔，揭來鈴閣屢傳觴。縱談風月何年再，回望觚棱别夢長。共惜燕雲移嶺海，獨尋舊雨話瀟湘。紆道入湘，訪彭雪琴宫保。棲霞漫作東山卧，應念群黎待澤忙。時寓金陵，築居別業。

早寒

瑟瑟涼飇起夜闌，芙蓉零落菊摧殘。攜琴客訝朱絃澀，倚竹人嗟翠袖單。湘浦蘆花纔捲雪，吴江楓葉尚含丹。天涯怕有悲秋侶，遠道征袍欲寄難。

其二

迷離霜氣逼層檐，送暖誰教半臂添。花蕊冷凝三徑露，蘭煙香鎖一重簾。雕籠鸚鵡衣嫌薄，銀沼鴛鴦夢不甜。繡幕慵開金翦響，微飔生恐透荑尖。

其三

曉風庭院静鞦韆，睡鴨濃熏畫閣前。待詠謝娘飛絮句，合題蕭貫衍波牋。扶笻懶趁尋春約，擁被還同聽雨眠。猶戀青氊拋未得，幾回瑟縮聳吟肩。

其四

九月前頭未授衣，東陽病骨瘦難支。雲陰黯黯團書幌，雪意濛濛壓酒旗。鳧渚波光紅鯉到，魚天霜信白鷗知。巡檐好訂消寒約，預話圍爐覓句時。

和張船山先生集中觀物觀我八首

仙

御氣排空任往還，浪傳海日照神山。雲迷玉洞桃千樹，鶴唳瑶天月半環。自有真靈居位業，那能游戲落人間。蓬萊别具長生術，何事金丹苦駐顔。

龍

頃刻風雷遍八荒，神靈變化豈尋常。延津劍氣朝成采，滄海珠芒夜有光。一鉢皈依菩薩座，九華衮黼帝王裳。乘時正待爲霖雨，莫隱澄潭作睡鄉。

鬼

白楊衰草路迷漫，若有人兮獨往還。燐火青團新戰壘，陰風寒旋北邙山。秋墳詩冷吟蘿薜，夜月魂歸想珮環。解識塵寰諸苦惱，輪迴應不墮陽間。

蝶

金粉斜陽罨畫樓，南園草色望中收。尋芳繡陌衣香戀，作戲雕欄扇影兜。帳底與誰同幻相，花叢惟爾最風流。碧城十二春如海，艷煞秦宫一世修。

生

星辰度杪片時分，從此形骸强累人。一霎光明新世界，百般愁苦舊緣因。由來牽掛無餘物，自後文章有替身。仙佛輪迴何處證，模糊同是謫紅塵。

老

跌宕縱横少日情，頭顱如許鬢星星。深慚遲暮稱人瑞，翻羡中年是妙齡。取次花叢羞自顧，最難蕊榜慶重經。便騎箕尾應無憾，蘭玉森森已滿庭。

病

寒暑陰陽偶失宜，繩牀倦倚態難支。腰圍瘦減西風候，心緒愁生夜雨時。幾見良醫能續命，更無靈藥治相思。經秋憔悴維摩詰，禪榻懨懨睡起遲。

死

撒手紅塵去不還，返魂無計覓神丹。靈根漫擬他生卜，正氣全歸此際難。泉下親朋欣把袂，堂前子婦哭傳餐。名山自富千秋業，猶有騷人拜坫壇。

鴛鴦十二首〔一〕

文彩翩翩絶世才，棲身池館亦蒿萊。湖邊翡翠傷心侶，江上芙蓉薄命胎。雲水爲家雙宿慣，穠華被服五銖裁。生涯畢竟煙波好，不羨鯨魚跋浪開。

其二

蓬萊鳷鵲記聯行，心在江湖夢未忘。珠海春融垂翅穩，銀塘日暖曬衣香。絶無機事同鷗鳥，豈炫文章效鳳凰。消受蒼茫煙水福，荷花世界柳絲鄉。用楊誠齋句。

其三

太液池邊雨露殘，修然戢翼也珊珊。嫌籠鎖恨憐鸚鵡，舞鏡悲鳴惜彩鸞。倚翠偎紅時對語，風餐水宿亦知寒。蓮娃生小嬌憨甚，斜傍蘭橈帶笑看。

其四

緑意紅情戲未休，湖光瀲灩碧雲浮。煙縈蕙帶飛難定，露冷蓮房睡過秋。繡被有人同眷戀，春波無汝不風流。花叢艷煞棲香蝶，一樣芳華幾世修。

其五

寒塘雙影掠波輕，按曲歌絃識小名。獻瑞不隨鵷鷺隊，嬉春還助燕鶯聲。但描錦繡皆新樣，纔傍芙蕖便有情。最是紅閨知愛惜，囑郎打鴨莫相驚。

其六

雨香雲片葉西東，蘭露涓涓墜粉叢。金屋無人猶待闕，碧天如水不摩空。月華裙衩偷新翠，霞綺機絲妬淺紅。絶妙徐黄花鳥手，尚嫌彩筆畫難工。

其七

十五雛鬟唱櫂歌，波紋雙護碧如螺。蘭閨花樣金鍼度，珠殿霜痕翠瓦拖。樂意也隨鴻戲海，佳期不待鵲填河。白頭對影秋江上，一任魚龍曼衍過。

其八

毛羽相看亦自憐，蘭苕碧海共澄鮮。同心雅稱花爲壁，偕隱端宜水作田。似此驚才真絶艷，何人癡願羨登仙。池臺風月雙清處，開遍溪頭並蒂蓮。

其九

浴罷晴煙隱釣磯，浣紗人去剩斜暉。匳欹荷鏡窺雙笑，翠罥菱絲裊一圍。偷眼鶼鶼同比翼，回身燕燕效于飛。江鄉何畏風波惡，福禄心情願已違。

其十

煙雨樓邊舊有湖，蔚藍晴漲落霞鋪。纏綿畫出春人態，顛倒描成素女圖。燕寢凝香金縷贈，鸞臺舞影玉琴孤。垂雲寶帳流蘇冷，輸爾紅衣翠蓋扶。

其十一

桃葉空江兩度船，水宮環珮散秋煙。種成扇牒三生恨，彈冷琵琶一曲絃。花海夢尋無著地，華鬘腸斷奈何天。西亭翠被眠香處，墜粉零紅總惘然。

其十二

江郎才盡筆無奇，難寫銷魂絶代姿。情重雙棲原有劫，生逢並命忍長離。韓憑合化相思樹，崔珏工吟《本事詩》。粲粲成行三十六，更誰黄絹鬭新詞。

【校】

〔一〕題：聯吟本有自記云：「越華講舍池蓮歲開，時有並蒂。丙戌季夏，又茁駢花。忽來一鴛鴦鳥，回旋水次，終日不去。憐其文彩之姿，孑然隻影，飛宿無地，予心感焉。泚筆賦此，拉雜成章，不計詞之工拙也。」

游絲四首和友人作

蕩漾晴空裊不支，和煙和雨暗迷離。飄零蹤跡渾如客，搖曳丰神頗似詩。繫我情懷行藥候，引人愁緒倚欄時。憑他牽惹桃花片，留得春光上柳枝。

其二

茅檐花雨碎紅稠〔一〕，蛛網晴光屋角收。不盡纏綿猶澹蕩〔二〕，絶無依傍自風流。輕攙錦絮穿羅幕，斜罥珠簾上玉鉤。幾度垂楊同卧起，也隨煙態拂人頭。

【校】

〔一〕碎：詩稿本作「落」。　〔二〕澹蕩：詩稿本作「浪蕩」。

其三

悠揚似欲綰春暉〔一〕，搖颺斜陽力已微〔二〕。無限低徊風嫋嫋〔三〕，這般狼藉雨霏霏〔四〕。輕盈漫補苔衣薄〔五〕，婀娜還黏杏纈肥。繫得香魂剛一縷〔六〕，惹他紅袖莫驚飛〔七〕。

【校】

〔一〕綰：原作「縮」，據詩稿本、聯吟本校改。　〔二〕斜陽：詩稿本作「花魂」。　〔三〕無限低徊：詩稿本作「未免有情」。〔四〕這般狼藉：詩稿本作「若爲小住」。〔五〕漫：詩稿本作「莫」。〔六〕香魂：詩稿本作「斜陽」。〔七〕「惹他」句：詩稿本作「閒身又逐柳棉飛」。

其四

風前鬟影感飄蕭，花底行吟悵寂寥。老屋無人啼絡緯，虛廊過雨長蠨蛸。曾防燕翦當空斷，時見蜂鬚著意撩〔一〕。饒有相思拋不得，垂垂縈住海棠嬌。

【校】

〔一〕時見：詩稿本作「無那」。

倪烈婦輓詩

烈婦，浙江長興人，適歸安胡鹺尹銘泰子能，少尉德培姪媳也。鹺尹病歿，投井以殉，年二十七。少尉有詩哭之。

慘慘香魂碧海沈，銀瓶往烈繼從今。劇憐黛閣分飛燕，合化青陵並命禽。芳徑空留紅粉恨，蕙紈終少白頭吟。幽懷誓不波瀾起，一掬清泠本素心。

其二

字翦皮金久斷腸，蘆簾侍疾黯神傷。瑶池無計偷靈藥，玉甃都應變海棠。秋葉梧桐空寫怨，寒泉苔蘚痛埋香。愁看阿大中郎恨，一卷哀辭淚萬行。

其三

難向鷩精覓返魂，玉樓誰召比肩身。無情天要戕佳偶，薄命花原屬美人。厄閏黄楊終墮劫，他生紅草莫傷春。可憐兒女麻衣雪，哭倒淩波拜襪塵。

其四

鳳靡鸞吪亦等閒，曹娥碑寫淚潸潸。草名獨活生何益，人爲多情福總慳。彤管待題貞女傳，銀牀早證列仙班。井華歌到雲林閣，定有靈風響佩環。

書藴梅悼亡詩後

張曙哀吟劇可憐，幾行清淚灑蠻箋。舞臺影冷悽鸞鏡，妝閣香殘委翠鈿。黄絹有辭題幼婦，紅塵無計駐飛仙。華年細數花風過，彈斷秋幃錦瑟絃。

其二

瘦盡愁蛾畫不長，碧城偏召杜蘭香。美人絶代難延壽，名士多情慣悼亡。幽恨莫填天似海，歸魂何處月如霜。憐他雛鳳中宵哭，覓母呼爺更斷腸。

其三

朝雲無命侍東坡，翠被生寒可奈何。釵鈿情難泉下寄，珮環影盼夢中過。凄涼瘞玉營鴛塚，珍重量珠渡鵲河。饒有鶯花廿年樂，莫教愁損病維摩。

其四

我亦頻年唱惱儂，招魂六度泣鵑紅。緣如風絮團還散，悟到曇華色是空。飛燕舞裙仙共遠，彩鸞遺墨恨應同。懺除綺語終難盡，都在零香賸粉中。

即事口號

湘簾匝地水沈熏，供養蕭閒自在身。四壁詩篇如炫富，一牀花影當横陳。綺羅心事中年感，風月情緣世外春。清茗半甌禪榻畔，此間何處著纖塵。

感舊

回廊花影覆層闌，記得憑肩帶笑看。今夜星辰渾不似，熏風庭院亦添寒。

其二

園亭無復賞花期，心事纏哀只自知。春帶愁來秋帶病，一年多半斷腸時。

幽恨

幽恨無端上繡鞋，愁他衺馬洛陽街。酴醾芳訊春三月，蘭芷香蹤水一涯。唾袖尚餘殘碧漬，壞裙拚付落紅埋。歡期待倩鐙花卜，莫問盤龍七寶釵。

懊儂

鞦韆庭院舊房櫳，自撥琵琶唱懊儂。芠尾春風思芍藥，斷腸秋水怨芙蓉。鞋邊彩鳳空凝盼，簾外青鸞已絶蹤。賸有畫梁雙燕子，年年一度一相逢。

病枕

病枕欹襌榻，燈殘焰不明。長更淒欲斷，短夢碎難成。雞唱深宵寂，蟲聲隔院清。無聊閒覓句，幽恨一時生。

題東軒吟社畫象

載酒江湖興未孤，林泉適意儘堪娛。流傳豈必香山社，此是西園雅集圖。

其二

牙籤拂拭幾摩挲，韻事壺觴續永和。此日風流誰繼起，貞元朝士已無多。

病黄自嘲〔一〕

吟到秋花瘦骨單，居然黄面學瞿曇。陡驚雲物來蒸菌〔二〕，那有瓊貽遠贈柑〔三〕。守日何曾人瑞見，題碑祇覺色絲慚。忽然欲作游蜂想，斜抱花枝笑不堪。

【校】

〔一〕題：集外本作「病黃戲作七律四首」。〔二〕「陡驚」句：陡驚，集外本作「誤驚」。蒸，金本五筆卷八作「徵」。〔三〕瓊貽：集外本作「鄉遺」。

其二

書生那有覆袍身，衹聽彈琴樹底聲。〔一〕幾度鵑啼埋土恨，頻年鸝吹説風情〔二〕。赤松何處來尋石〔三〕，靈藥無由遍覓精〔四〕。那有金臺能市駿〔五〕，好憑阿嬭護長生〔六〕。

【校】

〔一〕「書生」二句：金本五筆卷八作「龍袍豈合亂加身，衹有彈琴樹下聲」，集外本作「袞袍何意竟加身，且聽彈琴樹下聲」。〔二〕鸝吹：集外本作「鸝唱」。〔三〕何處：集外本作「何地」。〔四〕遍：集外本作「解」。〔五〕「那有」句：金本作「惟願喇嘛全剥去」。

〔六〕好憑：集外本作「且憑」。

其三

轉緑回時劇可憐，竟同梅雨夏初天。吟成豆葉詞人曲〔一〕，説到槐花舉子顛。半世青燈叢卷裏，忽來白葦亂茅前。更無粉額親磨墨〔二〕，替寫河流遠上篇。

【校】

〔一〕詞人曲：集外本作「詞人哭」。　〔二〕粉額親磨墨：集外本作「粉墨親題壁」。

其四

由來我是土摶人，難説精金鑄島身。一領青衫仍鷂子，卅年烏帽抗蹄塵〔一〕。蘖含定覺心中苦〔二〕，粱熟誰貪夢裏真〔三〕。雲海更無登覽興，詩吟山谷倍愴神〔四〕。

【校】

〔一〕卅年：集外本作「廿年」。　〔二〕定覺：集外本作「自覺」。　〔三〕誰貪：金本作「空教」。　〔四〕倍愴神：金本作「劇傷神」，集外本作「倍傷神」。

詩集補遺

題龍潭禱雨圖步公束原韻〔一〕

不畏層巖險，攀援訪絶蹤。精誠通帝座，邐迤入雲峰。共望霖三日，渾望路幾重。蝘蜓驚睡起，蟻穴一時封。未轉羲和馭，旋披玉女衣。山靈孚衆望，賢宰惠民饑。新麥沾來潤，寒梅綻已肥。試看圖畫裏，萬匯盡生機。

【校】

〔一〕題：《海雲閣詩鈔》未收此詩，兹録自釋雪舟《龍潭禱雨圖》，識云：「奉題公束仁兄大人《龍潭禱雨圖》，謹步自題原韻，即求郢政。弟葉衍蘭草稿。」詩題爲整理者據此而擬。

附

九月二十七日詣廬山烏龍潭禱雨還紀事作

張鳴珂

巉石劣容趾，懸厓人絶蹤。捫蘿尋邃谷，越澗度高峰。忽見龍潭水，不知深幾重。殷勤祈禱畢，回首白雲封。言歸石塘鋪，飛雨忽沾衣。共訝神靈應，誰憐歲苦饑。連朝甘澍降，遍野麥苗肥。挑盡昏燈坐，勞人暫息機。

録自《龍潭禱雨圖》

賦得游鱗萃靈沼 得靈字五言八韻〔一〕

盛世賢才萃，宸游地亦靈。振鱗翔鳳沼，取象協犧經。神物依宮囿，祥光動渤溟。尾辰翻獻瑞，爪甲宛呈形。卅六波涵白，三千浪擊青。聖顔瞻繞日，卦體景聯星。舜澤霑常渥，周詩頌亦馨。龍光恩正沛，得士軼前型。

【校】

〔一〕題：此詩爲試帖詩，《海雲閣詩鈔》未收，兹録自顧廷龍主編《清代硃卷集成》第二十册，臺北成文出版社一九九二年影印本。

斷句三則〔一〕

笑我夢寒猶待闕，有人情重不言仙。

重來池館剛三月，入望樓臺隔一重。
學畫名花留小照，要將明月問前身。

【校】

〔一〕斷句三則，録自汪瑔《旅譚》卷一。

秋夢盦詞鈔

卷一

疏影〔一〕

題自畫花影吹笙仕女

迷濛澹月〔二〕。照棠梨院落〔三〕，清景幽絶。旋旋長廊，曲曲迴欄，參差露下吹徹。飛瓊綺思憑誰問〔四〕，只少箇、雛鬟能説。想夜闌、翠袖輕盈〔五〕，淺浸一庭寒雪。　憐取嬋娟倩影，素娥定倚樹，相伴孤潔。瘦攏春纖，暖炙銀簧，冷透瑶階羅襪。紅樓短夢修簫譜，怎訴與、舊愁悽切〔六〕。算繡籠鸚鵡聰明〔七〕，猶記那時情節。

【校】

〔一〕全闋：三家本作「迷濛澹月。正碎陰滿地，鵝管吹徹。花靚如人，人瘦如花，珠喉乍啓還怯。

碧城十二春來處，暗度到、飛瓊仙闕。想夜深、翠袖籠寒，撲散半庭香雪。　長傍風簾按曲，素娥縱耐冷，相對愁絕。小立苔心，暖炙銀簧，卻恨微雲明滅。簫臺便欲乘鸞去，怕隔院、芳菲消歇。聽畫廊鸚鵡傳歌，響板更添淒咽」。　〔二〕澹月：鈔本作「月色」。　〔三〕棠梨：鈔本作「無人」。〔四〕綺思：鈔本作「心事」。　〔五〕想夜闌：鈔本作「最憐他」。　〔六〕「憐取」八句：鈔本作「深夜素娥不寐，伴嬋娟瘦影，耐此孤寂。弱鬟霏煙，纖指生寒，前夢似曾相識。紅樓十二秋如許，怎訴與、閒愁千疊」。　〔七〕繡籠：鈔本作「雕籠」。

金縷曲〔一〕

苔

静鎖蘼蕪院。繞閒階、緑濛濛地，幾痕深淺。鎮日傷心儂意懶〔二〕，畫出露啼煙泫。恰襯著、湘簾低捲。細雨香泥三二月〔三〕，趁東風、軟映桃花面。幽僻處，休輕踐。　蕭齋寂寂無人見〔四〕。儘銷魂、斜陽多少〔五〕，舊時鶯燕。一種迷離芳事老，直恁落紅黏滿。尋不得、墜釵遺鈿。鴛屧弓弓行乍怯，傍迴欄、六曲都扶遍。愁望盡，春光遠。

【校】

〔一〕全闋：三家本作「静鎖閒庭院。緑濛濛、緣階繞砌，幾痕深淺。莫認繡茵堪醉臥，纖盡煙啼露泫。恰襯著、湘簾低捲。舊日池臺芳事冷，但青蕪、滿目同秋苑。幽徑滑，且休踐。華堂寂寞無人見。賸斕斑、香泥糁濕，暗迷歸燕。錦樣韶光誰斷送，細雨輕塵一半。更點點、殘紅飄罥。鴛屧潛蹤行乍怯，傍迴欄、六曲都扶遍。愁萬疊，碧成片」。〔二〕儂意：鈔本作「人意」。〔三〕細雨：鈔本作「細草」。〔四〕無人見：鈔本作「重門掩」。〔五〕儘：鈔本作「最」。

水龍吟

五月十五夜，偕汪芙生瑑、杜仲容友韋登粵秀山看月，同芙生作

銀蟾何處飛來，碧空捲得炎飆浄〔一〕。樓臺一抹〔二〕，是煙是水，鎔成清景。道冷呼鸞〔三〕，天高唳鶴，露淒風警〔四〕。料廣寒今夕，素娥無睡，晶簾外、羞孤影〔五〕。我欲淩虛絕頂，洗塵襟、玉壺冰鏡。穠花錦石，漢家遺恨，那堪重省。惆悵江南，有人歸夢，相思愁證。仲容有歸梁溪之信。試憑欄長嘯，橫吹紫竹，喚啼烏醒〔六〕。

【校】

〔一〕「碧空」句：碧空，鈔本作「滿空」。炎飆，三家本作「纖雲」。〔二〕一抹：鈔本作「一碧」。〔三〕道冷呼鸞：三家本作「樹老吟猿」。〔四〕露淒風警：鈔本作「露澄風静」。

〔五〕「料廣寒」三句：三家本作「料廣寒宮闕，秋光先到，都藏納、山河影」。〔六〕「漢家」八句：三家本作「憑欄無數，霸圖銷冷。客夢江南，浩歌歸去，嬋娟同證。仲容將歸梁溪。更遥觀滄海，横吹紫竹，喚魚龍醒」。漢家，鈔本作「漢朝」。

沁園春

詠碧紗櫥

隔斷屏山，花影迷離，閒情那廂。正桃笙乍展，秋蚊怯入，蘭湯悄試，小燕關防。方空周遮，輕容掩映，占盡柔鄉與睡鄉。銷魂處，惹朦朧詩夢，圓到瀟湘〔一〕。偷窺碧玉形相〔二〕。有雲鬟深深蓄意藏。慣鴛蹤潛躡，暗聞嬌喘，麝熏微度，怕洩春光。淡似煙籠，浄無塵涴，圍住生香錦瑟傍。宵來好，恰羅幃高揭，月色迎涼〔三〕。

【校】

〔一〕「惹朦朧」二句：三家本作「是緑天雨過，夢到瀟湘」。〔二〕窺：三家本作「將」。

〔三〕「宵來」三句：三家本作「宵眠穩，任羅幃密護，月上銀牀」。

臺城路〔一〕

題自畫梅雪幽閨圖

凍痕深冱晴煙濕，芳菲絮雲鋪徑。悄悄簾櫳，悽悽院落，黯黯春人愁影。巡檐正冷。怕立遍蒼苔，襪羅冰凝。翠幕慵開，空庭涼浸月華瑩。　鸞衾欲温未得，悵寒侵燕玉，清恨誰省。斷漏催蓮，微颸響竹，倦倚熏籠斜聽。流蘇漫整。逗一縷柔魂〔二〕，素心同證。珊枕留香〔三〕，伴儂幽夢醒。

【校】

〔一〕全闋：三家本作「翠簾深護疏枝瘦，幽香暗封蘭徑。映竹顰低，巡檐笑淺，夢與梨雲同冷。横斜弄影。怕立遍蒼苔，襪羅塵凝。詠絮庭前，縞衣相對畫欄暝。　黄昏誰倚澹月，悵飛花點額，愁黯鸞鏡。繡幕偎寒，金尊照艷，伴取何郎詩興。青禽夜警。蕩一縷冰魂，玉容微病。曉角吟霜，小樓人未醒」。

〔二〕柔魂：鈔本作「香魂」。　〔三〕留香：鈔本作「留芬」。

清平樂

題自畫桐陰擫箋仕女

蟾光似水。花影層欄碎。風露羅衣涼欲洗。此際高樓誰倚。鄰家絃管分明。兒家庭院淒清。只有一枝横竹，奈他都是秋聲。

賣花聲

翠鳳嚲釵梁。倦卸殘妝。銀釭羞解薄羅裳。總是檀奴憐惜處，頰粉肌香。恩愛兩難忘。艷福雙雙。細思何物抵伊償。月樣容華花樣命，珍重年光。

前調〔一〕

梨院雨紛紛〔二〕。深鎖閒門〔三〕。春人原自怕黄昏。簾幕半垂窗半掩〔四〕，怎不銷魂。影事墮無痕。夢也何因。月明花笑總前塵〔五〕。賸有畫梁雙燕子，愁緒平分。

【校】

〔一〕全闋：三家本作「蒼蘚鎖頹垣。雨暗重門。梨花落盡又黄昏。簾幕半垂燈半炧，那不銷魂。羅帊舊啼痕。袖底空温。繡幃獨自掩芳尊。除卻雕梁雙燕子，影事誰論」。又，調作《浪淘沙》。〔二〕雨紛紛：鈔本作「静愔愔」。〔三〕深鎖：鈔本作「深掩」。〔四〕半掩：鈔本作「半鎖」。〔五〕花笑：鈔本作「花燦」。

臺城路

客路逢陳珊士同年壽祺〔一〕

江湖同作傷心侣，重逢鬢絲添了。策杖西風，停鞭落日，無語相看一笑。金樽共倒。且買醉花前，狂歌側帽。見説桃源，於今可有晉時櫂。白雲休負舊約，把青山緑水，都付吟稿。短堠烽煙，長途冰雪，屈指歸期須早。朱顔易老〔二〕。問銀燭光中，幾回年少。料理扁舟，待盟鷗社好。

【校】

〔一〕題：二編本作「客路逢陳珊士同年」。〔二〕朱顔：鈔本作「玉顔」。

百字令

露筋祠

明璫玉佩，問千秋幾箇，女郎祠宇。粉怨珠啼爭一霎，艷絕荒原坏土〔一〕。蚊市霜寒〔二〕，螢鐙月黑〔三〕，夜永愁多露〔四〕。閒花野宿，同行那識酸楚〔五〕。　今日擣麝留香〔六〕，人來憑弔〔七〕，欲語無才語〔八〕。雲樹蒼蒼湖水碧，定有靈風來去〔九〕。翠篠煙迷，白蓮波嫋〔一〇〕，遥認題詩處〔一一〕。停橈落日，神鴉點點飛暮〔一二〕。

【校】

〔一〕坏土：鈔本作「香土」。　〔二〕霜寒：三家本作「雷喧」。　〔三〕月黑：三家本作「月暗」。　〔四〕「夜永」句：鈔本作「愁煞深宵露」。　〔五〕同行：三家本作「伴行」。

〔六〕擣麝留香：鈔本作「俎豆芳留」。　〔七〕人來：鈔本作「才人」，三家本作「酹樽」。

〔八〕「欲語」句：鈔本作「可解貞魂苦」。　〔九〕定有：鈔本作「似有」。　〔一〇〕白蓮：鈔本作「白蘋」。　〔一一〕遥認：鈔本作「遥指」。　〔一二〕「停橈」二句：三家本作「神絃彈罷，亂鴉點點催暮」。

浪淘沙〔一〕

新雁落汀洲。嫋嫋寒流。白蘋波冷水天秋。又是鯉魚風起也，莫倚高樓。　底事苦淹留。歸計還休。有人頻夢大刀頭。想見雲鬟香霧濕，深夜鸞篝。

【校】

〔一〕全闋：三家本作「新雁落汀洲。渺渺江流。白蘋波冷水天秋。幾日鯉魚風又起，切莫登樓。　歸計苦淹留。好夢還休。月明空唱大刀頭。料得雲鬟香霧濕，獨倚鸞篝」。

摸魚兒〔一〕

題友人探梅圖

點蒼苔、雪痕初霽〔二〕，凍雲陰沍如許。江南芳訊無消息，歸夢欲尋何處。愁自語。恁一片冥濛、仄徑霾香霧〔三〕。藏春問隖〔四〕。且瘦倚孤筇，芒鞋露濕〔五〕，隨鶴踏莎去。　閒悵望〔六〕，寥落天涯倦旅〔七〕。羅浮別恨誰訴〔八〕。頻年負了煙蘿約〔九〕，心事啼鵑能語〔一〇〕。重記取。怕蝶影迷離、忘卻空山路。枝頭翠羽。曾伴我當年〔一一〕，酒醒殘月〔一二〕，深夜此情緒。

【校】

〔一〕全闋：三家本作「望前溪、絮雲猶漬，寒香深鎖千樹。江南春到無人見，詩夢欲尋何處。行且住。伴鶴羽襹褷、閒向蒼苔步。紅亭翠隝。待仙帚輕攜，芒鞋淺曳，隨意踏莎去。羅浮遠，冷落長安倦旅。縞衣誰喚吟侶。天涯負了東風約，玉篴幾聲吹度。愁暗訴。怕鴻爪迷離、遮斷探芳路。青禽最苦。似說我當年，酒醒月落，闌夜翦燈語」。又，詞題作「題友人掃雪尋梅圖」。〔二〕「點蒼苔」句：鈔本作「點蒼煙、苔痕黯澹」。〔三〕一片：鈔本作「風雪」。仄徑：鈔本作「一徑」。〔四〕藏春問隝：鈔本作「輕衫容與」。〔五〕芒鞋露濕：鈔本作「背人清絕」。〔六〕悵望：鈔本作「省識」。〔七〕寥落：鈔本作「惆悵」。〔八〕羅浮：鈔本作「前塵」。〔九〕「頻年」句：鈔本作「銷魂苦說羅浮約」。〔一〇〕能語：鈔本作「悽楚」。〔一一〕伴我：鈔本作「憶否」。〔一二〕酒醒殘月：鈔本作「參橫月落」。

南歌子

江邊觀人送別

瑟縮琴裝薄，淒涼袖影單。暗淚各偷彈。滿懷珍重意，怕人看。

風蝶令

錦簇芙蓉褥，銀鉤翡翠簾。偎紅心事鏡臺前。半臂替渠珍重、曉寒添。　弱鬢飛蟬薄，雙翅蹙鳳尖。近來蹤跡怕猜嫌。只合碧桃花下、數春纖。

憶舊游〔一〕

題法梧門先生續西涯雜詠圖〔二〕　圖後爲王子卿諸人補圖詠。

想長廊覓句，曲院飄鐙，趺宕題箋。商略琴尊供，趁茗甌棊簟，閒說因緣。詩盦寂寥人去，秋夢散如煙。有俊侶相逢，歡蹤重續，茶話年年。　流連。勝游處，怎冷落詞場，酒海花天。賸有斜陽在，奈苔荒樹老，又換鷗邊。畫圖幾番回首，風景總淒然。怕夜月吟魂，空亭掃葉仍未眠。

【校】

〔一〕全闋：三家本作「記金臺醉酒，白社尋芳，徙倚吟鞭。未了江湖興，嘆貞元朝士，零落樽前。故山暗縈歸夢，喬木長風烟。待琴簟輕攜，詩龕小築，茶話重聯。　流連。勝游在，有幅幅丹青，付與龍眠。老圃秋容澹，算人生適意，何似林泉。畫圖幾番回首，問訊到鷗邊。想洗盡緇塵，滄江坐月移釣船」。　〔二〕題：二編本作「題法梧門先生續西涯雜詠圖」。

一枝花

送友人出守江西

澹寫離人影，一抹斜陽疏樹。峭帆風送遠、碧波去。分付驪歌，且畫旗亭句。指點河橋路。緩拂征韉，匡廬知在何處。　秋色彭郎暮。吟遍落霞南浦。觀梅官閣外、西山雨。憶否天涯，有舊侶、閒鷗鷺。蓴鱸歸計阻。問甚日扁舟，向江上尋煙語。

浪淘沙

紅藕墮花殘。秋雨潺潺。天涯應怯客衣單。今夜十三樓上月，休更憑欄〔一〕。　離思劇無端。好夢偏難〔二〕。關山何日唱刀環〔三〕。只恨浮雲遮望眼，不見長安。

【校】

〔一〕休：三家本作「莫」。　〔二〕「離思」二句：三家本作「征雁落霞寒。歷盡關山」。

〔三〕關山：三家本作「夢回」。

瑤花

辛酉七月十五夜，坐月緑莊嚴館，秋光欲波，天人息籟，老蟾素輝，盟予孤寂，意有所感，倚横竹寫之〔一〕

纖雲浄洗〔二〕，萬里涵輝〔三〕，瓊宇都澄澈〔四〕。花魂初醒〔五〕，簾乍捲、冷浸一庭涼雪〔六〕。塵襟盡滌，渾不覺、天風飄瞥〔七〕。歎素娥、依舊團圓〔八〕，明鏡幾曾傷缺。　高吟拍遍闌干，問法曲霓裳，今向誰説。河山無恙，還憶否、當日廣寒宮闕。危樓獨倚，聽鶴背、瑤瑟清絶〔九〕。瞰秋江、喚起魚龍〔一〇〕，横竹數聲吹裂〔一一〕。

【校】

〔一〕題：鈔本作「辛酉七月十五夜，坐緑莊嚴館，秋光如水，萬籟無聲，皓魄流空，伴人孤寂，倚横竹寫之」。　〔二〕浄洗：三家本作「浄滌」。　〔三〕涵輝：鈔本作「澄輝」。　〔四〕「瓊宇」句：鈔本作「瓊宇涵空碧」。三家本作「照瓊壺冰澈」。　〔五〕「花魂」句：鈔本作「花魂都醒」。　〔六〕「簾乍捲」句：三家本作「簾幕捲、冷浸滿庭涼雪」。

〔七〕「塵襟」二句：三家本作「長空送雁，訝一霎、天風飄瞥」。不覺，鈔本作「不待」。飄瞥，鈔本作「吹徹」。〔八〕歎：鈔本作「羨」。三家本作「只」。〔九〕瑶瑟：鈔本、三家本均作「瑶笙」。〔一〇〕瞰：鈔本作「更」。三家本作「怕」。喚：三家本作「驚」。〔一一〕「横竹」句：鈔本作「深夜數聲横篴」。三家本作「夜半笛聲吹裂」。

臺城路

侍姬羅氏名倩，字倩紅，嶺南西樵鄉人也。玉潤凝姿，珠光流慧，年十四即歸余。楚楚依人，娟娟此豸，花晨月夜，形影相隨，鏡檻書城，巾釵廝並，時逾四載，別竟千秋。五月榴紅，一枝花葬，年甫十七，以暴疾亡。傷哉！撫青衫之濕遍，莫罄紅愁〔一〕；檢翠袖之留芬，尚餘碧唾〔二〕。香返魂而乏術，草懷夢以無聞。隕涕調鉛，含愁把筆，詞成四闋，淚綆千絲

四年同作傷心侣，傷心此番嘗透。幽怨懷人，啼痕洗面，爲問泉臺知否〔三〕。銀缸坐守。甚鏡約釵盟，總成孤負。寂寂蘭房，魂悽夢慘者時候。年來我耽小病，鬢絲禪榻畔，文園消瘦。燕寢凝香，鴛衾偎玉，艷福幾曾消受。因緣未久。盼好月長圓，好花長壽。

怎奈嬌紅，陡驚風雨驟〔四〕。

【校】

〔一〕紅愁：鈔本作「愁懷」。　〔二〕碧唾：鈔本作「唾迹」。　〔三〕爲問：鈔本作「得識」。　〔四〕「怎奈」二句：鈔本作「怎奈罡風，碎紅千萬縷」。

前調

畫簾寒鎖鴛鴦社，重來頓增悽楚。衣冷鸞箏，塵凝麝篋，寂寂芳魂何處。情絲萬縷。翦不斷柔腸，衹添愁緒。影室淒涼，玉鈎羅薦冷無主。　頻年應官聽鼓，惜香衾幾度〔一〕，鴛幃延佇〔二〕。此日孤眠，長宵驚起，不到林鴉催曙。良辰更苦。痛艾酒蒲觴，送卿歸去。一曲懊儂，落紅啼杜宇。姬亡於五月九日。

【校】

〔一〕幾度：鈔本作「辜負」。　〔二〕鴛幃：鈔本作「幾番」。

前調

愴神弔夢尋常事，年年慣禁哀怨。月缺花殘，珠啼粉恨，争似此時悽惋。遺真暗喚。恁秀靨修眉，秋波流轉。莫是芳魂，珮環風細返天半。　營齋俸錢已薄，仗離紅慧業，慈雲應戀。聽雨垂簾，留春伴影，祇有《維摩經》卷。情緣怎斷。怕未卜他生，再成仙眷。明鏡愁看，鬢絲驚更短。

前調

明知電火光陰幻，此生那禁憔悴。酸透梅根，苦深蓮的，迸作心頭滋味。長廊舊地。記花月嬋娟，畫欄同倚。今夜星辰，一庭風露冷如水。　朝來頓添懊惱，歎尋常眠食，憑誰料理。影怯空房，寒侵孤館，那有重逢情事。餘香竟體。是唾點華凝，襲人衣袂。待寫相思，夜臺何處寄。

洞仙歌

彩雲一展，認香車初到。連夕鐙花艷雙笑。記那回相見、鬟髮垂髫，銀鏡裏，又換飛瓊風調。　更闌攜素手，楚楚腰肢，燕燕分明掌中小。芳姓劇憐卿、悄綰蘭襟，指疊雪、香痕輕妙。數明夜、蟾光正團圓，恰碧玉盈盈，年華相肖。

前調

春寒小院，啓文窗六扇。掩映簾間玉人面。指裙腰草色、緑與衫同，渾不及，鏡裏眉山葱蒨。　惹儂添悶損，訴説飄零，出水青蓮緑波泫。身世可憐生、一縷愁絲，穿不起、淚珠成串。從今後、相思愛河深，儘打疊柔情，爲伊腸斷。

前調

牙籤錦軸，傍盤龍妝鏡。圍住春風鬢雲影。更琉璃硯匣、暝寫晨書，恰伴我，映月囊螢相稱。　夜闌同翦燭，擁髻微唫，問字回身昵郎並。翠袖薄寒生、蓮漏聲沈，渾不覺、鸞簫秋冷。便同夢、籠鴛被池香，也艷福無多，那堪重省。

前調

瑤簪墮折，痛曇華一現。化作愁紅碎千片〔一〕。悵返魂香杳、續命絲難，空盼著，姍影素鸞天遠。 情緣同夢幻，三載年華，彈指匆匆去如箭。約略數前歡、攏袖熏香，猶記取、妝臺花滿。又誰料、天風珮環音，早做就鐙前，玉絃哀怨。

【校】

〔一〕化作：鈔本作「珊枕」。

前調

淒然影室〔一〕，痛真真難喚。繐帳扶牀繞千遍。也明知仙夢、撒手離塵，怎禁得，洗面啼痕如綫。 含悲搜薑篋，翠履銀璫，半雜香籢半書卷。觸手尚餘芬、戔楮叢殘，印粉暈、脂痕都滿。更遺墨、傷心忍重看，有小字蠶眠，認他嬌腕。

【校】

〔一〕室：鈔本作「空」。

前調

飛鸞鏡冷，記私攜翠袖。驀地妝臺已分手。想重泉今夜、落月彎環，應似我，悽寂黄昏時候。

珌梁棲宿並，第一難忘，仙枕餘芬襲金鏤。鴛瓦玉霜寒、茗火煎愁，總難熨、幾重眉皺。除夢裏、重逢説相思，奈夢醒依然，蘭釭孤守。

前調

離情莫訴，悵奈何天遠。花外沈吟萬千轉。認水晶簾底、朱鳥窗前，纔幾日，化作翠凋紅怨。

盟言釵合負，悔煞當時，天女維摩鎮相伴。仙影忒匆匆、飛燕裙裾，留不住、彩霞天半。早知是、光陰更無多，便厮守妝臺，也都情願。

前調

銜珠腕約，痛臂盟私印〔一〕。欲記綢繆竟無準〔二〕。把檀奴心事、細祝靈香，應鑒取，珊枕淚痕紅暈。　情懷空繾綣，可惜歡塵，莫向瑤臺步虛認〔三〕。艷福等閒看、熨體偎襟〔四〕，都誤作、尋常緣分〔五〕。奈今日、思量總淒然，甚薄命能消〔六〕，衹添長恨。

【校】

〔一〕私印：鈔本作「重認」。　〔二〕欲記：鈔本作「私印」。　〔三〕「情懷」三句：鈔本作「柔鄉空占戀，冉冉嬌雲，仙袂凌虛散花隕」。　〔四〕偎襟：鈔本作「偎衾」。　〔五〕誤作：鈔本作「認作」。　〔六〕甚：鈔本作「歎」。

前調

遺芬在抱，賸秋雲羅帕。紫玉煙痕已驚化。對荒寮秋雨、愁奠椒漿，酸風裏，空見紙錢飛乍。　玉棺誰伴取，佛院悲涼，可有慈雲露珠灑。煙冷玉魚寒、猶幸靈簫，有仙侶、彩鸞同跨。比長簟、空牀夜悠悠，算輸爾良宵，夜臺清話。姬柩權厝觀音院，其左右鄰室六七棺〔一〕，皆新亡少妹也。

【校】

〔一〕左右鄰室：鈔本作「鄰室左右」。

前調

文園瘦損，悵帶圍寬盡。愁寫修眉遠山暈。儘奉錢十萬、營奠營齋，聊慰汝，三載添香情分。　韋郎今已老，頓減風情，未卜他生杳難問。縱有玉簫緣、鸞鏡重窺，怕驚見、潘郎絲鬢。止一卷、金經法王前，待懺悔中年，萬千愁恨。

金縷曲

展倩姬遺影，悽然有感

此恨何時已。用飲水詞句。鎮傷心、一回展卷，一番悲涕。秀靨修眉渾似昔，萬喚千呼難起。生悔煞、留仙無計。三載情緣剛一霎，甚人天、直恁迢迢地。清淚滴，如鉛水。　銘幽欲寫相思字。奈年來、江郎才盡，筆花枯死。惆悵綺羅脂粉福，做盡愁邊滋味。看華鬢、已星星矣。縱有玉簫能續夢，再生緣、怕阻他生裏。含酸語，卿知未。

相見歡

回廊深掩重門。草成茵。黯黯春風圍住、落花魂。　畫欄畔。鞦韆院。夢如雲。惆悵絶無人處、又黄昏。

蘇幕遮

曲房深，幽徑窄。簾外無人，簾内弓弓屧。小院春陰寒惻惻。如水相思，化作愁千疊。　睡鴛鴦，眠蛺蝶。鈿約釵盟，舊恨成抛歇。往事思量誰共説。三月飛紅，愁灑杜鵑血。

菩薩蠻

銀河未隔鞦韆院。海棠亭子紅三面。驀地遇驚鴻。斜飛一笑中。　彩雲偏不住。又入花深處。隨蝶到花間。餘香滿畫欄。

前調

重門已下葳蕤鎖。夜深何事眈書坐。雲鬟彈香肩。要郎知可憐。沈沈蓮漏寂。今夕寒偏劇。侍女也乖嫌。頻教半臂添。

前調

更闌月落啼烏起。丁寧別語零星記。並坐卻低頭。知他淚暗流。妝臺移畫閣。草草閒梳掠。稽首禮慈雲。心香日夕熏。

洞仙歌

題清微道人空山聽雨圖

九龍山色，照長眉青影。中有幽棲隔塵境〔一〕。正梨妝洗淨、心跡雙清〔二〕，渾不是，窗外芭蕉愁聽。禪機如水寂，紙帳單寒，止許梅魂伴孤另〔三〕。慧業此三生、寫罷湘蘭〔四〕，更一卷、靈飛同證。好待取、經堂月華明，拚落盡檐花，翠篝香冷〔五〕。

【校】

〔一〕「九龍」三句：三家本作「蔣山如黛，鎖長眉青影。中有高樓隔塵境」。〔二〕「正梨妝」句：三家本作「想梅妝乍洗、茶夢初圓」。洗淨，葉衍蘭手書所序《空山聽雨圖册》作「淨洗」。〔三〕「禪機」三句：三家本作「禪機都寂靜，紙帳香寒，衹許梨雲伴幽靚」。〔四〕慧業此三生：三家本作「泥絮懺今生」。〔五〕「好待取」三句：三家本作「待盼取、經幢月華明，又落盡檐花，幾聲清磬」。又，「好待取」句下，《空山聽雨圖册》本有注：「道人自題詩有『擬坐經堂待月華』之句。」

前調

倩姬周年之辰，雨聲入夜不止，再填此解

牙籤拂拭〔一〕，惹閒愁千縷〔二〕。回首前塵奈何許〔三〕。悵畫簾垂地、幾度黄昏，忘不得，天女散花歸去〔四〕。　鬟絲禪榻畔〔五〕，獨背寒燈〔六〕，慣寫淒涼斷腸句〔七〕。無處覓幽棲、步屧空巖〔八〕，待結箇、茆菴同住〔九〕。生怕是、吴孃唱瀟瀟〔一〇〕，總棖觸傷心〔一一〕，那時情緒〔一二〕。

【校】

〔一〕牙籤拂拭：三家本作「香塵滿鏡」。　〔二〕惹閒愁：三家本作「染鬢霜」。　〔三〕前塵：三家本作「人天」。　〔四〕「悵畫簾」三句：三家本作「悵畫簾垂地，玉漏當窗，怎忘得，夢裏散花歸去」。　〔五〕「鬢絲」句：三家本作「銷魂羅帳掩」。　〔六〕寒燈：三家本作「殘燈」。　〔七〕淒涼：三家本作「行雲」。　〔八〕幽棲：三家本作「茆庵」。　〔九〕「待結箇」句：三家本作「問誰伴、維摩同住」。　〔一〇〕生怕是：三家本作「生怕聽」。
〔一一〕總悵觸：三家本作「又悵觸當年」。　〔一二〕那時：三家本作「惜春」。

高陽臺

題某女史梅花小影　女史善畫。

穩睡猧兒，閒調鳳子，深宵炙暖銀笙。小伴微吟，涼煙淡罥空庭。盈階風露清如水，踏蒼苔、睡鶴初醒。悄徘徊，幾曲危欄，幾點疏星。　巡檐艷說人雙笑，想鏡臺春絢，畫檻花縈。活色生香，然脂寫遍猩屏。冰魂要鬬嬋娟影，步姍姍、眉月三更。怕枝頭，翠羽頻窺，倦眼忪惺。

酷相思

鎮日愁春春未醒。便夢也、無憑準。又何怪、飄零蹤莫定。郎是箇、楊花性。儂是箇、桃花命。　今日相逢非薄倖。强重把、頽鬟整。儘鸞鏡、鴛幬肩影並。儂一似、梨花病。郎一似、蓮花靚。

粉蝶兒

無限相思，樽前分付紅粉。儘消磨、十年幽恨。寫烏絲，圍翠袖，錦屏歌冷。悵花時、誤了玉顔青鬢。　緇塵染袂，芙蓉莫問妝鏡。祗飄零、斷腸小影。憶嬋娟，尋舊夢，墜歡誰省。懺情緣、拚把綺懷銷盡。

洞仙歌

題潘星齋年丈曾瑩西崦探梅圖

清溪一曲，鎖玲瓏千樹〔一〕。應有高人伴幽趣〔二〕。正江南春好、芳訊遥傳〔三〕，忘不得〔四〕，畫裏扁舟容與。荒邨流水外〔五〕，茆屋三間，待向空巖覓吟侶〔六〕。香雪記論心、舊夢重尋〔七〕，料此日、孤山無主〔八〕。縱歸約、羅浮歲寒盟〔九〕，怕風雨枝頭，凍禽飛去。

【校】

〔一〕玲瓏：三家本作「横斜」。〔二〕「應有」句：三家本作「玉篴聲聲隔煙語」。〔三〕好：三家本作「早」。芳訊遥傳：三家本作「水碧如螺」。〔四〕忘不得：三家本作「好著個」。〔五〕荒邨流水：三家本作「板橋修竹」。〔六〕「待向」句：三家本作「更向空巖覓吟句」。〔七〕記：三家本作「共」。〔八〕「料此日」句：三家本作「問寂寞、孤山誰主」。〔九〕縱：三家本作「待」。

虞美人

緑蘿深護柴扉静。蓦覩驚鴻影。門前一樹小枇杷。何意春光偏在、野人家。妝樓鏡檻無多地。並坐烏皮几。狂花滿屋覆檐齊。只是要郎頭爲、看花低。

前調

重來正值熏香坐。且理閒功課。歌喉一囀燕鶯嬌。恰好箇人低唱、我吹簫。回身故故偎郎抱。碧玉輕軀小。婷婷一捻瘦腰肢。珍重加餐無術、學環肥。

前調

梨花瘦損嬌無力。小院春寒怯。鸞衾低擁鬢雲鬆。一桁疏簾人卧、藥煙中。昵郎枕畔温存久。也算儂消受。別時心事見時情。萬種愁懷無暇、說分明。

前調

頹雲倦倚屏山曲。偎暖香腮玉。低鬟扶病送横波。今夜替儂好歹、畫雙蛾。鏡臺久卻閒脂粉。小掠飛蓬鬢。問郎可似舊時容。只怕釧兒寬褪、帶兒鬆。

前調

拂匳花影明如畫。早是殘妝卸。問伊何事減腰圍。手捻湘裙帶子、淚雙垂。籠燈抵死催人去。無計留歡住。去留已自費思量。說甚五湖雙槳、載鴛鴦。

前調

量珠無力營金屋。莫把文姬贖。枉渠心願妙香熏。朝夕綠鬟扶起、禮慈雲。　釵盟鈿約渾難據。尋夢知何處。十年薄倖杜樊川。今日斷腸休説、再生緣。

賣花聲

題友人珠海夜游圖〔一〕

萬頃碧玻瓈。劃破蟾漪〔二〕。鏡中人影畫中詩。照見鬘天花似海〔三〕，紙醉金迷。　前夢劇相思。風景依稀。閒情棖觸舊游時〔四〕。除卻彎彎眉子月，更有誰知。

【校】

〔一〕題：丁紹儀編《國朝詞綜補》卷五十八作「倪君雲臒出示珠江春泛圖，感而賦此」。

〔二〕劃破蟾漪：《國朝詞綜補》本作「畫舫輕移」。　〔三〕鬘天花似海：《國朝詞綜補》本作「詞人行樂處」。　〔四〕「前夢」三句：《國朝詞綜補》本作「風景悵迷離。前夢依稀。披圖感觸少年時」。

前調

雲鬟耀珠鈿。翠袖翩躚。錦屏春鎖嫩寒天。除是侍香來小玉，休揭湘簾。　鸞鏡畫飛仙〔一〕。顧影生憐。新愁何事上眉尖。縱使芳容花樣艷，也惜華年。

【校】

〔一〕飛仙：郭則澐《清詞玉屑》卷八作「游仙」。

清平樂

玉顏依舊。只覺纖腰瘦。金粉樓臺花似繡。也有春歸時候。　捲簾紅雨如塵。垂簾又怕香熏。況是陰晴無定，最難將就東君。

蝶戀花

又到緑楊曾折處。和雨和煙，飛做漫天絮。心事尋春春已暮。東皇不作鶯花主。　滿院嬌紅都化水。誰信韶華，盡逐江流去。燕子雕梁無一語。斜陽空戀夭桃樹。〔一〕

【校】

〔一〕全闋：三家本作「緑遍柳絲千萬縷。如夢如煙，吹起漫天絮。刻意留春春不住。小園誰是鶯花主。　幾日萍波生遠渚。歎惜韶華，暗逐東流去。燕子雕梁無一語。夕陽猶戀冥濛樹」。

虞美人

鴛幬冷透屏山角。苦憶征裘薄。天涯旅況暗思量。應比翠篝斜倚、更淒涼。　殘燈一粟寒如水。煮到春魂死。關河風雪幾曾經。怎得夢隨冰鏡、照伊行。

瑞雲濃

垂楊巷陌，當年曾繫驄馬。記得花時醉花下。仙雲乍展，恰趁著、春光如畫。莫問苧蘿村，怪匆匆去也。　誰料驚鴻，又宛在、星房月榭。一度歌場便抛捨。滿襟幽恨，待再向、樽前陶寫。怎奈東風，小蠻已嫁。

洞仙歌

狂奴性格，醉春風羅綺。坐對梨渦便凝睇。縱琴邊雲鬢、室映芙蓉，忘不得，鸚語畫屏山底。　金尊檀板外，賦遍驚鴻，塵襪淩波鬬纖細。無計可量珠、補屋牽蘿，何處問、五湖煙水。只香夢、留鴛暫纏綿，算花雨鬘天，那曾霑體。

卷二

山花子

翠被鴛幃昨夜情。羅襟私襲麝蘭馨。翻恐人前難隱避，囑卿卿。　錦帕緘愁題宛轉，香囊持贈繫輕盈。誰信陽臺魂夢裏，不曾經。

百字令

奉華堂玉印〔一〕

肪腴一握，認紅霞帔倚，佩來姍步〔二〕。並蒂芙蓉江上冷，零落苔花秋雨〔三〕。孟后飛蟬，楊娃粉翠〔四〕，同博君王顧〔五〕。綢繆風月，宮羅空鬬眉嫵〔六〕。　想像補袞當年〔七〕，圖成添線，鳳尾親鈐取。絶代柔荑脂暈膩〔八〕，錦帶珠匳深貯〔九〕。芸案挼挲，芝泥拂拭，百倍加珍護。玉錢小篆，雙龍知在何處〔一〇〕。

【校】

〔一〕題：三家本作「偶於廠肆得玉印一枚，文曰『奉華堂印』。玉質斑駮，篆法古勁，知爲南宋劉賢妃物也」。〔二〕「肪腴」三句：三家本作「瑶肪一握，映蟬釵霞帔，晶瑩如許」。〔三〕苔花：三家本作「苔斑」。〔四〕「孟后」二句：三家本作「花乳縈紅，苕華刻翠」。〔五〕同：三家本作「寵」。〔六〕「宫羅」句：三家本作「六宫羅綺應妒」。〔七〕想像：三家本作「猶想」。〔八〕「絶代」句：三家本作「裏向鸞綃常作佩」。〔九〕深貯：三家本作「深護」。〔一〇〕「芸案」五句：三家本作「粉剔芝泥，書描薤葉，腕底增嬌嫵。羞他飛燕，篆文空際翔舞」。

金縷曲

題雅遜齋詩鈔贈樊雲門大令增祥

浄洗箏琶耳。歎年來、廣陵散絶，元音誰繼。入手瑶華閒展讀，細擫銀簫静倚。海日映、芙蓉姝麗。畫壁雙鬟同賭唱，算旗亭、尚有人知己。酬一曲，浩歌起。瓊樓莫問當時事。只憐他、因何墮落〔一〕，號爲才子。我亦紅塵經小謫，卅載飄零身世。花月夢、愁羅恨綺。風水霓裳聽已寂，甚蓬萊、没箇容君地。彈古調，空山裏。

【校】

〔一〕只憐：鈔本作「得知」。

浣溪紗〔一〕

眉月淒涼照瘦人。曲欄凭損病中身。無聊心事奈何春。　鎮日相思胡蝶夢，幾時見得杜鵑魂。一回惆悵一霑巾。

【校】

〔一〕全闋：三家本作「病起愁看滿鏡塵。曲欄扶瘦小腰身。多情鐙影伴黄昏。　一院飛花胡蝶夢，五更殘月杜鵑魂。那禁傷別又傷春」。

前調〔二〕

銀蒜低垂怯晚風。曲房香霧鎖玲瓏。緑窗人卧藥煙中。　燕子不來春寂寂，落花無語恨重重。干卿何事可憐儂。

【校】

〔一〕全闋：三家本作「銀蒜低垂罥落紅。畫欄香霧鎖重重。懶將心事問東風。燕子不歸春晼晚，楊花欲墮雨迷濛。曉寒人卧藥煙中」。

天仙子

花底纖纖曾一握。經年未踐黄姑約。芳菲庭院已蕭蕭，梧葉落。羅衣薄。星河又絡闌干角。

蝶戀花

記得長廊行樂地。六曲闌干，曲曲都同倚。羅襪半鉤涼月底。餘香賸得苔痕膩。影事前塵如夢裏。道是因緣，尚有重逢未。愁緒問花花不理。更無人會當時意。

長亭怨慢

已拚作、天涯羈旅。半壁殘燈，恁般離緒。珊淚緘紅〔一〕，瑶情懺碧奈何許〔二〕。斷魂千疊，都做盡、愁絲縷〔三〕。影事忒淒涼〔四〕，可記得、文鴛雙屧。延佇。只梧桐院落，幾點冷楓疏雨〔五〕。秋心一握〔六〕，化蝴蝶、夢中飛去。又恐隔、霧露芙蓉〔七〕，訴釵約、無人爲主。賸淡月銀屏，猶照鏡鸞棲處〔八〕。

【校】

〔一〕緘：鈔本作「啼」。〔二〕「瑶情」句：譚本作「瑶情化碧」。鈔本作「瑶思怨碧」。

〔三〕縷：鈔本作「緒」。〔四〕忒：鈔本作「黯」。〔五〕冷楓疏雨：譚本作「冷風疏雨」。

〔六〕一握：三家本作「蕩漾」。〔七〕「又恐隔」句：三家本作「怕薄霧、隔著芙蓉」。

〔八〕鏡鸞棲處：譚本、鈔本作「亂紅深處」。

卜算子

殘照墮簾鉤，燕在雕梁語〔一〕。一院蘼蕪静掩門，緑到無人處。　手種碧桃花，花片紛如雨。惱煞啼鵑不解愁，只喚春歸去。

【校】

〔一〕燕在：三家本作「小燕」。

碧牡丹

露濕叢篁翠。小院静，閒門閉。六曲雕欄〔一〕，曾記那時同倚。底事重來，便是凄涼味。草盈階，蘚盈砌。　輕相棄。清淚零衣袂。驚心柳憔花悴。從此良宵，怕到園亭深裏。一任黄昏，細雨簾垂地。對寒燈，總無睡。

【校】

〔一〕六曲：鈔本作「一桁」。

臨江仙

記取鬱金堂外見，沈沈一帶迴廊。羅衣輕惹麝蘭香。魂交真約略，眉語費周防。　心事怕教形迹露，丁寧細囑檀郎。已曾同坐合歡牀。如何瞞得住，裙衩兩鴛鴦。

摸魚兒

晚香玉

鎖玲瓏、一房香雪，亭亭微顫纖影。好風庭院黄昏後〔一〕，清帶露華涼沁。嬌不定。怕花夢成煙、暖護花魂醒〔二〕。斜陽做暝〔三〕。趁夜色瑶階，幽芳似水，秋思碧空浄〔四〕。雕欄畔，恰稱淡妝人凭。素娥還倚冰鏡〔五〕。銀絲細簇釵梁綴〔六〕，風味枕函先領。羅幕靜。愛爇斗濃薰、浸取山泉冷〔七〕。雲屏漏永。發雙笑玫瑰〔八〕，緑鬟低嚲，醉昵玉肌瑩〔九〕。

【校】

〔一〕好風：三家本作「新蟾」。　〔二〕暖護：三家本作「悄唤」。　〔三〕斜陽做暝：鈔本作「夕陽催暝」。三家本作「幽芳破暝」。　〔四〕「趁夜色」三句：三家本作「正瑶篁迎秋，冰簾織水，理鬢對明鏡」。似，鈔本作「知」。　〔五〕「雕欄」三句：三家本作「閒情賦，碧玉韶年記省。夜來名字應稱」。　〔六〕綴：鈔本作「嚲」。　〔七〕山泉：鈔本作「寒泉」。　〔八〕發雙笑：鈔本作「發淺笑」。三家本作「伴雙笑」。　〔九〕「緑鬟」二句：鈔本作「温馨醉昵，穠襯玉肌瑩」。又,「醉昵」句,三家本作「同鬭晚妝靚」。

國香慢

友人齋中,見盆蘭十餘架,悉龍巖佳品也,啼煙泣露,悽楚可憐,感賦此解

霧檻星房。甚伶俜倩影,瘦盡年光。江皋那時紉佩,燕夢思量。惆悵靈均去後,歎流落、誰賦瀟湘。回身昵郎抱,素袂塵緇,碧玉神傷。移根空谷遠,恁煙憔露悴,冷泣孤芳。海天琴杳,幽恨應痛鸞腸。怕惹騷魂深夜,悄吟伴、寒蝶啼螿。同心渺何許,一翦秋雲,覓返生香。

虞美人〔一〕

蘭房銀燭明如畫。門外雕鞍卸。層欄花影月玲瓏。珍重良宵雙笑、錦屏中。於今繫馬垂楊下。庭院清清也。絶無人處見簾櫳。獨自歸來燈暗、一星紅。

【校】

〔一〕全闋:鈔本作「長廊昔是銷魂地。曾共闌干倚。溶溶花霧月朦朧。圍得生香不斷、錦屏中。

於今庭院還依舊。往事思量否。絶無人處有簾櫳。獨自歸來燈影、一星紅」。

菩薩蠻

細匳花簇盤龍鏡〔一〕。鈿窗閒煞春人影〔二〕。獨自畫蛾眉。淺深君不知。　羅裙金蛺蝶。斜繫丁香結〔三〕。幾日海棠風〔四〕。雕欄落碎紅〔五〕。

【校】

〔一〕花簇：三家本、遺文本作「春冷」。〔二〕「鈿窗」句：鈔本、遺文本作「瑣窗愁怯靈蛇影」。〔三〕繫：鈔本、遺文本作「綰」。〔四〕幾日：鈔本、遺文本作「吹落」。〔五〕「雕欄」句：鈔本、遺文本作「玉闌人意慵」。

前調

垂雲寶帳流蘇碧。嫩寒鎖夢春無力。裙帶稱身長。鴛鴦繡一雙。　鳳釵橫紫玉。倦倚屏山曲。對鏡忒生憐。含情不啓匳。

前調

畫堂春暖圍金谷。錦紋細蹙芙蓉褥〔一〕。一曲舞山香。羅巾貼地長。紅綾千萬匹。卅六鴛鴦列〔二〕。絳蠟總分明〔三〕。鸞釵舊日情〔四〕。

【校】

〔一〕錦紋細蹙：三家本、遺文本作「錦屏花隱」。〔二〕「紅綾」二句：三家本、遺文本作「吳綾深什襲。都是鴛鴦織」。〔三〕總：三家本、遺文本作「不」。〔四〕「鸞釵」句：三家本、遺文本作「替人紅淚傾」。

前調

湘裙翡翠泥金簇〔一〕。鬟雲春膩香頣玉〔二〕。綽約數花枝。除非鸞鏡知〔三〕。蘭姨智瓊姊。私印綢繆記。情事太模糊。夢寒聽鷓鴣〔四〕。

【校】

〔一〕翡翠：三家本、遺文本作「疊翠」。〔二〕「鬟雲」句：三家本、遺文本作「玉臺斜鞸鬟雲綠」。〔三〕除非：三家本、遺文本作「此情」。〔四〕「蘭姨」四句：三家本、遺文本作「青禽消息斷。夢泠蘼蕪院。影事半模糊。曉窗聞鷓鴣」。

前調

翠翹金鳳欹蟬翼。香鈿龍腦銷寒碧。春困乍垂簾。温猊細火添。子規啼不斷。錦瑟華年换。心事萬重山。愁多怯倚欄。

前調

酴醿落盡胭脂色。笙囊繡澀苔花碧。深院柳棉飛。雙雙燕子歸。青鸞消息斷。夢隔蘼蕪岸。愁緒望關山。關山行路難。

前調

畫欄幾點櫻桃雨。雕梁燕子驚人去〔一〕。門外柳依依。玉驄郎未歸〔二〕。恩情渾似舊。只是朱顔瘦。無計惜春紅。更番花信風〔三〕。

【校】

〔一〕驚人去：三家本、遺文本作「留春住」。〔二〕郎未歸：三家本、遺文本作「何日歸」。

〔三〕「恩情」四句：三家本、遺文本作「惜花人未起。寂寞紗窗閉。鸚鵡語簾櫳。滿階堆落紅」。

前調

錦屏銀蠟團香雪。驚鴻誰賦淩波襪。霜月鬭嬋娟。瑶臺舊夢圓。　畫圖鸞鏡側。顧影真憐惜。無那蹙雙蛾。傷心别恨多。

瑞鶴仙

海棠嬌欲語。正紅濕屏山，花光如許。流鶯尚啼樹。怪無端、吹上二分塵土。飄殘錦絮。怎飄得、愁絲恨縷。怕呢喃雙燕歸來，不是畫粱朱户。　何處。枇杷門巷，鸚鵡簾櫳，舊游都阻。尋芳伴侣。誰共賦、傷心句〔一〕。縱春風詞筆，吟成荳蔻，莫寫天涯倦旅。倚高樓、目斷斜陽，一襟淚雨〔二〕。

【校】

〔一〕「誰共賦」句：三家本作「和誰賦、斷腸句」。　〔二〕「倚高樓」二句：三家本作「倚高樓、宿酒初醒，又聽夜雨」。

河傳

惆悵。花葬。小紅亭。寒食空山淚零。蘼蕪夕陽煙夢醒。清明。簾櫳飛絮縈。

樂府淒涼三婦艷。妝閣畔。往事都腸斷。錦屏山。蓮漏殘。姍姍。倩魂歸珮環。

珍珠簾

題高唐神女圖

楚天環珮清秋迥，悄姍姍、誰見行雲纖步〔一〕。蘭澤散芳馨，壓六宮眉嫵〔二〕。巫峽生涯原是夢，渾不怕、細腰人妒〔三〕。凝佇。望縹緲仙軿，鬟鬟煙霧〔四〕。　休説幻想荒唐，歎微詞艷絶〔五〕，一篇遺賦。幽恨到驚鴻〔六〕，寫洛川神浦〔七〕。翠蓋霓旌無定所，總腸斷、峰頭朝暮。愁緒〔八〕。認倩影陽臺，春風留住。〔九〕

【校】

〔一〕「楚天」二句：譚本作「楚天環珮清秋迴，悄姍姍、惟見行雲微步」。三家本作「楚天環珮歸何處，訝姍姍、忽見襪塵纖步」。〔二〕壓：鈔本作「鬬」。〔三〕渾：三家本作「料」。

〔四〕「望縹緲」二句：譚本作「望縹緲仙軿，鬟鬟風霧」。三家本作「望縹緲仙鬟，非煙非霧」。

〔五〕「歎微詞」句：譚本作「祇微詞託興」。〔六〕幽恨：譚本作「幽咽」。三家本作「摹寫」。

〔七〕寫：三家本作「又」。〔八〕愁緒：鈔本作「留住」。三家本作「來去」。〔九〕「認倩影」二句：三家本作「問倩影行雲，幾時留住」。留住，鈔本作「描取」。

陌上花

送易實甫孝廉順鼎隨父任之黔中

更闌話盡，江湖身世、歲華驚換。驀地驪歌，生把酒人吹散。垂楊不繫青驄駐，做就離愁黯黯。悵旗亭舊事，豪情煙隔，芳蹤雲斷。　拂征韉緩去，蠻花紅透，極目且蘭天遠。畫閣棠香，好待新詞題遍。銷魂應念長安客，憔悴鳳城游倦。怕相思，縱有鷺盟鷗約，鬢絲霜浣。

水龍吟

張公東大令鳴珂郵示新詞，賦此寄贈〔一〕

水風吹冷霓裳，海山誰譜琴天趣。江湖載酒，頻年漂泊，京華羈旅。絶代銷魂，鞦韆花影，獨吟愁句。想銀河滌筆，萬紅香沁，白雲在、春深處。　緑皺池波幾許。寫幽懷、相思情緒。秋蘭一朵，孤芳遥寄，楚騷煙語。邀篴蘋洲，淒涼夜月，舊盟鷗鷺。問何時倚醉，更闌翦燭，話西窗雨。

【校】

〔一〕題：張鳴珂《寒松閣詞》卷首題辭無此題。

百字令

芙生以端溪石硯見貽，賦此寄謝

天涯橐筆，歎十年磨鐵，鬢絲催老。若箇情深潭水闊，一片琳腴飛到。巖月涵青，溪霞孕碧，猶帶星光皎。瓊瑶珍重，石交惟此同調。　無分椽燭修書，榴裙捧侍，鸜眼應騰笑。不見紫雲親拂拭，空賦寒梅春曉。墨麝香流，玉蜍淚滴，永佩千秋好。背銘有「垂文千秋」之語。懷人敲句，楊花吹落多少。

揚州慢

題孫駕航前輩楫虹橋舊游圖，用白石翁原韻〔一〕

欄曲兜春，水香撩夢〔二〕，客游已冷鷗程。說鬘天影事，柳意尚含青。怕螢火、悽迷故苑，吹簫黃月，新鬼談兵。歎重來、斜日停橈，空賦蕪城。 畫圖省識，料樊川、絲鬢先驚。儘十里紅樓，煙花似舊，誰話深情。待寫卅年幽恨，都分付、瓜步潮聲。惱吟懷哀到，江南洗馬愁生。

【校】

〔一〕原韻：鈔本作「韻」。 〔二〕撩：鈔本作「縈」。

百字令

壬午春暮，乞假南旋，爰卜秋期，琴裝遄發。因倩梁杭叔茂才爲寫扁舟偕隱圖，聊作他日買山之券，自題四絶，和者數家。何意驪唱纔催，鸞絃倏斷。畫圖無恙，執玉手以何期，孤棹悽然，拂漆棺而作伴，人天悲絶，夢影何因。《百字謡》成，千絲淚咽

秋江無恙，痛巫雲一朵，霜風吹散〔一〕。畫槳淩波嗚咽甚，伴取傷心魂返。蝶粉妝殘，麝塵香滅，錦瑟頻年怨。孤鸞影窄，夜臺應共悲惋。　今日水皺笙寒，憑棺暗問，何事成悽眷。縱有青山能避俗，難望鹿車同挽。花月描愁〔二〕，煙霞冷約，瞬息流光換。低篷展拂，仙裙空際天遠。

【校】

〔一〕霜風：鈔本作「罡風」。　〔二〕描愁：鈔本作「愁描」。

好事近

深院近黄昏，寂寂嫩寒窗户。愁煞畫簾垂地，又妒花風雨。　舊時煙夢儘思量，夢也無尋處。擬把一春心事，待燕歸來訴。

賣花聲

簾幕雨如塵〔一〕。花落殘春。薄寒窗外更無人〔二〕。誰信舊時行樂地〔三〕，芳草成茵。

檀几博山雲。心字香熏。〔四〕畫中愁影鏡中顰〔五〕。不分因緣渾是夢，夢也何因。〔六〕

【校】

〔一〕雨如塵：鈔本作「晝愔愔」。　〔二〕更無人：鈔本作「雨如塵」。更，三家本作「悄」。

〔三〕「誰信」句：三家本作「曾是舊時攜手地」。　〔四〕「檀几」二句：三家本作「檀几妙香熏。難喚真真」。　〔五〕顰：鈔本作「人」。　〔六〕「不分」二句：三家本作「欲向蓮臺重證果，空乞慈雲」。渾，鈔本作「仍」。

憶秦娥

西風起。閒階吹落梧桐子。梧桐子。相思情味。滿庭秋意。　長廊舊是銷魂地。虛堂鎮日簾如水。簾如水。紅欄孤倚。那人知未。

長亭怨慢〔一〕

余與芙生別三十年，舊雨再聯，春風重唱，以詞稿屬爲點定，即書其後〔二〕

問何事、頻年載酒。畫壁旗亭，青衫依舊。湖海歸來，故人無恙試攜手。燕啼鶯笑〔三〕，猶只是、春孱僽〔四〕。恁一掬潭波，悽艷有、萬紅香透。　回首。憶鬘天夢影〔五〕，題遍錦屏歌袖。蠻牋鬬擘〔六〕，寫不盡、斷腸花柳〔七〕。又誰信、絕代才華，祇贏得、杜陵詩瘦〔八〕。且料理琴尊，重翦夜闌春韭。

【校】

〔一〕全闋：三家本作「問何事、江湖載酒。一領青衫，卅年依舊。京洛歸來，故人無恙試攜手。燕啼鶯笑，知冷落、春光久。照影碧潭深，便未許、離情吹皺。　回首。憶章臺走馬，題遍錦屏歌袖。

旗亭望斷，寫不盡、夕陽煙柳。又誰料、老去樊川，更添了、爲花消瘦。且重約尋芳，莫把清尊孤負」。

〔二〕題：汪瑔《隨山館詞稿》卷首題詞無此題。〔三〕燕：鈔本、《隨山館詞稿》卷首題詞作「絮」。〔四〕春僝僽：鈔本、《隨山館詞稿》卷首題詞作「愁時候」。〔五〕憶：鈔本、《隨山館詞稿》卷首題詞作「記」。〔六〕蠻牋鬬擘：鈔本、《隨山館詞稿》卷首題詞作「銀河滌筆」。〔七〕花柳：鈔本、《隨山館詞稿》卷首題詞作「金縷」。〔八〕詩瘦：鈔本、《隨山館詞稿》卷首題詞作「消瘦」。

喝火令

小坐雲煓幕，重尋碧海槎。也曾香飯啖胡麻。記得去年今日，來降蔡經家。紫玉橫釵燕，花鈿彈髻鴉。五銖衣薄繡裙斜。除是芳嚩，幾幅緑窗紗。除是琉璃屏幛，没處可藏他。

蝶戀花

春樣年華秋樣瘦。香鎖重簾，謝卻閒花柳。燕子雕梁凝望久。無聊自把輕陰呪。

鎮日蜂衙排永晝。芳訊更番，又到黄昏後。懊惱情懷時中酒。風風雨雨愁來候。

孤鸞

貞孝金女傳題詞，芙生屬作　女幼字中表繆氏子，忽夢繆衣冠登堂，女驚避。翌日，訃至，女哭白父母，詣繆。成喪，繼侄爲嗣，娶婦，生一女而卒，繼孫復殤，女乃歸奉母。母亡，慟甚，逾月而歿。

麝塵香碎。悵離恨天慳，瘞愁無地。倚翠鴛情，蕎化泣紅鵑淚。秋霜慣摧玉折，儘淒涼、卷葹心瘁。拚作孝烏啼樹〔一〕，葬靈萱花底。　甚絲蘿、生把孤鸞繫。怪夢裏羊車，慘蛾驚避。身未分明〔二〕，怎喚夜臺魂起。悽悽卅年冰蘗，痛青桐、幾番焦尾〔三〕。憑翦皮金小字，寫斷腸眉史。

【校】

〔一〕拚：《松筠閣貞孝録》作「苦」。　〔二〕身：《松筠閣貞孝録》作「本」。　〔三〕「痛青桐」句：《松筠閣貞孝録》作「早安排、柏舟身世」。

青玉案

櫻桃未洗枝頭露。被燕子、銜將去。錦瑟華年春已暮〔一〕。畫欄重倚，舊曾游處。猶有尋芳侶。　垂楊巷陌深如許。奈遮遍、漫空絮〔二〕。寫恨難題腸斷句〔三〕。連天衰草，夕陽無語。占盡蘼蕪路〔四〕。

【校】

〔一〕華年：三家本作「韶年」。　〔二〕奈：三家本作「又」。　〔三〕寫恨：譚本作「有恨」。　〔四〕占盡：三家本作「不辨」。

蝶戀花

緑透蘼蕪煙夢醒。十二屏山，鎖著春魂病。燕子雕梁棲正穩。眠香那識香情性。　茗盌藥爐消晝永。無賴黄昏，簾幕愔愔静。花外夕陽紅不定。人間第一愁來影。

臨江仙

骨瘦那禁春事老，懨懨倦倚鸞篝。捲簾斜日不梳頭。悶懷聊把盞，密意試藏鉤。
時共藥爐低伴影，儘抛閒恨閒愁。狂飆莫近水邊樓。紅欄圍六曲，曲曲阻行舟。

惜紅衣

雁來紅

艷借霜腴，嫣含雨暈，露華涼滴〔一〕。垂蓼汀洲，疏花半狼藉。妝樓驀過〔二〕，渾帶得新來秋色。悽寂。蘆岸落霞，趁江楓消息〔三〕。　琴邊醉客。驚惜朱顏，尋芳小橋側。斜陽目送〔四〕，遠訊渺鄉國〔五〕。苦憶舊時慘綠，誤了夜寒簾隙〔六〕。賸比紅詩句，啼煞杜鵑愁魄〔七〕。

【校】

〔一〕滴：鈔本作「逼」。　〔二〕驀：三家本、夏本作「乍」。　〔三〕消息：鈔本作「蕭瑟」。
〔四〕目送：三家本、夏本作「送晚」。　〔五〕鄉國：鈔本作「天末」。　〔六〕誤了：三家本、夏本作「夢斷」。

〔七〕愁魄：鈔本作「啼血」。

水龍吟

並蒂蓮

曉風吹透霞裳，纖趺似鬭淩波影。亭亭小立，圓香印月，倒窺明鏡。露浥駢珠〔一〕，絲牽連理，花光交映。正鴛鴦浴罷，錦塘蘸眼，晴煙暖、相偎並。　襯出蘭池清景。憶雕欄、比肩人凭。無情有恨，江皋前事，那堪重省。絳樹歌殘，同心望遠，粉雲千頃。悵紅衣落盡，緑房低亞，嚲雙翹冷。

【校】

〔一〕浥：鈔本作「挹」。

前調〔一〕

疊前韻又一首

水宮環珮偕來，仙裙悄墮姍姍影。花房舊夢，苕華倚玉，那回妝鏡。錦蝶縈香，纖鱗比目，粉痕低映。待蘭橈打槳，艫鄉小隱，聯盟約、閒鷗並。　誰信秋江煙景。惜分飛、畫欄孤凭。同心結在，芳容何處，墜歡愁省。賸有雙鬟，褰裳采采，緑波千頃。怕鬧紅罷唱，一聲河滿，怨西風冷。

【校】

〔一〕全闋：三家本作「水宮環珮偕來，襪塵悄墮姍姍影。花房共宿，露華勻染，團圓妝鏡。錦蝶梳翎，纖鱗比目，粉匳低映。想蘭汀打槳，看成仙眷，依稀似、文鴛並。　畫出秋江艷景。怕分飛、玉欄交凭。同心結在，芳盟重締，幽歡誰省。縹緲雙鬟，褰裳采采，緑波千頃。悵鬧紅罷唱，一聲河滿，怨西風冷」。又，題作「詠並蒂蓮」。

菩薩蠻

閒門靜掩蘼蕪院。斷腸人比春光遠。莫是不歸來。碧桃花又開。　見時無一語。底事匆匆去。憔悴卻羞郎。羅巾拂地長〔一〕。

【校】

〔一〕拂：鈔本作「匝」。

臺城路

緑牡丹，和友人作

霓裳舞罷雲鬟嚲，芬菲碧蘿芳徑〔一〕。畫檻凝煙，湘簾撲絮〔二〕，襯出亭亭仙影。瑶臺月冷〔三〕。訝吹下飛瓊〔四〕，黛蛾妝靚。露染天香，玉盤摇曳紺珠瑩〔五〕。雕欄珍重護惜，縹囊親灌取，羅袖低映。喚起鸚哥，調來鳳子，漾得花魂無定。蘼蕪夢醒。問富貴年華，幾人青鬢。拾翠蘭階，錦堂春正永〔六〕。

【校】

〔一〕「霓裳」二句：三家本作「是誰彩筆朝雲寄，湘裙步臨幽徑」。〔二〕「畫檻」二句：三家本作「露檻縈苔，文茵藉草」。〔三〕月冷：三家本作「夜静」。〔四〕「訝吹下」句：三家本作「恍月下初逢」。〔五〕「露染」二句：三家本作「卻羨花王，繡幃添得緑衣媵」。〔六〕下片：三家本作「闌干幾回倚遍，石華凝紺唾，羅袖低並。卷幔鸚呼，收香鳳挂，籠罩碧紗煙暝。園開艷景。看青瑣人來，帶圍輝映。翠葆翻階，玉堂春晝永」。

解連環

鬘天墮劫，眉月商愁，翠墨閒調，青衫暗濕

冶魂銷盡。悵紅樓鎖恨，殢春無影。渾不記、綺夢歡塵，有宵語翠篝，曉妝鸞鏡。幾度清歌，便換了、樽前芳訊。賸湘簾一桁，麝粉香殘，鴨篆煙冷。秋懷頓成薄倖。歎情隨月蝕，人替花病。灑別淚、猶漬青衫，縱鴛軫重調，鳳簫慵整。玉砌苔甃，尚留得、襪羅纖印。料飄蓬、瘦蛾蹙損，畫欄獨凭。

大酺〔一〕

題儷仙内子遺照

甚返魂香，驚精樹，莫慰孤鸞離鏡〔二〕。沈檀熏供養，剩綃幃留住，斷腸仙影。暗麝飄殘，嬌蛾蹙損〔三〕，猶帶黄花秋病。芳容尚如昔，痛低鬟欲語〔四〕，慧心誰證〔五〕。算千縷愁絲，霎時塵夢，讓卿先醒。書帷妝閣並〔六〕。儘憐愛、都是淒涼境。今日個、寒侵翠被，淚灑犀簾，不争差、夜臺情景。縱有釵盟在，怎問得、奈何天應。願稽首、慈雲肯〔七〕。生世難卜〔八〕，還怕春人薄命〔九〕。又傷墜蘭露警〔一〇〕。

【校】

〔一〕全闋：三家本作「縱返魂香，忘憂草，莫慰孤鸞離鏡。瑶京秋思斷，賸綃幃遺掛，軟紅猶凝。庚嶺梅荒，盧溝月闇，偕隱扁舟都冷。芳容渾如昔，痛顰眉欲語，慧心空證。算千種愁苗，霎時塵夢，讓卿先醒。　沈檀熏几净。捲簾看、仍帶黄花病。誰念我、霜凋鬢縷，淚澀琴絃，不争差、夜臺情景。待喚華鬘現，怎喚得、奈何天應。願虔祝、慈雲肯。生世難卜，還怕優曇無定。又傷露蘭墜影」。末附小字注：「余請假歸里，内子歿於俶裝之前一日。」　〔二〕「莫慰」句：二編本作「慘絶孤鸞明鏡」。　〔三〕嬌蛾：二編本作「瘦蛾」。　〔四〕欲語：二編本作「無語」。　〔五〕慧心：二編本作「傷心」。　〔六〕「書帷」句：二編本作「那曾福慧並」。　〔七〕願稽首：二編本作「稽首祝」。　〔八〕生世：二編本作「他生」。　〔九〕「還怕」句：二編本作「還怕風悽露警」。　〔一〇〕「又傷」句：二編本作「又作春人薄命」。

浣溪紗

深院蘼蕪緑到門。畫欄絲雨送殘春〔一〕。細思前事暗傷神。　絶代銷魂垂柳影，浮生如夢落花塵。人天消息究何因。

【校】

〔一〕殘春：三家本作「黄昏」。

前調

鏡裏青蛾有淚痕。夢中蝴蝶瘦三分。一春情緒總霑巾。　不盡纏綿金帶枕，絶無消息石榴裙。影堂低首妙香熏。

蝶戀花

又到舊時尋夢處。庭院愔愔，幾點瀟瀟雨。滿徑亂紅飛不住。無言自過鞦韆去。　鎮日雕梁聞燕語。似絮今番，怎把芳期誤。欲説閒愁誰可訴。依人只有垂楊樹。

前調

鎮日愁春春不管〔一〕。紅到酴醾，緑到蘼蕪岸〔二〕。寂寂簾櫳飛絮亂〔三〕。窗前只聽啼鳩喚〔四〕。咫尺畫堂天樣遠。誰信當時，青鳥傳書慣。遮莫登樓勞望眼。斜陽芳草空凝盼〔五〕。

【校】

〔一〕「鎮日」句：三家本作「爛錦韶光偏過半」。〔二〕岸：三家本作「院」。〔三〕寂寂簾櫳：三家本作「門巷愔愔」。〔四〕「窗前」句：三家本作「隔窗惟聽林鳩喚」。〔五〕下片：三家本作「回首畫堂風景換。鎮日簾垂，青鳥音書斷。獨自登樓春不管。夕陽芳草連天遠」。

碧牡丹

鎮日簾垂地。妝閣畔，閒於水〔一〕。不見庭花，只見滿園飛絮。半霎斜陽，又換黄昏雨。儘孤吟，斷腸句。傷心淚〔二〕。夢約渾難據。依然舊凭欄處。底事中宵，風露淒涼如許。繞遍回廊，獨自甚情緒。數春星，無一平。語〔三〕。

【校】

〔一〕閒於水：三家本作「芳塵聚」。〔二〕傷心淚：三家本作「悄凝竚」。〔三〕無一語：三家本作「黯無語」。

河傳

簾𨶑。香鎖。小房櫳。羅幕深深幾重。回廊隔花無路通。迷濛。滿庭飛絮風。斜倚畫欄思往事。曾此地。斷夢模糊記。〔一〕繡幃邊。鏡臺前。留連。凭肩釵影偏〔二〕。

【校】

〔一〕「斜倚」三句：三家本作「六扇文窗紗色舊。尋夢久。此地曾攜手」。〔二〕「留連」二句：三家本作「凭肩。墜釵鬢影偏」。

垂楊

章臺夢杳。記陌頭弄色〔一〕，嫩黄初裊。舞損纖腰，小垂煙態偎人抱〔二〕。那知隄畔凋零早〔三〕。絮飛盡、翠樓春悄〔四〕。賸當時、汁平。染青衫，漬淚痕多少。猶説靈和殿好。奈朝雨幾番〔五〕，也摧殘照〔六〕。倩影依依〔七〕，怎禁憔悴香塵埽〔八〕。攀條更恨長安道。怕重問、燕昏鶯曉。歎風前一樣蕭疏，絲鬢老。

【校】

〔一〕弄色：三家本作「柳色」。　〔二〕偎人：張鳴珂《寒松閣詞》卷三所附録作「和愁」。〔三〕那知隄畔：《寒松閣詞》本作「傷心何事」。　〔四〕翠樓春悄：譚本作「翠樓春峭」。〔五〕奈：《寒松閣詞》本作「怎」。　〔六〕摧：三家本作「催」。　〔七〕倩影依依：《寒松閣詞》本作「濯濯柔姿」。　〔八〕怎：《寒松閣詞》本作「那」。

氐州第一

秋聲，和友人作，用清真韻

寒逼窗寮，香暗檻曲，簾颭碧暈鐙小。惹恨懷人，悲秋送響，悽斷征鴻縹緲。無賴西風，瘦損了、幾平。番斜照。識燕情緣，留鴛影跡，艷游都老。作賦清才今已少。只贏得、相思愁繞。玉漏驚魂，銀釭妒夢，迸做淒涼抱。倚鸞箏、思往事，休重問、玫瑰淺笑。惱煞庭柯，攪柔腸、霜昏露曉。

子夜歌〔一〕

經舊游處感賦

遡歡塵、錦屏絳蠟，花月豔情如許。有多少、琴心箏怨，付與紅牙金縷。徑窄埋鴛，樓空鎖燕，驀換淒涼處。賸長廊、鸚鵡迎人，似説華鬘影事，夢尋無據。雕欄畔、逡巡繞遍，冷落一庭秋雨。秃柳當門，横藤礙路，莫繫游驄住。悵樊川薄倖，天涯空歎羈旅。翠袖籠牋，青衫涴淚，漫憶銷魂句。祇十年、幽恨難忘，酒邊悽語。

【校】

〔一〕全闋：三家本、夏本作「憶年時、錦屏絳蠟，漏盡不教歸去。賸多少、琴心箏怨，化作浪萍風絮。寶鼎煙沉，繡幃月落，舊夢無尋處。聽籠鸚、簾外呼人，猶記綠牕點拍，學歌金縷。畫欄畔、逡巡繞遍，冷鎖一庭秋雨。秃柳當門，殘蕪糝徑，莫繫游驄住。悵樊川薄倖，天涯空歎羈旅。翠扇留題，青衫漬淚，都是傷春句。最難忘、酒醒香銷，翦燈夜語」。

瑣窗寒

譚仲修大令獻代訂詞集，賦此寄謝

落拓江湖，頻年載酒，蹋歌呼侶。纏綿寄恨，影瘦萬花紅處。寫秋聲、素琴獨張，自彈夜月情誰訴。謝詞仙拂拭，芳襟遥證，翦燈悽語。　　幽緒。愁如許。〔一〕且細數箏言，静邀篷趣。雙鬟賭唱，莫問旗亭金縷。悵天涯、日暮碧雲，懷人添賦傷心句〔二〕。感飛蓬、書客飄零，倚畫樓聽雨。

【校】

〔一〕「幽緒」二句：二編本作「愁緒。傷心淚」。　〔二〕傷心：二編本作「相思」。

秋夢盦詞續

千秋歲引

黛冷緗匳，箏閒寶柱。繡帶尖紅澀纖步。龍釵戛斷紫玉朵，鴛機簇亂黃金縷。錦屏開，總羞對，鏡鸞舞。　鬟膩怯風黏粉絮。鈿翠貼花縈香雨。鵲尾熏鑪夜添炷。流蘇絡寒迷蛺蝶，瀟湘綺曲藏鸚鵡。剔蘭釭，夢和淚，深宵煮。

柳梢青

好夢安排。悄攜翠履，偷整鸞釵。寂寂花陰，金鈴犬睡，月冷閒階。　尋常密約難諧。倚屏角、羅幃暗開。珍重良宵，恣郎憐惜，休更疑猜。

高陽臺

鴛幃團花，鳧鐙綴月，錦堂香靄鸞篝〔一〕。瑞露宵承〔二〕，天風吹下瓊樓。鑾雲響遏高麗舞，更添他、蠅虎涼州〔三〕。甚雕籠，鸚鵡多言〔四〕，不訴春愁。　瑤池鶴駕飆輪疾，只宛渠淺泛，一葉螺舟。欲洗筝琶，清歌夢憶前游。留題賸有雙裙帶，記當年、曾繫箜篌。算而今，遠聽哀鴻，怕對村謳〔五〕。

【校】

〔一〕「鴛幃」三句：三家本作「繡幄藏花，銀屏貯月，一簾香靄初收」。　〔二〕「瑞露」句：三家本作「艷影娉婷」。　〔三〕「鑾雲」二句：三家本作「笑他茸帽梅妝淺，鞾雲鬟、彩扇輕兜」。

〔四〕多言：三家本作「多情」。　〔五〕下片：三家本作「玳筵記曲珍珠埽，有文鴛織錦，付與纏頭。净洗筝琶，清歌還想鶯喉。留題賸得雙裙帶，憶當年、曾繫箜篌。只而今，遠渚煙荒，怕聽菱謳」。

聲聲慢

韓熙載夜宴圖摹本，和友人作

華筵金璧，繡幄嬋娟，暖霞香護春嬌。往事沉吟，南唐艷蹟重描〔一〕。明蟾慣窺歌舞，只瓊樓、遠隔層霄。豪情甚，任花天如海，酒浪生潮〔二〕。　幾度畫圖省識，歎歡塵夢幻，一樣魂銷。憶得分明，銀屏絳蠟千條。誰繪流亡小屋，泣秋風、寒色深宵。愁拂拭，對殘鐙、聽徹麗譙〔三〕。

【校】

〔一〕「華筵」五句：三家本作「釵光颭鳳，酒氣成龍，醉魂深鎖香綃。泡影南唐，誰將艷蹟重描」。

〔二〕「任花天」二句：三家本作「把中書換卻，簇擁鶯嬌」。〔三〕下片：三家本作「曾向華鬘拓鉢，悟歡塵綺夢，轉眼都銷。晝燭銀屏，千金難買春宵。江山怕聞杜宇，趁花前、且度鸞簫。拚痛飲，任鼉更、吹斷麗譙」。

解珮令

一簾紅雨，滿庭飛絮。歎飄零、花事春光暮。蝶亂蜂忙，尚鎮日、尋香何處。總難忘、東君分付。　十郎才調，探芳騎鶴，趁長風、翩翩歸去。南海明珠，更誰信、寂寥如許。怪雄鳩、也無言語。

水龍吟

久不得玉珊信，歲暮感懷，賦此寄之

白雲無限相思，替人寫出銷魂影。琴邊舊恨，詩邊舊夢，斷腸重省。刻翠閒情，題紅軟語，歡悰塵冷。悵南枝瘦損，春來信杳，都莫訊、梅花病。　又是衝寒暮景。抱冬心、畫欄孤凭。瓊簫擫罷，瑶觴傾盡，幽懷誰證。一樣飄蓬，江湖休問，鷺眠鷗醒。縱蠻牋寄得，也難分付，把離愁罄。

玉京謡

夢繞花飛，春隨雲懶，紅閨殢病，翠墨鐫愁〔一〕

院鎖蘼蕪冷，小雨閒階，滴破梨雲暝。似水簾櫳，重幃香裊人静。那信道、倚翠良緣，總做就〔二〕、離鸞悽影。憑誰省。傷心幾度，埋紅幽徑。　思量没計扶花病。黯銷魂、又怕花淚迸。蘭喘嬌沈，偎衾生受郎並。炷寸檀、稽首蓮臺，祝好夢、比春長命。愁莫罄。知否有情天肯。

【校】

〔一〕翠墨：詞稿本作「翠管」。　〔二〕總：詞稿本作「祗」。

臨江仙

金谷園荒花事老，落紅惆悵芳時。鄰家蝴蝶尚依依。那知梁上燕，無處啄芹泥。賸有酴醿殘艷在，飛蟲亦撲空枝〔一〕。天涯不信子規啼。愁春應未醒，争欲採香歸。

【校】

〔一〕亦：三家本作「競」。

臺城路

殘紅瘦盡鞦韆院〔一〕，瀟瀟雨絲催暝。語澀嬌鸚，香霏暗麝，誰在碧蘿芳徑。梨魂喚醒。認玉色闌干，袖羅同凭。簾額風纖，淒涼畫出斷腸影。　天涯多少别恨〔二〕，那還禁慣得，花葬情景〔三〕。翠墨題緣，鵾絃譜怨，莫減露蘭春病。秋雲帊冷。算孤負當時〔四〕，寶釵鸞鏡。賸有啼鵑，訴愁和淚迸。

【校】

〔一〕鞦韆：詞稿本作「蘅蕪」。〔二〕多少別恨：詞稿本作「無限離思」。〔三〕花葬：詞稿本作「葬花」。〔四〕當時：詞稿本作「當年」。

浪淘沙

沉水罷熏香。懶整殘妝。病容扶起立斜陽。滿院梨花人不見，燕子雙雙。　影事劇淒涼。瘦損年光。明知歡會總難長。只是心頭和夢裏，多分思量。

解連環

碧城深處。記銀蟾墮影，翠鴛尋路〔一〕。算幾度、艷曲徵歌〔二〕，看釵鳳悽翹〔三〕，鏡鸞羞舞。掩袂金屏〔四〕，且莫避、雕籠鸚鵡〔五〕。只靈犀暗遞，絳蠟分明〔六〕，恨鎖眉嫵。　重來綠陰似霧。悵梨雲黯黯，春又催暮。縱認取、珠箔玲瓏，怕花雨迷離，夢魂都阻。密札芙蓉，更難問、洞簫庭户。賸空廊、嫩苔小印〔七〕，屧痕細數〔八〕。

【校】

〔一〕翠鴛尋路：三家本作「采芳曾住」。〔二〕徵歌：三家本作「傳歌」。〔三〕悽：三家本作「顫」。〔四〕掩袂：三家本作「掩映」。〔五〕雕籠：三家本作「玉籠」。〔六〕分明：三家本作「半凝」。〔七〕小印：三家本作「印屧」。〔八〕屧痕：三家本作「背人」。

摸魚兒〔一〕

春感

遍天涯、柳棉芳草，層樓都被遮斷。空庭穠艷霏如雪，裹得夕陽紅爛。簾乍捲。悵縹緲詩魂、瘦逐梨雲散。韶華恨晚。更芍藥闌移，蘼蕪徑寂，春又者般懶。香邊意，分付纏綿翠管。鸞綃空寫幽怨。琴心箏語嬋娟福，早已删除一半。愁莫遣。總蹙損秋眉、淚漬看花眼。銀屏夢遠。拚蘭屑飄芬，蕙懷銷綺，影事問雙燕。

【校】

〔一〕全闋：三家本作「繞長隄、接天青草，高樓都被遮斷。滿庭穠艷霏如雪，映得夕陽紅泫。簾怕捲。任摘粉團香、終逐游絲散。韶光易晚。更芍藥欄空，蘼蕪徑寂，春意比人懶。　銷魂處，幾日番風又换。啼鵑誰訴哀怨。樊南綺語樊川恨，今已懺除一半。愁暗綰。歎老去年年、淚損看花眼。尋芳夢遠。但極目蘅皋，碧雲暮合，心事問歸燕」。詞稿本作「裹斜陽、柳棉芳草，天涯都被遮斷。亂紅飄後蘼蕪老，緑比少年還慘。情自感。悵縹緲詩魂、瘦到梨雲黯。韶華怨晚。更芍藥開殘，櫻桃落盡，春又這般懶。　香邊意，幽恨纏綿似繭。東風無力吹散。縷經別事嬋娟福，早已刪除一半。愁未滅。覺縱有秋心、望向眉尖嵌。塵緣夢幻。算經卷藥煙，鬢絲禪榻，病起久禁慣」。又，詞稿本題作「春感和友人韻」。

金縷曲

七十生日自述

試買春前醉。撫頭顱、居然老大，光陰彈指。湖海飄零書劍在，負盡平生知己。愁縷縷、欲埋無地。羅綺情緣脂粉福〔一〕，散黄金、赢得青衫淚。花月恨，漫提起。　卅年乞米長安市。乏田園、歸來亦樂，再盟煙水。今日鬢絲禪榻畔，悟徹浮雲身世。且待把、虚名料理。猶有雙鬟詞解唱〔二〕，算旗亭、以外皆閒事。華膴夢，早醒矣。

【校】

〔一〕情緣：詞稿本作「因緣」。　〔二〕詞解唱：詞稿本作「能唱我」。

南浦

草色，和張韻梅大令景祁韻

春鎖一庭陰，慘迷離、逗得垂楊蘇醒〔一〕。幽意透簾櫳，連宵雨、添釀苔痕低映。紅樓望遠，夕陽多少傷心影。惆悵修蛾愁黛減〔二〕，掩卻綺窗鸞鏡〔三〕。　年時拾平。翠芳郊，共煙蘿襯出，青衫半領。縈恨短長亭，浮嵐外、遥颭馬蹄無定〔四〕。韶光弄暝。晚風吹瘦蘼蕪徑。曾記羅裙搖曳處，前度倚闌人並〔五〕。

【校】

〔一〕「慘迷離」句：三家本作「糝香泥、帶得愁根蘇醒」。　〔二〕愁黛減：三家本作「渾未埽」。　〔三〕掩卻綺窗：三家本作「淺碧暗侵」。　〔四〕「年時」五句：三家本作「迷濛隔斷天涯，似青衫落拓，那堪消領。柳外短長亭，尋芳去、蹴損馬蹄無定」。　〔五〕「晚風」三句：三家本作「澹煙籠住蘼蕪徑。曾記踏莎人獨立，六幅畫裙移並」。

泛清波摘遍

銀鐙款月，繡幄圍香，金谷艷輪庭院好。落紅拚盡，不顧花時燕鶯惱。狂飈埽。簾櫳景寂，車馬聲稀，槐柳競隨春意鬧。滿目頹陽，雁影鑪峰度雲表。　情紛擾。瓊苑迅飛彩鸞，絳闕又來青鳥。惆悵韶光總如夢，更無昏曉。恨憑眺。幽壑幾處綺蘭，名園一堆荒草。況是樓臺暮色，亂山多少。

天仙子

鸞鏡鎖春愁黛淺。夢裏蘼蕪山更遠。鴛機文錦織成空，蓮漏緩。琴絲斷。腸繞轆轤千萬轉。　涼月墮簾花影顫。繡屧霜痕凝砌蘚〔一〕。翠篝香燼畫欄寒〔二〕，雲鬟亂。朱顔換。心事奈何天不管。

【校】

〔一〕「繡屧」句：三家本作「露濕蒼苔凝砌滿」。　〔二〕畫欄：三家本作「玉笙」。

雙雙燕

問燕，和沈伯眉世良韻　與後一首皆少作，檢舊稿得之，坿録于此。

畫梁露濕，是深院梨香〔一〕，甚時重到。烏衣巷陌，换卻幾回芳草。知否斜陽遠道。有故侣、淒涼懷抱。傷心社雨冥濛，漸把杏林催老。　幽峭。天涯夢杳。記舊日紅絲，繫來春曉〔二〕。花間含睇，定惜鏡鸞悽照。辛苦營巢未了。似惆悵、妝樓人少。應歎玉腕鉤簾，更比去年纖小。

【校】

〔一〕「畫梁」二句：三家本作「玳梁畫静，訝羅幕低垂」。〔二〕曉：三家本作「早」。

附

雙雙燕

問燕，同葉衍蘭、朱墨莊作　沈世良

層簷睇處，笑雙影匆匆，定巢遲到。樓臺舊夢，聽説久迷煙草。應向歸鴻細道。總一樣、風塵懷抱。年年塞北江南，不管天涯人老。　寒峭。烏衣路杳。甚貼地東風，柳綿吹曉。尋常巷陌，曾换幾番斜照。又是梨花瘦了。試重話、春愁多少。黄昏待汝西樓，半桁窺簾月小。

百字令

銅雀臺瓦硯，和朱墨莊寶齡韻〔一〕

紫雲誰割，認漳河夢雨，飄來荒壘。寫到南飛烏鵲事〔二〕，錯過雙喬眉翠〔三〕。拂拭青膚，磨礲碧暈，掩映蟠螭字。雄心横槊，一家詞賦猶記。　堪笑甃冷鴛鴦，西陵歌歇，解散分香伎。差勝銀鬮金雀感，留伴騷壇文史。蜀錦封題，吴綾什襲，漫滴蟾蜍淚。錫花雷斧，墨池芳麝霏起。

【校】

〔一〕案：朱寶齡原韻已佚。　〔二〕「寫到」句：三家本作「烏鵲南飛無限恨」。　〔三〕錯過：三家本作「怎寫」。

繞佛閣

題圓圓小像〔一〕

艷蟾照影。霄露未浥，宫漏催冷。歌隊愁領。那禁越國、明珠醉筵贈。戰雲四警〔二〕。龍漢墮劫〔三〕，花淚悽迸。塵鬢重整。共驚縞素〔四〕，軍前迓鸞鏡。蕙質慕蓮潔，漫擬昭陽飛燕並。還戀佛幢、金經瓶水浄。任玉枕熏籠，眉鬬嬌靚。五華煙景。賸妙相優曇，留伴幽境。恨樨禪、夢難呼醒〔五〕。

【校】

〔一〕題：雷瑨輯《近人詞録》卷上作「題圖二小像」。〔二〕「歌隊」三句：三家本作「春炫蘭省。那禁越國、紅妝醉筵贈。戰雲又警」。〔三〕「龍漢」句：三家本作「妖霧四塞」。〔四〕共驚：三家本作「共看」。〔五〕樨禪：三家本作「香叢」。

臨江仙

膩粉纔成妝半面，東施偏效眉顰〔一〕。評量佳艷燕鶯嗔〔二〕。樓臺烟雨重〔三〕，那解惜芳辰。　滿院穠華誰管領，都憑畫檻移春。飛飛蝴蝶逐香塵。任渠花底活，原是夢中身。

【校】

〔一〕東施：三家本作「鄰娃」。　〔二〕佳艷：三家本作「風月」。　〔三〕樓臺：三家本作「樓頭」。

驀山溪

亂雲如許，攪作愁絲緒〔一〕。深院競鳴鳩，渾不管、幽閨何處〔二〕。酴醾開後，芳訊已闌珊，鶯意懶，蝶魂孤，落盡紅成雨〔三〕。　雕梁燕子，也會人言語。訴説艷陽天，怎只見、漫空飛絮。而今池館，那似賞花時，琴趣冷，笛緣慳，情願春歸去。

【校】

〔一〕愁絲緒：三家本作「愁千緒」。　〔二〕幽閨何處：三家本作「東風悽楚」。　〔三〕落盡：三家本作「滿地」。

婆羅門引

去歲，星橋駕鵲，月鏡悽鸞，屈指瓜期，傷心粉席，牽牛西北，離獸東南，麝翠題綃，鵑紅漬袂

銀潢清淺，鏡臺冷照一簾塵。影堂空喚真真。猶是去年今夕，不見去年人。痛他生未卜，短夢何因。　維摩病身。歎别恨、與誰論。悵望中庭瓜果，珠淚霑巾。珮環已杳，怕靈鵲、難度隔河魂。良夜怨、甚過黄昏。

婆羅門令

前詞意有未盡，再填此解，步竹垞韻

去年事、夜涼如水。今年恨、也夜涼如水。怪底良宵，都只是、傷心地。靈匹侶，訴得傷心未。　螢光暝，蛩語脆。望天河、獨自危欄倚。銀屏尚記當時意，絃管麗、拍歌鳳鞋觜。碧槎僊遠，還夢無計。卧看淒涼，恁已愁煞雙星會。替灑雙星淚。

浪淘沙

微雨襲幽窗。濕盡秋光。寒燈煮夢漏聲長。便是燕勞腸亦斷，何況鴛鴦。　繡被冷空牀。蘭麝銷香。獨眠情味暗思量。樓上縱然花照影，莫解神傷。

清平樂

苔絲雨繡。小苑輕寒逗。露點石華凝廣袖。花似倚欄人瘦。　落紅如雪無聲。平蕪撩亂縱横。未到送春時候，已看庭院淒清。

臺城路

素馨斜

紅雲冷落昌華苑，宮衣散餘歌舞。艷骨吞絲，香魂瘞粉，恨鎖青原坏土。斜陽買樹〔一〕。悵廢隖荒煙〔二〕，蝶裙何處。賸有涼螢，夜闌悄影墮秋雨。　呼鸞休問故道，畫橋流水杳，花葬誰主。斷碣霜苔，連畦露卉，閱過興亡幾度。樓羅細數。算喚起芳名，尚留春駐。戲馬臺空〔三〕，玉鉤同弔古。

【校】

〔一〕斜陽罥樹：三家本、夏本作「哀蟬自語」。　〔二〕荒煙：三家本、夏本作「寒煙」。

〔三〕空：三家本、夏本作「荒」。

百字令

拜東坡先生生日作

太清奎宿，甚無端、幻作塵寰春夢。磨蠍星宮生命值，贏得窮愁難送。玉局朝班，金蓮蜜炬，渥荷君王寵。蛾眉謠諑，卞惇簧舌徒弄。　遙想天上瓊樓，纏綿忠愛，千里蟾輝共。笠屐風流傳海外，山斗騷壇齊奉。一盞寒泉，惜無丹荔，來伴梅花供。南飛孤鶴，瓣香虔爇珍重。

浪淘沙

秋日泛舟即事

晴日滿溪灣。波暖雲閒。夕陽偏愛戀秋山。修到美人羅袖倚，僥倖紅欄。　小艇載花還。倩影姍姍。分無蘭麝伴衰顏。一枕穠香琴榻上，聊當春看。

天仙子

燈黯重簾簾外雨。畫梁燕子驚人去。妝樓塵鎖翠雲箱，情萬緒。愁千縷。秋夢奩前香一炷。

高陽臺

題厲樊榭先生遺象

館冷秋聲，樓空花隱，騷魂已賦游仙。唱出孤墳，探芳猶記湖船。風流合繼蘋洲笛，寫幽懷、妙注詞箋。競吟壇，鴛水漁歌〔一〕，同譜纏綿。　蓬池漫繫閒鷗住〔二〕，只邗江裙屐〔三〕，情話頻聯。夢返西泠〔四〕，六橋春鎖晴煙〔五〕。紅欄月墮淒涼影〔六〕，賸交盧、夜伴枯禪。展輕綃，一抹寒林〔七〕，海思琴邊。

【校】

〔一〕鴛水：三家本作「長水」。〔二〕漫繫：三家本作「那繫」。〔三〕裙屐：三家本作「舊雨」。〔四〕夢返西泠：三家本作「笠屐歸來」。〔五〕晴煙：三家本作「荒煙」。〔六〕「紅欄」句：三家本作「墓田泠浸西谿月」。〔七〕寒林：三家本作「疏林」。

漢宫春

題南漢馬二十四孃墓券　文凡三百餘字，略云：「維大寶五年壬戌十月一日，大漢國内侍省扶風郡殁故亡人馬氏二十四孃，年登六十四。命終，魂歸后土，用錢買得左金吾街咸寧縣北石鄉石馬保菖蒲觀界地名雲峰嶺下地，興功造墓，温葬亡人。馬二十四孃，百代温居，永爲古記。」土人於城北掘地得之。

歌舞飄零，問昌華故苑，煙鎖蕪青。扶風尚留片石，抵似韓陵。苔花孕翠，認當年、瘞玉雲扃。蒲觀冷、呼鸞響寂，碧燐照出荒塍。　惆悵兔絲呑骨，賸宫娃斜畔，素艷流馨。離非瘦荑篆刻，可勒幽銘。蒼涼斷碣，付春鋤、緑野人耕。猶幸伴、秦甎漢瓦，古香鬱勃書城。

瑞鶴仙

撲簾飛絮亂。問底事東皇，送春不管。流萍逐波遠。更潛蹤來去，繞隄侵岸。榆錢滿院。便欲把、韶光買斷。話呢喃、訴到傷心，恨煞杏梁歸燕。　愁見。三千鐘乳，十二銀屏，醉魂深淺。啼鵑疊唤。〔一〕鶯花夢，總難遣。歎園林風月，蓬蒿荆棘，占得樓臺一半〔二〕。望天涯、無限浮雲，盡遮淚眼。

【校】

〔一〕「三千」四句：三家本作「華鐙銜彩，錦幄圍香，醉魂空戀。哀鵑又唤」。〔二〕「蓬蒿」二句：三家本作「樓臺煙雨，付與平蕪一半」。

鷓鴣天

二月風狂翦柳枝。依人燕羽亦離披。糠燈似豆停機候，蠟淚成堆罷宴時。　歌舞散，漏聲遲。簷前細雨又如絲。鸞篝香暖鴛鴦宿，那有春寒到被池。

月底修簫譜

寶釵分，瑶瑟冷，心事鬢雲亂。鏡掩緗篋，學畫瘦蛾懶。可憐暮雨瀟瀟，吴孃怕聽，卻偏近〔一〕、芭蕉庭院。　夢難遣。夜深細嚼紅霞，珊淚唾壺滿。抱影纖腰，除是玉釭見。縱然燕子呢喃，會人言語，奈訴盡、春愁不管。

【校】

〔一〕卻：三家本作「又」。

浪淘沙

歌筵感賦

釵鳳彈雲鬟。舞罷衣單。嬌魂扶不上屏山。誰信九華燈影下，猶有春寒。　綃袂怯姍姍。寶瑟慵彈。袖羅偷揾繡幃閒。絳蠟分明知此意，莫護花殘。

秦淮八艷圖詠同韻梅作〔一〕

國香慢

馬湘蘭

曲榭燈涼。有同心擢秀，淡挹幽芳。傳神碧瀟春影，麗鬬詞場。絶代風流俠骨，問朱家、誰似紅妝。千金教歌舞，一桁珠櫳，齊炙鸎簧。　小園飛絮滿，記瓊筵醉月，艷説王昌。練裙諧謔〔二〕，空賦沈水銷香〔三〕。孔雀庵邊憑弔，墜釵聲、猶想蘭房。拈花悟微笑，喚醒騷魂，不羨鴛鴦。

【校】

〔一〕葉衍蘭編《秦淮八艷圖詠》另有張景祁、張僖、李綺青同題作，參見附録四「酬唱詩詞」。

〔二〕諧謔：《秦淮八艷圖詠》作「空賦」。　〔三〕空賦：《秦淮八艷圖詠》作「休歎」。

女冠子

卞玉京

妙明燈灺。鏡篋銷盡蘭麝。修蛾慵埽，瓶花親供，銀蒜低垂，幽芬縈惹。柔柔紅袖亞。

恰襯澹黃絁翦，暈妝嫻雅。倚疏寮、鬟影颺緑，淺映佛螺如畫。　琴鈿零落珠襦卸。記玉杯春暖，舊感琴河寫。素絃彈罷。念家山入破，淚痕頻灑。栴檀蓮座下。可有法華留護，祇陀庵舍。更鵲鑪重爇，綺情都懺，繡幢斜掛。

三姝媚

李香君

新歌傳玉茗。悵桃花仙源，巫雲留影。婀娜風姿，認媚香樓畔，曉妝開鏡。袖底簫聲，偎茜帊、櫻脣交映。唱到琵琶，濕盡青衫，暗催歸艇。　回憶鴛盟初訂。笑十斛明珠，聘錢空贈。脱鏁鸚籠，痛鬢鬟塵涴，露巢難定。翠扇恩疏，看淚點、啼紅猶凝。祇伴琴邊清侶，禪燈夢醒。

疏影

柳如是

章臺絮撲。認五茸雉影，花艷驚目。巾袂翩躚，儒士風流，銀釭燦照金屋。蠻牋細擘芙蓉粉，慣壓倒、吟壇尊宿。悵絳雲、萬卷成煙，可賸繡鸞篇幅。　紅豆空誇異瑞，那禁翠袖冷，愁倚修竹。拂水莊荒，懺盡塵緣，靜對《妙蓮經》軸。蘼蕪夢醒鴛鴦散，又唱斷、羅衣哀曲。歎碧池、詠到秋槐，恨滿曉妝蛾緑。

月下笛

董小宛

玉映蟾輝，良宵並坐，影梅池館。湘簾試捲。嬌趁芙蓉露華泫。幽蘭暈碧風枝裊，愛小印、紅絲繫腕。更寶奩搜艷，搓酥滴粉，共題鸞絹。　仙眷。淩波見。記蕩槳金焦，茜衫塵浣。銀釭鬬茗，料伊雲海游倦。畫欄香霧霑衣冷，願長作、姮娥彩伴。怕喚起、杜鵑魂，寒食桃花夢短。

眉嫵

顧横波

歎眉樓人去，市隱園荒，花月秣陵冷。怳覯瑶池宴，燈筵畔，秋波留照仙影。玉梅艷映。嚲鬟雲、愁滿妝鏡。料歌起，卅二芙蓉麗，伴紅燭華省。　嬌靚。簫臺聲静。憶繡屏聯句，芳意消領。春老香巖閣，情天恨，幽蘭風絮無定。畫堂夢醒。悟善持龍女同證。悵垂柳驚秋，空補寫、白門景。

翠樓吟

寇白門

酒污翻裙，釵光射鬢，柔情未消豪氣。侯門歌舞散，負一舸、千金深意。銷磨紈綺。是鐵騎邊愁，銀艫鄉味。長干里。舊巢猶在，燕歸凝睇。佳麗。空説南朝，歎渡江桃葉，玉筝重理。墜歡如夢醒，想低擁、樊通雙髻。啼妝慵洗。恨雀扇輕拋，蠶絲牢繫。簾波細。艷魂一縷，倩誰扶起。

慶宮春

陳圓圓

滿月争輝〔一〕，横塘駐影，艷名早冠香溪。朱邸藏嬌，瓊筵顧曲，酒酣密透靈犀。繡韉馱去〔二〕，恨驚聽、漁陽鼙鼓。投鞭遼海，縞素軍中，重迓鸞篦。雄姿漫説征西。碧血全家，鵑淚空啼。玉帳兵銷，銅臺春鎖，暗愁驕馬頻嘶〔三〕。五華高築，懺塵夢、禪關静棲。傷心誰訴，忍見吴宫，芳草凄迷。

【校】

〔一〕滿月争輝：潘飛聲《在山泉詩話》卷四作「滿目月輝」。　〔二〕繡韉：《在山泉詩話》本作

「繡鞍」。〔三〕頻嘶：《在山泉詩話》本作「長嘶」。

蝶戀花

纖月窺簾簾似水。浸透秋心，酸入眉尖裏。一角畫樓連苑起。樓高没個埋愁地。憶得鸞篝熏翠被。一枕流蘇，香襲鬟雲膩。往事分明紅蠟淚。於今霜鬢添憔悴。

臨江仙

罨畫樓臺春正好，無端風雨淒迷。鳴鳩屋角盡情啼。摧殘花事老，桃李漫成蹊。燕子簾間聞太息，雕粱寂寂孤棲。盈階螻蟻逐香泥。縱教紅日近，争奈緑陰齊。

一叢花

詠並蒂蘭

生香不斷畫屏中。相對素心同。幽懷欲鬬瀟湘影，悄攜手、仙珮丁東。珠綴麝囊，貀垂鳳帳，消受晚煙籠。花光齊浥露華濃。蝶夢伴惺忪。離騷好倩雙鬟唱，賦連理、譜入絲桐。空谷盪雲，重簾瀉月，臺畔鎖春風。

蝶戀花

曾是昔年歌舞地。一樹枇杷，小院重門閉。空賸碧桃仙犬吠。隔花簾幕深如此。

惆悵斑騅何處繫。滿徑蘼蕪，識得銷魂未。無限韶華都化水。亂紅飛作春人淚。

西子妝

題玉珊寒松閣填詞圖〔一〕

山月邀涼，溪雲做暝，冷抱冬心誰訴。料應禪榻老維摩，弄霜毫、鬢絲如許。天涯倦旅。算贏得、旗亭詩句。伴微吟，更瘦篁庭院，疏梅窗户。

琴邊趣。懺盡情癡〔二〕，未祓清愁去。畫欄花夢憶芳時〔三〕，按瓊簫、雪兒何處。紅牙舊譜。試重訂、新盟鷗鷺。怕銷魂，一樣江湖聽雨。

【校】

〔一〕題：三家本作「題張玉珊鳴珂寒松閣填詞圖」。

〔二〕「懺盡」句：三家本作「彈折冰

絃」。

〔三〕憶芳時：三家本作「酒初醒」。

摸魚兒

春光已去，閒恨難排，聊代愁言，以抒幽臆

倚層樓、畫簾吹絮。送春煙黯南浦。飛紅縱肯將愁帶，無奈夕陽留住。愁自訴。問遠水天涯、那有尋歸路。吟商舊譜。且破硯敲餘，寒燈坐久，清影伴君語。纏綿意，慘緑年時共處。眉尖心曲常聚。歡情花月嬋娟地，秋夢淚痕如許。君試數。但寫到、蠻牋便把儂分付。禪龕恨侶。看纔泣鸞綃，又題錦瑟，多少斷腸句。

虞美人

撲簾花氣濃如酒。釀得韶華瘦。夕陽低映小桃紅。恰似箇儂春影、茜紗中。闌干劃遍相思字。莫向天涯寄。呢喃燕子傍妝臺。可是會人言語、特歸來。

瑣窗寒

绿姬萎謝，未閲三秋，遺女淑芬又傷玉隕。悲懷泚筆，清淚盈襟

悶掩香篝，犀簾灑雨，綺窗催暝。塵凝黛篋，恨鎖舞鸞妝鏡。甚蘭階、桐陰鳳棲，斷腸又散優曇影。痛嫩紅萎露，人天難問，好春無定〔一〕。悲哽。愁誰省〔二〕。對繡裓瑶環，淚痕暗迸〔三〕。千般愛惜，那抵芙蓉薄命。現驚鴻、空賸畫屏，小脣秀靨花艷映〔四〕。傍秋墳、唤起嬌鶯〔五〕，伴夜魂淒冷。

【校】

〔一〕「人天」二句：三家本作「人天離絶，好春難永」。〔二〕愁誰省：三家本作「房櫳静」。

〔三〕暗迸：三家本作「交迸」。〔四〕「千般」四句：三家本作「蓮臺暗祝，那得金仙同證。賦驚鴻、愁展畫綃，小顰淺笑空記省」。〔五〕「傍秋墳」句：三家本作「繞棠梨、更聽鶯啼」。

聲聲慢

題玉珊江天琴話圖

關河鴻雪，湖海鷗沙〔一〕，一襟秋淚誰知。恨滿冰絃〔二〕，微波應許通辭。青峰別來無恙，向天涯、替寫相思。纏綿意〔三〕，望樓頭煙雨，細數歸期〔四〕。　猶有萍蹤契合〔五〕，趁晚霞如練，仙侶舟移。長嘯憑欄，懷人畫裏尋詩。空山月明雲遠〔六〕，訴愁心〔七〕、萬頃琉璃。邀鶴語，怕風前、添了鬢絲〔八〕。

【校】

〔一〕「關河」二句：三家本作「關河聽雁，湖海盟鷗」。　〔二〕冰絃：三家本作「金徽」。

〔三〕纏綿意：三家本作「鄉心遠」。　〔四〕細數：三家本作「空數」。　〔五〕「猶有」句：

三家本作「猶喜萍蹤易合」。　〔六〕遠：三家本作「去」。　〔七〕訴愁心：三家本作「颺風

前」。　〔八〕「邀鶴語」二句：三家本作「絃罷撫，怕新霜、吹上鬢絲」。

秋夢盦詞再續

慶春澤慢

柬冒鶴亭廣生

珠櫳紅襌，香霏碧唾，十年秋夢初醒。唱出東風，何人共畫旗亭。銀河浄滌生花筆，皺池波、甚事干卿〔一〕。話纏綿、幽恨桐悲，芳思蘭馨。楞華艷散沈伯眉。霜芙萎，汪芙生。悵霓裳舊詠〔二〕，法曲凋零〔三〕。海上琴孤〔四〕，更無歸鶴潛聽〔五〕。白雲只在山中住，訴哀絃、喚起湘靈〔六〕。泛仙槎、杏苑尋芳〔七〕，歌遍瑶京。鶴亭時將計偕入都。

【校】

〔一〕甚事：葉衍蘭《小三吾亭詞序》作「底事」。　〔二〕舊詠：《小三吾亭詞序》本作「舊侣」。

〔三〕凋零：《小三吾亭詞序》本作「飄零」。　〔四〕琴孤：《小三吾亭詞序》本作「琴音」。

〔五〕歸鶴：《小三吾亭詞序》本作「孤鶴」　〔六〕「訴哀絃」句：《小三吾亭詞序》本作「訴冰絃、再鼓湘靈」。　〔七〕尋芳：《小三吾亭詞序》本作「題春」。

陌上花

題金溎生同轉武祥冰泉唱和集後 粤西梧州城外有冰井寺，井爲元次山所鑿，寺依大雲山麓，即漫亭故址也。溎生監鹾其地，時偕賓客游詠。井舊有次山銘石，已佚。倩芙生補書重刊，並刻《冰泉唱和集》屬題，譜此應之。

林巒路曲，詩仙何在，宦游前度。玉甃苔花，青到斷無人處。漫亭雅繼風流會，嘯傲壺觴儔侶。更鑾牋鬬擘〔一〕，井華同唱，柳家詞句〔二〕。　悵秋蕪遍踏，舊題銘字，待向石闌重補。細酌清泠，證取素心如許。夕陽瘦映禪關靜，淡寫大雲烟樹。料山靈，定訝逍遥琴鶴，再攜樽俎〔三〕。

【校】

〔一〕鑾牋：金本五筆卷五作「詞牋」。

〔二〕柳家詞句：金本作「柳屯田句」。

〔三〕再：金本作「笑」。

憶舊游〔一〕

前詞成後，偶憶從前惠山品泉之樂，再填此解

自坡仙去後，曲水亭空，瘦損斜陽。玉甃蓮池注，賸漪瀾點碧，環繞山堂。舊游記尋鷗侶，揮麈繼壺觴。趁鶴院琴閒，禪扉花落，來話滄桑。　疏狂。曳吟屐，對檻外雲巒，都付奚囊。鴻雪痕猶在，怕芙蓉江冷，煙夢蒼涼。甚時更擕團月，重上九龍岡。想腋底風生，松濤萬壑天籟長。

【校】

〔一〕《冰泉唱和集》卷首題辭作「溯詞仙去後，冷落空亭，半壁斜陽。賸有寒泉注，又雕欄樹老，玉甃苔荒。雅游踏歌呼侶，幽興繼壺觴。趁鶴暢琴閒，禪扉靜扣，來説滄桑。　疏狂。恣筇屐，對檻外雲巒，都付奚囊。惠麓鴻泥在，余曾三次游惠山，品第二泉。怕芙蓉江客，歸夢鱸鄉。愛此一泓清洌，茶話滌詩腸。更斷碣重摹，晴蘿翠濕秋露香」。無題。

秋宵吟

和蘊梅韻

掌中情，扇底語。背影華堂蓮炬。屏山曲，認駕鵲銀河，飲牛仙渚。玉鵞衾，繡鳳杼。夢到湘花庭户。纏綿意，賸翠履弓彎[一]，絳囊絲縷。　麝粉香銷，更説甚、秦簫艷侣。病抛瑶瑟，瘦怯綃衣，莫問皺裙舞。深夜紅霞吐。舊印綢繆，釵鈿漫數。對殘燈、冷坐幽窗，吟蟀淒切訴暗雨。

【校】

〔一〕翠履：三家本作「翠舄」。

清平樂

七夕感舊

天街似水。獨自回欄倚。記得去年腸斷事。一樣冷清清地。　空庭露濕羅裳。金猊寒燼鑪香。今夕不知何夕，星辰倍覺淒涼。

菩薩蠻

遥山黯淡春陰滿。游絲飛遍梨花院。野草罥閒庭。紅棠睡未醒。華筵歌舞倦。簾外流鶯喚。錦帳醉芙蓉。邊書不啓封。

前調

瑯璈鈿瑟瑶池宴。素娥青女時相見。濁霧起樓蘭。邊風鐵騎寒。扶桑東海樹。移種荒崖去。淚眼望斜陽。關山别恨長。

前調

觸輪夜半飛鰩惡。魚龍曼衍潛幽壑。海蜃駕長空。寒濤戰血紅。珊瑚金翡翠。滴盡鮫人淚。遺恨鵲填河。波斯得寶多。

前調

鳳窠群女顳頊舞。纏頭百萬輸無數。紅錦稱身難。瑶箏不肯彈。　銀屏圍十二。私印綢繆記。醉眼太迷離。雙雙金縷衣。

前調

淮南赴召牙璋起。紫皇寵報金如意。烽火已漫天。何時著祖鞭。　清人河上樂。卿子誰偕作。大漠陣雲昏。淒涼烈士魂。

前調

封狼天塹能飛渡。鸛鵝半壁空如虎。釜底惜游魚。游魚薄太虛。　華陽頒十賚。恩重鼇山戴。湯網總宏開。和羹宰相才。

前調

金鑾下詔璇宮裏。繡裳特爲蒼生起。瓊户玉樓臺。誰教斫桂來。乘槎空挂席。未採支機石。青瑣點朝班。琵琶出塞難。

前調

窮鱗縱壑滄溟闊。姮娥巧計能奔月。天際動輕陰。冥鴻何處尋。青燐飛不斷。慘慘蟲沙怨。江上哭忠魂。同仇粉將去。軍。

前調

向陽花木都腸斷。青鸞望絶音書遠。鵁鶄忒知時。春情聽子規。鳴珂金紫焕。赫赫麒麟楦。簪紱樂昇平。終軍漫請纓。

前調

卅年競鑄神州鐵。水犀翻被蛟螭截。雷火滿江紅。傷心駭浪中。　長城吾自壞。添築蠻蛉塞。廷尉望山頭。思君雙淚流。

綺羅香

友人贈羅浮蝴蝶一枚，五采繽紛，置之花臺，信宿不去。一日，正凝注間，轉瞬已杳。游仙夢耶？優曇花耶？棖觸前塵，黯然譜此

緑鎖園蕪，紅悽鏡粉，意懶花叢回顧。曉夢春迷，珊枕淚縈金縷。鷩翠袖、瑶鳥攜來，簾櫳鶯燕寂静，應歎尋芳院認綃袂、畫屏棲處。甚情天、吹墮華鬘，罥空猶似羽衣舞。　落，碧雲無主。栩栩離塵，一霎錦裙仙去。愁幾度、艷影潛銷，也定知、倩魂難住。恨鴛幃、負了雙飛，玉鸞衾畔語。

鳳凰臺上憶吹簫

題劉光珊炳照留雲借月盦填詞圖〔一〕

紅黯春魂，緑撩秋怨，斷腸人解相思。悵卅年湖海，負了芳時。贏得青衫凝淚，羅綺夢、細寫烏絲。纏綿意，茶烟一榻，懺盡情癡。天涯踏歌嘯侶，應賭唱旗亭，選遍花枝。賸碧山無恙，同證襟期。多少琴心箏語，題醉墨、幽恨誰知。爐香裊，新愁舊愁，瘦損腰肢。

【校】

〔一〕炳照：原誤作「炳熙」。

金菊對芙蓉

窗外桃株，秋來茁花數朵，娟妍可愛，感而詠之

嬌借霜腴，媚含煙冷，可憐還比春紅。訝重來人面，瘦到西風。芳林已老伶俜蝶，賸曲欄、啼露寒蛩。采香籬下，嫣然一笑，斜日簾櫳。病榻倦眼惺忪。悵天台夢杳，又覩仙蹤。怕空江迎楫，遠水迷濛。青娥漫妒纖穠影，傍碧梧、帶雨猶濃。斷腸悽艷，無言有淚，

低映牆東。

百字令

莽鏡拓本

硬黄輕展，認當年偷照，長安宫掖〔一〕。剛卯銅符零落盡，顧此一規蟾魄。玉璽沈淪，金縢謬妄，鑑古悲無極〔二〕。興劉觀讖〔三〕，路堂羞整巾幘。　知否原碧新妝，眉斂乍啓〔四〕，對影窺蓮額〔五〕。堪笑回旋隨斗柄，映到漸臺宣室。璧彩菱生，苔花繡漬，位置泉刀側〔六〕。漳河遺瓦，勝地猶伴吟席〔七〕。

【校】

〔一〕長安：冒廣生《小三吾亭詞》卷二所附、《莽鏡釋文》所附作「漢家」。　〔二〕悲：《莽鏡釋文》本作「愁」。　〔三〕觀讖：冒廣生《小三吾亭詞話》卷一、《小三吾亭詞》本、《莽鏡釋文》本作「窺讖」。　〔四〕眉斂：《小三吾亭詞》本作「緗斂」，《莽鏡釋文》本作「湘匳」。　〔五〕「對影」句：《小三吾亭詞》本、《莽鏡釋文》本作「曾對修蛾畫」。　〔六〕位置：《小三吾亭詞》本作「合伴」，《莽鏡釋文》本作「合置」。　〔七〕勝地：《小三吾亭詞話》本、《小三吾亭詞》本、《莽鏡釋文》本作「勝他」。

案：《秋夢盦詞再續》十九首，葉衍蘭生前手定《秋夢盦詞鈔》初印本（光緒十六年刊）未收，後印本增訂補刻，原作「秋夢龕詞再續」。

秋夢盦詞鈔集外詞

金縷曲

題友人看劍讀書圖

插架琳琅繞。趁更闌、雄心起舞，高歌脱帽。人是玉堂天上侶，早歲博窺鴻寶。吐十丈、長虹氣浩。恰借如椽修史筆，拂霜鋒、迅把鯨鯢掃。頻展卷，獨悲嘯。　十年視草長安道。鎮相逢、酒酣斫地，鬢絲先老。長鋏欲彈歸未得，且理歸田賸稿。只此事、輸君年少。錦石穠花春似海，算雅歌、更有投壺好。籌邊業，及須早。

浪淘沙

題潘星齋年丈曾瑩藤花館填詞圖

花海擁書城。春透簾旌。紫香紅繞鬢雲橫。吟到唱妍酬麗處，人影雙清。　鵝管艷新聲。炙暖銀笙。修成慧福可憐生。錦繡才華仙眷屬，羅綺心情。

賀新郎

賀梁節庵鼎芬新婚

秋色蟾輝皓。趁蘭房、珠聯璧合，團圞偏早。十里香塵隨軟繡，迓得鸞軿初到。聽仙樂、霓裳縹緲。晝日蓬瀛修史筆，鏡臺邊、譜就催妝稿。華燭燦，釵光耀。由來鴻案傳家好。更風流、羊車洗馬，槃山京兆。還恐花鈿雲鬢影，輸與檀郎丰貌。愛穩住、玉堂春老。鸚鵡聰明應解說，説銀缸、艷照人雙笑。渾不管，紗窗曉。

案：以上三首，《秋夢盦詞鈔》未收，録自上海圖書館藏鈔本《秋夢龕詞鈔》卷一。

傳 記

清代學者象傳(圖略)

顧炎武

顧炎武,初名絳,字寧人,號亭林,江蘇崑山人。父同應,有文名,好義樂施。從叔同吉未婚夭,聘王氏衰麻來歸,逾一紀,先生始生,撫爲嗣子。生有異禀,觀書十行俱下。年十四補諸生,崇禎末入復社,有名。與同邑歸莊友善,皆耿介不渾,俗人以「歸奇顧怪」目之。屢試不遇,見時事日非,遂棄去舉業。屏居山中,取家藏經史、累朝實録及天下郡縣志、明代名人文集、奏疏徧閲之,有得即録,積數十帙,名曰《天下郡國利病書》。福王立,以貢薦授兵部司務,未仕。嗣母王太安人初以節孝旌表,及乙酉南都破,不食而卒,遺命:子毋事異代。唐王稱號,閩中遥授職方司主事,亦不及赴。尋避訟,盡鬻其産,寄居章邱,别治田舍，久而爲土人攘奪。又遷山西，營書院一區，竹垞先生題其柱曰：「入則孝，出則悌，守先王之道，以待後學；誦其詩，讀其書，友天下之士，尚論古人。」蓋實録也。僑居少暇，輒周覽山川，考古今治亂之迹，證以金石銘碣，著作不輟。嘗五謁孝陵，兩謁天壽山諸陵，四謁莊烈攢宫。康熙十八年，詔舉博學鴻詞，廷臣將薦之，馳書堅辭，絶迹不至京。二十一年，在曲沃，正月八日墜馬，疾作，次日卒，年七十。所著有《古音表》二卷、《易音》三卷、《詩本音》十卷、《唐韻正》二十卷、《音論》二卷，統名《音學五書》。又《詩集》五卷、《文集》六卷、《日知録》三十二卷，并《左傳杜解補正》、《九經誤字》、《石經考》、《金石文字記》、《吴才老韻補正》、《昌平山水記》等諸雜著，皆門人吴江潘耒梓行。其《天下郡國利病書》一百卷、《肇域志》一百卷及《二十一史年表》、《歷代宅京記》等書又百餘卷，並藏其甥徐健庵尚書家。

黄宗羲

黄宗羲，字太沖，號南雷，世稱梨洲先生，浙江餘姚人。父忠端公與楊左同劾魏閹，死詔獄。懷宗即位，先生年十九，袖長錐入都訟冤。時逆閹已磔，因疏請誅曹欽程、李實。會庭鞫許顯純、崔應元，先生對簿，出所袖錐錐顯純，流血被體；毆應元，拔其鬚，歸祭忠端公。又錐殺牢卒葉咨、顏仲文，蓋忠端絶命二卒手也。欽程已入逆案，實疏辨原疏非己出，陰賄先生三千金，求勿質。先生奏之，謂：「實今日猶敢賄賂公行，所辨豈足信？」復于對簿時以錐錐之。獄竟，偕諸忠裔設祭獄門，哭聲達禁中。帝歎曰：「忠義孫兒，可念也。」先生歸，益肆力於學，經史百家，無所不窺。山陰劉忠正公倡道蕺山，往從之游。未幾，周延儒謀翻逆案，阮大鋮圖復起，先生與南太學諸生作《留都防亂揭》，大鋮銜之刺骨，屢欲殺之。魯王監國，授職方主事，累官左副都御史。數以所部「世忠營」欲復沿海諸郡縣。及江上師潰，從亡海上，詣日本乞師不得。國朝定鼎，詔下，勝國遺臣不順命者，録其家口以聞。先生乃陳情監國，變姓名間行歸，閉門奉母，畢力著述，四方請業之士麕至。康熙十七年，特開鴻博科，廷臣皆欲薦之，知其不可而止。會《明史》開局，崑山徐相國時爲學士，奏言或可聘之修史，聖祖從之，命督撫以禮敦遣。先生固辭，乃詔抄録所著有關史事者送京師。相國因延先生子百家及門人萬處士斯同、明經言任纂修。當是時，聖祖表章儒術，當朝皆以不能致先生爲恨。湯文正公嘗語人曰：「黄先生論學如大禹治水，脉絡分明，吾黨之斗杓也。」二十九年，徐健庵尚書侍直，聖祖訪及遺獻，尚書復以先生對，且言臣弟元文曾經疏薦，老不能來，上猶欲召之，尚書對以實因老病無來意，上歎息不置。三十四年，卒於家，年八十有六。所著有《明儒學案》六十二卷，《易象數論》六卷，《律吕新義》二卷，《孟子師説》四卷，《宋史叢目補遺》三卷，《明史案》二百四十四卷，《授書隨筆》、《春秋日食曆》、《贛州失事記》、《紹武争立記》、《四明山寨記》、《海外痛哭記》、《日本乞師記》、《舟山興廢》、《沙定洲紀亂》、《賜姓本末汰存録》、《授時曆注》、《大統曆推法》、《授時曆假如》、《西曆假如》、《回曆假如》、《氣運算法》、《勾股圖説》、《開方命算》、《測圓要義》各一卷，《南雷文案》十卷、《外集》一卷，《吾悔集》、《撰杖集》、《蜀山集》各四卷，《子劉子行狀》二卷，《詩曆》四卷，《忠端祠神絃曲》一卷，《明夷待訪録》二卷，《留書》一卷，《思舊録》二卷，《明文海》四百八十二卷，《四明山志》、《台宕紀游》、《匡廬游録》、《姚江文略》、《姚江瑣事》、《補唐詩人傳》、《病榻隨筆》、《黄氏宗譜》、《黄氏喪制》、《自著年譜》各若干卷，又《明詩案》、《宋元儒學案》、《宋文鑑》、《元文抄》未成編而卒。

傅山

傅山，字青竹，改字青主，别署公之它，亦曰朱衣道人，又字嗇廬，山西陽曲人。六歲，啖黄精，不樂穀食，强之，乃飯。少與孫公傳庭共學讀書，過目成誦。明季天下大亂，乃堅苦持氣節，不少媕娿。提學袁公繼咸爲巡按張孫振所誣，孫振，閹黨也。先生約同學曹良直等詣通政使，三上書訟之，不得達。乃伏闕陳情，時巡撫吴公甡亦直表，竟得雪。先生以此名聞天下。既曹公任兵科，先生貽書曰：「諫官當言天下第一等事，以不負故人之期。」曹公懼然，既疏劾首輔周延儒、錦衣衛駱養性，直聲震一時。先生家世以學行師表晉中，得其山川雄深之氣，思見諸實用。甲申國變，夢天帝錫之黄冠，乃衣朱衣，居土穴養母。明年，袁公自九江羈燕邸，以難中詩遺先生，曰：「不敢愧友生也。」未幾，以牽連被逮，抗詞不屈，絶粒九日，幾死。門人有以奇計救之者，得免。在土穴二十年，母喪後，天下大定，始以黄冠出土穴，稍稍與客接。先生工篆隸書畫，不輕爲人寫。母喪，有貴官致賻，作數行，卻謝之。貴官喜曰：「此一字千金也，吾求之三年矣。」先生既絶世事，而家中故有禁方，乃資以自活。子曰眉，字壽髦，能養志，每日樵山中，置書擔上，休擔，則取書讀之。性喜苦酒，自稱老蘗禪，眉乃自稱小蘗禪。或時出游，眉與子共挽車，暮宿逆旅，仍篝燈課讀，詰旦必成誦乃行。康熙十八年，詔舉博學鴻詞，給事中李宗孔以先生薦，時年七十有四矣，眉已前卒，先生固辭不可，乃稱疾。有司令役夫舁其牀以行，二孫侍。將至京師三十里，以死拒，不入城。於是，馮文毅公首過之，公卿畢至，先生卧牀不爲禮。魏敏果公以其老病上聞，詔免試，放還山，加中書舍人銜以寵之。自京師歸，大吏咸造廬請謁，先生自稱曰民。冬夏，著一布衣，帽以氈，或曰：「君非舍人乎？」不應也。及卒，以朱衣黄冠殮。所著有《霜紅龕集》十二卷，眉詩附焉。

徐枋

徐枋，字昭法，一字俟齋，江南長洲人。弱冠，舉崇禎壬午鄉試。父忠節公明季殉難，先生號泣欲從死，公曰：「吾不可以不死。若長，爲農夫以没世可也。」自是，隱居終其身，足不入城市。所居澗上草堂在太平山麓，時往來靈巖、支硎間，與沈壽民、巢鳴盛稱「海内三遺民」。性峻潔，鍵户不與人接。書法孫過庭，畫宗巨然，間法倪、黄，自署秦餘山人。海内得其真蹟，争寶之。蔡制軍毓榮慕其名，具書幣，屬友人通意，卻之。湯文正公撫吴，屏騶從，徒步造門者再，卒不得見，歎息而返。與游惟壽民及萊陽姜實節、崑山朱用純、同里楊無咎、山陰戴易、寧都魏禧、門弟子吴江潘耒暨南嶽僧洪儲數人而已。家貧甚，時耐寒饑，不納一絲半粟，惟洪儲周之則受，曰：「此世外清淨食也。」嘗絶糧數日，黄九煙造之，出畫箋，俾鬻於市，無售者，則曰：「此黄九煙詩畫也。」乃得銀數錢歸。先生及九煙皆怒，以爲洩九煙名趣，返其值。先生豢一驢甚馴，通人意。日用間有所需，則以所作書畫卷置篚於驢背驅之。驢獨行及城闉而止，不闌出一步，見者争趨之，曰：「高士驢至矣。」亟取卷，以日用所需物如其指備納諸篚以爲帑。康熙三十三年卒，年七十有三。遺命不受吊，宋牧仲時撫吴，以不得一致賻爲憾。所著有《居易堂集》二十卷，又《二十一史文彙》、《通鑑紀事類聚》、《讀史稗語》、《讀史雜鈔》、《建元同文録管見》等各若干卷。

項聖謨

項聖謨，字孔彰，號易庵，又號胥山樵，浙江秀水人。子京孫也。工詩文，尤善畫法，初學文衡山，後擴於宋，而取韻於元。其花草、松竹、木石精妙絶倫，董文敏嘗跋其畫册云：「孔彰此册，衆美畢臻。樹石、屋宇、花卉、人物皆與宋人血戰，而山水又兼元人氣韻，所謂士氣、作家俱備。子京有此文孫，不負好古鑒賞百年食報之勝事矣。」客有以酒餉之者，越日索其壜，則已爲游兵所擊。乃畫一空壜償之，中作桃柳兩三枝，或斜倚，或倒垂，丰姿婉約，綽有餘妍，上題五言長古紀之。瓜田翁謂：「曾見是圖於唐明府家，今不知所歸矣。」

順治十五年卒，年六十有二。所著有《朗雲堂集》。

陳恭尹

陳恭尹，字元孝，一字半峰，晚號獨漉子，廣東順德人。忠滑公之子也。少穎悟，超跡儕輩，穿穴群籍。年十五，補諸生。前明甲申之變，忠滑公以諸生走南都，上萬言書，唐王立授監紀推官，未任。舉於鄉。永明王監國，擢兵科給事中，與文忠公共赴義兵，不克被執，死之。先生時年十七，亡匿鄉落得免。尋上疏爲忠滑公請賜恤，得贈兵部尚書，身廕世襲錦衣衛指揮僉事。本朝定鼎，遂退隱西樵，結茅於寒瀑洞居之，號羅浮布衣。時出遨游，與李元仲、魏叔子、季子、彭躬庵諸君善，足跡遍天下。所至登臨憑弔，慷慨悲歌。倦游旋里，閉户著書，經年不出。爲人智勇深沈，有志當世之務，每縱論古今，如水傳甕。嘗繪《九邊圖》，置行篋中，疏明阨吭。又能指陳象緯，於分野躔次、度數占驗，晰若毫芒。工詩文，精書法。未冠，賦《姑蘇懷古》諸詩，傾動一時，才名大起。其詩清迴拔俗，得唐賢三昧，古體問入《選》理，一時習尚無所染。與梁藥亭、屈翁山齊名，稱「嶺南三大家」。王漁洋、趙秋谷兩先生至粵，於廣州詩人尤推重之。康熙三十年卒於家，年七十。著有《獨漉堂詩文集》三十二卷。

屈大均

屈大均，初名紹隆，廣東番禺人。少爲諸生，有聲。遭明季之亂，棄去爲僧，名今種，字一靈，又字騷餘。後返儒服，更今名，字翁山。少工詩文，與陳元孝、梁藥亭齊名，稱「嶺南三大家」。爲僧時，居羅浮山中，號羅浮山人。久之，出游吴越。又數年，忽加冠巾。游秦隴，與秦中名士王無異、李天生輩爲友，詩名滿天下。所爲詩原本忠孝，根據漢魏，包羅六朝、三唐之勝，而自寫其性情際遇，於山林、邊塞之作尤工。在越，讀書祁氏寓山園，不下樓者五年。王于一云：「餘子在人海和酬，屈五獨拔地作空中語。」誠非虛譽。先生游於華山，作《西嶽詩》百韻，天生見而驚歎之。時有趙君彝鼎，以參將守代州，其甥女王氏，才色無雙。趙君固與天生善，慕先生之才，天生自請爲媒，爲之納幣。王氏女本育於諸姑侯公家，居固原，於是軒車行三千里，而歸先生於代。先生以爲，華山，古丈夫、毛女玉姜避秦之地，因以華姜字之，而自號曰華夫。偕之游京師，下吴會，自金陵歸粵。華姜以病卒，先生悼甚，同人多爲哀誄之詞，獨漉先生爲撰墓志，並賦《王華姜哀詞》長古。先生家居數年卒。所著有《道援堂詩文集》及《廣東新語》等各若干卷。

冒襄

冒襄，字辟疆，號巢民，又號樸巢，江南如皋人。副憲起宗子，爲「四公子」之一。崇禎壬午副榜。年僅十有三，用台州府推官，不就。家有水繪園，四方名士畢集，風流文采，映照一時。嘗集同人投贈詩文爲《同人集》十二卷。年六十有三卒，私謚潛孝先生。所著有《水繪園詩文集》。

此先生《落花覓句圖小影》。後從先生裔孫處復摹得家藏晚年遺象，併裝於後。

冒襄，字辟疆，號巢民，又號樸巢，江南如皋人。父副憲公名起宗。先生生而穎異，舉崇禎十五年副貢生。年纔十二，即與雲間董太傅、陳徵君相唱和。又與張公亮、陳則梁等四五人刑牲，稱雁序於舊都，時尚未弱冠。姿儀天出，神清徹膚，見者目爲東海秀影。應試來金陵，寓秦淮水閣，與方密之、陳定生、侯朝宗稱「四公子」，琴歌酒讌，觴詠流連。秦淮故佳麗地，凡女子見之，有不樂爲貴人婦，願爲夫子妾者。先生顧高自標置，每遇狹斜擲心賣眼，皆土苴視之。有董姬小宛者，容貌艷絶，鍼神曲聖，食譜茶經，莫不精曉，先生一見悦之。姬喜甚，欲委身焉。時副憲公官衡水兵備使，先生前往省視，會獻賊突破襄樊，特調公監左鎮軍。先生痛父身陷兵火，上書萬言於政府言路，歷陳公剛介不阿逢、怒同鄉同年狀，傾動朝堂。其後，公復得調，不赴，請告旋里。先生歸吴門，於月夜泛舟游至桐橋，邂逅遇姬，驚喜欲狂，遂典之。渡滸墅，游惠山，歷毗陵、陽羨、澄江，抵北固，登金焦。姬著西洋布退紅輕衫，觀競渡於江山最勝處，千萬人争步擁之，謂江妃攜偶，踏波而上征也。先生旋赴白門秋試，姬買舟直抵秦淮。先生試畢，諸名貴置酒宴先生與姬於河亭，演《燕子箋》，女郎滿座，皆激揚嘆羡，以姬得所歸，爲之喜極淚下。榜發，先生復中副車，而副憲公請假適歸。姬父又積逋數千金，索者甚衆，悉欲於姬身取償。事又不集，虞山宗伯親爲規畫，以手書並盈尺之券送姬至如皋，聞者稱快，而並頌宗伯之高誼也。甲申變起，先生舉家避難，渡江遁浙之鹽官。國朝定鼎，始還故里。姬以勞瘁卒，先生痛之，爲撰《影梅庵憶語》。先生詩文、書畫俱工，性豪邁，喜賓客。嘗辟台州府推官，不就。家有水繪園，四方名士畢集，風流文采，映照一時。嘗集同人投贈詩文爲《同人集》十二卷。康熙三十二年卒，年六十有三，私謚潛孝先生。著有《水繪園詩文集》若干卷。

侯方域

侯方域，字朝宗，河南商邱人。生而穎異，讀書能兼數人。幼隨父司徒公官京師，即慷慨盱衡，言天下事。束髮歸試，冠一軍，補郡學生。爲文下筆萬言。性豪邁。少時讀書東園，每出爲狎邪游，流連酒讌，而卒不荒所業。入南雍，應留都京兆試。留都，故佳麗地，海內賢豪輻輳馳騖於詩酒聲色之場。先生至，無不結交恐後，以是才名益噪。雅嗜聲伎，侑酒非紅妝不樂。精音律，買佼童親教之。每開賓筵，選色徵歌，履舄交錯，高譚雄辯，傾倒一時。或對客揮毫，文如流水。初，司徒公亦好聲樂，家蓄梨園數部，令隨侍入朝，審視諸大老賢奸忠佞狀，效之排場，取其神似逼真以爲笑噱。公以東林忤逆閹罷官家居，先生挈諸童供堂上歡，當時樂部推侯家爲第一云。崇禎末年，李賊寇河南，圍汴急，朝命起司徒公督師解汴圍，賜尚方劍。先生進計，請誅許定國以師譟之罪，破文法，斬一甲科守令之不應徵辦者，事集威行，然後疾馳渡河，收中原寨團之衆，合左良玉於襄陽，約孫傳庭犄角並進，則汴圍不救自解。公大駭曰：「如此，是我先跋扈矣。小子多言，不宜在軍中。」遣之還吴，而采其言飛章上請，爲忌者所遏，迄無成功。徵調不前，解圍無策，又猝值河患，汴城以没。乃逮公下請室，而定國遂殺。高傑爲豫腹心患，先生還吴時，途遇叛帥劉超，劫使畫策。先生謂：「北都困迫，惟以所統疾走勤王，庶可。」蓋慫超不能從。無何，甲申變起，留都擁立福王。馬士英當國，群邪競進，阮大鋮起用。大鋮少有雋才，未黨閹時，司徒公絶愛之。自是，東林文人陳定生、吴次尾等作《留都防亂揭》，攻詆大鋮，大鋮懼。金陵有名伎李香君，色藝冠時，大鋮介楊龍友致於先生，思以世誼通殷勤，藉解於「四公子」。「四公子」者，東林首盟方密之、冒辟疆、陳定生與先生也。先生拒之峻。大鋮爲香君備妝奩值巨萬，香君悉卻之。大鋮愧恚，思得而甘心。先生乃去金陵，作書貽大鋮。大鋮怒甚，興大獄，將盡殺東林黨人，捕定生入獄，次尾亡命。龍友奔告先生，夜出走，渡揚子江，依史忠正公幕中得免。國朝定鼎，乃孑身歸奉司徒公，伏處鄉閭。侘傺無聊，惟日與二三同志修復舊社，痛飲悲歌，以寫其牢騷不平之志。順治十一年，以病卒於家，年三十有七。先生生於貴胄，負高才重望，有不可一世之概，詩筆直追少陵，古文出入韓、歐間。在吴門刊刻文集，有未脱稿文十餘篇，一夕補綴而成，人皆奇之。舉南京第三人，以策語觸諱黜。後舉豫省第一人，復爲忌者所阻，抑置副車。自歸里後，即討論性道之旨，痛懲少年果鋭浮華之作，因以壯悔名其堂。所著有《壯悔堂文集》十卷、《四憶堂詩集》六卷。

吴偉業

吴偉業，字駿公，晚號梅村，江蘇太倉人。生時，母朱太淑人夢朱衣人送鄧以讚會元坊至。少有異質，多病廢讀，而才學輒日進，爲文頃刻數千言。時經生家崇尚俗學，先生獨好三史。西銘張公見其文，大驚曰：「文章正印，其在子矣。」因留受業，誘以通經博古之學。弱冠，舉於鄉。崇禎四年，會試第一，殿試第二人及第，授編修，給假歸娶，當世榮之。八年，入朝充國史纂修官，與時相多不合，挺立無所附。時黨事尤熾，東南復社以西銘爲主盟，先生曾從之游，又與同舉進士，故立朝之始，遂爲世所指名。淄川張至發，烏程黨也，繼之爲相。先生首疏攻之，奏寢不行，其黨皆側目。頃之遷南京國子監司業，甫三日，而漳浦黄忠端公論武陵奪情，拜杖下獄。先生遣太學生涂仲吉入都上書，爲公訟冤，干上怒，嚴旨責問主使，先生幾不免。旋奉使河南封藩。九年，典湖廣試，遷中允諭德，晉庶子。丁嗣父艱歸。甲申之變，先生里居，號慟欲自縊，爲家人所覺。朱太淑人抱持泣曰：「兒死，其如老人何？」福王立，召拜少詹事。越兩月，先生知天下事不可爲，又與馬、阮不合，拂衣歸里。國朝定鼎，杜門不通請謁。每東南獄起，常懼收者在門，如是者十年。世祖詔求天下文章舊德，素聞其名，溧陽、海寧兩相國薦剡交上，有司敦逼，先生控辭再四，不獲。二親懼罹禍，攝使就道。乃扶病入都，授秘書院侍講，轉國子監祭酒。病弗能視事。旋奉嗣母喪南還。世祖賜丸藥，撫慰甚至。未幾，朱太淑人卒，先生哀毁骨立。復以奏銷事，幾至破家。先生怡然安之，閉户著書數千百言，而尤以詩自鳴，悲歌感激，有不得於中者，悉寫於詩。性愛山水游，嘗經日忘返。所居爲王公士騏之賁園，疊石鑿池，灌花蒔藥，翳然有林泉之勝，與士友觴詠其間。其風度沖曠簡遠，令人挹之，鄙吝頓消。尤以獎進人才爲己任，諄諄勸誘，至老不怠，獨任斯文之重者二十餘年。海内才士與浮屠、老子之流以文爲請者，日集於庭，麾之弗去。一篇之出，家傳人誦，雖遐方絶域，亦皆知所寶貴。雅善書畫，尺蹄便面，人争藏弆。康熙十年，以病卒於家，年六十有三。寢門之哭，學士、大夫輒失聲曰：「一代文章盡矣。」屬疾時，自叙事略云：「吾一生遭際，萬事憂危，無一刻不歷艱難，無一境不嘗辛苦，實爲天下大苦人。死後，斂以僧裝，葬於鄧尉，靈巖相近，墓前立一圓石，題曰：『詩人吴梅村之墓。』」論者憐之。所著有《梅村集》四十卷、《春秋地理志》十六卷、《春秋氏族志》二十四卷、《綏寇紀略》十二卷，又《樂府雜劇》三卷，均行世。

魏際瑞

魏際瑞，原名祥，字善伯，江西寧都人。世稱魏伯子。又與弟禧、禮齊名，稱「寧都三魏」。性明敏，善强記。爲諸生，於兵刑、禮制、律法皆能窮析原委，遇難事剖決如流。客潮鎮劉伯禄幕時，大兵圍潮，久不下，主兵者怒，約城下日盡屠之。先生力言於劉，劉叩頭乞請乃免。范忠貞公撫浙，禮爲上賓，凡蠲荒賑饑諸善政，先生宣力爲多。康熙十六年，賊將劉大任踞贛，當事議撫之。大任揚言，非魏善伯來，吾不信也。時先生客總兵哲爾肯所，遂遣之。友人及諸弟皆勸弗往，先生慨然曰：「鄉邦之禍烈矣，願拚此身圖之。」遂行。甫入營，官兵遽從東路急攻。大任疑賣己，曰：「先生來，將爲賈林乎？抑效酈食其乎？」先生無以應，被拘留。十月，大任變計走降閩，拔營日，先生遂遇害，年五十有八。所著有《文集》十卷、《雜俎》五卷。

魏禧

魏禧，字冰叔，號裕齋，江西寧都州人。世稱魏叔子。崇禎初，薦舉、徵辟皆不就。學者號爲徵君。少負異稟。年十一爲諸生。甲申之變，號慟不欲生，謀倡義兵不果，乃棄諸生服，隱居授徒。先生形幹修頎，負才略，善擘畫，明決如神。流賊未熾時，先生獨憂甚，特移家翠微峰巔，徑路陡險，梯而後登，因置閘爲守望。而彭躬庵、林確齋亦挈妻子來居之，士友依者甚衆，世所稱「易堂諸子」也。其後，寧都被寇，翠微獨完。先生山居，益肆力古文。本朝定鼎，先生年四十乃出游，涉江踰淮至吴越，所交徐枋、金俊明、汪渢、李天植、顧祖禹、惲日初、楊瑀，方外藥池、槁木，皆遺民也。康熙十七年，詔舉博學鴻詞，先生被徵，以疾辭。巡撫疑其詐，有司催促就道，以板扉舁至撫衙。先生絮被蒙頭，卧不起，乃放歸。後二年，赴友人約，卒於揚州，年五十有七。婦謝氏，擅才藻，聞訃，絶食十三日以殉。躬庵及其未死時，執贄拜牀下，奉爲女師。當時，西江學人悉宗陽明，講性理，易堂獨以古文、實學爲歸，風氣一振，皆先生爲之領袖。高僧無可嘗至山中，歎曰：「易堂真氣，天下無兩矣。」所著有《文集》、《日録》、《左傳經世》諸書，行於世。

魏禮

魏禮，字和公，江西寧都人。與伯兄際瑞、叔兄禧齊名，世稱魏季子。少時，父命叔兄授以書，笞罵皆樂受，曰：「兄愛我也。」弱冠，補生員，更刻苦自勵，所學日進，兩兄儼然以畏友待之。明亡，棄諸生，日事遠游。歷閩、粵，渡海達瓊厓，北抵燕京，返轍夷門，過洛陽，南浮漢沔，入嘉關，涉伊水，經鳳滁道中，足跡幾遍天下。所至，必交其賢豪，尋訪窮巖遺佚之士。嘗有故人隱居韓城，往省之，縱觀砥柱三門。聞高士彭荆山居華山，絶險直上四十里，手鐵絙，躡飛磴，造訪其廬，高韓文公痛哭處十里。性慷慨好義，所得金輒隨手盡。居翠微峰巔，榜曰「吾廬」，更以自號。卒年六十有六。所著有詩文集若干卷。

王士禛

王士禛，字子真，一字貽上，號阮亭，别號漁洋山人，山東新城人。生而穎異，讀書目數行下。八歲能詩，與兄西樵、古鉢兩先生齊名，世稱「三王」。幼時頻夢小鳥，五色如鳳凰，百十爲群，飛遠左右；又屢夢人贈以古墨，嗅有異香，人以爲文字之祥。順治八年，年十八，舉鄉試。十二年，會試中式。十四年，游歷下，集諸名士於明湖結詩社，賦《秋柳》詩，和者數百家。十五年，殿試，授推官。次年，選揚州府推官。十七年，充江南鄉試同考官。康熙三年，内遷禮部主事。明年，遷員外郎。又明年，榷清江關。十年，遷户部郎中。十一年，典四川鄉試。旋丁母憂。服闋，補原官。十七年，聖祖召對閣臣，問在廷中博學能詩文者孰爲最，李文勤公、張文和公交口薦之。特召，賦詩稱旨，次日傳諭以翰林用，遂改侍講，轉侍讀，纂修《明史》。十九年，遷祭酒。二十三年，遷少詹事，奉命祭告南海。事畢覆命，途次聞訃。丁父憂。服闋，補原官，遷左副都御史，充經筵講官、《三朝國史》副總裁，遷兵部侍郎。三十年，充會試副總裁。明年，調户部侍郎。三十五年，奉命祭告西嶽，西鎮江瀆。三十七年，遷左都御史，入直南書房。次年，遷刑部尚書。四十三年，坐讞獄失出，罷官。四十九年，特命復職。明年，卒於里第，年七十有八。乾隆三十年，特旨賜謚文簡。先生於書無所不窺，於學無所不貫。少壯遨游遍天下，得萬里江山之助，故其爲詩籠蓋百家，囊括千載，自漢魏、六朝以迄唐、宋、元、明，皆咀其精華，探其堂奥，尤浸淫於陶、孟、王、韋，獨得其象外之旨、意外之神。論詩特標「神韻」，一埽前明僞體。宗盟壇坫五十餘年，海内名流悉尊之爲山斗，國朝詩學斷推大家。生平愛才若渴，汲引後進，惟恐不及。詩文得其指授，無不度越流俗，門牆之盛，一時無兩。官揚州五年，公餘則招邀賓客，泛舟虹橋、平山堂，酒酣賦詩，斷縑零素，墨瀋狼籍。官翰林時，聖祖命録其詩三百篇進呈，曰《御覽集》；先後賜御書詩軸甚多，又賜御書「帶經堂」、「信古齋」扁額各一。儒臣之榮，世艷稱之。所著詩古文詞不下數十種，旁及填詞、説部，各有成集。其詩總訂爲《漁洋集》，復有《精華録》、《蠶尾集》、《夫于亭》諸稿，選詩則有《五七言古詩》、《唐賢三昧集》、《十種唐詩選》、《唐人萬首絶句選》諸書，均行於世。

田雯

田雯，字綸霞，又字紫綸，别號山薑子，晚號蒙齋，山東德州人。順治十八年，中式貢士。康熙三年，殿試，授推官。六年，授内閣中書。累遷至工部郎中。十八年，試鴻博，未遇。十九年，督江南學政。二十三年，授湖廣督糧道。二十五年，内召，改光禄寺少卿，擢鴻臚寺卿。明年，授江寧巡撫。又明年，署兩江總督，調貴州巡撫。三十年，丁内艱，去任。三十二年，服闋，補刑部侍郎。三十六年，充會試總裁。三十八年，調户部侍郎。四十年，因病請辭任。是年，聖祖南巡，先生在籍迎駕，蒙温諭垂詢，命進所著詩。因呈進《山薑詩選》、《長河志籍考》、《黔書》各種，御筆爲書「寒緑堂」額賜之。四十三年，以疾卒於家，年七十。先生少時力學不倦，讀書一覽無餘。屬文，伸紙和墨，頃刻千言。年三十五，始從申鳧盟先生學詩。既與漁洋、愚山兩先生上下議論，覃思於三百、漢魏、六朝、四唐、二宋之正變，沿波討源，分門啓牖，故詩文皆組織繁富，煆鍊刻苦，成一家言。一時同人唱和，刻有《十子詩略》。性澹泊，督學江南，力崇古學，所取皆雄駿通偉之士，風氣爲之一振。每按試，從兩驢，蒼頭二人隨，戒有司勿供張，自市蔬菜十把，脱粟三斗，遠近稱之。歷官中外，鋤奸摘弊，僚屬、胥吏畏憚如神明，民間肖像以祀。所著有《古歡堂詩文集》及《黔書》、《長河志籍考》、《年譜》、《詩傳備義》、《歷代詩選》、《文選》、《寒緑堂山薑分體詩》、《讀詩定本》等各若干卷。

錢陸燦

錢陸燦，字爾弢，一字湘靈，號圓沙，江南常熟人。少力學，高才嗜古。順治十四年，舉鄉試第二。科場舞弊事發，覆試者再，名皆前列。未幾，以糧案詿誤，教授毘陵間，手修邑志，一時名士，多從之游。先生詩古文辭俱工，歌行骨力雄厚，一埽浮靡之習，古文不名一家，磊落自喜。晚年，與徐健庵、秦留仙、尤西堂、黄忍庵、孫赤崖諸先生爲耆年之會。先生齒最長，名最高，諸人皆以兄事。用蘭亭爲韻，各賦七言二首，先生爲文記之。康熙三十七年卒，年八十有七。著有《圓硯居士集》、《調運齋集》各若干卷。

盛符升

盛符升，字珍示，江南崑山人。少從雲間夏彝仲、太倉張天如兩先生游。舉鄉試。復游漁洋先生之門。康熙三年成進士，授内閣中書。晉禮部主事，遷御史。因事罷歸。三十八年，聖祖南巡，先生年已八十五，赴行在獻《兩京賦》、《三駕平朔賦》、《會同館賦》，召對稱旨，蒙書「年登大耆」四字賜之。明年，卒於家，年八十有六。先生詩文俱工，早擅才譽，耄尤好學。著述甚富，有《誠齋詩稿》及《崑山縣志》各若干卷。

宋犖

宋犖，字牧仲，號漫堂，河南商邱人。文康公子也。少從賈静子、侯朝宗游，立「雪園六子」社。年十四，以大臣子弟列侍衛，考試優等。康熙三年，授黄州通判。旋補理藩院判，遷員外郎，出権贛關，遷郎中。二十三年，授通永道。擢山東按察使，遷江蘇布政使。二十七年，擢江西巡撫。時湖廣夏逢龍作亂，陷三十餘城，羽檄紛至。江西裁兵李美玉、袁大相等煽誘三千餘人，謀劫倉庫，與逢龍合。有上變者，先生佯不省，而陰遣人以計夜縛二渠魁，斬以徇，餘黨悉不問，四境帖然。三十一年，調江蘇巡撫，去日，萬姓遮留雨泣。抵蘇後，各屬水災，請截漕開倉放賑，存活饑民五百萬有奇。聖祖嘗問閣臣以直省巡撫賢否，大學士伊桑阿奏宋犖清廉爲天下最，聖祖曰：「朕久知之。」先生在蘇三值巡方，召對皆稱旨，温諭移時，寵賚不可勝數。家有別業，號西陂，擅水竹、亭臺之勝。蒙御書「西陂」二大字賜之，又書「世有令儀」四字顏其家祠，並書額曰「清德堂」、「魚麥堂」，其餘屏聯甚多。四十四年，内遷吏部尚書。四十七年，以衰老乞骸，優詔許之。將行，御製詩章以賜。五十三年春，入京祝嘏，蒙恩賜宴，命至御榻前，親酌以酒，加太子太師。是年九月，薨於里第，年八十。先生以任子入官，淹通典籍，練習掌故，詩文皆爲當代推重。官部曹時，與龔芝麓、孫北海、吴梅村、熊次侯、王漁洋、宋荔裳、計改亭、陳其年、尤西堂、朱竹垞相倡和，列《十子詩選》中。所著有《棉津詩集》、《西陂類稿》等各若干卷。

徐乾學

徐乾學，字原一，號健庵，江南崑山人。八歲能文，十三歲通五經，爲顧公錫疇所賞。康熙九年，賜進士第三人及第，授翰林院編修。十一年，主順天鄉試，拔韓文懿公於遺卷中，次年遂連登會狀。坐取副榜不及漢軍，鐫級歸。十四年，詔復原官，擢贊善。旋丁內艱，著《讀禮通考》百二十卷。服闋，補原官，即充《明史》總裁，與前以編修主試順天，皆異數也。洊升至詹事。二十四年，大考第一，擢內閣學士，入直南書房，充《會典》、《一統志》副總裁。明年，授禮部侍郎，充經筵講官，纂修《鑑古輯覽》及《古文淵鑑》。二十六年，遷左都御史，疏劾巡撫安世鼎，罷之，勸諸御史風聞言事，又與尚書科爾坤、佛倫等議多不合，於是在廷僉壬之輩皆思傾軋之。二十七年，充會試總裁，即闈中授刑部尚書。會湖廣巡撫張汧以貪黷、行賄被參，誣指先生，旋復吐實，先生得白，即疏乞歸，不准，止解部務，仍領各館總裁。而副都御史許三禮尋問彈劾，部議三禮誣詰，坐鐫級，三禮益恚，更揑贓罪入告，聖祖嚴斥之。先生因再疏乞骸骨，始蒙允，命以書局自隨，諭旨有「學博才優」、「殫心參訂」及「且過冬，行毋觸寒」之語。明年春抵家，命公子樹穀齎疏謝恩。蒙命大臣傳旨問樹穀：「而父安否？」且傳齎奏家人至午門，問途中起居狀。其被恩遇如此。先生歸里後，僦居洞庭東山。而江督傅臘塔又劾以他事，罪入，兄弟、子侄名幾盡，疏寢不行。又一年，山東濰縣令朱敦厚以加火耗爲巡撫佛倫所劾論死，並劾先生曾致書前巡撫錢珏徇庇，敦厚坐是與珏均落職，而媒孽者仍不已。奉諭切責，始稍稍解。時書局已撤，復命續進所定草本。三十三年，特旨召來京修書，而先生已先一月卒，年六十有四。遺疏入，詔復原官賜恤。先生以文學受知，直南齋時，所有叩問，應對無不稱旨。既轉禮部，凡内閣制誥文字，仍令管理。掌都察院時，行幄適有表啓不合，先生於途次伏地草奏，得旨稱善，問誰爲是者，衆以先生對。時已被劾，上曰：「文字乃仍須徐某撰耶？」又出《御製文集》四十卷，命編校。嘗得嘔噦疾，上謂：「此疾惟虎骨可療，如不痊，朕何惜一虎？」在經筵，御賜「博學明辨」額。告歸時，賜御書「光焰萬丈」四字，以寵其行。先生負海内重望，愛才若渴，一時耆宿、山林遺老皆輕千里相從，邸舍客常滿，至僦別院居之。交游太廣，家人、門客不無緣之爲奸，士之失意不平者，復爲簧鼓蜚語傳播，致屢入彈章，所賴聖眷優隆，悉蒙昭鑒。先生告歸，都門攀送者至數萬人，三館之吏皆哭失聲，曰：「公去，誰活我者？」少時姿秉過人，讀書過目不忘。嘗與姜西溟編修觀古碑，碑甚高，黑夜篝火，令人掖以上梯，而横閲之已，又横閲其中下，遂盡舉其辭。編修大驚，以爲絶才無對。家有傳是樓，藏書甲天下，與弟、子秉義、元文先後掇巍科，皆以文章顯世，稱「三徐」。聖祖詔求遺書，先生疏進十有二部，温旨留覽。今《傳是樓書目》猶行世。所著詩文有《憺園集》若干卷。

吴之振

吴之振，字孟舉，號橙齋，别號黄葉村農，浙江石門人。少孤，奉母避亂，流離瑣尾中，晨夕甘旨無間。弱冠，補諸生，與黄梨洲先生兄弟游。詩古文辭俱工，書畫藝事如有天授。舟車所至，絹素填委，雖山僧榜人、花官酒樓以柱聯署額干者，隨手揮灑，應之無倦容。如不可者，重幣請乞，不假易也。以明經需次中翰，銓補及期，在位之相知者競欲推挽，以書促駕，掉頭勿就。康熙十年，浙中大旱，家居辦賑，全活無算，巡撫范忠貞公表其門。又出己資，行育嬰事，每歲活嬰兒甚衆。平生鋭意於詩，新不傷巧，奇不涉頗，學宋人不專一家，於聖俞、山谷最爲脗合。晚年學益精進，與王西樵、漁洋、施愚山、汪蛟門諸先生時相唱和。家居語溪，於城西闢一園，種菜其中，賦《種菜詩》二章，一時名流，和者數十家。又寫《黄葉村莊圖》，國初諸老題詠殆遍。晚年，擬築别業讀書，顔曰「補衲庵」，而未果。日坐卧一小閣，蒲團棐几，一鑪一編，優游其中，未嘗輕出，而海内詩筒、詞版往來徵索，尚無虚日。五十六年，卒於家，年七十有八。所著有《黄葉邨莊詩集》八卷、《續集》一卷、《後集》一卷，又輯《宋詩鈔》一百六卷行於世。

王時敏

王時敏，字遜之，號煙客，江蘇太倉人。相國文肅公孫也。資性穎異，淹雅博物。工詩文，善畫，尤長八分，而於畫有特慧。少時即爲董宗伯、陳眉公所深賞。於時，宗伯綜攬古今，闡發幽奥，一歸於正。方之禪宗，可備傳燈一旨，真源嫡派，先生實親得之。先是，文肅公以晚年抱孫，鍾愛彌甚，居之别業，以優裕其好古之心，故所得有深焉者。家本富於收藏，先生特精鑒賞，凡遇名蹟，不惜多金購之，如李營丘《山陰泛雪圖》，費至二十鎰。每得一秘軸，閉閣沉思，瞪目不語。遇有賞會，則繞牀大叫，拊掌跳躍，不自知其酣狂也。嘗擇古蹟之法備氣至者二十四幅爲縮本，裝成巨册，載在行笥，出入與俱，以時模仿，故凡布置鉤勒，水暈墨彰，悉有根柢。於大癡墨妙，早歲即窮其奥，晚年益臻神化，世之論一峰老人正法眼藏者，必歸於先生。以廕官至奉常，然澹於仕進，優游筆墨，嘯詠煙霞，爲國朝畫家領袖。平生愛才若渴，不俛仰世俗。以故四方工畫者，踵接於門，得其指授，無不知名於時。石谷，其首也。卒年八十有九。所著有《西田集》。

道濟

道濟，字石濤，號清湘老人，又號大滌子，又號苦瓜和尚，又號瞎尊者，前明楚藩後也。工書畫，字仿雲林，分隸尤精，畫則筆意縱恣，脱盡前人窠臼，與石溪相伯仲。石溪沈著痛快，以謹嚴勝；石濤排奡縱横，以奔放勝，當時有「二石」之目。晚游江淮，人争重之，一時來學者甚重。維揚遺蹟頗多，小品絶佳，竹石梅蘭，均極超妙，山水自成一家。下筆古雅，設想超逸，每成一畫，與古人相合。蓋功力之深，非於唐宋諸家心領神會，未易臻此。王太常云：「大江之南，無出石師右者。」可謂推許之至矣。所著有《論畫》一卷，詞義玄妙，全從經典中得來。詩不常見，題畫之作多有清超絶倫者。

王鑑

王鑑，字圓照，江蘇太倉人。弇州先生曾孫。由恩廕歷部曹，出知廉州府。時粤中盛行開採，先生力請上臺罷之。居二歲歸，構室於弇園故址，額曰「染香」。年甫强仕，屏絶聲色。工詩文，精通畫理，摹古尤長。凡四朝名繪，見輒臨橅，務肖其神而後已。故其筆法度越凡流，直追古哲，而於董、巨尤深，詣其堂奥。吴梅村先生《畫中九友歌》，先生其一也。王曾武贈以詩：「金谷此時忘燕集，珠崖昔日罷徵求。畫推北苑仍宗伯，家寄東陵是故侯。」先生以爲知己。年八十卒，遺命以黄冠道衣殮。先生視煙客爲學侄行，而年實相若，互相砥礪，並臻其妙。世之論六法者，以兩先生有開繼之功焉。

惲格

惲格，字壽平，以字行。一字正叔，號東園草衣主，一號白雲溪外史，晚稱南田老人，江南武進人。父遜菴公諱日初，崇禎六年副貢生。應詔上《備邊五策》，不報，知時事不可爲，乃歸，攜書三千卷隱天台山中。兩京亡，魯王監國，聘之，不起。大清兵下浙江，避走閩、粤，祝髮爲浮屠，號明曇。時明遺臣民尚擁殘旅，遥奉永明王。金壇人王祈聚衆入建寧，屬縣多回應。公適至建陽，城内士民數百人噪於門，請赴建寧。公不得已，往見王祈，曰：「建寧爲入閩門户，能守，則諸郡安然，非扼仙霞嶺不可。欲得仙霞，宜取浦城。」乃遣長子楨隨副將謝南金先趨浦城，失利，皆死。後復謀乘夜襲城，會大雷雨，不能進。大清總督陳錦等攻破建寧，王祈戰死。公收散卒，走廣信，匿山中，數日糧盡，歎曰：「天下事已不可救。然先帝殉社稷，薄海茹痛，小臣妄冀，可延天命。今至此，徒毒百姓何益？」遂散衆，獨行歸常州。陳錦破建寧時，先生年十三，被掠。錦妻愛其聰穎，畜爲奴。後從錦游杭之靈隱寺，遂菴公遇於途。公素與寺主諦暉善，謀以計出之。時方有廟會，傾城紳民、婦女皆詣寺，燒香參佛畢，即謁方丈。諦暉素有道行，凡膜拜者，皆不答禮。錦妻率家人遍拜諦暉，諦暉揣知白皙而文秀者惲氏子也，展拜時，諦暉倉皇下座，伏地叩頭不已，疊稱：「罪過！罪過！」錦妻驚問之。諦暉曰：「老僧罪不可逭。」笑指先生曰：「此地藏王菩薩也，偶游人間，察諸善惡。夫人奴畜之，罪已甚。聞又加以鞭撻，罪將奈何？」錦妻故佞佛，痛苦求救。諦暉曰：「非特夫人有罪，老僧知菩薩降臨，不及遠迓，亦當獲譴。亟宜奉居寺中，沐浴供養，爲夫人懺悔，僧亦自求免罪。」錦妻聽之，泣拜而去。自是，即留靈隱，諦暉爲教養之。以父兄忠於明，不應舉。詩古文詞、書畫皆出於天性，超妙絶倫。山水初學山樵，既師雲林，深得元人冷澹幽雋之致。後與虞山王石谷交，曰：「是道讓兄獨步矣，格耻爲天下第二子。」於是，專寫花鳥，以北宋徐崇嗣爲歸，創爲「没骨法」，一洗時習，獨開生面，上下數百年，無出其右者，一時海内奉爲寫生正宗。書法亦學雲林，仙骨姍姍，不食人間煙火。家貧甚，風雨常閉門餓。雖簞瓢屢空，而吟詠、書畫自娱，對家人未嘗形戚戚於面。性廉潔狷介，遇知己，或匝月爲之點染；非其人，視千金猶土芥。不市一花片葉，以故遨游數十年而貧如故。時王煙客奉常爲畫家宗匠，遣使招之，以方出游不時，至之，則奉常已病革，喜甚，榻前握手，一笑而瞑。先生所居曰「甌香館」，日夕與名士唱酬其中。年五十有八卒於家，其子不能具喪，石谷爲經理之。所著有《南田詩鈔》及《畫跋》等若干卷。「清夜獨倚曲木牀，著短袖衫子，看月色在梧桐、篁篠間，薄雲掩過之，微風到，竹衣上影動。此時，令人情思清宕，紛慮蹔忘。人生魚魚鹿鹿，好景娛閒，一歲不過八九日耳。偶然得之，不應復以後來之日長而當面錯過也。」右先生雜著一則，可想見其襟懷之高曠也。

王翬

王翬，字石谷，號耕煙外史，又號烏目山人，晚號清暉老人，江南常熟人。幼嗜畫，運筆構思，天機迅靈，迥出時流。太倉王廉州游虞山，先生以畫扇倩所知呈廉州，廉州大驚異，即索見。先生以弟子禮謁，廉州與談，益異之，曰：「子學當造古人。」即載之歸。先命學古法書數月，乃親指授古人名蹟稿本，學益大進。既而廉州將遠宦，念非奉常不能卒此子業，即引謁之。奉常叩所學，歎曰：「此煙客師也，乃師煙客耶？」挈之游江南北，盡得觀橅收藏家秘本。先生既神悟力學，又親受二王教，遂爲一代作家。奉常每見其業，歎曰：「氣韻、位置何生動天然如是？吾年垂暮，何幸得見石谷，又恨石谷不及爲董宗伯見也。」後廉州見其畫，亦歎曰：「石谷乃能至此！師不必賢於弟子，信然。」一時耆宿如錢牧齋、吴梅村、周櫟園、王阮亭、宋漫堂諸公争爲詩文張之，推爲大家無異辭。旋奉詔，以布衣供奉内廷。聖祖嘗命畫苑作《南巡圖》，天下能手駢集，咸逡巡莫敢下筆。先生至，口講指畫，咫尺千里，令衆分繪，而已總其成。圖成，得旨稱善，欲授官，以不能稱職辭，因厚賜歸。出都日，公卿祖餞，多賦詩贈行。某親王贈以「清暉閣」額，因取以自號。家居三十年，應酬恒焚膏繼晷，日樂此不疲也。然乞畫者必擇人而與，否則，巧取豪奪不能得。刻其平生名流投贈詩文爲十卷，曰《清暉贈言》，又《尺牘》二卷。卒年八十有九。

吴歷

吴歷，字漁山，江南常熟人。諸生。居近言子墨井，因號墨井道人。以畫名重海内，世稱「三王吴惲」。尤善山水，宗法大癡，心思獨運，丘壑靈奇，而氣韻沈鬱，魄力雄傑。又深得王奉常之傳，故能俯視諸家，獨樹一幟。所畫天池石壁，曾邀仁廟睿賞。麓臺論畫，嘗左石谷，右漁山，然非確論也。工詩，善鼓琴，書法東坡翁，神韻極肖。初與石谷爲畫友，相得甚深，後假去石谷所橅大癡《陡壑密林圖》，日久不還，因之隙末。康熙五十四年，年八十四，强健如壯時，張漢瞻先生爲作傳。後浮海不知所終，或云卒年八十有六。著有《墨井詩草》若干卷。

王原祁

王原祁，字茂京，號麓臺，江蘇太倉人。奉常公孫也。康熙九年進士，除仕縣令，有異政，民謳思之，建生祠以祀。尋以行取，擢給事中。聖祖見其畫，深嘉賞之，特旨改中允，入侍内廷鑒定古今名書畫，充《書畫譜》總裁。洊升詹事、翰林院掌院學士。擢户部侍郎，奏寬豫省折徵及蠲三吴積歲逋欠，皆奉旨允行。先生少工詩文，尤精六法。髫齡，涉筆即合古法。偶作山水小幅，黏書齋壁，奉常見之，訝曰：「吾何時爲此耶？」詢知，乃大奇曰：「是子業必出我右。」間與講析六法之要，古今異同之辨。及南宫獲雋，奉常曰：「汝幸成進士，宜專心書理，以繼我學。」於是，筆法遂大進，而於大癡、淺絳尤爲獨絶。時石谷以清麗之筆名傾中外，先生以高曠之品勝之。圓照見所作，謂奉常曰：「吾兩人當讓一頭地。」奉常曰：「元季四家，首推子久。得其神者，惟董宗伯；得其形者，余不敢讓；若形神俱得，吾孫其庶乎？」圓照然之。聖祖嘗幸南書房，命作山水，憑几而觀，不覺移晷。嘗賜詩，有「畫圖留與後人看」句，先生鐫爲印章，以紀恩遇。每作畫，必以宣德紙、重毫筆、頂煙墨，曰：「三者一不備，不足以發古雋渾逸之趣。」客有舉石谷畫爲問者，曰：「太熟。」問二瞻，曰：「太生。」蓋以不生不熟自處也。官京師時，每歲秋冬之交，予門下賓客畫各一幅，以爲製裘之資，好事者往往袖金以俟。平時以應詔不遑，凡求者多屬弟子代之。年七十四卒於位，賜祭葬，入祀鄉賢。所著有《罨畫樓集》若干卷。

徐秉義

徐秉義，字彦和，號果亭，江南崑山人。健菴先生弟也。康熙十二年，賜進士第三人及第，授翰林院編修。十四年，充浙江鄉試正考官。二十一年，遷詹事府中允。尋乞假歸里。三十三年，聖祖諭大學士於翰林官員内奏舉長於文章、學問超卓者，王文靖公、張文貞公以健菴先生及王儼齋、高澹人薦。得旨徐乾學等著來京修書，徐秉義學問亦優，並著來京。

健菴先生未聞命，先一月病卒。先生應詔入都，旋補原官，遷侍讀、庶子、詹事。三十九年，擢禮部侍郎，調吏部侍郎，充武會試總裁。明年，充經筵講官。四十一年，因往訊陝西鹽糧道黄明受賄事擬罪失當，部議革職，得旨仍以翰林官用，尋補詹事。是年，充順天鄉試正考官。明年，遷内閣學士。四十三年，乞休歸。四十四年，聖祖南巡，賜御書「恭謹老成」扁額。五十年，以病卒於家，年七十有九。先生性沖挹，和藹宜人，雖身居華膴，而志存澹泊。則御史許三禮屢疏劾健菴先生，而獨稱先生文行兼優，實係當代偉人，請召用以佐盛治。其素行感人，潔修自好可知。仰蒙宸翰，賜額褒嘉，時論榮之。所著有《耘圃培林堂代言集》若干卷。

彭孫遹

彭孫遹，字駿孫，號羡門，浙江海鹽人。順治十六年進士。授内閣中書，分校順天鄉試，遷升主事，因案被議。康熙十八年，薦舉博學鴻詞，御試親擢第一，授編修。歷官吏部右侍郎兼翰林院掌院學士，充經筵講官。時修《明史》久未成，聖祖特命爲總裁，賜專敕，異數也。年七十致仕歸，御書「松桂堂」額兼撰楹聯親書賜之。未幾，病卒。先生賦性瀟灑，而貌極温厚，左目重瞳。少工詩，與漁洋先生齊名，時號「彭王」。南昌重建滕王閣落成，名流競賦詩，推先生作爲冠。嘗步游蕭寺，寺僧方製長明燈，知先生名，請爲賦。先生諾之，僧退煮茗以餉。茗未熟而賦已成，工麗無匹。其敏捷如此。尤工詩餘，漁洋推爲近今詞人第一。所著有《松桂堂集》若干卷。

秦松齡

秦松齡，字漢石，又字次椒，號留仙，一號對巖，晚號蒼峴山人，江南無錫人。順治十二年，年十九，成進士。官國史官檢討，因事落職。康熙十八年，召試博學鴻詞，復授檢討，纂修《明史》。二十年，典江西試，旋遷諭德，充日講官。二十三年，典順天試。未幾，乞病歸。家有寄暢園在惠山麓，擅林泉之勝，時招故人、遺老觴詠其中。與王漁洋先生爲同年友，常緘詩一編寄之，題曰《寄阮集》。少時，與湯文正公講求性命之學。工詩古文，與同邑嚴秋水齊名，而詩格尤高。世祖章皇帝召試《詠鶴詩》，有「高鳴常向月，善舞不迎人」之句，世祖指示群臣曰：「此人必有品。」拔置第一。歸里後，優游林下二十餘年，研精宋五子書，窮究經學，尤邃於《詩》。著有《毛詩日箋》、《蒼峴山人集》各若干卷。五十三年，卒於家，年七十有八。

陳維崧

陳維崧，字其年，號迦陵，江南宜興人。祖于廷，明萬曆進士，官禮部侍郎，忤魏忠賢，削籍。崇禎初，起左都御史，加太子少保，以言事忤周延儒，再削籍。嘗從顧端文講學東林，直聲動天下，東林推服之，忌者因指爲黨魁。父貞慧，字定生，少以文學著聞，與金壇周禮部鑣、貴池吴秀才應箕善，又與侯朝宗、冒巢民、方密之稱「四公子」。會魏閹義兒阮大鋮久痼，謀起用，諸名士爲文檄之，大鋮恨次骨。南都建號，大鋮驟起用事，將盡殺東林黨。時少保公已卒，周禮部先被逮，定生營救萬端。乃捕定生及應箕，應箕亡，定生出，詣獄。國朝定鼎後，江南歸命，大鋮走死，定生得脱歸，而禮部已先被殺。定生歸後，廬少保公墓左，凡二十年不入城市，尋卒。子五人，先生其長也。少奇穎，讀書過目成誦。十歲，代少保公作《揚州忠烈公像贊》，少保奇賞之，諸名士皆折輩行與交。時吴門、雲間、常潤大興文會，先生入座，索筆賦詩數十韻立就，或時用六朝俳體作記叙，頃刻千言，巨麗無與比，咸驚歎以爲神。少時狀貌清癯，冠而于思，浸淫及顴準，時號爲陳髯。年三十始出雅游，龔芝麓尚書劇愛重之，唱酬無虚日。性倜儻，視錢帛如土，游蹤所至，饋遺隨手盡，垂橐而歸。歸無資，急命質衣物供用，至無可質，輒復游，率以爲常。以詩古文詞爲海内推重，吴梅村先生目爲「江左三鳳凰」，謂先生及吴漢槎、彭古晉也。嘗自中州入都，偕秀水合刻所著詞曰《朱陳村詞》，流傳入禁中，蒙聖祖賜問。客如皋，主巢民水繪園最久。巢民性豪邁，愛才若渴，進聲伎適其意。有歌童雲郎，儇巧艷媚，善伺人意，巢民甚嬖之。先生與戲於梅花樹下，巢民遥見，召雲郎將加責。先生窘甚，直趨内室，求救於太夫人，長跽門外曰：「雲郎得罪於公子，太夫人不爲緩頰，某跽不起矣。」太夫人使侍婢謝之曰：「先生能立賦梅花詩百首，當即救雲郎。」先生諾而起，挑鐙一夕，成絶句百章，驚才絶艷。巢民一見大悦，即以雲郎贈之。先生樂甚，寫雲郎小影爲長卷，名流題詠殆遍。嘗有日者謂之曰：「君年過五十，當入翰林。」康熙己未，詔試博學鴻詞，由諸生授檢討，纂修《明史》，時年五十有四矣。越四年，卒於官。臨終時，吟「山鳥山花是古人」之句，振手作推敲勢而逝。相傳爲善卷山中聽經猿再世云。所著《湖海樓詩文詞集》共五十卷。

朱彝尊

竹垞先生《煙雨歸耕圖》小象。

朱彝尊，字錫鬯，號竹垞，又號滬舫，晚號小長蘆釣魚師，浙江秀水人。生有異禀。髫齡時，嘗見諸神物異怪。讀書過目成誦，不遺一字。年十七，棄舉子業，肆力於古學，凡書無不披覽。以饑驅走四方，南踰嶺，北出雲朔，東泛滄海，登之罘，經甌越。所至叢祠荒塚、金石斷缺之文，莫不搜剔考證，與史傳參互同異，其爲文章益奇。康熙己未，舉博學鴻詞，授檢討，纂修《明史》。是科由布衣入翰林者三人，先生其一也。越二年，充日講官起居注。出典江南鄉試，爲文矢於神，杜請托，所取皆知名之士。既入詞館，日與諸名宿掉鞅文壇，所爲文雅潔淵懿，根柢盤深。詩牢籠萬有，與新城並峙，爲南北兩大宗。詞與迦陵齊名，然堪與匹敵者，惟飲水一人而已。飲水深得南唐二主之遺，先生則宛然玉田再世。國朝詞筆首推二家，二百年來直無其比。先生於詩古文詞之外，更研精經學，考證金石，善八分書。在史局時，屢奏記總裁官，言體制凡例，悉從其議。修《一統志》，多所釐訂。入直南書房，爲忌者所中，鐫一級罷。尋復原官。先生不樂仕進，遂引疾歸。聖祖南巡迎駕，蒙御書「研經博物」四大字以賜。家居十有九年，藏書八萬卷，著述不倦。卒年八十有一。所著《日下舊聞》、《經義考》二書，乾隆間詔儒臣增輯，高宗賜詩題卷端。又著有《五代史補注》、《瀛洲道古録》、《禾録》、《明詩綜》、《歷代詞綜》、《曝書亭集》、《静志居詩話》等各若干卷。

湯斌

湯文正公諱斌，字孔伯，一字荆峴，號潛庵，河南睢州人。順治九年進士，授國史館檢討。出爲潼關道，判事如神，訟無留牘，聽質者不齎宿糧。嘗出勘荒，遇雨止大樹下，民以朱欄護其樹，時以比甘棠云。十一年，調江西嶺北道，甫三月，清積獄八百有奇。尋乞病歸。丁父憂。服闋，往從孫夏峰先生游。歸，與同人爲「志學會」，杜門將母。康熙十八年，召試博學鴻詞，授侍講，與修《明史》。二十年，典浙江試，轉侍讀。明年，充《明史》總裁，官直經筵，遷庶子。二十二年，擢閣學，特授江寧巡撫。瀕行，聖祖諭曰：「非忍出卿於外，顧吴俗奢靡，冀有所變革。」賜御書三、鞍馬一、表裏十、白金五百兩，並撤御饌賜之。時滯獄山積，公就舟中判決，不寐者六晝夜，蘇城錮弊悉除，自總督以下，相戒不受一錢。

蘇松因加釐浮糧之困，積欠甚多，奏請蠲緩，民力以紓。令城鄉立社學，重修泰伯祠及范文正、周忠介二祠，禁婦女游觀，胥吏、倡優毋得衣裘帛，毀淫詞小說。諸無賴爲民害者，悉痛除之。禁火葬及淹棺，令下一歲，報三萬餘棺。蘇城上方山五通寺禱賽甚盛，凡少年、婦女感寒熱，巫覡輒謂五通將娶爲婦，往往羸瘵死，歲常數十家。前有大吏擬毀其祠，遇祟死，民益神之。公收妖像投水火，盡毀所屬淫祠，奏請勒石永禁。在蘇僅二年，吏治烝烝，民俗丕變。以是，諸要人皆不便所爲，大學士明珠尤嫉之。念在外無從得事端，乃薦輔皇太子讀書，遂授禮部尚書，管詹事府事。將行，百姓號哭，罷市三日，各繪象以祀。争瓣香來送者，至閶城門，以農器塞水陸道，公曉諭再三，始得行。回京後，明珠、余國柱等遇事皆思中傷之。公適聞繼母病，固乞歸省。聖祖温諭慰留，而忌者意未已。二十六年，改工部尚書，以入講不至，降二級留任。尋得疾，敕御醫就視。十月，疾少間，度材於通州。一日下晡，忽返，招鄉人某宦與語。客退，獨坐一室向晦，語家人曰：「吾腹不豫。」夜半遂薨，年六十有一。遺疏入，聖祖悲悼，派大臣奠茶酒，詔由驛歸櫬，照尚書例議卹，賜祭葬。一時都城士庶奔走長號，哀音聞數里不絕。吴民巷哭浹旬，共建祠祀之，水旱祈禱輒應，瞻拜者無不淚下。宦轍所至，悉建專祠。乾隆元年，特旨從祀孔廟。所著有《洛學編》、《睢州志》、

《潛庵語録》、《詩文集》各若干卷。

汪琬

汪琬，字苕文，號鈍翁，又號玉遮山樵，晚居堯峰，因以自號，江蘇長洲人。順治十二年進士，觀政通政司。尋遷户部主事，改刑部員外郎，升郎中。坐江南奏銷事，降兵馬司指揮，復遷户部主事。亡何，以病免。歸，結廬堯峰，居九年，閉户著書，謝絶人事。康熙十八年，召試博學鴻詞，授編修，與修《明史》，在館六十日，選史稿百七十五篇。杜門稱疾逾年，仍乞假歸。二十三年，聖祖南巡，先生在籍迎駕，蒙温諭垂詢，撤御前餅餌賜之，並特賜御書一軸。二十九年，卒於家，年六十有七。先生少孤力學。居京師時，與漁洋、芝麓兩先生以詩文相切劘。詩與新城齊名，世稱「汪王」。文根柢經史，爲國朝三家之一。平生務爲經世有用之學，故歷官皆有名蹟。官刑部，數平反積案，凡疑獄必引經附律，求毋枉縱。爲北城指揮，除暴安良，凡權貴有所屬，皆持以法，不少假借。任滿去，民間爇香攜酒，送者填溢衢巷。適有朝貴呵殿至，擠塞不得行，問之，曰：「民送兵馬司也。」再入户部時，因綏征事部議不決，先生窮日夜會計得之，遂輯書曰《兵餉一覽》。既而廷議格不行，書存篋衍中，先生曰：「異日有爲緩征之政者，吾書可取觀也。」議輸漕五米十銀爲官收官兑法，而旗弁之横息；議裁吴三桂兵餉，而强藩之勢阻，其端皆先生發之。居恒以道德文章爲己任，雖與一時賢士游，而流俗往往不悦其所爲，深中者尤忌畏之。性卞急，不輕許可。嘗與宋荔裳先生争辯，歸恚曰：「吾奈何與彼同名？」然坦中無城府，人有寸善，必稱道不輟。淡於榮利，難進易退。自登仕籍，前後閒居二十餘年，泊然自樂也。所著有《鈍翁前後類稿》、《堯峰詩文集》各若干卷。

潘 耒

潘耒，字次耕，號稼堂，江南吴江人。父凱，列名復社。兄檉章，能文，負氣節，茗中史獄起，蒙難死。先生資秉絶人，有「神童」之目，從顧亭林、徐俟齋、戴耘野三先生游。其學貫穿淹洽，無所不通，詩文尤精博，先輩陸稼書、翼王諸老交推之。康熙十八年，以布衣薦舉博學鴻詞，廷試二等，授檢討，纂修《明史》，充日講起居注官。時與館選者多起家進士，先生與朱竹垞、嚴蓀友兩先生獨由布衣入選。文最有名，凡館閣經進文字，必出三布衣手，同列忌之。先生尤精敏敢言，無稍遜避，卒爲忌者所中，坐降調。以母憂歸，遂不復出。四十二年，聖祖南巡，復原官。陳文貞公欲薦起之，先生曰：「止止，吾分也。」賦《老馬行》以謝焉。嘗應詔陳言，請除越職言事之禁。湯文正公撫吴，投文以贈，力言浮賦之害，爲畫三策。公具疏瀝陳，得酌減，蓋用先生首策也。初被徵，以母老辭，不獲命。除官後，復三次呈請終養，皆格於議。逮居喪，哀毁骨立。兄遘禍，募金贖侄歸。篤師誼。俟齋歿，恤其孤孫，數十年如一日。刻亭林《日知録》並詩文集。性好游，羅浮、天台、雁宕、武彝、黄海、匡廬、嵩嶽，悉躬其勝，各紀以詩文。四十七年，以病卒於家，年六十有三。著有《遂初堂集》三十九卷，又因亭林《音學五書》爲《類音》八卷。

施閏章

施閏章，字尚白，號屺雲，一號愚山，安徽宣城人。少孤，叔父譽撫之成立。弱冠，工詩古文詞，從沈徵君壽民游。金壇周儀部鑣見其文，驚異，延之讀書其家。順治三年，舉於鄉。六年，成進士，授刑部主事。奉使廣西，遍游桂林諸山水。丁大母艱。服闋，補員外郎。公餘，與宋荔裳、嚴顥亭、丁飛濤、張譙明、趙錦帆、周宿來諸君相唱和，號「燕臺七子」。世祖御試提學使者，先生名第一，授山東提學僉事。逾年，典試河南，稱得士，張清恪公其一也。秩滿，遷湖西道參議。康熙十八年，召試博學鴻詞，授侍講，纂修《明史》。越二年，轉侍讀。一日，退朝端坐，草《馮恭定傳》，自午迄酉，移案就簷隙，草罷，不能起，左右掖之，若形存者。時子彥湋以病咯血歸，彥恪亦南旋就試。妾徐氏刲股和藥以進，焚香籲天曰：「主翁畜道德，名滿天下，縱必不起，亦祈延，待其子一訣。使竟死妾婦手，目不瞑矣。」長號三晝夜。一夕，忽見白光如匹練，自屋上落，奇香起榻前，先生竟甦。彥恪尋奔侍。先是，彥恪夢神人按籍言司天下壽算，因叩父壽，以七十有八告。至是，從容言之。先生憮然曰：「吾少遇大母吴太恭人疾不受治，禱神，願減一紀延大母壽，太恭人竟不藥愈，又十二年乃終。以若所聞，減一紀，則今秋正限盡時也。」閏六月，果卒，年六十有六。所著有《學餘集》八十卷，《年譜》四卷，《試院冰淵》一卷，《詩話》、《雜著》各二卷，《青原志略補輯》十三卷。

黄與堅

黄與堅，字庭表，號忍菴，江南太倉人。順治十六年進士，授知縣。康熙十八年，召試博學鴻詞，授編修，纂修《明史》。告成後，復命分修《一統志》。二十三年，充貴州鄉試正考官，遷贊善。未幾，乞病歸。先生童年穎悟，詩文過目即記憶。三歲能識字，五歲能誦《詩》。八歲酷好唐人詩，録小本攜之出入，輒爲蒙師所禁抑。年十四，慨然有志於古學，欲遍讀周秦以下書。甫三年，讀周末諸子及六朝以上者幾盡。生平究心經術，輯解甚多，《易學闡》其一也。詩詞俱工，特其餘事。錢遵王叙其詩，謂《長安》、《金陵》雜感諸篇，頓挫鈎鎖，纏綿惻愴，風情骨格，在韓致堯、元裕之之間。盱衡抵掌，後來不得不推此賢。久之，學殖益富，才力益老，散華落藻，驚爆都市，梅邨先生歎爲知言。性落落少所合，惟與人交，當生死患難，不渝初志。年七十餘卒。所著有《忍菴詩文集》等各若干卷。

禹之鼎

禹之鼎，字上吉，一字尚基，號慎齋，江南江都人。康熙中，官鴻臚寺序班，以善畫召入内廷供奉。尤工寫照，秀娟古雅，爲當代第一。一時名人小像，皆出其手。少師藍田叔，後出入宋、元諸家，遂成一家法。有《王會圖》一卷傳世。嘗愛洞庭山色，欲卜居之。晚年乞假歸，竹垞先生作詩送之云：「謫官擬向洞庭居，此意沈吟六載餘。君去西峰先相宅，小樓客架滿船書。」

徐釚

徐釚，字電發，號拙存，一號菊莊，又號虹亭，晚號楓江漁父，江南吴江人。少受業於計甫草先生，穎悟絶倫。年十二，和無題詩有「殘月無情入小樓」之句，長者咸驚異之。弱冠，姿容玉立，倜儻有大志，好古博學，天才駿發，摇筆數千言，倚待立就。嘗兩至京師，名譽蔚起，一時名公鉅卿皆折節與交。龔端毅公尤奇賞之，館之於家，時相唱和。公臨終謂真定梁相國曰：「負才如徐君，可使之不成名耶？」康熙十七年，詔舉博學鴻詞，相國特薦舉之。召試二等，由監生授檢討，纂修《明史》。後值翰林外轉，與朝貴忤，被黜歸，遂不復出。好遠游，歷浙閩、江右、兩粵、中州，所至留題，人争傳誦。三十八年，聖祖南巡，賜御書，詔復原官起用，以病不就。家有松風書屋，於後圃築豐草亭，與名流耆宿日事觴詠，悠然忘老。四十七年，卒於家，年七十有三。先生以詩名江表者三十年。少工填詞，曾刻《鞠莊樂府》。朝鮮貢使仇元吉見之，以金餅購去，並貽詩云：「中朝攜得鞠莊詞，讀罷煙霞照海湄。北宋風流何處是，一聲鐵笛起相思。」先生詩詞皆綿麗幽深，耐人尋味，艷體尤工。晚歲續編唐孟棨《本事詩》，皆取緣情綺麗之作，遠近傳鈔殆遍。竹垞先生寄以詩云：「不應尚戀聞釵釧，棗木流傳本事詩。」蓋微諷之也。又精繪事，山水竹木，並臻絶妙。李秋錦先生題其墨松詩云：「虹亭筆墨無不好，以詩掩畫誰能知。偶寫玉山釵落句，流傳今有畫中詩。」蓋其所作不多，故世罕知之者。所著有《南州草堂集》三十卷、《詞苑叢談》十二卷、《續本事詩》十二卷。

尤侗

尤侗，字同人，一字展成，號悔菴，晚號艮齋，世稱西堂先生，江南長洲人。以鄉貢除永平推官，坐撻旗兵降調。少時嘗效六如先生，戲以《西廂記》曲中語爲制義文。順治十五年，王文靖公侍經筵，蒙世祖垂詢，公以先生文對，即諭呈覽，公以鈔本進。復索刻本，御筆親加批點，歎爲真才子者再，因問出身、履歷，爲太息久之。他日，又指集中《討蚤檄文》一篇，示公曰：「此奇文也。」問有副本否，對以無有，遂命内府購之坊間，不得。次年，先生入都，使者跡至旅邸，攜一册去，裝潢進呈，世祖大喜。亡何，有以所著《讀離騷樂府》獻者，亦覽而善之，命播之管絃，以比《清平調》云。是年，徐公元文及第，世祖知爲先生門人，從幸南海子，忽駐馬問：「爾師尤侗年幾何？以何事降調？當補何官？」垂詢再三。

復語木陳禪師曰：「士多有高才不遇者，如徐元文之師尤侗，最工詩，僅以鄉貢入仕，旋罷官，豈非命耶？」木陳奏言：「君相亦能造命。」上曰：「朕意亦然。」蓋有意召用之矣。未幾，世祖升遐，先生自傷數奇。康熙十八年，召試博學鴻詞，授檢討，纂修《明史》。先生年最長，入院以齒序，諸人皆坐其下。留史局三年，分撰志、傳三百餘篇。嘗偕諸儒臣進《平蜀詩文》，聖祖見其名，曰：「此老名士。」二十一年，子珍成進士，選庶吉士，先生乃乞病歸。家居以詩文自娛，四方持縑素請者，户外屨常滿。時同邑汪堯峰先生以古文自矜，見俗子議文章者，恒面斥之，以是人多畏憚，而樂先生之和易也。三十八年，聖祖南巡，先生獻《萬壽詩》、《平朔頌》，御書「鶴栖堂」三字賜之，時年八十有二。年終，復蒙賜珍物。四十二年，聖祖復幸吴，賜御書一幅，即家晉侍講。明年六月卒，年八十有七。是歲，朱竹垞先生與徐侍讀倬謁見皇太子於行殿，賜坐，謂曰：「老成易謝，兹來又失一尤展成矣。」字而不名，其見重如此。所著有《西堂雜俎》、《艮齋雜記》、《鶴栖堂文集》等百餘卷。

毛奇齡

毛奇齡，字大可，一字齋于，又名甡，字初晴，學者稱西河先生，浙江蕭山人。生時，母張太孺人夢番僧持度牒入門。四歲，太孺人口授《大學》，即成誦；乃授《書》，使循所讀自認之一再，周無不識者。總角，補諸生，與伯兄萬齡齊名，人呼爲「小毛生」。明亡，竄身城南山，築土室，奉母讀書其中。順治三年，王師下江南，杭州不可守。時義旗紛起，競招先生，皆辭之。亡走山寺，祝髮披緇，匿坑中。王師下江東，先生以髡免。歸，太孺人撫而泣曰：「吾向夢僧寄度牒生兒，今竟然矣。」先是，明季士林好爲社，先生品目過嚴峻，人多忌之。至是，怨家争爲謀詰，必欲置之死。屢瀕於危，乃變姓名爲王士方出，亡走靖江，之海陵，渡淮，將赴彭城，值山陽令朱禹錫聞先生至，款之。時吏部郎張新標有名園，中秋夜會，名士數十人伎樂合作，先生倚醉扣槃，賦《明河篇》凡六百餘言，及旦，傳寫殆遍。施愚山先生還自京師，見之，驚曰：「必吾友毛生也。」於是，之齊、之楚、之鄭、衛、梁、宋，作《續哀江南賦》萬餘言。嘗登嵩山，越數峰遥望，悽愴不能上，曰：「吾力衰矣，傷哉！貧且多難，茫茫者安歸乎？」乃復之禹州，寓故懷慶王之邸内白雲樓，作《白雲樓歌》，未匝月，都下伎館酒樓，競爲傳唱。仇者偵知，復思甘心，乃遁之嵩山，匿道士土室中，遇異人授古本《大學》。已而，愚山先生招主鷺洲書院講席。逾年，客崇仁，又客淮西，時禍已解。康熙十七年，詔舉博學鴻詞，先生應薦入都，馮文毅公、李文定公皆開閣延之。時四方才士駢集，文毅大會城東萬柳堂，先生援筆爲《萬柳堂賦》，四座驚眼。及試，聖祖親拔先生卷爲上等，授檢討。纂修《明史》，爲弘、正兩朝紀傳，具草二百餘篇。聖祖精於韻學，剖晰精嚴，先生著《古今通韻》十二卷進呈，得旨稱善，命宣付史館，並敕禮部知其事。時丹陛樂章多誤，諭陳文貞公更正之，公以歷代樂章配音樂議，屬先生條上，多所採用。先生於音律有神悟，二十三年，聖祖諭群臣以徑一、圍三、隔八相生之法，先生遂極意搜討，作《聖諭樂本解説》、《皇言定聲録》及《竟山樂録》。三十八年，聖駕南巡，先生進《樂本解説》刻本，詔傳至行在朝門獎勞。四十一年，復南巡，謁禹陵，先生迎駕西陵渡，上遥見之，遣侍衛勞問。比還，送駕，復駐馬問所苦，勞之去。及三巡江浙，先生謁行在，年老矣，命起立勿跪，賜御書一幅。時皇太子隨駕，亦賜書屏、聯各一。逾年，病卒，年八十有五。所著書極多，全集合爲四百九十八卷。先生少負奇才，説經長於辯駁，多與宋儒鑿枘，而雄辯足以濟之。晚年專究易理，好獎借後進。或疑其歷詆古人，使氣難近，及親炙，乃爽然出意外，始寧女士徐昭華讀《瀨中集》，感歎願受業，稱都講焉。琉球使者過杭，以兼金購求文集，且求一見。其名動海外如此。先生侍史曼殊，豐臺賣花女也，艷而才，諸名士各爲詩文張之。晚歲悼亡，恒鬱鬱不自樂。夫人陳氏，有才藻而性妒，以曼殊故，輒詈於人前曰：「公等以毛大可爲博學耶？渠作七言八句，亦必獺祭乃成。」先生笑曰：「握筆一次，展卷一回，久之自能賅博，婦言不足聽也。」嘗僦居屋三間，左右庋圖史，寓眷屬，而中爲客次。先生日著書其間，筆不停揮。請業者環坐，質疑辨誤，隨問隨答，井井無一紊亂。夫人在室中時詬詈，先生復遂詈之。殆五官並用者。

吴兆騫

吴兆騫，字漢槎，江蘇吴江人。少有儁才。童時，作《膽賦》，累千餘言，見者驚異。長，入「慎交社」，名聞遠近。爲人簡傲，不拘細行。順治十四年，舉於鄉。科場事發，遣戍寧古塔，一時送其出關之作遍天下。其友顧梁汾先生，時館於納蘭太傅家，爲《金縷曲》二闋代書寄之云：「季子平安否。便歸來、平生萬事，那堪回首。行路悠悠誰慰藉，母老家貧子幼。記不起、從前杯酒。魑魅搏人應見慣，總輸他、覆雨翻雲手。冰與雪，周旋久。淚痕莫滴牛衣透。數天涯、依然骨肉，幾家能彀。比似紅顔多命薄，更不如今還有。只絶塞、苦寒難受。廿載包胥承一諾，盼烏頭、馬角終相救。置此札，君懷袖。」「我亦飄零久。十年來、深恩負盡，死生師友。宿昔齊名非忝竊，試看杜陵消瘦。曾不減、夜郎僝慭。薄命長辭知己别，問人生、到此淒涼否。千萬恨，爲兄剖。兄生辛未吾丁丑。共些時、冰霜摧折，早衰蒲柳。詞賦從今須少作，留取心魂相守。但願得、河清人壽。歸日急繙行戍稿，把空名、料理傳身後。言不盡，觀頓首。」太傅公子成容若先生見之，泣曰：「河梁生别之詩，山陽死友之傳，得此而三。此事三千六百日中，我當以身任之。」梁汾曰：「人壽幾何？公子乃以十載爲期耶？」太傅聞之，竟爲道地。梁汾乃因容若力求太傅。太傅方宴客，手巨觥酹梁汾曰：「若引滿，爲救漢槎。」梁汾素不能飲，至是一吸而盡。太傅笑曰：「余直戲耳。即不飲，余豈不救漢槎耶？梁汾何壯也！」因獻先生所作《長白山賦》，聖祖覽而稱善。大學士徐立齋復捐金贖之，先生乃荷賜環。在塞外二十餘年，日與羈臣逐客飲酒賦詩，諸大帥皆敬禮之。歸後逾年，卒。所著有《秋笳集》若干卷。

孫暘

孫暘，字赤崖，號蔗菴，江南常熟人。順治十四年舉人。少穎異，文譽藉甚，與兄扶桑殿撰承恩齊名。舉順天鄉試，因科場事發，爲人牽連被斥，遣戍尚陽堡。康熙二十七年，聖祖東巡，獻頌萬餘言，蒙召至幄前，賦《東巡詩》稱旨，復試以書法，聖祖歎息其才。後經大學士宋文恪公具疏保薦，不果用。久之，賜環旋里，以詩酒自娱。晚歲與徐健菴、尤西堂、秦留仙諸先生爲耆年之會。年七十餘卒。著有《蔗庵集》若干卷。

顧貞觀

顧貞觀，字華封，號梁汾，江南無錫人。康熙十一年，舉京兆試第二，官内閣中書，遷典籍。先生美豐儀，才調清麗，文兼衆體。爲人儁爽，敦古誼，與納蘭太傅公子成容若先生交最善，集中投贈、唱酬之作甚多。松陵吴漢槎以科場事謫寧古塔，先生爲《金縷曲》二闋以詞代書寄之，情詞真摯，沈鬱悲凉，幾於一字一淚。容若先生見之，泣曰：「河梁生别之詩，山陽死友之傳，得此而三矣。此事三千六百日中，我當以身任之。」先生哭拜曰：「人壽幾何？請以五載爲期。」容若先生因偕之求救於太傅。太傅方宴客，手巨觥奉先生曰：「若引滿，爲救漢槎。」先生素不能飲，至是一吸而盡。太傅笑曰：「余直戲耳。即不飲，余豈遂膜視耶？雖然，何其壯也！」乃爲道地。先生又悉力處辦贖鍰，漢槎竟生入玉門關。後於容若先生齋中見先生書壁上云「顧梁汾爲吴漢槎屈膝處」，不覺大慟。漢槎爲言塞外多暴骨，先生即募僧斂金，遍歷戰場，收瘞無算。途遇去鄉鬻身者數家，爲捐金悉贖還之。少時才名噪東南「慎交社」。既入都，題詩寺壁，有「落葉滿天聲似雨，干卿何事不成眠」句，龔芝麓尚書見而驚歎，爲之延譽，名益騰起。填詞最工，與竹垞、迦陵齊名，世稱「詞家三絶」。朝鮮貢使出餅金購其集以歸。服官數年，移疾去。構積書巖於祖祠下，坐擁萬卷，領袖溪山風月垂三十年，與秦對巖、嚴蓀漁兩先生並稱「三老」。著書至數十種。年八十餘卒。臨終，自選詩一卷授門人杜雲川太史，不滿四十篇，其淡不自足如此。今行世有《積書巖集》若干卷、《彈指詞》三卷。

高士奇

高士奇，字澹人，號瓶廬，又號江村，浙江錢塘人。由諸生入太學，試京兆不遇，賣文自給。新歲，爲人書春帖子，自作聯句，爲聖祖所見，立召對。旬日之間，三試皆第一。即簡入内廷供奉，授詹事府録事，遷内閣中書，食六品俸，賜居西安門内。康熙十九年，特旨賜同博學鴻詞科，賜號竹窗，授爲額外翰林院侍講。二十二年，補侍讀，充日講起居注官。二十三年，遷庶子，擢侍講學士，充《大清一統志》副總裁。二十六年，遷少詹事。明年，因巡撫張汧貪黷案誣衊，旋即吐實，先生疏請賜歸田里，得旨准以原官辭任，修書等項照舊管理。二十八年春，從聖祖南巡至杭州，駕幸先生之西溪山莊，賜御書「竹窗」扁額。九月，左都御史郭琇以結納諂附、攬事招權疏劾，奉旨休致。三十三年，特命大學士於翰林官内舉長於文章、學問超卓者，王文靖公、張文貞公以先生薦，蒙召來京修書。既至，仍直南書房。三十六年，以養母乞歸，特授詹事，允其請。四十一年，在家，授吏部侍郎，以母老未赴。四十三年，聖祖再南巡，先生於淮安迎駕，扈蹕至杭州，及回鑾，隨至京，優賚以歸。是年六月，卒於家，年六十，命加級，賜祭葬。四十四年，特恩賜謚文恪。先生少工詩文，精鑒賞。以諸生受仁皇帝特達之知，爲文學侍從，柏梁應制，天禄校書，行幄屬車，賡歌載筆，每奏一篇，上未嘗不稱善。性謹慎，口不言温室樹。徒以不由科目驟致通顯，朝士側目，中以蜚語，乃放歸數年，仍復起用，再直南齋。儒生之榮，古今莫比。所著有《經筵文稿》、《天禄識餘》、《讀書筆記》、《扈從日録》、《江村消夏録》、《春秋地名考略》、《〈左傳〉〈國語〉輯注》及《詩文詞集》各若干卷。

査昇

査昇，字仲韋，號聲山，浙江海寧人。康熙二十七年進士，選庶吉士。散館，授編修，入直南書房。三十八年，典江西鄉試。累遷至少詹事。書法得董文敏之神，小楷尤精妙絶倫，入吴興之室。聖祖屢稱賞之，疊蒙書畫及御筆之賜。時有中貴人氣燄熾甚，昕夕銜命至，先生接之無加禮，人服其品。詩筆清麗。嘗飲陳朴庵席上，共賦《牡丹詩》，先生有句云：「置身富貴何須早，到眼雲霞覺倍明。」時推擅場。所著有《澹遠堂集》若干卷。

孫致彌

孫致彌，初名𪽤，字愷似，號松坪，江南嘉定人。少負詩名，遠近馳譽。時聖祖方命采詩東國，有以先生薦者，召試稱旨，遂以國子監生賜二品服，充朝鮮副使。臨軒策遣，非常之遇，今古罕儷，士論榮之。使還，命仍歸國子監肄業。康熙十七年，舉順天鄉試。越十年，成進士，選翰林院庶吉士。會邑中姦民起折漕之難，連染去官，禍幾不測。先生處之泰然，幽滯屢年，獄漸解，獲釋，復原官。四十七年，充山西鄉試副考官。明年，散館，授編修，疊擢至侍讀學士。四十八年，以病卒於京邸，年六十有八。賜金以斂，入祀報功祠。先生爲人不沾沾細行，而重然諾，急友難。稱貸於人，入手輒盡，故家常貧，而懷抱灑落，不稍挫於憂患之餘。在獄時，吟詠不輟，所傳西臺和蘇諸作，尤爲奇傑。詩名與陸菊隱、張樸村、張匠門、趙蒙泉、張南華並稱，西莊先生尤推重先生。所著有《杕左堂集》、《朝鮮采風録》及《詞集》等若干卷。

高其倬

高其倬，字章之，號芙沼，漢軍鑲白旗人。康熙三十三年進士，選庶吉士。乞假歸，閉户讀書數年，始散館授檢討。聖祖奇其貌，欲試以外事，會四川有獄未決，命往訊。歸，聖祖問打箭爐形勢，公口陳手畫，詳悉不煩。上器之，命典試四川。遷中允、侍講，督山西學政，遷侍讀學士，擢内閣學士。五十九年，巡撫廣西。會鄧横苗叛，單騎入寨諭之，苗衆棄刀羅拜，受約束而還。逾年，擢雲貴總督。時青海賊肆逆，謀進西藏。公以雲南中甸爲進藏咽喉地，調兵鎮之，墾田積穀，改土歸流。苗民蠢動，遣兵迎剿，平燬諸寨，逆渠就擒。雍正二年，青海平，中甸諸番目攜三千五百户繳僞劄。世宗褒美之，賞騎都尉世職。三年，剿平貴州仲家叛苗，加兵部尚書、太子少傅，調閩浙總督。五年，擒剿臺灣兇番，各社相率歸誠。十年，詔以李敏達公爲浙江總督，命公專督福建。八年，晉太子太保，調兩江總督。旋命來京，隨怡親王相度太平峪吉地，特給輕車都尉世職。尋命署雲貴、廣西總督。十一年，仍授兩江總督，因事左遷巡撫。十三年，劾淮關監督年希堯，黜之。乾隆元年，以疾召還京。未幾，授湖北巡撫，調湖南。三年，擢工部尚書，調户部。十月，薨於寶應舟次，年六十有三。遺疏入，優詔悼惜，賜祭葬，予謚文良。公揚休玉色，進止嚴重，目不能遠視，無事輒睞，開則精光射人。爲人淵深凝静，每奏事，天語褒嘉，或忤旨，旦夕禍不測，而公施之如平時。人欲窺公顔，卜主眷盛衰，不可得也。代人匿瑕藏疾，至累及終不悔。孫文定公少時殺人報仇，公爲督學，脱其罪，終身執弟子禮甚恭。李敏達公任滇藩時，與安南争鉛廠河，有旨切責，公引爲己咎，敏達慚感次骨。少以詩名，稱一代作手，顧以經濟掩，人鮮知之。所著有《味和堂詩集》八卷、《奏疏》十卷。繼配蔡夫人名琬，字季玉，綏遠大將軍毓榮女。工詩善書，魚軒所至，幾半天下，才識過人。公居官時，凡奏疏移檄，每與夫人商定焉。

姜宸英

姜宸英，字西溟，一字湛園，浙江慈溪人。少力學，詩古文辭俱工，尤精書法，名譽嘖甚。聖祖嘗謂侍臣曰："聞江南有三布衣，尚未仕耶？"三布衣者，竹垞、秋水及先生也。又曰："姜西溟古文，當今作者。"會徵鴻博，葉文敏公、韓文懿公約交章薦舉，文敏適以宣召入禁中，浹月始出，已無及。尋以薦纂修《明史》，食七品俸，仍許典試。先生性疏縱，屢以違式被斥。又嘗用點竄《堯典》、《舜典》語，受卷官疑之，先生笑曰：「義山詩，若亦未讀耶？」受卷者慚怒，竟摒黜之。故人翁叔元雅重先生，嘗曰：「吾名不見子集中，是吾恨也。」翁官祭酒，時余國柱方擠排湯文正公，翁受余指，劾公僞學，旋擢少詹事，先生爲文譏之。翁怍然曰：「某知罪矣，然願子弗出也。」越日，先生已刊布，遍傳輦下，翁銜之刺骨。明珠相國公子成容若從先生游。相國僕安三勢傾中外，先生奴視之。或言願稍假頷色，先生大怒，擲杯而起。安三恨甚，因與翁比而尼先生。徐健菴先生罷官旋里，猶領《一統志》局，先生預《志》事，相從南歸。搆健菴先生者，並牽連之，愈偃蹇不得志。至康熙三十六年，年已七十，試禮部復違式，主者慕其名，爲更正之，成進士。廷對日，試卷帶行草書，聖祖親拔之，曰：「宸英績學能文，至老不倦，可置一甲，爲天下讀書人勸。」遂以第三人及第，授編修。三十八年，與李蟠同典順天鄉試，揭榜，爲御史鹿佑所糾，蟠遣戍，先生以目昏爲同官所欺，亦下吏。舉朝知其無罪，未置對。遽病卒，年七十有二。漁洋先生時爲刑部尚書，謂人曰：「某任西曹，而使湛園以非罪死獄中，愧何如也。」先生文雅健有北宋人意，魏叔子嘗謂：「朝宗肆而不醇，堯峰醇而不肆，先生在醇肆之間。」時韙其論。嘗論文謂：「周秦之際，莫衰於《左傳》，莫盛於《國策》。」聞者頗韙之。詩宗浣花，參之玉局，以盡其變。書學鍾、王，入神品。所著有《江防總論》、《海防總論》各□卷，《葦間詩集》十卷，《湛園未定稿》八卷，《札記》二卷。

查慎行

查慎行，初名嗣璉，字夏重，號他山，後易今名，字悔餘，號查田，晚號初白，浙江海寧人。幼穎異。五歲能詩，十歲作《武侯論》，見者驚爲曠世才。長游黄梨洲先生之門，於書無所不窺，尤癖好詩。弱冠，補諸生。同邑楊公雍建撫黔，時疆場未啓，豺虎塞途。先生短衣挾策，自吴涉楚追及之，於荆江、夢渚間，由銅仁間道崎嶇，谿谷崖箐，孤軍轉戰，一旅深入。先生居其戎幕中，出入牂牁、夜郎間，書檄旁午，倉卒肆應，而吟詠不輟。事定旋里，赴西江，北上京師，遍游齊、魯、燕、趙、梁、宋，復渡彭蠡，過洞庭，登匡廬五老峰，探武彝九曲諸勝，詩筆益富而奇。康熙三十二年，舉順天鄉試，年已四十有四。張文貞公、李文貞公先後奏薦。四十一年，特旨召入，直南書房。次年，成進士，選庶吉士。散館，授編修。比歲，聖祖西巡，賡歌載筆，凡幽阻之區，甌脱之境，爲從古詩人所未歷者，蕩胸駭目，悉於五七言發之。每奏一篇，聖祖輒動容稱善。駕幸南海子捕魚，命群臣賦詩，先生有句云：「笠簷蓑袂平生夢，臣本煙波一釣徒。」詞意稱旨。忽内侍宣召煙波釣徒查翰林，蓋同時有聲山學士，故以詩别之。艶之者，謂可與韓翃「春城無處不飛花」同作玉堂佳話。顧賦性澹泊，常懷退志。五十二年，引病歸。家居十餘年，於世事一無干預，而登臨嘯歌之興未衰。復南游，尋無諸故墟，訪尉佗遺蹟，詩更豪宕感激，入化超神。蓋其高情逸韻，夐乎獨尚。於詩文、山水、友朋之外，餘無所好。後因弟嗣庭官侍郎坐訕謗伏法，盡室赴詔獄。世宗知先生端謹無他，尋放歸。雍正五年，卒於家，年七十有六。著有《敬業堂集》五十卷，又《周易玩辭集解》十二卷及《經史正譌》、《江南通志》、《補施注蘇詩》等皆行世。

何焯

何焯，字屺瞻，晚號茶仙，江蘇長洲人。先世曾以義門旌，學者稱義門先生。少讀書，數行齊下，爲文才思横溢。天性耿介，廉於財，視千金猶土芥，晨炊未具不計也。康熙二十四年，選拔貢生。游徐健庵先生及翁叔元之門，而慎自持，遇不韙，且相静執。徐待之甚厚，而爲忌者所搆，失歡。叔元子惡先生積忤之，竟爲所窘。及叔元劾湯文正公，先生移書與絶，請削門生籍，卒以是潦倒場屋。四十一年，因李文貞公特薦，召試，命直南書房。明年，賜舉人，試禮部，下第。復賜進士，選庶吉士。尋命侍皇六子讀，兼武英殿纂修。然忌者滋多，散館，置下等，得旨再教習三年。旋丁外艱及後母艱。五十二年，文貞公再薦，赴京，仍直武英殿。明年，授編修。又明年，聖祖幸熱河，有搆蜚語以聞者。駕還京，先生迎道左，即命收繫，盡籍其邸中書本，命廷臣檢勘，無狂謬語。又草稿中有《辭吴縣饋金札》，聖祖覽之，嘉其有守，怒漸解，乃摘數條，命内侍詣獄詰責。先生據實奏辨，僅坐免官，還其書，仍命直武英殿。方收繫時，校尉縛置馬上馳送獄，家人惶怖，先生眠食如平時，振襟讀《易》，聲出户外。既出獄，即趨局校書如故。六十一年，病，詔賜醫藥。未幾，卒，年六十有二。詔復原官，贈侍讀學士，賜金，給符傳歸喪，命有司存恤其孤。先生蓄書數萬卷，參互鈎稽，如别黑白。吴下多書估，先生訪購宋元舊槧及故家善本，細讎正之，丹黄積數十過，所校定《兩漢書》、《三國志考證》尤精核。乾隆五年，侍郎方苞奏取其書付國子監，爲新刊本所取正。尤工書，深得晉唐人法。聖祖嘗命書《四書章句集注》，得旨嘉獎，命即鋟板。所著《道古齋識小録》，繫獄時門人某竄竊而乾没之。先生與方望溪論文不甚合，然望溪有作必問人：「義門見之否？如有言，乞告我。」先生殁後，世或用兼金購所閲經史諸本，市賈因冒蹟求售，於是，何氏僞書頗雜出。邑人蔣維鈞刻其《讀書記》五十八卷行於世。

蔣廷錫

蔣廷錫，字揚孫，又字西君，號西谷，一號南沙，江蘇常熟人。渭公先生子也。少有學行，由舉人供奉内廷。康熙四十二年，特賜進士，一體殿試，選庶吉士。次年，未散館，特授編修。歷遷贊善、侍講、侍讀、庶子、少詹事。五十六年，擢内閣學士。雍正元年，遷禮部侍郎。明年，調户部侍郎。三年，命察閲京倉，覆奏開溝、墊土、添橋、架木各事宜，詔皆如議。尋疏言漕運宜濬泉源，開湖地，嚴築壩，修坎河，世宗特命大員攜儀器、輿圖與總河巡撫會勘，奏均應如議，下九卿議行。四年，遷户部尚書，典順天鄉試。十二月，丁母憂，優詔軫恤，賜祭葬，賞銀治喪，命在任守制，固辭，不許。請假扶柩歸，葬事畢，回京。六年，授文華殿大學士。七年，設立軍機處，命充軍機大臣，賜第一區，並賜額曰「鈞衡碩輔」，加太子太傅。八年，充會試正總裁，命總理三庫事務，特諭贊畫忠勤，賜一等輕車都尉。十年閏五月，薨於位，年六十有四。遺疏入，九重傷悼，優詔賜卹，輟朝一日，詔所用棺殮之屬俱頒自內府，命內大臣奠茶酒，賜祭葬，並加祭一壇，予謚文肅。先生以文學受兩朝特達之知，出入禁闥，恪慎勤勞，儤直二十餘年，未嘗一日去上左右。任户部時，釐剔弊端甚晰，官吏畏之如神。參贊機務，縝密周詳，雖子弟、門人，莫能探其崖略。少工詩文。善畫花卉。得南田先生餘韻，多用逸筆寫生，蘭石小品，獨饒風致，點綴坡石，無不超絶。聖祖嘗臨視之。性豪爽，歲入廉俸，悉以周恤親舊，賜第外，田宅無所增。著有《青桐軒集》若干卷。

王苹

王苹，號秋史，山東歷城人。康熙丙戌進士。所居聖水泉，元于欽所品七十二泉之第二十四也。少有狂名，王漁洋、田山薑賞其詩，並奇其人。有詠黄葉詩最佳，世以「王黄葉」稱之。所著有《二十四泉草堂集》。「《王秋史先生溪堂種菜圖》，廣陵禹之鼎寫。『南園四十年前住，寒菜春蔬不厭看。爛熟齊民書一卷，笑無資地拜園官。』『風味何如庾杲之，未聞龍腹荷鋤時。料量傖父柴門内，只合樊遲是本師。』『一樹桃花一水亭，數畦菜甲一園丁。春陰尋取垂楊岸，抛得牀頭老氏經。』『相無食肉骨嶙峋，自喜黄虀百甕新。鼎鼎百年麤糲好，長爲奉母灌園人。』康熙五十有六年丁酉秋九月庚戌寒露日，蓼谷山人王苹漫題於水枝軒南之且喫茶處。」「『歷下才名冠一時，虀鹽清味幾人知。小園徙倚無他事，手種拳芽繞荆籬。』『書督獠奴夜讀書，地偏心遠稱幽居。周妻何肉渾忘卻，獨有庾郎嗜未除。』題秋史年兄種菜圖，徐秉義。」

惠士奇

惠士奇，字天牧，一字仲儒，晚號半農居士，學者稱紅豆先生，江蘇吴縣人。生時，父元龍夢楊文貞公來謁，故以名之。弱冠爲諸生，不就省試。或問之，則曰：「胸中無書，焉試爲？」於是奮志讀書，遂博通六藝，凡九經、諸史，皆能終篇朗誦，不失一字。康熙四十七年，舉鄉試第一。明年，成進士，選庶吉士。散館，授編修。分校癸巳、乙未會試。聖祖嘗問廷臣：「誰工作賦？」蔣文肅公以王公項齡、湯公右曾及先生對。其後，詞臣撰擬文字，皆送先生改定，乃進呈。五十八年正月，太皇太后升祔禮成，先生以編修奉命祭告炎帝陵、舜陵，異數也。次年，典湖廣鄉試。旋授廣東學政，以經學訓士，粤人始知通經。在任遷中允，擢侍講學士。任滿還都，送行者如堵牆。既去，粤人尸祝之，於廣州三賢祠、潮州韓公祠、惠州蘇公祠，皆以先生配享。雍正六年，奉旨修理鎮江城，以産盡停工罷官。高宗即位，特命來京，以侍講、侍讀用，所欠修城銀得寬免。乾隆三年，補侍讀，時已垂老，耳漸聾。五年春，以病告歸。七年，卒於家，年七十有一。先生盛年兼治經史，晚年尤邃於經學，撰《易說》六卷、《禮說》十四卷、《春秋說》十五卷。幼時讀廿一史，於《天文》、《樂律》二志未盡通曉。及官翰林，因新法究推步之原，著《交食舉隅》二卷，又撰《琴篴理數考》四卷。書成，惟嘉定王進士恪見而喜之，餘皆莫能解也。所著詩有《紅豆齋小草》、《詠史樂府》及《南中采蕁》、《歸耕人海》諸集若干卷。

張照

張照，字得天，號涇南，又號天瓶居士，江蘇華亭人。康熙四十八年進士，選庶吉士，授檢討。五十四年，入直南書房，疊遷侍讀。雍正元年，典福建試。四年，典雲南試。十一年，遷至刑部尚書。十三年，貴州九股生苗不法，將軍哈元生、董芳分道進剿，世宗特命公爲撫定苗疆大臣。公倡分地分兵之議，元生等意皆不合，文移争辯，日久無功。高宗登極，命來京，以湖督張廣泗代，並諭廣泗，有「從前經理苗疆，原係鄂爾泰獨任。張照私意揣度，以爲密奉棄置之旨，轉告元生，殊屬乖謬」之語。廣泗復劾公立意阻撓，詔落職逮問論死。特旨原之，命直武英殿修書。乾隆二年，仍授内閣學士，充經筵講官，再直南書房。四年，疏乞終養，荷温諭慰留。五年，授刑部左侍郎。六年，高宗以朝會樂章句讀與樂音不合，敕公釐定。公請重修《正義後編》，與《律吕正義》一書並行，其《壇廟朝廷樂章考定宫商字譜》備載於篇。七年，擢刑部尚書，管理樂部，撰擬《文廟樂章》，頒發曲阜及各省學官。九年冬，丁父憂。十年春，奔喪，行至江南徐州，以哀毁成疾，薨於旅次，年五十有五。事聞，加贈太子太保、吏部尚書，賜祭葬，予謚文敏。公直内廷最久，每奉敕作書，皆稱旨。其後墜馬傷右臂，幾折。時方進呈落葉倡和詩，遂用左手書楷，渾厚藴藉，高宗特嘉賞之。後，見公獄中所題白雲亭詩卷，詞意怨望，下詔宣示以身後免其追論。四十四年，御製《懷舊詩》列公五詞臣中，詩内有「羲之後一人，含照誰能若」之句。四十七年，高宗閲《一統志》所載松江人物不及公，特諭云：「從前張照獲罪，因疑爲鄂爾泰傾陷，其獄中詩大都指摘鄂爾泰居多。張照雖不得謂醇儒，然其文采風流，實海内所共推，公論具在，瑕不掩瑜。其將照出處、事蹟并列焉。」大哉王言，足爲公定論矣！所著有《天瓶齋集》若干卷。書法精絶，追蹤顔、米，得董宗伯真傳，世争寶之。有《天瓶齋》及《瀛海仙班》等帖行於世。

顧嗣立

顧嗣立，字俠君，江蘇長洲人。康熙五十一年，欽賜進士，選庶吉士。逾年，散館，應外補，以疾告歸。博學洽聞，尤工於詩。所居秀軒草堂，疏池疊山，環植竹木，常集四方名士，觴詠其中。輕財好施，家日以貧，而豪俠如故。風流文雅，照映一時。性宏於飲。家有古酒器三，大者受十三斤餘，遞殺。藏佳釀數百甕，每召客開筵，如長鯨吸海，見者咋舌卻走，竟有未及持杯，睹其狂飲而已。醉倒者嘗署其扉曰：「酒客過門，請傾三雅，詰朝相見，再決雌雄。」蓋終其身，無與抗之人，時目爲「酒帝」。嘗箋注昌黎、飛卿二家詩，輯《詩林韻濩》。又選元人詩初、二、三集，搜羅浩博，一一採自本書，洵稱一朝巨觀。卒年六十。所著有《秀野草堂詩集》。

錢陳群

錢陳群，字主敬，號香樹，浙江嘉興人。少孤貧，隨母陳太夫人育外家，故以錢陳爲姓。康熙六十年進士，選庶吉士。散館，授編修。雍正七年，典湖北試。累遷侍讀學士，入直南書房。十三年，督順天學政。乾隆元年，丁母憂去官。服闋，仍督順天學政。七年，擢刑部左侍郎。十年，充會試總裁。十二年及十五年，兩典江西試。十七年，患噎疾，乞休，許之，命其子編修汝誠侍行，賜詩以寬其意。明年，公進途中所作詩，高宗用其《會錦春園》韻作詩賜之。二十三年，高宗南巡，諭在籍食俸，並命閱召試諸生卷。二十五年，御製《橋梓圖》寄賜，序云：「錢陳群和賜其子汝誠詩，畫扇以進，蓋欲朕賜畫而不敢言，因促成是幅，並疊舊韻賜之。」明年，入都恭祝皇太后七旬萬壽，命預香山九老會，賞刑部尚書銜，並諭明年南巡，毋庸出境迎接。次年，駕過常州，公偕沈文慤公來迎，御製詩賜之，有句云：「二老江浙之大老，新從九老會中回。」三十年，復偕文慤迎駕，蒙賜詩，有「沈期錢起兩詩人」之句。是年，公壽八十，命加太子太傅，汝誠適扈蹕，諭至家省視。明年，公進呈太夫人畫冊，蒙御筆題詩十二章歸之。先是，太夫人有《夜紡授經圖》，公嘗奏及，並以圖進，蒙御題二絶句。公復呈進遺墨十幀，均蒙睿賞，收入《石渠寶笈》，海内榮之。三十六年，入京恭祝皇太后八旬萬壽，賜紫禁城騎馬，賜杖入朝，並賜人葠等物。初，汝誠以户部侍郎告養歸，至是隨入朝，特命侍杖扶掖，出入内廷，再預香山九老會，圖形禁中。公恭和御製詩，有句云「鹿馴巖畔當重扶」，高宗賞其超逸，親爲圖題詩，賜之南歸。三十九年，薨於家，年八十有九。晉贈太傅，入祀賢良祠，予諡文端。四十四年，御製《懷舊詩》列公五詞臣中。公天才警敏，詩學精深，書亦蒼老。每扈從，賡歌帳殿前，未移晷，百韻立就。歸田後，上有作輒寄示命和，往來至千餘首，前後賞賚不可勝數。汝誠以壬午科典江南試，特諭總督尹文端公招公游攝山，俾父子相會。高宗六旬萬壽，念公老，難北行，特命文慤往嘉興，互相勸止。其被恩眷如此。所著有《香樹齋詩文集》若干卷。

黄任

黄任，字子草，號莘田，福建永福人。少負雋才。康熙四十一年舉於鄉，年纔弱冠。屢試春官不第，出爲廣東四會令，以經術飾吏事，民咸安之。邑舊有堤，綿亘數十里，水淹至，則潰不可支。先生相度土宜畚築，厚且堅，民競趨其役，不匝月而蕆事。值歲饑，爲粥以飼，饑者全活無算。有《築基》、《賑粥》二詩載集中。時巨寇林某鼠穴鹿澳塘，肆劫掠，數邑並受其害，先生設方略招徠之。以才攝高要篆，鄰邑有疑獄，多委決焉。未幾，有爲蜚語中之者，大吏不察，劾以縱情詩酒不治事，先生怡然拂衣去。歸途，詩卷束兩牛腰，囊餘二千金，以千金購十研，以千金聘侍兒金櫻以歸。先生妻月鹿夫人與先生同有研癖，歸里後，築「十研軒」以貯之，先生自號十研翁。金櫻明艷絶世，妙解文翰，兼工絲竹。先生長女淑窈，字姒洲，次女淑畹，字紉佩，皆擅吟詠，閨房唱和無虚日。所居矮屋三楹，圖史縱横，花竹秀野，飲饌裙裾間，具有雅人深致。先生豐髯秀目，性好賓客，詼諧談笑，一座盡傾。少學詩於新城尚書，後與顧俠君、湯西涯、姜西溟游，而詩益進。學書於林鹿原，後遇汪退谷授以筆法，而書益工。文則自成一家言，然不多作，故存者無幾。所爲詩芬芳悱惻，能移人情，秀韻獨標，兼饒逸氣。紀文達謂其源出温、李，往往刻露清新，别深懷抱。艷體尤擅場，細膩温柔，感均頑艷。傅閬林謂其諸作實有所指，擬諸玉溪之賦《錦瑟》、元九之憶雙文、杜記室之作青樓薄幸、楚雨含情，殆詩家之賦而興也。乾隆二十七年，年八十，重赴鹿鳴筵席，閩中人士推魯靈光焉。又數年，以疾卒，年八十有六。所著有《秋江集》、《香草箋》、《銷夏録》各若干卷。

陳祖范

陳祖范，字亦韓，號見復，江蘇常熟人。雍正元年，舉鄉試。主考爲黄公叔琳，所取皆一時名士，張南華、任釣臺、徐位山與先生，其尤著者也。是秋，試禮部中式。同邑蔣文肅公時爲大學士，語之曰：「子有盛名，登甲榜，今歲大魁，非子而誰？」先生嘿然趨出，即辦裝南下，語人曰：「無使他日以我爲依附權門。」遂不與殿試歸。次科，親朋皆勸赴都，先生曰：「吾少無温飽之心，徒自苦奚爲？及今尚可止，過此則義不當止，勢又不得自止矣。」自是，絶意進取，楗户著書，弟子著録者日衆。間與吟社諸老唱和，月一讌集。先後主蘇州紫陽書院、徐州雲龍、安慶敬敷、揚州安定諸講席，士習翕然宗之。乾隆十五年，特詔内外大臣舉經明行修之士，秦文恭公昌言曰：「不得陳某，則此舉爲無光。」於是，廷臣交章列薦。明年，經閣部大臣核其名實，允乎者得四人，先生居首，其三人則無錫顧棟高、金匱吳鼎、介休梁錫璵也。得旨，皆授國子監司業。先生以年老不任職，即家拜受新命，朝野咸以爲榮。又三年，卒於家，年七十有九。所著有《經咫》一卷、《賡薦時録》呈御覽，又《文集》四卷、《詩集》四卷、《掌録》二卷。

王安國

王安國，字書城，號春圃，江南高郵人。生時，母太夫人夢得古鼎之瑞。七歲受書，即能求訓詁大義。雍正二年，會試第一。殿試，世宗臨軒親策，目爲端人正士，賜第二人及

第。授編修，命纂修《一統志》，兼《八旗志書》。十年，典福建鄉試，一榜成進士者四十人，蔡文恭公其一也。十一年，遷司案。明年，升侍講，督廣東肇、高等處學政，除侍講學士，擢左僉都御史。乾隆四年，遷左副都御史，擢刑部侍郎。五年，晉左都御史。會粵撫王謩以某教官登薦剡，公故吏也，知其昏耄不可用，以實聞。高宗嘉之，命以原銜管廣東巡撫事，公力辭，不許。陛辭日，御製詩寵其行，聞有老親，復拜豐貂文綺之賜。粵東文武僚吏狃於積習，聞公至，多望風引去。公與約，有往咎，許自新，治其骩骳無狀者，他皆不問。嶺南風俗侈靡，政治不飭，公極意整肅，墜廢畢舉。倉儲溢羨，自制府以下，月給白粲若干，公叱勿受。不數年，有發其事者，監司皆坐重辟，人益服公操。積案塵委，悉清理之。丁父艱，貧不能辦喪，將軍與護撫奏公孤介廉潔，歸葬無資，率同官助貲。回籍報聞，舟至南昌，內召爲兵部尚書，又調禮部，皆未拜。十一年，服闋入都，授禮部尚書。十五年，充經筵講官。二十年，晉吏部尚書。明年，兼管工部事。夏，請假歸葬，高宗諭曰：「明春，將南巡江淮，汝其從事可兩盡，盍待諸？」公體素羸，病咯血，越四日，疾大作，疏請解職。上知其不能視事，命從容就道。明年春正月，卒於家。遺疏入，高宗震悼，賜內府帑金治喪，賜祭葬，予諡文肅，時年六十有四。公湛深經術，嫻於掌故，承詔修《大清通禮》，又充《會典》總裁官。公一手編集，所撰欲上擬《周官》，每《會典》進呈，附以《通禮》，悉奉聖裁改定，凡十年而告成。敭歷中外數十年，所至釐衆弊，杜請謁，雖親愛不敢以私干。通顯後，起居服御猶寒素，退食搦兔管，點竄丹黄，矻矻著述，專以經學訓子孫，不雜世事。中年喪偶，旁無姬侍，門庭闃然。著作萃於《通禮》、《會典》二書，又《詩文集》若干卷。

汪由敦

汪由敦，字師茗，號謹堂，安徽休寧人。雍正二年進士，選庶吉士。散館，授編修。尋丁父憂，以纂修《明史》，奉旨在館守制。服闋，遷贊善、侍講、侍讀，授四譯館少卿。乾隆元年，典山東鄉試。尋入直上書房，擢内閣學士，遷禮部侍郎，調兵部。七年，充會試總裁。九年，晉工部尚書，典順天試，充軍機大臣。十四年，金川奏凱，加太子少保，署協辦大學士事。會張文和公致仕謝恩不親至，先生爲公門下士，是日承旨，爲公乞恩。次日，公早入朝，諭責先生密通信息，解署協辦任。明年，開復。會四川學政朱荃匿喪、納賄事發，荃爲先生保薦士，吏議奪職謝恩，降兵部侍郎。是歲，再典順天試。十七年，晉工部尚書。十九年，加太子太傅。二十二年，授吏部尚書。明年，薨於位，年六十有七。高宗親臨賜奠，加贈太子太師，入祀賢良祠，賞内庫銀兩，准入城於賜第治喪，御製詩悼之，有「贊治常資理，論文每契神」之句，賜祭葬，予謚文端。先生記誦淹博，文章典重有體，直内廷幾三十年。金川用兵前後，廷寄皆所撰擬，其後始稍稍命章京代之。時趙甌北先生久居門下，經進之作多令屬草，筆削處皆極精當，屢被嘉獎，廷臣推服之，先生曰：「此門下士趙某作耳。」其不没人善如此。薨後，高宗以先生書法秀潤，命詞臣排次，摹勒上石，曰《時晴齋法帖》。四十四年，御製《懷舊詩》列於五詞臣中。五十二年，子承霈呈進先生詩文集，復蒙賜詩以當序言。

張鵬翀

張鵬翀，字天扉，號南華，江南嘉定人。雍正五年進士，選庶吉士。散館，授檢討。十三年，充雲南鄉試副考官，遷侍講。乾隆六年，充河南鄉試正考官，遷庶子，充日講起居注官。九年，晉詹事。先生有宿慧，詩才敏捷。嘗應乾清宫御試，日未亭午，諸臣方構思，先生即納卷。純廟天縱多能，筆不停輟，詞臣罕能賡和者，至是心賞之。尋進《萬壽聖德詩》百章，《經史法戒詩》五十章，又陳《十慎箴》，皆稱旨。兼工畫，捷如其詩。嘗繪《春林澹靄圖》，題六絶句以進，純廟依韻賜和，先生即於宫門前疊韻謝恩。繼進《日長山静》畫扇，賜詩八章。又命和《望雲思雪意詩》，宣上御舟賜坐，命隨輦入朝，賦《紀恩詩》四章復命。和《澄海樓望海》禁體詩後，屢敕進御舟作畫，賜御畫《枇杷折枝》及《松竹雙清圖》。最後，賜御書「雙清閣」額，皆有詩恭紀。其他進詩與諸臣同和者，不下數百篇，前後賜賚不可勝紀。十年，乞假省墓，賜白金百兩，御製詩一章，以寵其行。舟抵臨清，卒，年五十有八。純廟深惜之。先生性孝友，敦内行，尤好山水，事事灑落，人称爲漆園散仙。有《南華山房集》三十卷。

陳兆崙

陳兆崙，字星齋，號勾山，浙江錢塘人。大母秦太夫人望孫切，禱於天竺，夢神與黄金一瓶，中積玉粒，覺而生。先生左駢脅，三歲始能言，授以《毛詩》、《春秋》，輒能背誦。髫齡入塾，凡書過目不忘，肆中相戒不以書留宿。雍正二年，舉鄉試。八年，成進士，以知縣分福建。十三年，薦舉鴻博，入都，未試。考得中書，入直軍機處。乾隆元年，試鴻博，授檢討。六年，典湖北鄉試。次年，充日講官起居注，分校會試。兩次丁憂歸，服闋還京。十七年，升中允，大考，擢侍講學士。十八年，遷太僕寺卿。十九年，授順天府府尹。二十一年，轉太常寺卿。二十三年，左遷太僕寺少卿。是年冬，命在上書房行走。遷通政司副使。三十二年，復授太僕寺卿。明年，乞家葬親。還京，仍直上書房。三十六年卒，年七十有二。先生精六書之學，尤長於經義注疏，於《易》有「正先後天，不必補圖」之説，於《書》有訂三江爲漸江之謬，於《禮》則有補聶氏禮器諸圖，横豎貫串，不專一家。充《世宗實録》、《明史綱目》、《詩經補注》各纂修官，《續文獻通考》副總裁及經進日講。餘他譔述，當事者體例未定，先生徐爲敷陳，肌分縷晰，無不悉當。立朝四十餘年，侃侃正色。任京兆時，辨理災賑，全活甚衆。值西夷反覆，發滿洲索倫兵往征之，供張儲偫，日不暇給。先生擘畫處置，静若無事，不令一兵入城，自衣短衣，策馬度居庸關，大雪中周歷諸營壘，下馬相勞苦。羽林、髦頭之卒，無不超距踴躍，歡呼京兆公來。任府尹三年，吏怵其威，民懷其德。賦性廉潔，每乞假歸，仍以課徒自給。老屋數間，不能旋馬。卒之日，家無餘財。文章學術，當世宗之。著有《紫竹山房詩文集》三十二卷。

高鳳翰

高鳳翰，字西園，號南村，晚號南阜老人，山東膠州人。雍正五年，以諸生舉孝廉方正，任安徽歙縣縣丞。時尹文端公總督兩江，稔其才，命賦《雁字詩》，援筆立就，就中多警句，公劇賞之。將欲薦拔，而調任雲貴，猶行文方伯，令遇缺即題。後被人誣以贓款，盧雅雨先生適都轉兩淮，營救甚力，誣者逕指爲黨，遂並盧謫戍。先生獄中詩云：「敢道案無三字定，終期心有一人知。」又云：「幾曾連茹茅同拔，卻爲鋤蘭蕙並傷。」盧和云：「不妨李固終成黨，到底曾參未殺人。」時皆惜其冤，而高、盧之友誼爲不可及。先生工書畫，豪於詩，具經濟才。所作山水、人物，狂譎有奇氣，縱横超逸，不拘於法。草書繆篆，圓勁飛動。去官後，病痹，右臂不仁，書畫遂以左手，彌形古勁。感前人鄭元祐尚左意，更號尚左生。性雄邁，不蓄一錢。嗜硯，收藏至千餘，皆撰爲銘，手自鐫琢，著有《硯史》。收古印甚夥，有衛青及司馬相如玉印，珍玩秘密，不輕示人，臨終以贈陝中劉介石刺史。乾隆八年，年六十有一，自營生壙，誌銘曰：「知其生何必知死，見其首何必見尾，嗟爾生事類如此。」未幾，病卒。雅雨先生哭以詩云：「再散千金仍托鉢，已殘右臂尚臨池。」所著有《擊林》等集共若干卷。

藍鼎元

藍鼎元，字玉霖，一字任菴，號鹿洲，福建漳浦人。少孤貧，從師讀書山中，月擕白鹽一罐，無他蔬，同學笑之，乃作《白鹽賦》以自勵。日泛濫諸子百家、禮樂名物、韜略行陣，究心綜覈不輟。年十七，觀海厦門，泛海舟，泝全閩島嶼，歷浙洋舟山，乘風而南，沿南澳、海門以歸，自謂此行所得者多，人莫能喻也。年廿四，始補弟子員，受知於歸安沈公心齋，有「國士無雙，人倫冰鑑」之目。張清恪公撫閩，建鼇峰書院，延之纂訂先儒諸書，嘗謂：「藍生確然有守，毅然有爲，經世之良材，吾道之羽翼也。」與之講洛閩之學。未幾，以親老辭歸，杜門力學者十餘年。歲頻饑，作《餓鄉記》以見志。康熙六十年，朱一貴反臺灣，從兄襄毅公以南澳總戎統師平臺，要與偕行。時羽檄交馳，先生揺筆立就，風濤戎馬，條畫悉合，凡七日，而臺灣平。所陳善後各策，剴切詳明，大府悉如其議，奏請行之。雍正元年，詔天下學臣選文學兼優之士貢辟雝，先生與焉。三年，校書内廷，分修《一統志》，鉅公宗匠共推服有良史才。獻所爲《青海平定雅臨廱頌》、《日月合璧五星聯珠頌》、《河清頌》，一時聲噪輦下，名公卿争先造訪。六年，以朱文端公薦，召見，條奏經理臺灣、河漕兼資海運、鳳陽民俗、土田、黔蜀疆域六事。世宗嘉納，特授廣東普寧縣知縣，諭樞臣曰：「此人便做道府，亦綽然有餘。」普寧故盜藪，民情敗壞。先生到官，即搜獲著名盜魁、訟棍數人，置之法。力除積弊，寬猛兼施，判獄聽斷如神。暇則與邑士講明正學，風俗丕變。未三年，以事忤監司，爲誣揭六款，裁贓千餘，大府不察，奏請革職。闔省皆知其冤，而不能救，或勸其委蛇以紓禍，先生曰：「吾嘗涉大海，歷澎臺，出没驚濤間，冒矢石，深入窮箐，觸惡瘴毒霧不稍懾，今爲命吏，肯頫首以媚監司哉？」遂坐官逋千七百金，監追完繳，士民斂金代納。留三年，案結出獄，郡守胡公延請重修府志，制府鄂公聘之幕府，事多咨訪而行。旋具摺申明被誣始末，奉特旨赴京召見，奏對稱旨，命署廣州府知府，賜御書諭訓、詩文及貂皮、紫金錠、香珠等物，温諭獎勵，實異數也。抵任甫一月，因病遽卒，年五十有四。所著有《鹿洲初集》、《平臺紀略》、《東征集》、《鹿洲公案》、《修史試筆》、《棉陽學準》、《女學》、《鹿洲奏疏》等各若干卷。

杭世駿

杭世駿，字大宗，别字堇甫，浙江仁和人。少負異才。藏書數萬卷，枕籍其中，與同里厲樊榭諸君结讀書社。雍正甲辰鄉試，受聘爲福建同考官。乾隆元年，以舉人召試博學鴻詞，授編修。先生博聞强記，口如懸河。時方望溪負重名，先生獨侃侃與辨，望溪亦遜避之。旋改御史，條上四事，下吏議。罷職歸，杜門奉母，自號秦亭老民。高宗南巡，迎駕湖上，賜復原官。性通略，不事修飾。齊次風侍郎篤好先生，嘗集蘇詩及先生詩爲一卷，題曰《蘇杭集句》。所著有《禮例》、《禮記集説》、《石經考異》、《續方言》、《史記考異》、《漢書疏證》、《補晉書傳贊》、《北齊書疏證》、《經史質疑》、《詞科掌録》、《榕城詩話》、《桂堂詩話》、《兩浙經籍志》、《續經籍考》、《道古堂詩文集》。晚年，補《金史》，特構「補史亭」，成書百餘卷。嘗賦《方鏡詩》二十四首，傳誦輦下，和者自王公卿相至方外閨秀，幾及數百家。三十八年卒，年七十有八。

齊召南

齊召南，字次風，號瓊臺，晚號息園，浙江天台人。幼稱神童。十二歲，登巾子山賦詩，識者目爲公輔器。乾隆元年，以副貢生舉鴻博，授翰林院庶吉士，纂修《一統志》、《明鑑綱目》。授檢討，充校勘經史官，晉中允、侍讀。憂歸，命在籍編纂。服闋，補原官，修《會典》及《續通考》，晉侍讀學士。十三年，分校會試，入直上書房，大考翰詹第一，擢吏部侍郎。高宗於寧古塔得古鏡，先生具析原委並款識，上顧左右曰：「是不愧博學鴻詞矣。」西苑侍班，御射十九矢皆中的，上諭尚書蔣溥及先生不可無詩，乃立進四章，上即俯和其韻。十四年四月，圓明園退直歸，馬驚，墜觸巨石，額破，腦髓迸流，垂斃。上立賜藥，命蒙古醫療治。醫以生牛腦實之，三月始能起立。自是，前事不盡省記。尋因母病，請歸養，優旨慰留，再三請，乃報可抵家。太夫人患疾風卧床，先生至，勿藥而愈。主講敷文書院十一年，育才甚衆。高宗兩次南巡，俱迎駕，又入都祝嘏，賞賚有加。因族子周華案株連，被逮來京，部議奪官籍產，得旨止削籍。三十三年，以病卒於家，年六十有六。先生未遇時，夢于忠肅公云：「景帝易儲，吾曾力諫不從。今皇史宬中吾疏尚在，子他日當雪吾冤。」後修

《明史綱目》，親至皇史宬，遍覓無有。後得明進本，檔載：「景泰某年月日，于某一本爲太子事。」此即忠肅疏諫之明證也。先生觀書，目十行下，一覽終身不忘。應徵北上，遇某邑宰架有異書八册，一夕盡觀之。詰旦，探喉出，不遺一字，宰大驚服。最精輿地學，謂酈注《水經》明於西北，而闇於東南，且域外諸水皆未詳，因撰《水道提綱》一書。目力勝人，瞳極小而能遠視，每登山見江船，能辨舟人眼色，及舟中壺觴杯斝之屬，皆不爽。夏棲萬松山中，望雲根如絲繫於山，跡而挖之，得雲根石甚夥，具花草鳥篆形，回撰爲譜。後得一石，具先生名字。所著有《賜硯堂詩文集》、《水道提綱》、《史漢功臣侯第考》、《歷代帝王表》、《後漢公卿表》、《宋史目録》各若干卷。

鄭燮

鄭燮，字克柔，號板橋，江南興化人。乾隆元年進士，官山東濰縣知縣，有政聲。在任十二年，囹圄囚空者數次。以歲饑爲民請賑忤大吏，遂乞病歸。去官日，百姓痛哭遮留，家家畫像以祀。先生爲人疏宕灑脱，天性獨摯。工畫蘭竹，蘭葉用焦墨揮毫，以草書之中豎長撇法運之；畫竹神似坡公，多不亂，少不疏，脱盡時習，秀勁絶倫。書有別致，以隸楷行三體相參，圓潤古秀；楷書尤精，惟不多作。詩近香山、放翁，吊古諸篇，激昂慷慨。詞亦不肯作熟語。時有「鄭虔三絶」之目。所著有《板橋詩鈔》，手書刊刻行於世。集後附刻家書數篇，情真語摯，悱惻動人。

錢琦

錢琦，字相人，號璵沙，晚號耕石老人，浙江仁和人。生時，鄰婦夢大官軒蓋侍從抱一兒往其家。少負奇姿，髫齡即有文譽。途遇遠方尼，冒稱皇姑，設法誘衆，戲作檄討之。時魏公定國爲太守，見其文大異，詫爲奇童，立逐尼出境。乾隆二年，成進士，選庶吉士。散館，授編修。十年，分校禮部試。二十一年，分校順天鄉試。二十四年，典江南鄉試。均稱得人。旋轉御史，擢給事中。出爲江南常鎮道，調江安糧道，升江蘇按察使，再升四川布政使。陛見高宗，問及家世，先生以母年八十七歲對，上爲惻然。逾年，調江西，又調福建。福建多灘河，難奉板輿，屢思陳情終養。尋奉旨以京堂補用，甫束裝，復奉旨可終養，不必來京。迨丁憂服闋入都，年已七十有五，奉旨以原品休致。未幾，卒於家，年八十餘。先生幼貧苦，澹於榮利，性和易而耿介率真。官御史時，高宗南巡，黄文襄公任兩江總督，初辦供張，民多擾累，先生據實參奏，黄聞之斂束，民情大安。時黄恩眷極隆，威嚴特甚，百僚無敢攖其鋒者，聞先生奏，争來窺覲，疑必有諤諤不群之狀。及見，則謙謹和顔，弱不勝衣，皆大驚，稱爲仁者之勇。疊膺外任，所至有政聲，大吏如尹文端公、陳文恭公、阿公爾泰皆深相敬禮。晚年優游林下，康娱文讌，大耋考終。所爲詩雍容大雅，秀出塵寰。著有《澂碧齋詩鈔》十四卷。

莊有恭

莊有恭，字容可，號滋圃，廣東番禺人。高宗御極之四年，詔以廷試貢士對策，撰擬頌聯，獻諛非體，命大臣集議制策，當取通達治體，以漢晁錯、董仲舒，唐劉蕡，宋蘇軾爲式，乃擢公爲第一人。比引見，風度端凝，天顔喜甚，賜及第，授修撰。次日，即命入直南書房。旋遷中允，晉侍講，遷侍讀學士，擢光禄寺卿。丁父憂歸，即家授内閣學士。服闋入都，遷兵部侍郎，督江蘇學政。十五年，調户部侍郎，召還京，旋典江南鄉試，再視學江蘇。十六年，授江蘇巡撫。二十一年，丁母憂，未服闋，特命署南河總督。旋因罰贖各案，坐擅批未奏，逮繫法司，論如律。尋奉特旨貰罪，令護喪回籍。後赴軍臺自效，方詣謫所，途中即授湖北巡撫。歲餘，仍調江蘇巡撫，未行，調浙江巡撫。視事四載，復調江蘇，仍兼管浙江塘工、賑務，加太子少保。二十九年，遷刑部尚書，暫留巡撫任。三十一年，協辦大學士，仍留辦巡撫事。是年冬入都，未幾，因案逮繫半載，於獄中授福建巡撫。三十二年，薨於官舍，年五十有五。公以文學侍從之臣，深荷主知，出膺疆寄，誓以清勤自勵。至江蘇捐辦災賑，接築土塘，爲太倉、鎮洋沿海田廬保障。撫浙時，修築柴塘，用前人「竹絡法」，編竹爲簍，實以巨石，鱗次櫛比，以衛塘根。復建議大修三江水利，增築浙江魚鱗石塘。公之盡心於水利、海塘，其大者如此。江浙之民，至今賴之。高宗南巡時，幸嘉興之煙雨樓，特召公至行營，用「石鼎體」聯句。詩成，書以勒石，群臣莫及焉。

袁枚

隨園先生五十歲小像。

袁枚，字子才，號簡齋，世稱隨園先生，浙江錢塘人。年十二，補弟子員，文名噪甚。弱冠，省從父於廣西巡撫金公鉷幕中，公一見奇之。試以《銅鼓賦》，援筆立就，辭極瑰麗。

高宗登極，詔開博學鴻詞科，公即以先生薦舉。時海内徵士二百餘人，惟先生年最少。應試未遇。旋舉乾隆三年順天鄉試。明年，成進士。朝考，試《因風想玉珂詩》，先生有句云：「聲疑來禁院，人似隔天河。」閲卷者以語涉纖巧，欲抑之。尹文端公曰：「此人必年少能詩，特未諳應制體耳。此庶吉士所以須教習也。」因得入選，以庶吉士用。乞假歸娶。散館，以未嫻清字，改知縣。先生妙年碩學，人皆以文學侍從相期，忽用外吏，士林惜之。先生賦《落花》七律十二章以見志，一時和者百數十家。服官江南，歷任溧水、江浦、沭陽、江寧等縣，所至有政聲，判獄如神。時文端總督兩江，稔知先生才，遇事得盡其長，循聲卓著。以高郵刺吏薦，部議不行，旋引疾歸。再起，發陝西典。制府黄廷桂臭味差池，上書萬餘言不省，遂乞病去。年甫四十，絶意仕宦。得隋織造園於江寧城西，擴而充之，更名隨園，布置亭臺，點綴花木，詭麗奇巧，不可名狀。四方名士至江南者，必造隨園，文讌詩歌，無間朝夕。遠近以詩文質者，户外屨常滿。一時閨秀競拜門牆，至二十餘人，先生作《湖樓請業圖》長卷，貌諸閨秀於中，名流争相題詠。時出遨游，凡東南山水佳處，足蹟皆滿。所至之處，才人倒屣争迎。其詭奇幽邈，一發於文章，著作以駢體文爲最。工詩文，皆專寫性情，無不達之意。主持壇坫數十年，世謂古今來極山水林泉之樂，享文字之名，未有如先生者也。先生長身鶴立，性通脱。愛才若渴，汲引後進惟恐不及，一篇之善，一句之工，稱譽之不絶於口，大江南北望之如山斗焉。事母至孝，友于姊弟。母年九十四乃終，迎養寡姊，年至九十，妻亦白髮齊眉。有三妹，皆能詩。一家之中，怡怡如也。卒年八十有二。所著有《隨園廿八種》，行於世。

裘曰修

裘曰修，字叔度，一字漫士，號諾皋，江西新建人。乾隆元年，以廩生薦舉鴻博。旋登順天鄉試。四年，成進士，選庶吉士。散館，授編修。八年，大考一等，擢侍讀學士。遞遷至内閣學士，洊升工部尚書，中間坐胡中藻逆詩事及捕蝗不力，兩次降官。未幾，復故，直南書房、軍機處，一典湖北鄉試，兩典江南、浙江鄉試，一充會試總裁，又充《會典》、《四庫書》總裁。奉敕撰《熱河志》、《大學志》、《西清古鑑》、《秘殿珠林》、《石渠寶笈》、《錢録》等書。先生貌清癯，眉有濃翠，顧盼間精神淵映。居恒喜賓客，工諧謔，搜奇語怪無倦色，而遇事神解超捷，判決如流。二十一年，王師征伊犁，先生面奏軍務機宜，高宗大悦，即賜御衣冠，命乘傳赴巴里坤治事，籌畫悉當。蓋其聰强機警，受大任舉重若輕。高宗愛其敏達，倚畀甚深。凡有事於四方，與劉文正公先後奔走，前命未復，後命踵至。雖侍内廷，綜六部，而英蕩款闢，足跡常半天下。疊次奉旨查辦各省事件，明察如神。而勘辦山東、河南、上江各水利，前後至八次，悉告成功。本朝治河偉績，與嵇文恭公並稱。兩次丁憂回籍，均於未服闋時，奉特旨，命入京視事。其被眷倚如此。三十八年五月，病噎，高宗日遣御醫診視，請解職，弗許，賜詩慰問，加太子太傅。先生感涕，扶病恭和二詩，手書進謝。越二日，薨，年六十有二。奉旨優卹，賜祭葬，予謚文達。喪歸，送者素車塞路，兩河堤堰老兵、戍卒皆泣歎至痛哭失聲。先生工詩文，擅書法，筆意近張即之。高宗嘗以内府所藏張書《華嚴經》殘本命補書，人莫能辨。彌留時，語左右曰：「吾爲燕子磯水神，君輩江行所次，苟酹卮酒，弗敢辭。」有老嫗曰：「昔太夫人禱磯邊神祠，始有身也。」所著有《灌亭詩鈔》若干卷。

沈德潛

沈德潛，字確士，號歸愚，江蘇長洲人。乾隆元年，舉鴻博科，未遇。三年，舉於鄉，年已六十有六。明年，成進士，選庶吉士。散館，授編修。高宗嘗於《南邦黎獻集》中見先生詩，賞之，諭張文和公曰：「沈德潛係老名士，有詩名。」命和《消夏十詠》及《落葉》諸詩，俱稱旨。以後賡和不可勝紀。累遷中允、庶子、侍講學士。九年，典湖北試。十年，晉詹事，遷内閣學士。請假回籍葬親，有旨不必開缺，賜詩寵行。十二年，在家即奉入直上書房之命。是年六月還京，尋以年老，諭令天明入直，亭午即出。旋擢禮部侍郎。明年，充會試副總裁。十四年，以年力就衰請告，薦齊召南自代。得旨允准，賜御畫、人葠、緞帛及「詩壇耆碩」額，命校《御製詩》畢乃行，諭有所著作，寄京呈覽。次年出都，遍游黄山、天台，謁禹陵。回家後，主講紫陽書院。十六年，高宗南巡，迎駕清江浦，賜緞帛葠貂，諭在籍食俸。是冬，以恭祝皇太后萬壽入都，召見賜坐，又命入南書房，出御畫各種命題。南歸，賜詩送行。二十二年，高宗復南巡，迎駕，加禮部尚書銜。二十六年，入都恭祝皇太后七旬萬壽，進《歷代聖母圖册》。賜杖入朝，命與「九老會」，先生居首。賜游香山，並圖形内府，且諭明年南巡，迎送不必出蘇州界。二十七年，迎駕常州，蒙賜額曰「九袠詩仙」。三十年，迎駕武進，詔加太子太傅，食正一品俸。其後，屢有詔存問。三十四年九月，薨於里第，年九十有七。詔贈太子太師，入祀賢良祠，賜祭葬，予謚文慤，御製詩悼之。先生鄉試十七次不第，晚達，受殊眷，榮悴一節。性儉樸，下直蕭然，繩扉皂綈，如訓蒙叟。前後受賜詩四十餘首，尚方珍物不可殫數。海外諸國争出兼金購求詩集。日本臣高彝寄書千餘言，溯詩學源流，贈詩四章，願付弟子列。先生拒之，蓋法文衡山不以書畫與遠夷意也。所著有《歸愚詩鈔》若干卷，又選《唐詩别裁》、《國朝詩别裁》等若干卷。

竇光鼐

竇光鼐，字元調，號東皋，山東諸城人。幼有神童之目。家貧，貸書於人，覽則成誦。年十二讀《文選》，即援筆爲《琅琊臺賦》。乾隆七年進士，選庶吉士。散館，授編修。十三年，大考翰詹，閲卷者思中傷之，列名四等，奉特旨以中允升用。先生被純廟知遇自此始。尋遷侍讀學士，復遇大考，列一等，晉内閣學士，督河南學政。丁憂歸，起補副都御史，督浙江學政。還朝，以争秋讞事，吏議鐫級，詔留任，命祭告南海，所至卻饋遺。尋授順天府尹，屏絶苞苴，鉏猾吏，齕權貴，劾州縣之不職者。時京縣爲蘭公第錫、李公湖，皆經先生薦擢，後官督撫有名。居四年，坐事免。起通政司副使，遷宗人府丞，復督浙江學政，擢吏部右侍郎。會詔遣重臣清釐浙屬倉庫，並有旨詰問學臣，先生以實告，且劾平陽令黄梅科斂病民狀。爲梅所反噬，大吏右之，誣陷先生，幾不測。復侃侃論列，高宗卒直先生還其官，梅按治如律。未幾，調禮部侍郎，復授浙江學政，晉左都御史。命充上書房總師傅，凡御製詩文，輒命先生閲。因事納忠，無不盡言。六十年，充會試總裁，以所録者卷多語疵被劾，議降四品銜予休。先生立朝五十餘年，風節挺勁，揭揭然柴立無所倚。和珅深嫉之，疊次傾軋，而卒不能動移。屢司文枋，所取皆知名士，學者奉之如泰山北斗。詩宗少陵，文法昌黎。工擘窠書，狀貌嚴整，望而知爲端人正士。所著有《省吾齋詩文集》若干卷。卒年七十有六。

厲鶚

厲鶚，字太鴻，號樊榭，浙江錢塘人。先世家於慈谿，故以四明山樊榭爲號。康熙五十九年，舉於鄉，需次縣令。將入都，道經天津，查蓮坡留之水西莊，同撰《絶妙好詞箋》，遂不謁選。乾隆元年，舉鴻博，膺浙督上蔡程公薦來都。試日，誤寫論在詩前，遂罷歸，與鄉閭諸老雅歌酬唱。旋客揚州。時盧雅雨都轉提倡風雅，馬氏秋玉、半槎兄弟好結客，其園亭曰「小玲瓏山館」，四方名士聯袂來游，結「邗江吟社」，觴詠無虚日。先生主於其家，馬氏藏書最富，得盡探其秘牒。大江南北，主盟壇坫數十年。十九年，卒於家，年六十有四。

先生少孤貧，僦居東園，讀書不輟。爲詩精深峭潔，截斷衆流，於新城、秀水外自樹一幟。性孤峭，耽閒静，義不苟合。讀書搜奇愛博，鈎深摘異，尤熟於宋元以來叢書稗説。填詞最工，擅南宋諸家之勝。著有《樊榭山房集》二十八卷，又《游仙詞》三百首一卷、《東城襍記》二卷、《玉臺書史》四卷、《湖船録》一卷、《南宋雜事詩》七卷，又仿計敏夫例爲《宋詩紀事》一百卷，撰《遼史拾遺》四卷，採摭群書至三百餘種，最稱博洽。先生無子。初，納姬人月上，無何，姬病卒，先生痛之，集中《悼亡》七律十二首，極爲哀艷。先生殁後，嗣子繡周有女適桑弢甫先生之孫近仁。繡周亡，其妻丁氏，龍泓先生女也，孑身依於桑。桑家車橋與其甥倪米樓稻孫同居，米樓友人童佛菴鈺性好奇，一日訪米樓，值無人，遂檢先生及月姬粟主。歸以告何春渚淇，詭言得之西溪田舍草堆中。春渚以告王述菴先生，因率同人奉置湖市黄文節公祠，每於忌日設祭。不數載，其事遂廢。至道光間，邑人復移供西溪之交廬庵塔院内。庵距城近百里，地極幽僻，未經兵燹，聞粟主至今尚存。先生主龍泓所書月姬主，則先生手書也。

馬曰琯

馬曰琯，字秋玉，號嶰谷，江南江都人。由監生官候選知州。生平勤學好客，酷嗜典籍，與弟半槎同以詩名。家有叢書樓，藏書甲大江南北。四庫館開，先生進書七百七十六種，優詔褒嘉，賞《古今圖書集成》一部。其園亭曰「小玲瓏山館」，曰「街南老屋」，四方名士過邗上，觴詠無虛日。時盧雅雨都轉提唱風雅，全謝山、符幼魯、陳楞山、厲樊榭、金壽門、陶篁村、陳授衣諸君來游，皆主馬氏，結「邗江吟社」，與昔之圭塘、玉山埒。高宗南巡，幸其園，賜御製詩，海内榮之。著有《沙河逸老集》。

胡天游

胡天游，字稚威，號雲持，榜姓方，後始復姓，浙江山陰人。少有異才，於書無所不讀。雍正元年，舉副貢生。乾隆元年，詔開博學鴻詞科，任公蘭枝薦之，應舉入都，即主任公家，才名噪一時。時四方文士雲集，每稠人廣座，援筆輒數千言，文成奥博，見者驚服。廷試日，忽鼻衄污卷，易而復污者再，遂扶病出。補考時，復因病不能典試，一時卿士大夫同爲惋惜。其後，《一統志》成，當進呈，鄂文端公、張文和公以表屬齊檢討召南，檢討推先生。文成，文端驚歎，欲招之，檢討曰：「稚威奇士，豈可以招耶？」卒不往。而文端愛才若渴，竟延爲三《禮》館纂修。居京師十餘年，四方求文者，輦金幣踵門不絶，隨手輒盡。諸公卿爭欲令出門下，先生岸然不屑一顧。每試策，文至二千言，論或數十字，與常式不合，屢置乙榜。十六年，再舉經明行修，梅總憲瞉成齕之。高宗御便殿問：「今年經學中有胡天游，何如？」衆未對，史文靖公奏天游夙學有名。上曰：「得勿奔競百公？」曰：「以臣所聞，太剛，太自愛。」上默然。自後，薦舉遂無敢及之者，而先生亦既老矣。與田侍郎懋有舊，田家山西，招之往，修志太原，成，復修《蒲州志》，主講河中書院。二十三年，卒於蒲州，年六十有三。易簀時，周西鯨太守來視，先生殗殜，拱手曰：「公來甚佳，別矣。」即瞑。須臾，張目曰：「不能不再生人間，爲南人乎？爲北人乎？公爲籌之。」太守泣曰：「南人歸南。」曰：「然。」遂絶。有頃，復甦，自睨其詩文集，一笑而逝。所著有《石笥山房集》行世。先生爲文最工駢體，詩雄健有奇氣，嘗自言：「古文學韓昌黎，澀險處，時似唐劉悅、元元明善，非其至也。」時方望溪負文名，先生力詆之。新城、秀水兩公詩，亦遍摭其疵，痏無完膚。時流皆重其才，而忌其口，以故壈坷終身，論者惜之。

金農

金農，字壽門，世稱冬心先生，又號司農，浙江仁和人。好古力學，工詩文，造詣超越流俗。精鑒賞，家藏古書畫甚多，觸手即辨真贋。又收金石文字至千卷。癖嗜硯，藏佳石一百二十方，自號百二硯田富翁。精篆刻，所作印章，古勁絶倫。性好游，足跡半天下，客維揚最久。年五十有三，始學作畫，涉筆便古，脱盡畫家之習。初寫竹，師石室老人，號稽留山民。繼畫梅，師白玉蟾，號昔祁居士。又畫馬，自謂得曹、韓法，趙王孫不足道也。又寫佛像，號心出家盦粥飯僧。其布置花木，奇柯異葉，設色尤古，非復塵世間所睹，皆獨出己意爲之。有問者，則曰：「貝多、龍窠之類也。」所著有《冬心詩鈔》行世。無子。妻亡後，僑寓揚州，不復作歸計。未幾，病卒。其喪葬，皆故交、及門弟子經理之。

丁敬

丁敬，字敬身，號鈍丁，又號梅農，晚號龍泓山人，浙江錢塘人。少喜酒。隱居市廛，不求聞達。好金石文字，窮巖絶壑，搜剔無遺，皆手自摹搨，考證精確，著《武林金石録》一書。工詩文。善畫，所作梅花，饒有古致。精分隸，篆刻印章尤工，古勁絶倫，直追秦漢。性耿介，非性命之契，不能得其一字也。藏硯甚富，癖嗜之，自號硯林翁。與杭堇甫、厲樊榭、金冬心、汪巢林諸先生交最善。年六十餘卒。著有《龍泓山館詩鈔》若干卷。

朱珪

朱珪，字石君，號南崖，晚號盤陀居士，順天大興人，原浙江蕭山籍也。父嘗受經於朱文端公，故公髫齡即傳文端之學。年十七，舉乾隆十二年鄉試，與叔兄笥河先生同榜，名震都下，有「崑田雙玉」之目。次年，成進士，選庶吉士，習國書。散館，授編修。累遷至侍讀學士。二十四年，典河南試。明年，分校會試。旋授福建糧道。二十八年，升按察使。二十九年，丁父憂歸。三十二年，服闋，補湖北按察使。明年，調山西。又明年，遷布政使。三十六年，權巡撫事。次年，爲按察使黄檢疏劾，終日讀書，於地方無所整頓。明年，入覲，授侍講學士。四十一年，命在上書房行走，侍仁宗讀。時初置文淵閣館，特命直閣事。典福建試。四十五年，授福建學政。四十九年，擢内閣學士。五十一年，遷禮部侍郎，典江南試，督浙江學政。五十四年還京，充經筵講官。明年，充會試總裁，尋授安徽巡撫。五十九年，調廣東。嘉慶元年，授兩廣總督。六月，有旨内召，曰：「將用爲大學士也。」旋以失察艇匪故，寢前命，仍授安徽巡撫。明年，授兵部尚書，調吏部，皆留巡撫任。四年，高廟升遐，仁宗馳驛召公，命直南書房，管户部三庫。自是，國家大政事有所諮詢，皆造膝密陳，不草疏，不關白軍機大臣。尋賞加太子少保，賜第西華門，再充會試總裁，調户部尚書。五年，兼署吏部，坐輿夫毆傷禁門兵，免太子少保，解三庫事。彭文勤墜馬西華門内，公呼其輿，入門舁之。復坐違例，鐫級。七年，協辦大學士，仍加太子少保。九年，晉太子太傅。十年，拜體仁閣大學士。明年春，感疾，奉命游覽西山諸勝以散懷。乞休，未允，賜詩十韻及玉鳩杖，諭天寒間二三日入直，俟日出。後至南書房候召對，十一月寒甚，召對畢，降階忽痰壅，歸第，賜御醫診視，賞假兩月。十二月，力疾，作《芻獻詩》。病篤，將親臨看視，未及期，而公薨，年七十有六。仁宗震悼，親臨奠醊，哭不止。贈太傅，入祀賢良祠，予謚文正。御撰《抒痛詩》十二韻，命於殯前焚之。官督撫時，仁宗在書房常頒手札，積一百三十九函，又御書《悼公詩》二册，題曰「蒹葭遠目」，曰「山海遐思」。所著有《知足齋詩文集》，御題律詩四章於卷首。公端凝純粹，胸中無城府，經術無所不通。官於外，厓岸廉峻，中朝大官無所援。管部事持大端，不親細務。清操亮節，海内仰之。

馮浩

馮浩，字養吾，好孟亭，浙江桐鄉人。少穎異。祖景夏時爲安徽布政使，極鍾愛之，命與從父鈐同讀書於署中之瞻園，師友砥厲。乾隆元年，舉於鄉，年未弱冠。十二年，成進士，選庶吉士。散館，授編修。分校順天鄉試，典江南鄉試，皆稱得人。在詞館中，清望資深，歷充各館纂修官，均爲總裁所倚重，先生亦思以文學自效。未幾，改御史。旋丁母艱。素有心疾，至是屢發。二十五年，服闋，赴補途中遂大作，告歸，年甫四十有二。是秋，長子應榴舉鄉試。明年，成進士，入中書，直軍機。先生乃養痾鄉園，四方慕其學行者，先後聘主書院。常州龍城、浙東西崇文、蕺山皆文人薈萃之區，鴛湖尤近在鄉邦，先生雅意造就，群才蔚起。嘗手自箋注李義山詩文集，凡數易稿，藝林並服其精審。先生行輩漸高，海内文學之往來經過者，式廬造謁，苟有一長，無不被其容接，誘掖獎勸惟恐不及，巍然爲東南之望。年八十有三，以病卒於家。所著有《孟亭詩文集》各若干卷。

劉墉

劉墉，字崇如，號石菴，山東諸城人。文正公子。乾隆十六年進士，選庶吉士。散館，授編修。二十年，遷中允，擢侍講。因文正查勘巴哈駐兵辦理失宜事革職，拏交刑部。尋釋放，賞還編修。二十一年，典廣西鄉試，授安徽學政。二十四年，調江蘇學政。二十七年，授山西太原府知府。三十年，擢冀寧道。次年，因失察屬員侵蝕庫項革職，發軍臺。逾年，釋還，在修書處行走。三十三年，特諭劉統勳年届七旬，止此一子，仍加恩以知府用。明年，授江寧府知府。三十五年，授江西鹽法道。三十七年，擢陝西按察使。次年，丁父憂。服闋，特授内閣學士，在南書房行走。四十二年，典江南鄉試，授江蘇學政。明年，擢户部侍郎，調吏部侍郎。四十五年，授湖南巡撫。次年，召還京，遷左都御史，仍直南書房，署吏部尚書，授工部尚書，充上書房總師傅。四十八年，署直隸總督，旋調吏部尚書，充順天鄉試正考官。次年，協辦大學士。五十四年，因上書房曠班，降侍郎銜。未幾，仍補内閣學士，授順天學政，遷禮部侍郎。五十六年，遷左都御史，旋擢禮部尚書，署吏部尚書。五十七年，再充順天鄉試正考官，調吏部尚書。次年，充會試正總裁。嘉慶二年，授體仁閣大學士。四年，加太子少保銜。八年，薨於位，年八十有五，加贈太子太保，入祀賢良祠，賜祭葬，予謚文清。公父子俱爲賢宰相，高宗賜翰，稱爲「海岱高門第」，繼正揆席，天下稱「小諸城」。所學貫穿經史百家，詩遒鍊清雄，書法尤爲當時所重。初從松雪，入中年後，乃自成一家，貌豐骨勁，氣厚神清，不受古人牢籠，超然獨出。英煦齋尚書爲公門下士，同直内廷，嘗語之曰：「子他日爲予作傳，當云以貴公子爲名翰林，書名滿天下，而自問則小就不可，大成不能。年八十五不知所終。」時公未登八秩也。迨殁之年臘月二十三日，傫直南齋，呼煦齋至，告以南齋舊事，復申前作傳語，且曰：「昨已屬瑛夢禪鐫印，記曰：『洞門童子，以當息壤。』今爲期迫矣，豈展限耶？」既行，復還坐，縱談良久，曰：「吾去矣，毋戀。」越一日，晨興飲啖如常，日昳端坐而逝。所著多散失。道光初年，從孫喜海搜輯遺詩，刻成二十卷。

錢載

錢載，字坤一，號籜石，又號瓠尊，晚號萬松居士，浙江秀水人。乾隆元年，由副貢生薦試博學鴻詞，未遇。十四年，再薦經學，復議罷。十七年，成進士，選庶吉士，年已四十有五。散館，授編修，入直南書房。二十四年，典廣西鄉試，疊擢至侍講學士。三十年，典江西鄉試，遷内閣學士。三十九年，再典江西鄉試。四十四年，復典江西鄉試，擢禮部左侍郎。次年，典江南鄉試時，年已七十有餘。四十八年，因病告歸，奉旨以原品休致。返籍十餘年，僻居窮巷，以詩畫自娱。卒年八十有九。先生學殖淵懋，品行修潔。詩取法於杜、韓、蘇、黄，脱去町畦，自成一家。工書，善水墨畫，得法於南樓老人，而間以新意出之，别饒天趣。寫蘭竹尤工，供奉南齋時，屢邀睿賞。特精考據之學，好古成癖。嘗奉命祭堯陵，既覆命，具摺奏辨今堯陵之非，摺計二十七扣，傳旨申飭。典試江南，取顧問爲解首，三藝皆駢體，經磨勘，罰停三科，先生亦被吏議。其好奇類如此。所著有《籜石齋詩文集》若干卷。

翁方綱

翁方綱，字正三，號覃溪，順天大興人。年十二補府學生，十五登鄉薦，二十成進士，選庶吉士，是爲乾隆十七年。越二年，散館，授編修。二十四年，典江西鄉試。二十七年，典湖北鄉試。二十九年，督廣東學政。凡三任，前後八年。四十四年，典江南鄉試，擢司業，遷洗馬。四十八年，充順天鄉試副考官。五十一年，督江西學政。五十五年，扈蹕山東，擢內閣學士。明年，督山東學政。嘉慶元年正月，與千叟宴，賜尚方珍物十三種。四年，左遷鴻臚寺卿。十二年，重赴鹿鳴筵宴，賜三品銜。十九年，重赴瓊林宴，賜二品銜，時年八十二矣。又四年，卒。先生精心汲古，宏覽多聞，於金石、譜録、書畫、詞章之學皆能抉摘精審，所著《兩漢金石記》剖析毫芒，參以《説文正義》，幾欲駕洪文惠而上之。詩宗韓、杜、蘇、黄，多至六千餘篇。其論詩，謂漁洋拈「神韻」二字，固爲超妙，但其弊恐流爲空調，故特拈「肌理」二字。蓋欲以實救虚也。所爲詩，自諸經注疏，以及史傳之考訂，金石文字之爬梳，皆貫徹洋溢於其中。書初法平原，繼學率更。隸仿《史晨》、《韓勑》諸碑，嘗鉤摹舊本法帖數十種，海内求書碑版者畢歸之。嘗得宋槧蘇詩施、顧注本，因以「寶蘇」名其室，自爲補注。好宏獎後進，一篇之美，稱道不去口。晚歲，罷官家居，巋然爲海内魯靈光。著有《精義考補》、《復初齋全集》各若干卷。

王昶

王昶，字德甫，號述庵，學者稱蘭泉先生，江蘇青浦人。乾隆十八年進士，歸選班。二十二年，高宗南巡，召試第一，賜内閣中書，協辦侍讀。入直軍機處，洊升郎中，因事罷職。時緬甸未靖，阿文成公總督雲貴，奏請佐理軍事。先生橐筆從戎，出銅壁關，擊賊獲勝，緬甸降。三十六年，小大金川相繼搆亂，先後隨阿文成、尚書温福進討，軍謀多所贊畫。嘗日行數百里，夜治章奏軍書於礮火矢石中。四十一年，金川奏凱，高宗駕幸黄新莊郊勞，用戎服行禮，賜茶，賜宴紫光閣，賞賚優渥。奉旨：「王昶久在軍中，懋著勞績，可授鴻臚寺卿，賞戴花翎，在軍機處行走。」旋擢至左副都御史。四十五年，授江西按察使。抵任兩月，決獄百餘案。尋丁母憂。服闋，補直隸按察使。五十一年，遷雲南布政使。時銅政積弊甚深，先生著《銅政全書》五十卷，示補救調劑之術。五十三年，擢刑部右侍郎。五十八年，因病乞休，奉旨允准，並諭以歲暮寒，俟春融歸。先生因名所居曰「春融堂」，紀恩也。嘉慶元年，以禪受大禮至京，與千叟宴。四年，純廟升遐，復至京謁梓宫，應詔密陳時事。回籍後，以分償滇銅，盡鬻田産入官償。居廟廡，朋舊多所饋遺，乃悉以刻所著書。十一年，病卒，年八十有三。先生於學無所不通，早歲爲「吴門七子」之一。居京師，與朱筠河先生互主騷壇，有「南王北朱」之目。《欽定通鑑輯覽》、《同文志》、《一統志》、《續三通》等書，皆奉敕纂修。又奉敕删定《三藏經咒》。嘗三校順天試，兩校會試，一主順天試，得士甚盛，從游受業者復二千餘人。收藏富有，積金石文字數千通，書五萬卷。所至，朋舊文讌，提唱風雅，後進執經請業，舟車錯户，門外屨常滿。士藉品藻以成名致通顯者，不可勝數。所著有《春融堂詩文詞集》六十八卷、《金石萃編》一百六十卷、《青浦詩傳》三十二卷、《詞》二卷、《湖海詩傳》四十六卷、《湖海文傳》七十五卷、《國朝詞綜》四十八卷、《明詞綜》十二卷、《征緬紀聞》三卷、《蜀徼紀聞》四卷、《滇行日録》三卷、《屬車雜志》二卷，《滇詔紀程》、《適秦日録》、《商洛行程記》、《豫章行程記》、《雪鴻再録》、《使楚叢談》、《臺懷隨筆》各一卷，《青浦縣志》、《太倉州志》、《蒲褐山房詩話》各若干卷，餘如《天下書院志》、《朝聞録》等書未刻者尚十餘種。

王鳴盛

王鳴盛，字鳳階，號西莊，晚號西沚，江南嘉定人。少警穎，爲文鎔經鑄史，風發泉湧。與吴企晉、趙損之、王述庵、錢竹汀齊名，而群推先生爲渠師。乾隆十九年，成進士，賜第二人及第，授編修，一時名公鉅卿争禮致之。秦文恭公方修《五禮通考》，屬以分修。二十一年，大考翰詹第一，擢侍講學士。三十四年，充福建鄉試正考官，尋擢内閣學士。還朝，坐濫用驛馬，左遷光禄寺卿。旋丁内艱。歸，遂不復出，楗户讀書，絶不與當事酬接。家本寒素，常藉賣文自給。學者望風麕至，有《江左十二子》、《苔岑》諸集之刻，主持壇坫者垂三十年。嘉慶二年，卒於蘇州，年七十有八。先生弱冠即以博學能文稱，爲詩宗漢魏、盛唐，以才輔學，粹然正始之音。古文不專一家，擷經義之精奥，而以委折疏達出之。早歲，與惠定宇、沈冠雲研精經學，一以漢人爲師，尤推尊鄭氏。所著有《耕養齋詩文集》四十卷、《尚書後案》三十卷、《十七史商榷》一百卷、《蛾術編》一百卷。

紀昀

紀昀，字曉嵐，一字春帆，號石雲，直隸獻縣人。祖天申有善行，歲饑，出粟數萬石，活人無算。父容舒官姚安知府。先是，郡爲九河入海故道，天雨則汪洋成巨浸，中夜輒有火光。先生祖夢火光入樓中，而先生光遂隱，蓋神物化身也。少奇穎，讀書目數行下，夜坐暗室，目光能見物。乾隆十二年，舉鄉試第一。十九年，成進士，選庶吉士。散館，授編修。二十四年，典試山西。二十五年，分校禮部試。二十六年，京察一等記名，以道府用。二十七年，分校順天鄉試，授福建學政。明年，遷侍讀。丁父憂。服闋，補侍講，充日講起居注官，晉庶子。三十三年，授貴州都勻府知府。越數日降旨，以在翰林學問素優，外任恐不能盡其長，加四品銜，仍留庶子任。旋擢侍讀學士。未幾，坐洩露運使盧見曾事，謫戍烏魯木齊。三十六年召還，授編修。三十八年，擢侍讀，總纂《四庫全書》，與内廷翰林一體宴賚。同事者爲陸副憲錫熊、陸費侍郎墀，而先生實綜其成。綰書局凡十有三年，體例皆其手定。洊擢至兵部侍郎。五十年，充會試副總裁。明年，晉左都御史。又明年，除禮部尚書，充經筵講官。五十四年，賜紫禁城騎馬，典武會試。嘉慶元年，充會試總裁，調兵部尚書。四年，典武會試。十年正月，復調禮部尚書、協辦大學士，加太子少保。二月，薨於位，年八十有二。奉旨優卹，賜奠，賜祭葬，予謚文達。先生貫徹儒籍，旁通百家。四庫館開，凡六經傳注得失、諸史異同、子集支分派别以及詞曲醫卜之類，罔不抉奥提綱，溯源竟委。每進書，仿劉向、曾鞏例作提要，冠諸篇首，純廟輒覽而善之。又奉詔撰《簡明目録》、《存書存目》，多至萬餘種，皆先生一手所訂，評騭精審，識見高超，洵本朝大手筆也。性坦率，好滑稽，讀書過目不忘，凡批覽，悉加丹鉛。所著詩文集及《閱微草堂筆記》各若干卷，《四庫提要》外，評點之書尚不下數十種，行世者亦有十餘種。

朱筠

朱筠，字東美，一字竹君，號笥河，順天大興人。年十五，與弟文正公同補諸生，即以詩文名京兆。蔣公炳招先生兄弟與諸前輩飲，試以《崑田雙玉歌》，先生即席立成，詞極詭麗，諸人無不激賞。乾隆十九年，成進士，選庶吉士。散館，授編修。二十六年，分校會試。尋丁父憂，哀毁骨立。素性淡於仕進，服闋供職，欲遍游名山。已乞假矣，高宗召見文正，垂詢家事，曰：「翰林無定額，汝兄當補官，不比汝需缺也。」文正告掌院，索假呈歸，曰：「兄實無疾，恐上再詰問，不敢欺其强爲弟起。」先生不答，既而驪然曰：「弟敗我清興矣。」是年，授贊善。明年大考一等，擢侍講學士，充日講起居注官。三十三年，分校順天鄉試。明年，分校會試。三十五年，典福建鄉試。明年，復分校會試，授安徽學政。以經術訓士，重刊《説文》以詔學者。高宗詔求遺書，先生奏言翰林院有《永樂大典》，内古書甚多，請開局使校閲，並呈搜輯之法。時劉文正公在軍機，頗不喜，謂非當今急務，欲議寢之。于文襄公獨善先生奏，與文正固争，卒用先生説上之，遂開四庫館。先生又請仿照漢唐故事，擇儒臣校正《十三經》文字，勒石太學。奏奉諭旨，俟緩酌辦。未幾，坐事左遷，以編修入四庫館，纂修《日下舊聞》。時文襄總裁館事，尤重先生。會以稿本往復析辨，欲先生往就見，先生不可。又館事時，與文襄公意忤，文襄憾之。適召見，高宗稱朱筠學問文章殊過人，文襄奏朱筠辦書頗遲，上曰：「可命蔣賜棨趣之。」時方以舊侍郎直武英殿也。四十五年，授福建學政。與諸生講學無倦，學校振興，士林稱頌。逾年，詔還京，命文正代之。歸數月而卒，年五十有三。先生性孝友，博聞宏覽，於書無所不通，一時名士皆從之游，學者以不得列門牆爲憾。督皖學時，延名宿十二人司校閱，聯鑣出國門，賓從稱盛，幕府流連，觴詠、談藝窮日夜。生平提倡風雅，振拔單寒惟恐不及，天下士歸之如市。京師所居曰椒花吟館，藏書數萬卷，金石文字千種。尤愛山水，使車所至，嘗再登黄山、武彝，峭壁不通樵徑，必攀蘿造其巔，題名鍥石而返。所著有《笥河詩文集》各若干卷。

錢大昕

錢大昕，字曉徵，又字竹汀，江蘇嘉定人。乾隆十六年召試，賜舉人，補内閣中書。十九年，成進士，選庶吉士。授編修。二十三年大考，擢贊善。二十八年大考，擢侍講學士，充日講起居注官。三十二年，乞假歸。三十七年，補侍讀學士、上書房行走。冬，擢少詹事。己卯、壬午、乙酉、甲午充山東、湖南、浙江、河南主考官，庚辰、丙戌會試同考官。試河南時，即奉命提督廣東學政。次年，丁父憂。服闋，復丁母憂，遂不復出。歷主鍾山、婁東、蘇州、紫陽諸書院。卒年七十有七。先生幼慧，善讀書。弱冠即以詞章稱。沈文慤公選《吳門七子詩》，以先生爲首。既而研精經史，因文見道。其學於經義之聚訟難決者，皆能剖析源流。文字、音韻、訓詁、天算、地理、氏族、金石以及古人爵里、事實、年齒，無不瞭如指掌。古人賢奸是非疑似難明者，大典章制度昔人不能明斷者，皆有確見。漢三統術爲七十餘家之權輿，譌文奥義，無能正之者。先生衍之，據班《志》以闡劉歆之説，正《志》文之譌，二千年已絶之學，昭然發蒙。尤精算術，於中西兩灋，剖析無遺。用以觀史，自太初三統、四分，中至大衍，下迄授時朔望，薄蝕淩犯，進退强弱，皆抉摘知誤。里居三十年，六經百家，無所不通。所著有《經典文字考異》三卷、《唐石經考異》一卷、《聲類》四卷、《廿二史考異》一百卷，修《唐舊史臣表》一卷、《三史拾遺》五卷、《諸史拾遺》五卷、《南北史雋》一卷、《唐學士年表》一卷、《五代學士年表》一卷、《宋中興學士年表》一卷、《元史氏族表》三卷、《元史藝文志》四卷、《四史朔閏考》四卷、《通鑑注辨正》二卷、《洪文敏年譜》一卷、《陸翁年譜》一卷、《王伯厚年譜》一卷、《王弇州年譜》一卷、《天一閣碑目》二卷、《疑年録》

四卷、《吴興舊德録》四卷、《先德録》四卷、《日記》六十卷，《金石文跋尾》六卷、《續》七卷、《又續》六卷、《三續》六卷，《金石文字目録》八卷、《附識》一卷，《十駕齋養新録》二十卷、《餘録》三卷，《三統術衍》三卷、《鈐》一卷，《風俗通義逸文》二卷，《恒言録》十卷，《文集》五十卷，《詩集》十卷、《續集》十卷，《詞垣集》四卷。

蔣士銓

蔣士銓，字心餘，一字苕生，號清容。其先爲錢氏，自浙江長興遷江西之鉛山，始姓蔣。父堅，字適園，有奇氣，類東漢獨行之士。先生生四歲，母鍾太夫人授以《四子書》及唐人詩，斷竹篾爲波磔點畫，攢簇成字教之。太夫人號甘荼老人，著有《柴車倦游集》。先生十一歲，父縛之馬背游太行，讀鳳臺王氏藏書。冠而歸，補縣學生。學使金檜門先生以「孤鳳凰」稱之。先生天姿穎悟，讀書過目不忘，握筆如天馬怒馳，超塵絶跡。乾隆十二年，舉於鄉。十九年，考授内閣中書。二十二年，成進士，選庶吉士。散館第一，授編修。在官八年，分校鄉、會試各一次，以太夫人年高，乞假終養。歷主蕺山、崇文、安定三書院講席，灑然有終焉之志。初入京時，才名噪甚。裘文達公以先生與彭文勤公並薦，及文勤召見，高宗屢問蔣某安在，文勤以母老對，高宗賜文勤詩兼及先生，有「江右兩名士」之語。先生感主知，母服除，入都，以御史用。旋因風痹疾作，告病還鄉。先生秀眉長身，風神散朗，如魏晉間人，而激揚風義，甄拔寒畯，有古烈士風。遇忠孝節烈事，輒長歌紀之，悽愴激楚，使人雪涕。遇不可於意，雖權貴，幾微不少假借。在蕺山時，力言於大府，借帑修治三江閘，曰：「事雖非山長責，然食越人粟，則視越人如一家焉。」有駱生者，負鹽課客死，先生連夜作十三札，飛遞嶺南，俾其孀孤扶六柩得歸。詩古文詞負海内盛名，古詩勝近體，七古尤勝，蒼蒼莽莽，不主故常。而最擅場莫如曲，直造元人堂奥。九宫之製，前明玉茗先生實集大成，國朝惟先生足以繼之，前後數百年，迄無嗣響。高麗使臣嘗餉墨四笏，求其曲本以歸。卒年六十有一。臨終之夕，無雲而雷者三，相傳先生生時亦然。所著有《忠雅堂文集》十六卷、《詩集》三十卷、《銅絃詞》二卷，傳奇有《香祖樓》等九種，《西江祝嘏》、《康衢樂》等六種，《采石磯》院本、《採樵圖》雜劇各種，又《定菴瑣語》等若干卷。

康基田

康基田，字仲耕，號茂園，山西興縣人。少穎悟，年十四，補弟子員。從同里孫文定公游，公異之曰：「康氏子器宇非凡，他日必出人頭地。」乾隆二十二年成進士，以知縣用，分發江蘇，補新陽縣。重修致和塘，疏城中玉帶河。調昭文縣，甫抵任，即擒巨猾數人，置之法，境内肅然。三十一年，遷廣東潮州通判。丁母憂。服闋，赴廣東，署惠州府。三十八年，特授廉州府，署惠潮嘉道。未幾，以失察轄境逃犯，部議奪官，奉旨仍著督撫出具考語，送部引見。四十三年，選河南懷慶府知府。時阿文成公督辦河工，深相器重，奏調開封府，河防諸事悉以任之。以卓異引見，擢河北道。五十一年，調江南淮徐道。次年，升江蘇按察使，奉諭有「河工最爲諳習，每年大汛，仍應赴淮徐，幫辦修防」之語。五十三年，擢江寧布政使，仍兼管河務。逾年，署江南河道總督。五十五年，署安徽巡撫。因江寧任内失察所屬書吏舞弊，革職留任。旋被逮入都，發軍臺效力。九月，奉旨發往南河，以同知用。十一月，奏署淮徐道。越二年，實授。六十年，擢江蘇按察使，調山東按察使，遷布政使。河工合龍，賞戴花翎。嘉慶二年，擢江蘇巡撫，逾月，授河東河道總督，調江南河道總督。五年，因邵工大壩垂成猝毁於火革職，留工效力，尋奉旨以知州補用。六年，補江蘇太倉州，署松江府。七年，擢廣東布政使。八年，調江西布政使，再調江寧布政使。十一年，因督催銅鉛運遲延，降二級革任，奉旨以六部郎中用。十二年，補户部四川司郎中。十三年，特加太僕寺少卿銜，命專管勾稽南河要工錢糧。十六年，以年老乞休，奉旨准以原品休致。十八年，重赴鹿鳴筵宴，賞三品卿銜。十二月，以疾終於京師，年八十有六。奉旨入祀名宦、鄉賢各祠，並晉陽三立閣祠。所著有《詩文集》及《河渠紀聞》各若干卷。公治理河道，妙用如神。每任藩臬，皆奉旨，命幫辦河務。疊修東南兩河工程，皆奇險百出，危在呼吸，終竟全功，人莫能測。在粵時，城中屢遭水患，公尋得明初築城時所開六脉渠故址，疏通二百餘年淤塞，從此城中滴水不存，至今賴之。

畢沅

畢沅，字纕蘅，號秋帆，别號靈巖，江南鎮洋人。少穎悟。六歲，母張太夫人手示《毛詩》、《離騷》，過目即成誦。太夫人工詩，著有《培遠堂集》。先生幼承母訓，稍長，讀書靈巖山中，從沈文慤公、惠徵君游，學業益邃。乾隆十八年，舉順天鄉試，旋授内閣中書，入直軍機處。二十五年，成進士，廷對灑灑數千言，議論剴切。進呈卷擬第四，純廟親擢第一。引見，儀觀秀偉，進止有度，天顔甚喜，授修撰。疊擢至庶子，充日講起居注官、會試同考官。三十二年，授甘肅鞏秦階道，調安肅道，擢陝西按察使，升布政使，護理巡撫。時大兵征金川，由陝入蜀，先生督理臺站。旋實授巡撫，賞戴花翎。丁母艱回里，甫及一年，特旨以陝西任重，命署巡撫事。時甘肅逆回疊次倡亂，先後調兵赴剿，上諭有「悉心調度，事事妥協，並有先辦而與朕旨相合者，朕甚嘉焉」之語，賞頭品頂戴。未幾，調河南巡撫。時河南北頻年水旱，先生籌畫賑濟，胡瑣不頤。尋奉命詣桐柏山求淮源，先生親履嶄巖，繪圖以進，蒙温諭嘉奬，御製《淮源記》述其事，賞穿黄馬褂。擢湖廣總督，未行，以伊陽拒捕案被議鐫級，仍留任。五十二年，河決睢州，詔以阿文成公臨視，會同籌辦，撫恤災黎，躪緩借種，全活無算。明年，仍授湖廣總督。時苗疆有警，福文襄公與川督和公先後莅楚，檄調六省兵會剿，供支日不下數萬，先生移紮辰州，督運軍儲。大兵既捡首逆，乾州等苗五百餘寨相率詣辰州乞降，先生承詔撫諭，咸感泣去。嘉慶元年，湖北白蓮教起，奸民乘機煽誘，當陽等縣相繼陷。先生督兵分剿，縣境悉平。事聞，優詔褒美，賞輕車都尉世職。未幾，大兵破平隴，詔令馳往苗疆，籌議善後及撤兵事宜，苗民各歸本業。乃以炎瘴致疾，猝薨於軍，年六十有八，朝野惜之。先生識量宏遠，遇大疑難事，沈機獨斷，雖萬口不能奪。愛才若渴，汲引後進，惟恐不及，一時名下士如洪稚存、孫淵如、黄仲則、程魚門、邵二雲等，悉招致幕中。公暇，詩酒唱酬無虚日。所著有《續資治通鑑》二百二十卷、《靈巖山人詩集》四十卷、《文集》八卷及《史籍考》、《關中勝蹟圖記》、《關中金石志》、《中州金石志》、《河間書畫録》等書。尤精鑒藏，刻有《經訓堂法帖》。先生成進士日，尚直軍機，期滿當出，友人諸君重光屬代己，未答而諸已竟去。先生夜坐無事，適陝督黄文襄公疏至，言新疆屯田事，遂熟復之。後數日，廷對策問屯田事，條對獨精核，遂得大魁，而諸公居其次。又嘗侍親耕，高宗詢布穀、戴勝是一是二，對以布穀即戴勝，上稱善，因垂詢出身甚悉，此簡在之所由也。高宗後語大臣：「朕曾於藉田中簡拔一人。」即謂此云。

王文治

王文治，字禹卿，號夢樓，江蘇丹徒人。自少即以文章、書法稱。全侍講魁、周編修煌嘗奉使琉球，邀與俱往，琉球人傳寶其翰墨。歸，舉乾隆二十五年進士，殿試，賜第三人及第，授編修。二十七年，分校順天試。明年，分校會試，大考翰詹，一等一名，擢侍讀，充日講起居注官。二十九年，補授雲南臨安府知府。在任數年，以失察屬吏事，鐫級去任。其後，當復職矣，而先生厭吏事，遂不復就。官時，隨園先生壯年引退，以詩鳴江浙間，先生應之，聲華與相上下。高宗南巡，幸錢塘僧寺，見先生所書碑，大賞愛之。内廷臣有告之先生，招使出者，亦不應。自滇歸，買僮教之度曲，行無遠近，必以歌伶一部自隨。其辨論音律，窮極要眇。客至，張樂共聽，窮朝暮不倦。海内求書者，歲饋遺至數萬金，率費於聲伎。人或諫之，不聽，好之彌甚。然至客去樂散，默然禪定，夜坐，脅未嘗至席。持佛戒，日食蔬果而已。如是數十年，其不可測如此。爲文尚瑰麗，至老一歸平淡。其詩與書，皆能盡古今之變，而自成體，嘗自言：「吾詩與字皆禪理也。」嘉慶七年四月，趺坐室中逝。妻女子孫來訣，不爲動容。問身後事，不答。所著曰《夢樓詩集》。

王杰

王杰，字偉人，號惺園，一號畏堂，陝西韓城人。生而端凝好學，家貧甚，爲書記以養母。尹文端、陳文恭爲江南督撫時，皆聘入幕府。乾隆二十六年，成進士。高宗嘗語廷臣：「本朝陝人無大魁者。」是科殿試讀卷，進呈前列十本，公列第三，上親拔爲第一，授修撰。累擢至左都御史，入直南書房。丁母憂歸，即家擢兵部尚書。服闋，充軍機大臣、上書房總師傅。五十一年，晉大學士，管禮部。五十二年，臺灣平。明年，廓爾喀平。兩次圖像紫光閣，加太子太保。嘉慶二年，以足疾辭退兩書房、軍機、禮部事。四年，仍直軍機處。

旋以腹疾兩次乞休，皆蒙温諭慰留，詔許扶杖入朝。七年秋，復請，得旨予告，在籍食俸，加太子太傅。九年，公及程夫人年皆八十，賞賚珍物無算。是年冬，入都叩謝，詔許乘肩輿至隆宗門外，扶杖入内朝。十年春，薨於京邸，贈太子太師，入祀賢良祠，賜祭葬，謚文端。公爲人廉静質直，在政府與和珅共事十餘年，和珅忌之，而無瑕可摘，卒不能去。乾隆乙未、戊戌、丁未、己酉、庚戌五典禮部試，歷充湖南、江南、浙江、順天鄉試主考官，一督福建學政，三督浙江學政，一典兵部試，所造多知名士。著有《葆醇閣集》、《惺園易説》各若干卷，行於世。

曹仁虎

曹仁虎，字來殿，號萊嬰，又號習菴，江南嘉定人。少好學。年十六，補諸生，肄業紫陽書院，沈文慤公數稱其才。與王西莊、錢竹汀、王蘭泉、吴企晉、趙璞函諸先生爲文字交，相鏃厲爲古學。乾隆二十二年，高宗南巡，獻賦行在，召試列一等，特賜舉人，授内閣中書。二十六年，成進士，選翰林院庶吉士。散館，授編修。三十六年，充江西鄉試副考官，升中允，充日講起居注官。扈蹕盤山，有奉敕賡和諸作，遷侍講，轉侍讀。四十八年，充山西鄉試正考官，晉庶子，擢侍講學士。五十一年，授廣東學政。明年，母程太恭人終於官署。先生方按試連州，不及視含殮。聞訃，晝夜號泣，匝月以毀，卒年五十有七。先生起家儒素，以文字受主知，久列承明著作之廷，一任學政，兩典鄉試，三次分校會試，一分校順天鄉試，皆稱得人。舟車所至，乞詩文者，屨滿户外。博極群書，精於考據。詩宗三唐，而神明變化，一洗粗率佻巧之習，格律醇雅，醞釀深厚，卓然爲一時宗。少日，與西莊先生諸人倡酬，彙刻其詩，流傳海舶，日本國相以餅金購之。在禁林，每遇大禮，高文典册多出其手。又與同館諸人爲詩社，旬日一集，分題聯句，每一篇出，傳誦日下。所著有《宛委山房詩集》、《蓉鏡堂文集》、《二十四氣七十二候攷》、《轉注古音考》等各若干卷。

馮應榴

馮應榴，字貽曾，號星實，晚號踵息居士。孟亭先生子也。年十八，補諸生。乾隆二十五年，舉鄉試。明年，成進士。三十年，高宗南巡至浙江，召試行在，授内閣中書。逾年，入直軍機處，隨遷宗人府主事。三十五年，典湖北鄉試。三十七年，授四川學政，以事鐫級。未幾，復原官。累遷員外郎、郎中，充坐糧廳監督，擢山東道御史、通政使司參議、鴻臚寺卿。先生爲人沈毅有智識，才情飆發，審機立斷。直樞垣時，制草多出其手，灑灑千言，援筆立就，機禁内臣甚倚重之。四十六年，隨蹕熱河，特蒙召見，擢爲江西布政使。江西吏治骪骳，先生奮然思振飭之，而大府多所不便，事每齟齬。先是，河南河決，高宗慮東南回空漕艘受兑逾期，降旨垂詢撫部。撫奏辦不善，漕艘譁然，幾至滋事。先生爲設法解釋之，而卒以撫部事牽連解職，吏議當戍軍臺。高宗鑒其無他，許出贖鍰貰其罪，仍授吏部郎中。累轉復遷鴻臚寺卿。方駸駸嚮用，而先生以親老告歸。未幾，病卒，年六十有一。先生工詩文，於詩尤嗜蘇文忠，嘗彙輯各家舊注，加以訂誤補缺，爲《蘇詩集注》一書，刊刻行世。所著有《踵息齋詩文集》若干卷。

董誥

董誥，字蔗林，浙江富陽人。文恪公子也。乾隆二十八年進士，選庶吉士。散館，授編修。命入懋勤殿寫金字經，爲孝聖憲皇后祝嘏。三十四年，遷右中允。丁父憂。服闋，命直南書房。先是，文恪公工繪事，御製詩題詠甚多。及是，公繼武南齋，簪筆之暇，間涉藝事甚精，純廟深賞之。尋擢至侍讀學士。三十九年，典試江南，遷閣學。明年，擢侍郎。四十四年，充軍機大臣。五十一年，擢尚書。臺灣及廓爾喀平，兩次圖形紫光閣，加太子太保。五十五年，晉大學士。嘉慶二年，丁母憂，奉特旨賜奠，賜祭葬。三年，葬母畢，詣闕謝恩，諭暫署刑部尚書。四年正月，太上皇晏駕，命恭理喪儀，仍充軍機大臣，總裁《實録》。五月，服闋，授文華殿大學士。九月，奉安裕陵禮成，命恭點高宗純皇帝神主，加太子太傅，賞黑狐端罩。七年，三省教匪平，賞騎都尉世職。十四年，晉太子太師。三月，公七十生辰，御賜御書聯額及御製詩、上方珍物無算。十五年，充上書房總師傅。二十年冬，因病請致政，温旨慰留。二十三年，再疏乞休，蒙優詔俞允。是年十月，薨於京邸，晉贈太傅，入祀賢良祠。仁宗親臨賜奠，御製詩挽之，並諭刻詩墓次，賜祭葬，謚文恭。公歷掌文衡，所得皆名下士。性嗜學，工詩古文。所進呈諸畫本，兩朝皆有題詠，收入《石渠寶笈三編》，然特其餘事耳。

姚鼐

姚鼐，字姬傳，一字夢穀，浙江桐城人。端恪公玄孫也。少家貧，體羸多病而好學。世父範，學者稱薑塢先生，與同里方苧川、葉花南、劉海峰善，諸子中獨愛先生，令受業苧川。

尤喜親海峰。薑塢嘗問其志，曰：「義理、考據、詞章，闕一不可。」遂以經學授先生，而别受古文法於海峰。乾隆二十八年，成進士，選庶吉士。散館，改禮部主事。三十三年，充山東副考官，擢員外郎。逾年，充湖南副考官。明年，分校會試，改擢刑部郎中。四庫館開，劉文正公、朱竹君學士咸薦先生，遂爲纂修官。時非翰林與纂修者八人，先生及程魚門、任幼植爲尤著。于文襄雅重先生，欲令出門下，謝不往。三十九年，書成，當議遷官，文正公以御史薦，記名。會文正公薨，先生乃乞養歸。梁文定屬所親語先生曰：「若出吾，當特薦。」先生婉謝之。當是時，學者多尚新奇，厭薄宋元儒者，詆爲空疏，掊擊不遺餘力。先生獨反覆辨論，著《九經説》以通義理、考訂之郵，撰《古今辭類纂》以盡古今文體之變，選《五七言詩》以明振雅祛俗之旨。歸里後，主梅華、鍾山、紫陽、敬敷諸講席凡四十年，所至，士以得及門爲幸。與人言，終日不忤，而不可以鄙私干。有來問，必竭意告之，汲引後進如不及。雖學術與之異趣者，晤談率皆親服。先生貌清癯，神采秀越，澹榮利，有超世之志。王蘭泉稱其「靄然孝弟，有儒者氣象」，而文名尤重。禮恭親王薨，遺教必得姚某爲家傳。新城魯絜非以文名江右，始受學建寧朱梅崖，梅崖於當世少許可，獨心折先生。絜非乃渡江造訪，使諸甥陳用光等問業焉。自望溪方氏以文章稱海内，上接震川，推文家正軌，劉海峰繼之，先生親問法於海峰，三君皆籍桐城，世稱爲「桐城派」云。嘉慶十五年，重赴鹿鳴筵宴，賞加四品銜。二十年，卒於鍾山，年八十有五。所著有《九經説》十九卷、《三傳補注》三卷、《老子章義》一卷、《莊子章義》十卷、《惜抱軒文集》十六卷、《文後集》十二卷、《詩集》十卷、《書録》四卷、《法帖題跋》一卷、《筆記》十卷、《古文辭類纂》四十八卷、《今體詩鈔》十六卷。

任大椿

任大椿，字幼植，一字子田，江南興化人。乾隆三十四年二甲一名進士，授禮部主事。三十八年，修《四庫全書》，充纂修官，禮經搜輯爲多，提要半出其手。尋以郎中授御史。五十四年，卒於官，年五十有二。先生少以詞賦知名，既而覃精經術，家貧力學，盡色養，讀書守道義。所學淹通於禮，尤長名物。著有《弁服釋例》八卷、《深衣釋例》三卷、《釋繒》一卷、《吴越備史注》三十卷、《小學鉤沈》二十卷、《字林考逸》八卷、《詩集》八卷。

朱孝純

朱孝純，字子穎，號思堂，漢軍正紅旗人。少穎悟，資秉絶人。從劉海峰游，嘗以詩册質海峰，姚姬傳一見心折，造其廬而訂交焉。時王夢樓先生以選貢入都，最與契合，三人時相過從。家貧甚，衣食不足，而所交游皆當世名賢。每論文，相對終日或不能設食，坐客無氈，而豪氣横眉宇間。乾隆二十七年舉鄉試，出夢樓先生之門。時主試爲紀文達公，於備卷中搜出，驚賞其詩，因而獲雋。未幾，出爲四川縣令，盡心民事。以捕盜功擢叙永同知，遷重慶府知府，移山東泰安府知府。在蜀時，以軍興，出使雲南永昌，逾美諾、三巖，往來險阻，師旅數千里之地。移守泰安，又值鄰郡賊起，從大府助剿，臨清城下，屢戰皆捷，逆寇悉平。旋授兩淮鹽政。數年，遷京秩。遽以風痹告歸。未幾，病卒。先生爲都統龍翰之子，承其家學，工詩善畫，尤長於孤松、怪石。鬚髯不多，有兩莖緣脣，而下長二尺許，風吹飄然，拈之頗自喜也。作令四川，獨游峨眉，經旬乃返。後以回避，當量移他省。時大兵方討金川，單騎赴營觀戰鬥，久之而去。其倜儻奇偉如此。在揚州，招致大江南北諸名士，爲文酒之會，觴詠無虛日。姬傳謂其不可一世之氣，勃然動於紙上。夢樓謂其豪宕感激之意，屢見於詩云。詩不自收拾，多散佚。卒後，其子白泉任江安糧道，夢樓、姬傳爲編次《海愚詩鈔》十二卷，刊行於世。

潘奕雋

潘奕雋，字守愚，號榕皋，江蘇吳縣人。乾隆三十四年進士，殿試卷列第七本進呈，因引見未到，附三甲末，授内閣中書，協辦侍讀。五十一年，充貴州鄉試副考官，旋升户部貴州司主事。因病請假回籍，遂不復出。道光二年壬午科，重赴鹿鳴宴，賞加員外郎銜。九年己丑科，重赴恩榮宴，賞加四品卿銜。未幾，病卒，年九十有一。先生少工詩文，賦性澹泊，不慕榮利。方其釋褐登朝，聲華洋溢，取上第，入綸扉，直秘閣，人將以燕、許期之，先生退然不欲自見其長。比中年，從子文恭公取大魁，子世璜復以第三人及第，人將以八葉五貴期之，先生抑然不欲自多。其有年才五十，解組歸里，讀書樂道，朝絃夕誦，間與吳越名人從容清讌，有所得，輒發之於詩。王蘭泉先生評其詩「妥貼排奡，力追杜韓」，洵非虛譽。晚歲遷居臨頓里，庭有古松，蒼翠可愛，日夕吟嘯其下，因以「三松」名其堂，自號三松居士。所著有《三松堂詩文集》二十四卷、《水雲詞》二卷。

錢灃

錢灃，字東注，號南園，雲南昆明人。乾隆三十六年進士，選翰林院庶吉士。散館，授檢討。四十五年，充廣西鄉試副考官。尋改御史，疏劾山東巡撫國泰貪黷穢亂，虧帑數十萬金。國泰者，大學士和珅私人也。疏入，高宗立召對，先生力陳東省虧空狀，上曰：「當遣和珅往勘。」先生意不謂然，上徐曰：「然則爾同往可也。」先生拜命出，不俟和珅，先數日行。微服止良鄉，見幹僕乘駿馬過，索夫役，甚張。迹之，則和珅遣往山東齎信者。先生詳審其貌。未幾，僕還道，遇先生，叱止之。搜其身，得國泰私書，具言借款填庫備查等事，中多隱語。立奏之。和珅至，見先生衣敝，贈輕裘請易，峻卻之，知不可干，又知謀已洩，故治獄無敢傾陂。比反命，上持示國泰私書，曰：「朕早悉其詳，無待覆奏也。」國泰遂伏法。和珅深憾之。甘肅冒賑事發，劾總督畢公沅瞻徇回護，得旨查辦，畢坐削級。是時，先生直聲震海內，累遷通政司副使。提督湖南學政，嚴厲不少假借，士脉其教者頌勿衰。時湖南大旱，陸撫軍耀以禱雨得熱疾卒，代者至，值生日，將稱觴，閽者請饋，先生曰：「前巡撫方以死勤事，今遽舉觴稱慶耶？」命饋燭二梃，薦數斤，巡撫懼而止。先生既忤和珅，珅屢媒孽其短不得，乃授意湘撫浦霖，劾先生督學湖南時童生匿喪冒考，又有違礙書籍等事，部議甚嚴。上特宥之，以主事用。尋丁艱歸，服闋，補官，遷員外郎。高宗知其直吏，擢爲御史。時和珅爲軍機大臣，與阿文成公等不和，入直不與諸大臣同處辦事。先生復具疏劾參，上覽奏，切責諸大臣，謂所奏甚是，特旨命在軍機處行走，並有稽查軍機處之命。先生竟日危坐直廬，和珅益怨惡而不能去，則凡軍機勞苦事多委之，故試以艱巨，皆迎刃而解。家貧，衣裘薄，嘗夜入暮出，積勞成疾以殞，年僅五十餘，論者惜之。先生眉稜聳峭，朝列皆畏憚丰裁，其實虚懷樂善，出於至誠。詩文蒼鬱勁厚，書法平原。嘗興酣畫馬，筆極雄偉。然不多作，得者珍逾拱璧云。

程晉芳

程晉芳，字魚門，號蕺園，安徽歙縣人。家世業鹺於淮。乾隆初間，兩淮殷富，程氏尤豪侈。先生獨好儒術，罄其貲購書五萬卷，窮日夜討論之。高宗南巡，獻賦行在，召試第一，賜舉人，授中書，年已四十餘。乾隆三十六年，年五十有四始成進士，授吏部主事。時四庫館開，總裁舉爲纂修。官書成，奉特旨授翰林院編修，異數也。旋分校會試，稱得士。

先生性嗜學，見長几闊案輒色喜，展卷其上，百事不理。又好周濟戚里，求者無不立應。見窮乏之士不求，或强施之。鹽務日折閱，付會計於家奴，被侵蝕了不勘詰，以故逋負山積，勢不能支。乞假赴陝，將謀之畢秋帆中丞，爲歸老計。時酷暑，索逋者呼噪隨之，先生已衰老，乘弇棧車行烈日中，遂病。四十九年，至陝撫署，甫一月卒，年六十有七。中丞爲經理喪事，代償債項至萬金，並厚恤其家。先生秀眉方頤，髯飄飄左右拂，與人語，惟恐傷之。遇文學人，㑌然意下，延譽不容口。京師爲之語曰：「自竹君先生死，士無談處。魚門先生死，士無走處。」其聲華之盛如此。著有《勉行齋文集》十卷、《葄園全集》三十卷及《周易知旨》、《尚書今文釋義》、《左傳翌疏》、《禮記集釋》各種。

周永年

周永年，字書昌，山東歷城人。生而好學，棄産營書，凡積五萬卷。見藏書家易散，有感於釋道藏，約桂君未谷築借書園。祠祀漢經師伏生、叔重諸先生，聚書其中，以招致來學。與李君文藻同修《歷城縣志》，朱竹君先生稱其詳慎。乾隆三十六年成進士，欲入山治《儀禮》，特召修四庫書，改庶吉士，授編修。典試貴州，稱得士。與程君晉芳、丁君杰、邵君晉涵善。嘗借館中書，屬未谷爲《四部考》，鈔胥數十人昕夕校治，會禁借官書，遂止。爲學務涉淹博，於書無所不窺。先正中，雅慕顧亭林、李榕村、閻潛丘、方望溪，於鄉人稱張稷若。自謂文拙，集未刊行。

王念孫

王念孫，字懷祖，學者稱石臞先生，江南高郵人。文肅公子。生數歲，讀《尚書》即能知其義。八歲能屬文，作史論，斷制有識，都下有「神童」之目。從戴東原先生游。弱冠，補諸生。乾隆三十六年，高宗南巡，以大臣子迎鑾，獻文册，賜舉人。四十年，成進士，選庶吉士。散館，改工部主事。遂究心治河之道，洞徹古今利弊，爲《導河議》二篇，上篇導河北流，下篇建倉通運。累遷郎中，擢御史，晉給事中。嘉慶四年，仁宗親政，先生疏劾和珅。時不乏彈章，惟先生援據經義，最爲得體，時蒙嘉納，海内傳誦。是年春，命巡淮安漕。秋，命巡濟寧漕，盡汰陋規。尋授直隸永定河道，積弊一清。六年夏，大雨彌月，水漲溢，奪職逮問，尋命發河工效力。七年，督辦河間漫工，賞六品服，暫署永定河道。八年，賞主事銜，命留直隸，周歷通省，有關涉水利事宜，悉心紀載，交總督奏辦。先生乃上書總督顔公檢，臚陳畿輔水利，顔公據以入告。會河南衡家樓河決，命隨尚書費淳查勘，且籌新漕。又命馳赴台莊，隨尚書吉綸治河務，尋命署山東運河道。九年，實授。在任數年，查工剔弊，節帑數十萬。十五年，仍調永定河道。時東河帥請啓蘇家山閘，引黄水入微山湖，以利漕運，特召入都，決其是非。先生奏原非良策，然暫行無害，並陳運河情形，皆詔許之。是年，永定河水復漲溢，先生自引罪，得旨以六品休致。道光五年，重赴鹿鳴筵宴，賞給四品銜。十二年，以病卒於京邸，年八十有九。所著《廣雅疏證》二十三卷，凡漢以前倉雅古訓，皆搜括而通證之，藉張揖之書以納諸説，多揖所未及知，亦爲惠氏定宇、戴氏東原所未及。尤精校讐，凡經史子書，晉唐宋以來古義之晦誤，寫校之妄改，皆一一正之。著《讀書雜誌》八十二卷，一字之徵，博及萬卷，精核無匹。

吴錫麒

吴錫麒，字聖徵，號穀人，浙江錢塘人。乾隆四十年進士，選庶吉士。散館，授編修。四十九年、五十五年，兩次分校禮部試。六十年，升贊善。嘉慶元年，命在上書房行走，課皇曾孫讀。旋升侍講，轉侍讀。次年，乞假歸養。尋丁父憂。五年，服闋入都，擢庶子。六年五月，升國子監祭酒，八月，以養母乞假歸。回籍後，僑寓揚州，歷主樂儀、梅花、安定書院講席，菽水承歡，融洩一室。母年九十餘卒，先生哀毀成疾，遂不起。二十二年，子清鵬以第三人及第。明年，先生以病卒於家，年七十有三。著有《有正味齋全集》五十三卷。先生詩古文詞俱工，駢體文尤勝，合漢魏六朝、唐人爲一爐冶之，胎息既深，神采自王，於迦陵、隨園、石笥、卷施而外，别樹一幟。吴山尊所稱「愈唱愈高，去天尺五」者也。詩則清麗綿邈，秀骨天成，得力於宋人者爲多。浙中詩派自朱、查、杭、厲而後，嗣音者少，先生起而振之。國朝詩學衆美畢臻，得古人温柔之旨者，惟先生一人而已。洪北江評其詩「如青緑溪山，漸趨蒼古」，翁覃溪稱爲「最深於杜」。蓋學古而非徒形似者。詞則兼碧山、玉田之長，靈雋清超，一時無兩。全集既出，修辭者視爲北斗南車，後進秀髦，咸資準的。高麗使臣争出金餅購求，都中廠肆爲之一空。其名傾中外如此。性好游。中年乞養南還，往來於吴山越水間，嘯傲林泉，流連詩酒。青簾畫舫，緑箬紅衫，笻履所經，無不承蓋扶輪，掃門納屨。賦性沖挹，和藹宜人。引掖後學，惟恐不及。見一藝之長，稱道弗衰。當時文士胥仰之如光風霽月云。

汪如洋

汪如洋，字潤民，號雲壑，浙江秀水人。乾隆四十五年，會試第一，殿試，賜第一人及第，授翰林院修撰，在上書房行走。五十一年，充山東鄉試正考官，旋授雲南學政。先生少孤貧，厲志力學，狀貌端凝，偉然經世之器。既通籍，家無擔石。爲人清梗，不苟取與。兩掌文衡，所拔皆知名士。督滇學時，每命一題，必爲程文以示，多士遠近誦之。以故世皆稱其制舉文，而不知其詩才清絶。詞筆尤妙，有題迦陵先生填詞圖《洞仙歌》二首極工。性宏於飲，千觴既空，未嘗霑醉。年甫强仕，因病遽卒，士林惜之。所著有《葆沖書屋詩集》，成邸爲刊而行之。

法式善

法式善，姓孟氏，字開文，一字梧門，號時帆，蒙古正黄旗人。原名運昌，以與關聖字音相近，詔改今名。乾隆四十五年進士，選庶吉士。散館，授檢討。四十八年，晉國子監司業。旋升侍講，轉學士，緣事左遷工部郎中。五十九年，轉洗馬，疊擢至祭酒。後因案革職，特旨賞給編修。越二年，復官祭酒。先生幼穎異嗜學，工詩文。性好賓客，一時名士皆從之游。自登仕版，即以研求文獻、宏奬風流爲己任。在詞館，著《清祕述聞》、《槐廳筆記》。在成均，著《備遺録》、《陶廬雜録》等書。其他著作未刻者甚多，皆有資於典故。所居在厚載門北，明西涯李文正公畏吾村舊址也，背城面市，一畝之宫，有詩龕及梧門舊屋、掃葉亭諸勝。藏書數萬卷，間以法帖、名畫。蒔竹數百竿，寒聲疏影，翛然如在巖壑間，觴詠流連，無間寒暑。生平以詩文爲性命，士有一藝之長，無不被其容接。主壇坫幾三十年，以爲西涯後身不愧也。每名流勝會，輒寫一圖紀之，才士争爲題詠，裝成牛腰巨卷三十餘軸。其爲詩，質而不腘，清而能綺。論詩用漁洋「三昧」之説，主王、孟、韋、柳，尤工五言。稚存先生評其詩「如巧匠琢玉，瑜能揜瑕」。與王惕甫交最善。嘗自刻《詠物詩》一種，惕甫偶不之善，即止不行。其虚懷受善如此。嘉慶十八年卒，年六十有一。所著有《存素堂詩文集》若干卷。

曾燠

曾燠，字庶蕃，號賓谷，江西南城人。生而穎異。甫成童，從父官都下，耆宿見其詩文，多折行輩與論交。乾隆四十六年，成進士，選庶吉士。散館，改户部主事，入直軍機處，擢員外郎。五十九年，京察一等，特簡兩淮鹽運使，隨大學士慶文恪公至江南讞獄。次年，事竣，始蒞任。嘉慶十二年，遷湖南按察使。明年，調湖北按察使。十五年，升廣東布政使。二十年，擢貴州巡撫。逾年，以母年高，乞養歸里。道光二年，養親事畢，宣宗以兩淮鹽務疲憊日甚，特命以巡撫銜巡視兩淮鹽政。六年召還，以五品京堂用。十年，以病卒於京寓，年七十有二。先生詩古文詞俱工，性尤嗜詩，至老不輟，自漢魏六朝、三唐、兩宋以及近世聞人專集、彙集，皆悉心研究，辨晰微芒。以世家子弱冠即登詞苑，直樞廷，洊躋封圻，居華膴清要者數十年。而爲詩顧深悉民間疾苦，微言激射，頓挫沈鬱，絶無珠翠羅綺之氣染其筆端。文擅六朝、初唐之勝，晚年尤多傑構。吴山尊選其文，與小倉山房、有正味齋諸家合刻爲《八家文鈔》，半皆先生少壯之作，似尚未盡其美。性愛才，宏獎風流，惟恐不及。前後居揚州十餘年，其地當水陸之衝，帆檣來往如織。先生爲闢「題襟館」於邗上，公餘之暇，與賓從琴歌酒讌，無間寒暑。海内名流，歸之如流水之赴壑，敦槃稱盛，揚州人士以爲丰采上接漁洋先生云。所著有《賞雨茆屋詩集》二十二卷、《駢體文》二卷、《續金山志》十二卷，又選刻《蘇文忠公奏議》二卷、《虞靖公詩集》八卷、《吕子易説》二卷、《江右八家詩》

八卷、《朋舊遺詩》十八卷、《江右詩徵》一百二十卷、《國朝駢體正宗》十二卷，皆行於世。又選批國朝詩爲《清真集》，未竣事。

秦瀛

秦瀛，字淩滄，一字小峴，號遂菴，江蘇無錫人。少負異禀，讀書能兼人。爲詩古文，千言立就。乾隆四十一年，高宗巡幸山東，以舉人獻賦，行在列一等，賜内閣中書，直軍機處，擢侍讀，遷郎中。五十八年，授浙江温處道，擢按察使，調湖南。尋引疾歸。嘉慶九年，病痊復起，補廣東按察使，擢浙江布政使。入覲，乞内用，補光禄寺少卿，遷太常寺卿。轉順天府尹，擢刑部侍郎，左遷光禄寺卿，擢左副都御史、户部右侍郎，總督倉場。尋復授左副都御史，遷内閣學士，晉兵部右侍郎，調刑部左侍郎。以目疾乞歸，優游林下者十年。未幾，病卒，年七十有九。先生少以文名。直樞垣時，勇於任事，且勤其職，不爲和珅所喜，然亦愛其才，仍以簡缺道府薦。高宗特畀以繁劇，蓋知之深也。官轍所至，興利除弊，遺愛在民。其貳司寇，屢有平反。糧船運丁盜米事發，有謂用藥置米中米立溢者，先生試之不驗，以入告，則仁宗已手試其藥不驗，知其枉，因益器之。蓋知其仁恕耿直，能任事也。生平於詩文皆力追古作者，而能有所自得。少爲齊次風、杭堇甫兩先生所知，領鄉薦，見重於竇東皋先生。居京師，與姚姬傳、王惕甫、魯山木、陳碩士以文字相質證。所著有《小峴山人集》三十六卷、《己未詞科録》十卷、《無錫金匱縣志》四十卷、《淮海公年譜》六卷。

孫星衍

孫星衍，字淵如，號季逑，江蘇陽湖人。父勳，舉人，官河曲知縣。大母許夢星墜于懷，舉以授其母金，及旦遂生。先生幼有異稟，書過目成誦。河曲授以《文選》，全誦之。未冠，補諸生，與同里黄仲則、洪稚存、楊蓉裳齊名。隨園先生曰：「天下清才多，奇才少。淵如，天下奇才也。」遂相與爲忘年交。先生雅不欲以詩名，深究經史、文字、音訓之學，旁及諸子百家，皆通其義。錢竹汀先生主鍾山書院，深器之。畢弇山先生巡撫陝西，招入幕府，一時名宿踵至，唯先生譽最高。畢公撰《關中勝蹟志》、《山海經注》、《校正晏子春秋》及校刻惠徵君諸書，多屬先生手定。唯恃才傲物，目無餘子，淺學者動遭譏詈，同輩不能堪，欲群毆而攻之。畢公知之，防護備至，而衆怒洶洶，欲得而甘心。公乃贈先生金，使回籍鄉試，衆復謀于路要擊之。公乃盛張祖筵，與幕友痛飲達旦，而陰使先生托故不至。及明，則先生已于夜間脂車就道矣，是爲乾隆五十一年。朱文正公典試江南，出都時，謂彭文勤公曰：「吾此行必得汪中、孫星衍。」及搜遺卷，得其經文策，曰：「此必汪中也。」折卷，得先生，而汪實未就試。明年，成進士，賜第二人及第，授編修，充《三通》館校理。散館，試《厲志賦》，先生用《史記》「匔匔如畏」語，大學士和珅不能識，以爲别字，置二等，以部屬用，補刑部主事，總辦秋審處。先生掃室焚香，爲諸名士宴集之所。高麗使臣樸齋家入貢，見所校古書，特求謁見，書「問字堂」額，賦詩以贈。迭遷員外郎、郎中。六十年，京察一等，授山東兖沂曹濟道，尋署按察使。事凡七閲月，平反數十百獄，活死罪、誣服者十餘人。濰縣有武人犯法，挾厚力求脱，令不可干，因賄通和珅門下，屬托大府。先生訪捕鞫之，械和門來者于衢。巡撫懼，因奏言河防任重，令回本任。未幾，母憂歸，遷居金陵。阮文達公撫浙，闢詁經精舍於西湖，聘先生主講席，請業者盈門，一時人才蔚起。先生淡于宦情。服闋後，游吴越數年，終以河工償項故，不得已再出。有旨仍發山東，以道員用。嘉慶十年，署登萊青道，補糧儲道。十二年，署布政使事。時侍郎廣興奉使山東，供張煩擾，先生獨無所饋。後廣以賄敗，豫、東二行省以支帑獲罪者衆，先生不與焉。十六年季，引疾歸。尋客揚州運署，校刊《全唐文》，累主鍾山書院。二十三年卒，年六十有六。先生早歲文辭華麗，繼乃沉潛經術，博極群書。喜奬偕後進，所至，士争附之。尤好聚書，聞有善本，借鈔無虚日。金石文字及古彝鼎書畫，皆能窮竟源委。所著《平津館隸書》二百餘卷。配王恭人，名采薇，號玉瑛。工詩善畫。有《長離閣集》。

阮　元

阮文達公五十七歲小像。

阮文達公諱元，字伯元，號芸臺，江蘇儀徵人。乾隆五十一年，年二十三，舉鄉試入都。作《考工記車制圖解》，有江、戴諸家所未及者。五十四年成進士，選庶吉士。散館，授編修。逾年，大考翰詹第一，超授少詹事，入直南書房，修《石渠寶笈》，晉詹事，充石經校勘官。五十八年，督學山東，撰《山左金石志》，得拓本千三百有奇。明年，調浙江學政，擢閣學。嘉慶元年，禪授禮成，進文册，諭奬其典雅。徵刻《淮海英靈集》。二年，修《經籍纂詁》百十六卷，選《兩浙輶軒録》，得詩三千餘家，注《曾子》十篇。四年，遷户部侍郎，充會試總裁，得士最盛。明年，授浙江巡撫。於西湖建詁經精舍，祀許叔重、鄭康成兩先生，延王述庵、孫淵如主講席，東南人才蒸蒸日上。奏修浙東古帝王、名臣、先賢陵墓，撰《兩浙防護録》，立海寧安瀾書院，修《海塘志》，建白公祠於西湖，撰《經郛》及《海運考》、《兩浙金石志》、《積古齋鐘鼎款識》。十年，丁父憂歸。成《十三經校勘記》二百四十三卷，撰《皇清碑版録》，編《瀛舟書記》，重刻石鼓文，置揚州府學。十二年，服闋入都，進《四庫未收書》六十種，作提要上之，得旨嘉獎，補兵部侍郎，再撫浙江。先，撫浙五年，海盜剿散殆盡。逆首蔡牽擾閩越，奏請以李忠毅公督師剿之。牽窮蹙，幾就擒，逃竄安南。自公去後，牽復掠臺灣，忠毅死難，賊勢更熾。公重涖浙江，薦邱公良功督剿殘殲於外洋，海盜始平。旋坐失察學政劉鳳誥代辦監臨舞弊事奪官，命以編修在文穎館行走。十五年，遷侍講，兼國史館總纂，創立《儒林》、《文苑》等傳，又集天文、律算諸家，作《疇人傳》。疊遷至工部侍郎。十七年，授漕運總督，立糧艘盤量尺算法，頒行各省。十九年，調江西巡撫，剿平邪教朱毛俚等，加太子少保，賞戴花翎。在江二年，修省城章江水閘，校刻《十三經注疏》。二十一年，調河南巡撫，擢湖廣總督，建江陵范家堤、沔陽龍王廟石閘。明年，調兩廣總督，建大黄滘、大虎山、肇慶府各礮臺，築桑園，圍石堤，修《廣東通志》。二十四年秋，入京祝嘏，召對十一次，賜克食四十七次，仁宗手酌玉杯以賜。二十五年，立學海堂，修鎮海樓，建三水行臺書院。刻《江蘇詩徵》百八十三卷，作者五千四百二十餘人。刻《皇清經解》，爲書百八十餘種，爲卷千四百。在粵十年，盜患悉平，外夷懾服。道光六年，調雲貴總督。十二年，協辦大學士。十三年，入覲，命充會試總裁。十五年，拜體仁閣大學士。十八年，以足疾請告，優詔允准，仍食半俸，加太子太保。歸里，築别墅於湖莊，曰「南萬柳堂」。二十六年，重赴鹿鳴，賞加太傅銜，食全俸。二十九年十月，薨於里第，年八十有六。優詔悼卹，賜祭葬，予謚文達。所著詩文曰《揅經堂集》。公任封疆數十年，所至興利除弊。凡所建立，皆計功利於數百年後，各省受其福、享其利者，遺愛之頌，至今不輟云。

伊秉綬

伊秉綬，字組似，號墨卿，福建寧化人。乾隆五十四年進士，以部屬用。嘉慶三年，典試湖南。明年，由刑部郎中京察一等，旋補授惠州府。下車，問民疾苦，汰陋規，抑豪强，倡修學官，建豐湖書院，修朝雲墓。於蘇文忠祠沼中得德有鄰堂硯，人謂文忠以硯賢守云。陸豐甲子司奸民聚黨劫人，限期勒贖，遲則支解之，乃請總督發兵捕剿。總督問策，先生曰：「總兵錢夢虎素有威望，同知袁樹悉其地民情，如檄錢駐甲子，而令袁曉諭父老，使獻渠魁，事必濟。」從之，果送七人出，餘黨悉散。尋以擒剿歸善奸民事忤總督，奏劾遣戍，會新督至，爲之平反，據情入告，仁廟特免其罪。旋調揚州守，攝河庫道，再權運使。以父憂歸，闢秋水園以奉母。未幾，病卒，年六十有二。知揚州府時，力持風雅，文采映耀一時，揚人祀之三賢祠中，爲四賢祠。三賢者，宋歐陽文忠公、蘇文忠公及本朝王文簡公也。先生少即工詩，著有《留春草堂集》。書似李西涯，尤精古隸。好蓄古書畫，兼究性命之學。被劾時，值東坡先生生日，招同人設祀，懸笠屐小像共拜之，賦詩飲酒極歡。高士徐薌圃曰：「如墨卿者，豈復有世間升沈得失之念在其意中哉？」

石韞玉

石韞玉，字執如，號琢堂，晚號獨學老人，江南吴縣人。少力學，文名藉甚。乾隆四十四年，舉鄉試。五十五年始成進士，殿試，賜第一人及第，授編修。五十七年，充福建鄉試正考官。旋授湖南學政。嘉慶三年，充上書房師傅。尋授四川知府，疊擢至山東按察使，因案革職。奉旨賞給編修，在史館效力十二年，引疾乞歸。道光十七年，卒於家，年八十有二。相傳先生爲前明玉局仙官袁褧後身。少工詩文，與同人結「碧桃詩社」，所作未嘗無風雲月露之好，晚歲研鍊自然，一歸平澹。性喜曠朗，而惡拘僞。初罷官，名重天下，爲節鎮軍府招致，倚如左右手。先生既無官，身同閒雲野鶴。漸倦游，歸里不出，掌教紫陽書院二十餘年，士論悦服。論學未嘗斷斷漢、宋之見，辭取達意，不求悦於人。游其門者，隨類各得解。善談，喜與客飲。所居有五柳園、晚香樓、花間草堂、鶴壽山堂諸勝，朝夕讀書其中，日有常課，課不完，不入内室，至老不衰。所著有《獨學廬詩文集》若干卷。

洪亮吉

洪亮吉，初名禮吉，字君直，號稚存，一號北江，江蘇陽湖人。少孤貧，從母蔣太宜人依外家。太宜人督課甚嚴，風雪夜授經，恒至雞鳴未寢，先生有《機聲燈影圖》紀少時事。弱冠，補副貢生。先後客朱笥河先生、王文端公學幕中，資館穀養母。母卒，弟靄吉詭言疾篤，趣之歸。先生亟行，舍舟而徒，奔渡橋，遇僕父，詢得家狀，號踊，失足落水，流數里，遇救得生。以不及視含斂，三年徹酒肉，不入中門，遇忌日輒不食。乾隆四十五年，舉京兆試。後十年，始捷禮闈，年已四十五。殿試，賜第二人及第，授編修。明年，充文穎館纂修官。五十七年，分校順天鄉試，闈中拜視學貴州之命。在黔以經學教士，黔中始知向學。

嘉慶元年，入直上書房。時和珅當國，羅致群材，先生早欲自異。三年，大考，試《征邪教疏》，先生力陳中外弊政，發其所思，閲卷者置之下等。會弟靄吉亡，因引古人期功去官之義，乞病歸。作《期功解組圖》，同人争相題詠。四年，高宗升遐，座主朱文正公有書起之。入都，與修《實録》，與掌院議多不合，時欲告歸。會有與先生先後起官者，文正並譽之。先生大怒，以爲輕己，愈不樂，復告病。行有日矣，時教匪未靖，遂上書成哲親王暨劉文恪公及文正，指斥時事，末復有「群小熒惑，視朝稍晏」之語。王不敢祕，偕兩公共白，奏以原書進呈。仁宗見「群小」數語，以爲謫及宫禁，震怒，命軍機大臣召問，即日覆奏，革職，交刑部治罪。先生就逮西華門外，縲絏籍藁坐。趙中書懷玉見之大哭，投地不能言。先生笑曰：「味辛，今見稚存死耶？何悲也！」頃之，承審大臣至，有旨：「亮吉讀書人，體弱毋許用刑。」先生感動痛哭，自引罪。承審者議以大不敬，請斬立決。奏上，特恩免死，遣戍伊犁。出國門，瞻問者不絶於道。抵塞外萬松關，慨然指語左右曰：「此吾童年所夢見也。今至此，非前定耶？」時將軍保寧妄測意旨，奏請俟到戍後斃以法，得旨嚴飭之。明年，京師旱，詔減釋軍流，不雨。文正奏安南黎氏二臣忠而久繫，立出之，又不雨。仁宗乃手詔赦先生歸。詔甫發，雨沛然至。遂頒諭，言天人感應至捷，戒臣工勿以言爲諱。御製

《得雨紀事詩》，有「亮吉原書，無違礙之句，仍有愛君之誠，實足啓沃朕心。已將其書裝潢成卷，當置座右，以作良規」之注。先生在戍百日，賜環後，號更生居士，作《萬里荷戈圖》，題者數百家。性好游。登黄山天都峰絶頂，入茅山石洞，持燭行數里。放舟洞庭縹緲峰，大風浪吟嘯自若。家居十餘年，一夕痛飲而卒，年六十有四。先生於學無所不窺，詩文有奇氣，駢體尤工。少與黄仲則、孫淵如兩先生齊名，仲則客死汾州，千里奔其喪。所著有《卷施閣集》二百六十餘卷。

羅聘

羅聘，字遯夫，號兩峰，安徽歙縣人。僑寓揚州，工詩善畫，爲金冬心入室弟子。畫人高格，畫梅畫佛，尤得冬心真傳。王述庵謂其畫大阿羅漢及摩訶薩像，足與陳章侯、崔青蚓相上下。游京師，一時名公鉅卿皆折節與交，觴詠之會無不與焉。眼能見鬼物，嘗作《鬼雄》、《鬼趣》二圖。《鬼雄圖》現藏清江浦于姓家，《鬼趣圖》爲余所得。圖凡八幅，水墨慘澹，奇詭絶倫，名流題詠至百數十家，成二巨卷。又揚州重寧寺，爲純廟祝釐地，畫壁至今尚存，蓋其時鹺商持數百金倩先生作也。詩法亦受於冬心先生，清超絶俗，不食人間煙火。

所著有《香葉草堂詩存》。婦方氏，號白蓮女史，亦工詩畫。女芳淑，號潤六，工畫梅。

黃景仁

黃景仁，字漢鏞，一字仲則，江蘇武進人。四歲而孤。試爲文，援筆立就。未冠，補諸生，冠其儕。風儀玉立，才名藉甚，慕與交者，争趨就之，先生或上視不顧，人皆以爲狂。後與洪稚存先生遇於逆旅中，遂訂交，共學爲詩，同游邵編修齊燾門下。旋客湖南提刑王君太嶽所。時先生已攬九華，陟匡廬，泛洞庭，泝彭蠡。每獨游名山，經日不出。值大風雨，或瞑坐大樹下，牧豎見者，皆以爲異人。自湖南歸，詩益奇肆。後稍變其體，爲王、李、高、岑，又出入北宋諸家，卒其所詣，與青蓮爲近。朱竹君先生督學安徽，延先生及稚存入幕中。三月上巳，會於采石之太白樓，授簡賦詩者十數人，先生年最少，著白袷立日影中，頃刻數百言，遍視坐客，客皆爲之閣筆。居半歲，與同事者議不合，徑出使院，質衣買輕舟，訪秀水鄭編修虎文於徽州，追之已不及矣。嘗自恨其詩無幽、并豪士氣，遂游京師。翁覃溪、紀曉嵐、王蘭泉、馮魚山諸先生皆奇賞之，與定交，他貴人招之不往也。乾隆四十年，高宗東巡，召試，入二等，在武英殿書簽，例得主簿，入貲爲縣丞。先是，陝撫秋帆畢公奇其才，每厚資之。至是，爲債家所迫，復抱病踰太行，出雁門。將復游陝，次解州，卒於河東運使沈君業富官署，年三十有五。畢公厚賻之，稚存奔其喪。所著有《兩當軒詩》十二卷、《悔存詞》二卷。

黄鉞

黄鉞，字壹齋，祖居祁門左田村，因號左田，安徽當塗人。九歲，能作擘窠大字。弱冠，補諸生。隨學使朱笥河先生入京，挑取四庫館謄録。純廟南巡，兩次召試，並獻詩册，均蒙選録，賞緞疋。朱文正公督學浙江，招入幕中。乾隆五十三年，舉鄉試。越一年，成進士，出吴穀人先生之門。以主事簽分户部，請假回籍。嘉慶四年，文正公特薦，奉旨來京，召對，有「朕在藩邸即知汝」之諭。五年，命在懋勤殿行走。九年，特旨改贊善，在南書房行走。是年，命以候補贊善一體考差，即典山東試。十年，盛京謁陵，獻《三大禮賦》。疊升侍講，充日講起居注官。十三年，典湖北試，視學山西。十六年，仁宗巡幸五台，奉敕寫《長城嶺圖》。十七年，大考三等。召對，諭曰：「汝寫作俱好，不知何故置三等。」即擢侍講學士。十八年，扈蹕秋瀾，命先往潭柘看山作畫。旋典山東鄉試，即授學政，遷閣學。十九年，以南書房人少，命趕緊來京，行抵萊州，即授户部右侍郎，充經筵講官。二十一年，典順天鄉試。二十二年，阿濟克鳩大獵，帳殿賜食觀圍，命繪圖賦詩，賜紫禁城騎馬，擢禮部尚書。二十五年，充會試總裁。宣宗即位，加太子少保銜，在軍機大臣上行走，調户部尚書。道光元年，配邵夫人卒，奉旨有「節禮勿哀，加意自重」之語。二年，復典順天試。三年，宣宗幸萬壽山玉瀾堂，賜宴十五老臣，令畫院繪像。四年，命代書《仁宗聖德神功碑》。先是，列聖碑文皆宗藩代書，先生被命，叩頭辭謝，宣宗泣諭曰：「皇考待汝好，故命汝書，使在天之靈見碑，知出汝筆也。」五年，諭不必在軍機專辦部務，仍直南書房，不必逐日進内。旋因病疊請開缺，逾年，始荷允准，賞食半俸。十年，以失察户部書吏僞造執照，降三品頂戴。十一年，宣宗五旬萬壽，入京祝嘏，賞還一品頂戴。二十一年，卒於家，年九十有二，贈太子太保銜，入祀賢良祠、鄉賢祠，賜謚勤敏。先生蒙兩朝特達之知，屢掌文衡，蒙三次賞壽，前後恩賚無算。工詩文，善書畫。七十後猶能作蠅頭小楷，八十後步履加健，終日危坐無倦容。性嚴肅，家人至，不敢咳唾。居澄懷園二十年，直廬僅八九楹，栽花種竹，處處澹然。所著有《壹齋集》四十卷。

張問陶

張問陶，字仲治，號船山，四川遂寧人。文端公曾孫也。生於山東之館陶。幼有異稟。工詩，有「青蓮再世」之目，其存詩自十五歲始。乾隆五十五年，成進士，選庶吉士。高宗詔選翰詹三十人各書扇五柄，又選十二人分書養心殿屏幅，先生皆與焉。五十八年，散館，授檢討。嘉慶五年，分校順天鄉試。明年，教習庶吉士。十年，改御史，巡視南城。十四年，分校會試，旋因回避，改吏部郎中。明年七月，授山東萊州府，與上官齟齬，鬱鬱不自得。逾年，乞病歸，時年四十九。罷官後，僑居吴門，顔所居曰「樂天天隨鄰屋」，時往來大江南北，未幾，卒於客舍。先生狀似猿，自號蜀山老猿，亦稱老舩。其詩生氣湧出，沈鬱空靈，於從前諸名家外，又闢一境。計偕入都，時值川、楚教匪之亂，賦七言律十八首題寶雞驛壁，指陳軍事，得老杜《諸將》之遺，一時遠近傳鈔殆遍，仁宗命録呈覽。先生工書法，奇險秀勁，超逸絶倫。畫近徐青藤，不經意處，皆有天趣。所著有《船山詩草》。

李賡芸

李賡芸，字生甫，號書田，江南嘉定人。少從竹汀先生學，通六經、《蒼》《雅》、三《禮》，善屬文。慕叔重先生之學，又號許齋。乾隆五十五年，成進士，官浙江知縣。疊擢至福建布政使。操行廉潔，所在有惠政，得民心。嘉慶二十一年，涖藩司，任甫二旬，有前攝龍溪令朱履中虧短鹽課五千金，謬言道府婪索。先生守漳州時，因賠修戰船，家人曾稱貸於朱。質訊日，朱摭前事指爲贓款。總督汪志伊必欲窮治其獄，福州守涂以輈承汪意指，研鞫備至，並極挫辱之。先生憤甚，作《罡風篇》以見志，以二十二年正月十八夜自經死，年六十有七。家貧無以殮，常州孫文靖公時爲鹽法道，爲經紀其喪。士民數千人走數百里，號哭於門，累月不絶。事聞仁廟，遣吏部侍郎熙昌、副都御史王引之理其獄，乃抵履中罪，志伊與巡撫王紹蘭皆罷斥。士民公請捐貲建李公遺愛祠，得旨允行，賜祠額曰「斯民直道之公」，又硃批奏牘中曰「良吏」。阮文達公爲作傳，遂以「良吏」署其端。所著有《稻香吟館詩文稿》若干卷、《炳燭編》四卷。

戴敦元

戴敦元，字金溪，浙江開化人。年十五舉於鄉。乾隆五十五年進士，越三年，殿試，選庶吉士。散館，改刑部主事，總辦秋審，擢郎中。京察一等，授廣東高廉道，升江西按察使。道光二年，遷山西布政使。踰年，署湖南巡撫。内召，授刑部侍郎，擢尚書。十二年，充會試副總裁。十四年十一月，薨於位，年六十有七。贈太子太保，予謚簡恪。公姿秉殊絶，讀書過目不忘。幼時，過外家，堂中有書八架，一月盡讀之。年十歲，郡縣以神童舉試，學使彭文勤公特賞異之。目短視，觀書以紙磨鼻，一磨則竟一紙，鼻端墨痕凝積不滅，遇案牘亦如之。每至一官，取積牘覽一過，他日吏偶誤，或上下其手，爲姦利纖微，皆摘而正之，老吏悉吐舌，無敢欺者。奏對時，上有所諮詢，輒援引律例，誦故牘汩汩千萬言，上亦驚異之。賦性廉潔，簡而寡營。其赴高廉道任，以地方情形非素習，乃寓蘇州之南濠數月，密於粤人貿遷者，訪其風土人情甚悉，抵任後，摘奸發伏如神。任江西臬，幕無賓客，延屬吏之諳刑名者以自助，不數月，清積案四千餘起。擢晉藩，入覲途中，自以麪餅供饔飧，輿夫、館人皆莫知其爲新任藩使者。晉藩署有陋例，公至，悉裁之。假歸武林時，大吏謙之，雨，著屐往。

終歛，群官擁送，鼓吹啓戟門，呼公輿馬。公笑，索繖自執之，揚揚出門去。其任天而動多類此。卒之日，笥無餘衣，囷無餘粟，庀其産，不及百金。所著有《詩詞集》八卷、《文集》若干卷。

淩廷堪

淩廷堪，字仲子，又字次仲，安徽歙縣人。父業賈。先生生六歲而孤，母王氏鬻簪珥使就塾，家益困。年十三，棄讀學賈不成，復讀書，著《辨志賦》自勵。游揚州，慕江慎修、戴東原兩先生之學，金棕亭學士目爲奇人，慫恿入都。翁覃溪先生見其著述，大異之，導爲時文，使應試，不第。復游揚，見阮文達公，以學問相益，擬太白《大鵬見稀有鳥賦》以見意。乾隆五十四年，舉江南鄉試。明年，成進士，授知縣。改就教職，選寧國府教授。先生之學無所不窺，博覽强記，貫通群經，而尤深於禮，不輟寒暑二十餘年，著《禮經釋例》十三卷。復潛心於樂，謂今世俗樂與古樂，中隔唐人燕樂一關，蔡季通、鄭世子輩俱未之知，因著《燕樂考原》六卷。論古文以《騷》、《選》爲正軌，詩則不分唐宋，但論正變，以元遺山爲宋後一大宗。歷主敬亭、紫陽諸講席，遠近學者悉以所學就正。嘉慶十三年，母王太孺人年九十，無疾而終，先生哀毁眚一目。明年，卒於家，年五十有六。所著除《禮樂》二種外，有《校禮堂文集》三十六卷、《詩集》十四卷、《梅邊吹篴譜》二卷、《劄記》六卷、《晉泰始笛律匡謬》一卷、《充渠新書》二卷、《元遺山年譜》二卷，均行世。

英　和

英和，字煦齋，號樹琴，滿洲正白旗人。乾隆五十八年進士，選庶吉士。散館，授編修，入直南書房。不數年，擢躋卿貳，充軍機大臣，官至吏部尚書、協辦大學士。嘉慶三年，充順天武鄉試副考官。四年，充會試同考官。五年，充順天鄉試副考官。六年，充江南鄉試正考官。十年、十四年、道光二年，三次充會試總裁。先生幼承庭訓，早掇巍科，歷事三朝，供奉内廷日久，疊荷仁宗特達之知。嘉慶九年，以户部侍郎充翰林院掌院學士，聖駕幸院，賜一品補服及「清華勵品」額。是年冬，以侍郎賜紫禁城騎馬，年才三十四。七年秋，隨扈木蘭射鹿。十二年秋，隨扈灤陽射鵠，命中兩次，賞穿黄馬褂。年五十，次子奎耀官通政使，召對，垂詢生辰月日甚悉。届期，賜「宸章」扁額及壽佛玉玩、陳設綢緞各物。疊蒙恩賞紅絨結頂冠、明黄面貂褂、明黄辮朝珠、明黄辮大荷包、十二章蟒袍、四開衩蟒袍、鎖子甲、明黄帶長柄腰刀等件。未第時，即留意運務。入翰林，閲《永樂大典》，凡有元一代海運事宜，摘抄成册。任户部尚書，即奏請籌辦海運。是歲，得南糧一百六十餘萬石，仁宗嘉悦，賞用紫韁。五年庚申科，時任少宗伯，以母老未與考差。越三日，蒙垂詢未考故，諭以前題回家補作進呈。是科，即典順天鄉試。十三年七月，奉命往易水查工。八月，簡順天主考，回在工不能入闈，命扣除不另易員，僅以曹文正公、潘文恭公二人典試。長子奎照，即於是科獲雋。十八年九月，途間聞「林清之變」，授執金吾，回京捡捕逆黨。時在白澗，未初啓行，戌初即抵京，三時中行四百十里，次日即獲首逆，並逆戚多名，蒙恩賞花翎。道光八年十月，因寶華峪地宫滲水，坐承修工程草率，革職發黑龍江，仍奉恩命，二子隨侍前往。未幾，賜環回京。後樂志林泉，闢觀頤别墅於西山深處，吟詠自娱。尤工書，筆法類吴興，終日臨池不輟。二十年卒，年七十，蒙恩賞給三品卿銜。著有《恩福堂詩集》及《筆記》等若干卷。夫人薩克達氏，號介文，年三十二始識字學詩。見傅凱亭、高且園指畫，愛之，偶一臨摹，即有古意。著有《觀生閣詩集》。道光三年，册封佟雅皇后，先生爲持節使。夫人以病不能行六肅禮，先期奉命徑詣后宫，行家庭禮。届期，先生偕夫人同入東華門。程春海侍郎舉權文公與縣君同朝興慶宫故事，取其詩句，屬爲「比翼朝天圖」。論者艷之。

唐仲冕

唐仲冕，字六枳，號陶山，湖南善化人。乾隆五十八年進士。歷任江南荆溪、奉賢、吴江、吴縣知縣，一以潔己愛民爲事，嚴察奸蠹，使不得逞，吏有去而徙業者。以聖朝樂器殘缺，出資補製。清理韓敬堂墳地，重修桃花庵六如先生墓。刊刻《六如全集》，賦詩四章，一時和者至數百家，刻爲《花隖聯唫》三卷，附集後。宦迹所至，勤求民瘼，振興士氣，舉利除弊，措理裕如。公餘之暇，搜訪名蹟，接禮賢畯，意趣超然軒冕外。嘉慶七年，由吴縣令遷海州。其去也，凡前任虧短，悉以耗羨補之，曰：「吴縣物即辦吴縣事，吾不入私橐也。」累官至陜西布政使，三權巡撫篆。以病乞歸，僑寓金陵。卒年七十有五。性至孝。以父官平陵貧甚，母殁不能歸，葬之肥城之陶山，因以「陶山」自號。嘗結廬墓側，孜孜著述不倦，撰《岱覽》三十二卷，擬輯《湖南詩徵》未就。著有《陶山文集》、《詩集》若干卷。吴門滄浪亭有五百名賢像石刻，首吴季禮，終先生。其爲時所推重如此。

段玉裁

段玉裁，字若膺，一字懋堂，江南金壇人。幼穎異。年十三，補諸生。受知於學使尹元孚先生，授以梁谿高愈所著《小學》，遂究心焉。乾隆二十五年，舉鄉試。入都，一時名流皆與講學，争延譽之未及。出爲貴州玉屏知縣。越三年，改四川巫山知縣。所至有政聲，本經術爲治術，循良疊著，民愛戴之。四十六年，引疾歸，遂不復出。先生詩古文辭俱工，游戴東原先生之門，稱入室弟子，湛深經史，尤精六書。歸里後，終日閉户著書，不與外人事。嘉慶二十年，卒於家，年八十有二。所著有《説文解字注》、《六書音均表》、《周禮漢讀考》、《儀禮漢讀考》、《古文尚書撰異》、《毛詩傳小注》、《詩經小學録》、《經韻樓集》各若干卷。

錢坫

錢坫，字獻之，號十蘭，又號篆秋，江南嘉定人。辛楣先生族侄。乾隆三十九年副貢生。少穎敏，於學無所不窺。游京師，朱笥河學士延爲上賓。客關中畢秋帆中丞所，與方子雲、洪稚存、孫淵如諸人討論訓故、輿地之學。後官陝西乾州州判，數權劇縣，所至有政聲。嘗注《史記》，詳於郡縣沿革、山川疆域，卷帙繁富。陝督松筠公重其品學，嘗因卧病，公親至榻前問視，並索未刻著述。先生以《史記注》付之，曰：「三十年精力，盡於此書。」未幾，請養回籍。嘉慶十一年卒，年六十有三。先生詩古文辭俱工，尤精小學，善分篆，爲海内所珍。阮文達公刊《積古齋款識本銘文》，皆先生手摹，蒼勁無匹。晚年右體偏枯，以左手作篆，彌形古趣。所著除《史記補注》外，有《詩音表》、《車制考》各一卷、《論語後録》五卷、《十經文字通正書》十四卷、《新斠注地理志》十六卷。

汪中

汪中，字容甫，一字頌父，江南江都人。少孤貧，冬夜藉薪而卧，旦供爨給以養親。母鄒太孺人授以《小學》、《四子書》。稍長，日往書肆中翻閲經史百家，觸目即成誦。弱冠，補諸生。朱笥河先生督學皖中，禮爲上賓，杭堇甫、沈椒園、王蘭泉、錢竹汀諸先輩争延譽之。乾隆四十二年，謝侍郎墉督學江蘇，選充拔貢生，每試别置一榜，署名諸生前，謂所取士曰：「予之先容甫，以爵也。若以學，則予當北面事之矣。」先生以母老不赴朝考，絶意仕進。朱文正公典試江南，語人曰：「此行必得汪某爲首選。」不知其不典試也。公旋督學浙江，先生游浙，公招致之，問及揚州文獻，作《廣陵對》三千餘言，文極奇偉。畢秋帆先生開府湖北，禮之入幕，屬撰《琴臺銘》、《黄鶴樓記》，甫脱稿，遠近傳抄已遍。先生治經尊漢學，謂國朝諸儒崛起，接二千餘年墜緒，若顧亭林、閻百詩、梅定九、胡胐明、惠定宇、戴東原，皆足繼往開來。擬作《六儒頌》，未果。好金石碑版。嘗得漢石，闕《孔子見老子畫像》，因署其堂曰「問禮」。又得定武蘭亭五字不損本，珍惜備至。性伉直，不信佛老，尤惡淫祀，見人祠禱輒駡之，聞者掩耳走。於時彦不輕許可，有負盛名者，必譏彈其失。人規之，則曰：「或且求吾駡而不得耳。」爲諸生時，肄業安定書院，每山長至，即挾經史疑難數事請質，不能對，則大笑。沈編修志祖爲其所窘，數日即卒。衆共目爲狂生。時名流僑寓揚州者甚衆，皆以淹博馳譽海内，先生於衆中語曰：「揚州一府，通者三人，不通者三人。通者，王念孫、劉台拱與中；不通者，程晉芳、任大椿、顧九苞也。」適有薦紳里居者，盛服詣先生，兼乞鍼砭。先生大言曰：「汝不在不通之列。」其人喜過望。先生徐言曰：「汝再讀書三十年，或可以望不通矣。」其詼諧類如此。然不没人之善，見一文一詩之美，必贊不容口。性至孝。家無甔石儲，而滫瀡必潔。侍母疾，晝夜不交睫，厠牏皆親滌焉。

爲文及詩，格度皆謹飭過甚。稚存先生嘗詢之，先生曰：「一世皆欲殺中，倘筆墨更不謹，則墮諸人術中矣。」五十九年，校《四庫全書》於浙江文瀾閣，疾終西湖葛嶺僧舍，年五十有一。所著有《述學内外篇》六卷、《廣陵通典》三十卷、《經義知新記》一卷、《大戴禮記正誤》一卷、《周官徵文》、《左氏春秋釋疑》等各若干卷，又選屈、宋以下哀艷之文爲《傷心集》若干卷。

楊芳燦

楊芳燦，字才叔，號蓉裳，江蘇金匱人。誕時，母顧太夫人夢五色雀集庭樹。生七月而能言。髫齡，穎悟絶倫，詩文出語即華贍。年十九，補縣學生，冠其曹。鄉試罷歸，時彭文勤公典江南試，即督江蘇學政，一見大異之，以主試時失之爲悔也。文勤竣學使事，將受代，先生方居父憂，招至縱談，問及家世，遂以兄女妻其弟揆。乾隆四十二年，選拔貢生，廷得知縣，分發甘肅，署西河環縣，補伏羌縣。回民田五爲亂，起石峰堡，伏羌回民馬稱驥應之未發。先生先期募鄉勇爲防守，會回中有馬映龍者，稱驥甥也，先生以計招之。映龍感服，率其黨白中煒、馬宏元來，以稱驥之謀告，先生立捕稱驥及同謀三人斬之。方請兵而賊已至，先生率映龍、中煒、宏元偕鄉勇登陴固守五日夜，兵來，與賊比日戰，圍始解。又嘗脱賊黨李五於獄，使之越賊中，迎官兵，言賊狀，李五竟得銀牌還。居恒治縣，温温若不勝任，坐堂訊事罷，即手一編就几讀，人皆笑之，而應變敏決，人莫能測。初，蘇四十三之亂，獄詞連，伏羌人大恐。先生請於提刑，得未減。及石峰堡事平，賊首張文慶子泰憾映龍洩其謀，曰：「映龍固與吾父通，其助守城，欲於五日後獻城也。」阿文成公逮映龍至静寧，先生與偕往，言於文成曰：「映龍欲獻城，曷爲以其謀告？且伏羌無兵，鄉勇皆烏合衆，亦無俟五日後力始竭。」文成悟，立出之獄。先生以軍功擢知靈州，嘗單騎諭散奪米饑民，請借口糧，設粥廠以安衆，大吏奇其才。先生顧不樂爲外吏，遂入貲爲員外郎，居户部，與纂修《會典》。公暇，擁書縱讀，益務記覽。爲詞章，詩出入義山、昌谷間，而自成其體。工儷文，驚才絶艷，世謂盈川復生。守伏羌時，王蘭泉先生統師長武，嘉其偉節，賦詩飛達圍城，先生立和之，並上《伏羌紀事百韻》。其整暇如此。丁母憂，貧甚，鬻書以歸。主衢州、杭州、關中書院數年。入蜀，修《四川通志》，主錦江書院。嘉慶二十年冬，省弟英燦於安縣，以疾卒於署中，年六十有三。所著有《芙蓉山館文集》、《吟翠軒初稿》、《真率齋集》各若干卷。

黄易

黄易，字小松，號秋盦，浙江錢塘人。由太學生官山東運河同知。父松石先生名樹穀，工詩文，精隸書，嘗客張文敏公家，博通金石。先生少穎悟，仰承家學，故詩古文辭而外，金石、考據之學尤精。嘉定錢氏、青浦王氏、大興翁氏、陽湖孫氏、儀徵阮氏所著金石文字，皆與商榷論定。收藏碑版甚富。游蹤宦蹟所至，披荆斬棘，剔穴搜巖，不憚勞瘁。手自摹拓，皆攷論精確，悉有根據。又得《漢石經遺字》一册，珍惜備至。官濟寧，凡嘉祥、金鄉、魚臺間漢碑，悉搜出之，而武梁祠堂畫像尤多。所藏漢石經及范氏三公山諸碑，皆雙鉤鋟版，以行於世。善畫山水，筆意簡淡，超逸絶倫。間作墨梅，饒有古致。嘗自畫《紀游册》十六幀，傳寫其隨地所得碑刻，每幅皆自紀緣起，又有覃溪先生爲之攷證，用小楷書於册後，最爲精妙。工分隸書，筆意沈著，脱盡唐人窠臼。精篆刻，上追秦漢，古勁秀逸，無美不臻，與丁鈍丁、奚鐵生、蔣山堂齊名，稱「杭郡四名家」。嘉慶七年，卒於住所，年五十有九。所著有《小蓬萊閣詩鈔》，又《金石文字》等書，各若干卷。

趙希璜

趙希璜，字渭川，廣東長寧人。少讀書羅浮山中，嘘吸雲煙，灑淪肌骨，所爲詩絶無塵俗氣。當諸生，才名嘖甚。乾隆三十九年，以副貢生肄業成均。四十四年，舉順天鄉試。居京師，所交皆一時名士，與吴穀人、洪稚存、張船山、黄仲則、法梧門諸先生文讌，詩歌酬唱無虚日。旋出爲河南安陽令，卓著循聲。調署濟源令。濟源富山水，王屋山在其境。先生襆被往游，取太白「飛步登雲車」之句，爲《雲車飛步圖》，當時名流題詠殆遍，一時有「仙吏」之目。詩文皆俊逸峭拔，有真性情含蓄於中。馮魚山先生稱其《羅浮詩》「羽化不可期，行行已天際」二語甚高，謂非煙火人所能道。生平篤於友誼，與仲則先生交最密。先生殁，爲刻其遺集行世。服官未久，遂引疾歸。年六十餘，以病卒於家。著有《四百三十二峰草堂詩集》、《研栰齋文集》，各若干卷。

詹應甲

詹應甲，字鱗飛，號湘亭，江蘇吴縣人，原安徽婺源籍。少負雋才。髫齡，即工韻語。

補諸生，文名噪甚。乾隆庚子、甲辰，高宗南巡，兩次獻詩賦，蒙召試，賞給舉人，并拜文綺之賜，因以「賜綺」名其堂。屢上春官不遇，乃遍游燕、齊、晉、豫間，爲諸侯賓客，所至争延攬之。無何，試令湖北，攝天門篆，治水有成績，補恩施令。恩施地僻而道險，先生從傔奴，策羸馬，連蹇萬山中，登臨歌嘯，偃仰自如。未幾，移疾去，養痾里閭，閉關謝客，與及門諸子編其生平所作詩古文詞，先後付鍥劂。年八十餘卒。先生負經濟才，百家之書無不流覽。所爲詩，跌宕奇肆，才筆縱横。少時，喜爲緣情綺靡之詞，著有《獨繭詩鈔》，王鐵夫先生爲之叙。又《扇底詩》一卷、《詞餘》一卷，皆歌樓投贈之什。《桐陰小録》一卷，爲其姬人姚馨兒作。晚歲，深悔少年綺語，悉燬其版。古文洋洋灑灑，學有根底，卓然成一家之言。性通脱簡略，介然無所苟。平居急朋友，信然諾，造次不渝。鐵夫先生目爲振奇人。鮑覺生先生序其集云：「昔之才子，今也循吏。」良非虚譽。著有《賜綺堂集》三十八卷。

趙懷玉

趙懷玉，字億孫，一字味辛，晚號牧庵，江蘇武進人。髫齡，穎悟絶倫。未弱冠，應試白門，有《金陵懷古》之作，學使者知其能詩，試以古今體，援筆立就。乾隆四十五年，高宗南巡，先生年十九，進獻詩册，蒙召試一等，特賜舉人，授内閣中書。官京師時，與程魚門、童鶴喈同寓，所交皆海内名流，唱和無虚日。未幾，出爲山東登州府同知，轉宦秦中。晚歲忽嬰風痹之疾，養疴家居，年已七十。尋病卒。先生詩古文詞俱工，於學無所不窺。少與同里孫淵如、洪稚存、黄仲則齊名，稱「孫洪黄趙」。時毘陵詞流競爽，多鴻麗跌蕩之才，先生獨以淵雅見。所爲詩，不求形似一家，而能具諸家之長。平生篤於友誼，與稚存先生交最善。稚存以言事獲罪，就逮東華門外，縲絏籍藁坐。先生往見之，大哭，投地不能起。稚存笑曰：「味辛，今見稚存死耶？何悲也！」時人並高之。所著有《亦有生齋詩文詞集》共五十九卷。

吴嵩梁

吴嵩梁，字子山，號蘭雪，江西東鄉人。生秉異才，髫齡失怙，家貧，與兄茗香索米萬里謀養母。學文於蔡東塾先生。補諸生，爲學使翁覃溪先生所特賞，授以詩法。乾隆四十九年，高宗南巡，先生年十九，以詩册進呈行殿。由是，遨游吴越、齊楚、燕趙，一時名流盡傾蓋與交，投縞贈紵遍海内。至京師，王述菴、秦小峴、法梧門諸先生咸相推重。嘉慶五年，舉於鄉，屢試春官不第，乃以國子博士奏名。尋改官中書，浮沈國學及内閣二十餘年。道光十年，年已六十五，出爲貴州黔西知州。兩充鄉試同考官，所得皆知名士，莫子偲友芝其一也。署貴陽同知，重修王陽明先生祠。十五年，卒於任，年七十。先生少美風儀，善談論。年未弱冠，所作已驚倒耆宿，覃溪先生目爲「詩壇射鵰手」。以後，詩名頓起，挾其行卷走四方，倡酬半天下，莫不拱手斂衽，無與抗行。篇什傳播海外。朝鮮使臣申緯推爲「詩佛」，金魯敬父子以梅花一龕供其畫像及詩稿集，國中名宿文士置酒梅龕，爲先生遥祝壽辰，並繪圖徵詩。琉球陪臣來朝，皆欲得先生贈詩爲榮。述菴先生稱其詩「如天風海濤，蒼蒼浪浪，足推倒一時豪傑。西江詩家，自藏園而後，惟先生足以繼之」，洪稚存先生稱其詩「珠光七分，劍氣三分」。蓋其雄深超逸，鎔鑄李、杜、韓、蘇各家，從容揮灑，境屢變而不窮。世以兩當軒並稱，推一時二傑。顧留心經世之務，每以不得一試吏事爲憾，自題詩集云：「吴生老矣今無成，不幸乃以詩人名。」則其抱負抑鬱可知。故發爲詩歌，感激頓挫，可泣鬼神。先生前後兩孺人、三侍姬俱能詩。岳姬緑春美而才，尤善畫蘭，年十九卒。先生深悼之，同人製詩爲吊者近數百家，先生輯爲《聽香館叢録》六卷。詩集凡三鐫，兩燬於火。先生殁後不數年，繼配蔣錦林孺人亦卒。姬人范間間、王素素各典釵釧，分任建祠、刊集兩事。遂重編《香蘇山館全集》凡十六種，各若干卷，刊行於世。

王學浩

王學浩，字孟養，號樹畦，江蘇崑山人。乾隆五十一年，舉孝廉。性淡泊，不樂仕進。工詩文，尤精六法，以子久、叔明爲宗。館吴門劉氏寒碧山莊十餘年，盡觀所藏，畫學益進，卓然爲江左名家。所居學山園，琴書錯陳，山翠環繞，焚香煮茗，灑然塵外。以母老，家居奉養，不復出游。母年九十餘卒，先生年已七十矣。書法出入虞、褚間，隸書尤秀挺，有人集杜詩「白也詩無敵，褚公書絶倫」二語作楹帖贈之。梓人朱玉岡雅慕先生畫，求作山水十幅，爲營構一精室於園内以酬，先生名其室曰「易畫軒」，爲文紀之。道光十二年卒，年七十有九。所著有《易畫軒詩文集》。又著《山南論畫》數則，立論精當，趨嚮最高。

王芑孫

王芑孫，字念豐，一字惕甫，號鐵夫，嘗欲買田築室於楞伽山，又號楞伽山人，江蘇長洲人。乾隆五十三年，召試舉人，官國子監博士。久客京師，館董文恭家六年，客睿邸又六年，中間往來梁文定、王文端、劉文清、彭文勤諸家，爲諸公代削草。居淀園，每歲出關居熱河，雖未挂朝籍，而朝廷有大典禮，製作文字大半出先生手。性簡傲，不肯從諛，一介不苟取。遇公卿若平交，或病其狂，實狷也。其詩癯然以秀，戛然以清。與法梧門、吴穀人、洪稚存、孫淵如、張船山、吴蘭雪諸君時相唱和，爲南北時望所推。尤工書法，筆意類劉文清。未幾，選授華亭教諭，襆被出都，行囊無長物，惟書籍、詩卷壓兩牛腰。華亭地甚瘠苦，時曾賓谷中丞任兩淮鹽院，聘主真州講席，從游者甚衆。先生軀幹渺小，體弱多病，居揚時困瘧頻年。後忽患風痹之病，因杜門謝客，日召門弟子編録詩文，爲《淵雅堂集》六十卷。淑配曹孺人，名貞秀，號墨琴，工詩，尤精小楷，遠近争寶之。居京師時，乞書者無虚日。所著有《寫韻軒集》四卷，附刻於後。

黎　簡

黎簡，字簡民，號二樵，廣東順德人。十歲能詩，出語即峻拔新峭。李南澗令潮陽，一見奇之，曰：「他日必以詩名當世。」乾隆五十四年，充選貢生。以父憂，未赴廷試。足蹟不逾嶺海，詩名日起。鉅公來粤者，咸折節下之。性好游，屢入朱明洞天，窮其幽勝。朋儕罕當意者，惟與德清許周生、無錫孫平叔友善。所居曰百花村，亭曰衆香，閣曰藥煙。生平擅詩書畫三絶。其詩由山谷入杜，而取鍊於大謝，取勁於昌黎，取幽於長吉，取艷於玉溪，取僻於閬仙，取瘦於東野，錘鑿鍛鍊，自成一家言。書得晉人意。畫直造元四家堂奥。所著有《五百四峰草堂詩鈔》、《藥煙閣詞鈔》、《芙蓉亭樂府》、《注莊》等書。

奚岡

奚岡，字純章，號鐵士，別號蒙泉外史，又號鶴渚散人，浙江錢塘人。工詩文，擅書畫。山水似李檀園，花卉得南田翁遺意，蘭竹尤超妙。書法仿倪高士，古隸筆致秀逸，高出流輩。精篆刻，與丁鈍丁、黄小松、蔣山堂齊名，爲「杭郡四名家」。詩才清絶，俱爲畫所掩。與梁山舟先生交最密，同人有求山舟先生書扇者，則一面必先生畫也。性嗜飲，尤喜劇談，半酣以往，或多所白眼，故俗人恒忌之。晚年遭回禄，境甚困。三子相繼没，遂無嗣，以兄子伯玉茂才潤爲嗣。嘉慶八年卒，年五十有八。著有《冬花盦詩詞集》若干卷。殁後十餘年，其友顧西楳先生洛爲之追摹遺像，神采如生。伯玉裝册徵詩，一時名流題詠殆遍。梁晉竹司馬紹壬賦七言長古一章，可爲先生小傳。詩云：「蒙泉先生老故鄉，在昔爲我大父行。大父之殁歲癸丑，又十載後公云亡。其時壬也尚童稺，未獲杖履親輝光。公之風流及文采，我父詔我言之詳。先生之貌清且雅，寒如秋水和春陽。先生之品峻且潔，皎如孤鶴雲中翔。先生之詩妙天趣，冬心樊榭有瓣香。先生之畫擅衆美，衣鉢徐立山華秋岳兼陳玉几方環山。先生鐵筆恣奇古，後先丁叟龍泓伯仲黄小松。先生大隸脱凡近，上法漢魏兼宗唐。先生酒懷更磊落，一飲往往傾百觴。泉明歌嘯伯倫笑，嗣宗瀟灑元龍狂。從來名宿主多壽，矧有閒福供徜徉。何期反遭造物妒，朅來變局成滄桑。某年吾郡染喉疾，城闉市舍俱罹殃。先生三子並蔚起，鳳毛麟角森光芒。一時玉樹共摧折，西河老淚空盈眶。繼以嬌女亦蘭萎，遺書莫授悲中郎。逾年又被祝融虐，燼化籤軸兼縹緗。移家方遂卜居願，又悲老母終萱堂。嗚呼人生匪金石，那禁連慟摧肝腸。一朝淚盡骨髓竭，公亦相繼歸北邙。其才何豐遇何嗇，此意吾亦疑穹蒼。公殁距今廿餘載，墓門草宿松杉長。虎頭居士公老友，追思遺像摹形相。公之嗣子竹林彦，謹守此册池新裝。攜册示我索我咏，展視佳什紛琳琅。羸庵諫庵伯祖旋園接山叔祖兩老人，其上各有留題章。六七年來並殂謝，對此那不心盡傷。請識所聞具如右，作歌紀事書其旁。歌成我尚有餘感，祖庭追憶空彷徨。」

姚文田

姚文田，字秋農，浙江歸安人。乾隆五十四年，舉於鄉。五十九年，浣津獻賦，召試一等一名，授内閣中書。嘉慶四年，入直軍機處。是科，成進士，殿試一甲一名，賜及第，授修撰。疊充廣東、福建、山東、順天考官，提督廣東、河南、江蘇學政。十八年，入直南書房。二十二年，充會試總裁。歷户、兵、工三部侍郎。道光七年七月，擢吏部尚書。十月，卒於官，年七十。遺疏上，宣廟軫悼，優旨賜卹，賜祭葬，予謚文僖。先生裕學識，負人倫鑒，屢典文衡，皆得士。以學行受兩朝特達之知，持己方嚴，涖官勤慎。時學者盛談考據，往往尊漢儒，詆宋儒，先生特持正議，謂五代後人道不至，陵夷者皆宋儒之力，至著述小差，先儒皆有，未足爲詬病。嘗作《宋儒論》，以詔學者。雖宗法宋儒，然漢學未嘗不究心。所著《易原》、《春秋日月表》、《説文聲系》、《説文考異》諸書，皆入許、鄭之室，同時言漢學者，未能或之先焉。尤留意天文、占驗法。嘉慶十八年，「林清之變」未起，彗横入紫薇垣；道光初，彗見南斗下，主外夷兵事，皆先事言之，人服其精識。涖部務，通達治體。如議大吏宜久任、循吏受事宜稍變、四參例上控案宜杜牽連、漕務浮收宜體州縣實情諸疏，多蒙嘉納，海内傳誦。著有《邃雅堂集》若干卷。

王引之

王引之，字伯申，江蘇高郵人。文肅公孫，石臞先生子也。少隨父任，即留心經術。嘉慶四年，成進士，賜第三人及第，授編修。六年，典貴州鄉試。八年，大考一等，擢侍講。九年，遷庶子，典湖北鄉試。闈後，丁母憂歸。十一年，服闋還京，補原官，督河南學政。十三年，升侍講學士，擢大理寺卿。十九年，督山東學政。二十一年，轉都察院左副都御史。次年，充會試知貢舉，擢禮部侍郎。二十三年，典浙江鄉試。明年，充會試副總裁，教習庶吉士。尋以萬壽節前遇忌辰，不先期奏請輒照常素服，降正三品京堂。補通政使，旋授吏部侍郎。二十五年，充《實録》館副總裁。道光元年，再典浙江鄉試，充經筵講官。三年，再充會試副總裁。七年，擢工部尚書，賜紫禁城騎馬。八年，宣宗諭《康熙字典》間有譌字，令重加刊刻，自應詳考更正，先生校正二千五百八十八條，另輯《考正》十二册進呈。十年，調禮部尚書。十二年，丁父憂歸。十四年，服闋入都。十一月，補工部尚書。甫逾旬，以病薨於位，年七十。詔賜祭葬，予謚文簡。先生弱冠應京兆試下第歸，急研究《爾雅》、

《説文》、《音學五書》，以求聲音、文字、訓詁之學。越四年，復入都，以所學質疑於石臞先生，先生喜曰：「乃今可以傳吾學矣。」遂語以古韻二十一部之分合，《説文》諧聲之義例，《爾雅》、《方言》及漢代經師詁訓之本原。先生推廣庭訓，遂成《經義述聞》十五卷、《經傳釋詞》十卷，精博過於惠、戴二家。凡前人誤解者，獨能旁引、曲證、比喻，以得其本原之所在。阮文達公謂：「恨不能起毛、鄭、孔諸儒，而共證此快論也。」高郵王氏，自文肅公以清正立朝，以經義教子孫，三世相承，其緒益拓。論者謂本朝經術獨絶千古，而王氏一家之學，自長洲惠氏父子、祖孫外，蓋鮮見其匹云。

鮑桂星

鮑桂星，字雙五，號覺生，安徽歙縣人。少時聰敏絶倫，八歲即工詩文，十五補諸生。嘉慶四年，年三十六始成進士，選庶吉士。散館，授編修。八年，大考遷中允，每撰進奉文字，輒拜文綺之賜。九年，典河南試，即督河南學政。旋擢洗馬，晉侍讀。十三年，典山西試。十五年，擢侍讀學士，督湖北學政，晉少詹事。十八年，晉詹事，除内閣學士。既受代，聞「林清之變」，疏陳十事，馳入京。仁宗亟稱之，且曰：「已次第施行矣。」十九年，充武會試正總裁。二十二年，擢工部侍郎，充武英殿總裁，條陳武英殿事，劾提調及副管不職狀。提調乃摭先生平日語中之，遂落職，令閉門思過。越五年，復官編修。時宣宗御極之初，先生仍以文學之臣從。嘗以編修召對，諭之曰：「汝所劾者，朕今褫其職矣。」既由侍講擢通政司副使，召見，復諭曰：「欲爾習練諸事也。」道光四年，復擢詹事，召對，詢年齒甚悉。明年，卒於位，年六十有二。先生邃於文學，質厚性直，有明斷才，敢任事。少從吴澹泉學詩古文，因以溯劉海峰，後師姚姬傳，於爲詩，力守師説。姬傳稱之曰：「是能合唐宋之體而自成一家者。」所著有《進奉文鈔》二卷、《古今體詩》十卷、《詠物詩》四卷、《詠史詩》三卷、《懷舊詩》二卷。

宋湘

宋湘，字焕襄，號芝灣，廣東嘉應州人。九歲學爲文，下筆即有奇氣。乾隆五十七年，舉鄉試第一名。嘉慶四年始成進士，選翰林院庶吉士。散館，授編修。十二年，典四川鄉試。十三年，典貴州鄉試。十八年，補授雲南曲靖府知府。所屬馬龍州，地瘠民貧，先生捐俸購木棉，教婦女紡績。尋署廣南府。廣南府内地高，飲水爲艱，爲度地鑿東、西二塘。權迤西道，所屬大饑，爲捐俸賑恤。署永昌府，練鄉兵除暴。郡有書院久廢，捐廉俸千七百餘修復之。灣甸土知州某死無子，族人景在東奪其印，專殺自恣，不附己者死。如是五六年，當事怯，不敢發。賊謀襲土職，招匪黨千餘，將攻保山縣。先生慮爲前明二莽續，誓除之。商之營，不濟。請諸大府暨鎮帥，又不濟。賊偵知，益猖獗。民夷皆赴愬。先生曰：「爾等能爲我殺賊乎？」衆曰：「能。」先生曰：「果爾，芻糧我任之，患難我同之。」遂懸重賞，練鄉兵殺賊，人皆踴躍。於是，江有防，隘有備。又以計散其黨羽，賊懼，宵遁。擣其巢，大索七日，獲在東，斬之。自捐軍需銀八千餘兩，邊陲以靖，郡人建生祠祀之。道光五年，遷湖北糧道。明年，卒於官，年七十有一。先生襟抱豪邁，下筆具倜儻権奇之概。詩磊磊落落，從真性情坌湧而出，自成一家言。著有《不易居齋詩集》、《豐湖漫草》、《燕臺滇蹄》諸集。性伉爽，見人一藝之工，稱譽不容口。與番禺張南山稱莫逆交。同官鄂省時，一見即曰：「我深恨子。」南山愕然，既而曰：「恨以子之才，而不入翰林也。」索觀其已刻詩良久，掀髯笑曰：「一唱三歎，入人心脾，我不如子；哀樂無端，飛行絶迹，子不如我。」其真率類如此。

陳用光

陳用光，字碩士，一字實思，江西新城人。少有文名。補諸生，受知於翁覃溪先生。至京師，爲朱文正公、彭文勤公所優許。嘉慶五年，舉順天鄉試。明年，成進士，選翰林院庶吉士。散館，授編修。十三年，充河南鄉試正考官。十九年，充會試同考官，轉御史，巡視西城。旋以吏議，回原衙門供職。二十四年，復充會試同考官、順天鄉試同考官，遷司業。道光二年，遷中允，晉侍講。五年，充江南鄉試副考官，升庶子。疊擢至内閣學士。八年，督福建學政，晉禮部侍郎。十二年，督浙江學政。使事畢，奉命留浙訊獄。十五年三月，獄成回京。八月，卒於任，年六十有八。先生以文學結主知，正直樂易，立身有本。少受業於姚姬傳、魯絜非兩先生，爲文兼取兩家法。詩學蔣心餘先生，而氣稍斂抑。督浙學時，以宋臣孫覿擢忠助邪，奏罷其專祀。訓諸生，必本古儒先警戒之義。平生篤於師友誼，以千五百金爲姚、魯兩師置祭田。同年生孤女幼，爲撫嫁之。俸禄所入，散贍昆弟親友，故家常匱乏，而處之怡然，未嘗見有憂貧之色。嘗有貸於友人，至則賦詩奕棋盡日暮，忘所事而返。平居著作，鈔録書史，几案上無空隙處，斷章片紙，貼滿屋壁。中或過從賓客，游賞吟弄，家之有無，絶不顧及。其坦率如此。嘗取近時人之嘉言懿行，及關於掌故、國聞者，集爲《衲被録》若干卷。又《太乙舟詩文集》、《春秋屬詞會義》各若干卷。

李兆洛

李兆洛，字申耆，晚號養一老人，江蘇武進人。幼聰慧，好讀書，日能熟數十頁，歷久不忘。嘗分日課馬氏《文獻通考》，比浹歲，首尾皆能默誦，郡中先輩及知名士無不敬憚之。盧抱經先生主講龍城書院，從游者極一時之俊，而獨推許先生爲第一流。嘉慶九年，舉鄉試第一。明年，成進士，選翰林院庶吉士。十三年，散館一等，改知縣，遷安徽鳳臺縣。鳳臺夙稱偷瘠，先生在任數年，多所興建，民情愛戴，如慈父母。又以計獲鄰邑劇盜，上官皆器重之。十九年，丁外艱歸。服闋，遂不出。游粵東，客康中丞紹鏞幕中，爲校刊姬傳先生《古文辭類纂》。游揚州，掌暨陽書院講席，四方文士艤舟問字者無虛日。重修抱經先生主講時所建「輩學齋」，復創「衺亭」於其側，日聚弟子講誦其中。十餘年來，暨陽人士治經術，通音均，習詁訓，訂輿圖，考天官厤術，及成學治古文辭者輩出，皆先生所授也。先生於學無所不窺，詩古文辭俱工，而尤專精於古文。嘗病近時之治古文者，知宗唐宋，而不知宗兩漢。六經以降，兩漢猶得其遺緒，而欲宗兩漢，非自駢體文不可。因輯《駢體文鈔》一書，當世皆宗仰之，謂可以正駢體之軌轍，溯古文之原始。道光二十一年，卒於家，年七十有三。所著有《皇朝文典》七十卷，《鳳臺縣志》十二卷，《地理韻編》二十一卷，《駢體文鈔》七十一卷，《養一齋文集》，《舊言集初編》、《次編》、《廣編》，《江干香草》，《大清一統輿地全圖》等各若干卷。

孫爾準

孫爾準，字平叔，江蘇金匱人。嘉慶十年進士，選庶吉士。散館，授編修。十八年，京察一等。次年，授福建汀州府知府，升鹽法道。二十四年，遷江西按察使，調福建按察使。次年，升布政使。道光元年，調廣東布政使，尋授安徽巡撫，奉命清查積年虧欠，辦理稱旨。時豫匪邢名章等糾亂，竄入皖境，公遣官軍捦斬之。三年，調福建巡撫。閩省盜劫甚多，公涖任，先後拿獲著名匪首數人戮之，餘黨悉散。五年，擢閩浙總督，陳奏開闢噶瑪蘭事宜十二條，悉下部議行。六年，彰化賊匪李通等及姦民黃斗乃等先後煽亂，焚搶劫掠，勢甚鴟張。公次第剿平之，逆首悉數捦斬，籌辦善後事宜，備極周要。事竣，宣宗嘉悅，賞加太子少保銜，賞戴花翎。七年，入京陛見，蒙賞蟒袍、緞疋等件。回任後，奏修木蘭陂石堤一千一百餘丈，以禦海潮，請將創陂首功宋長樂室女錢氏列入祀典。修理貢院，增號舍一千餘間。十一年六十生辰，蒙特賞御書匾額及福壽字、朝珠各物。旋因病奏請開缺，疊次奉旨賞假調理。十二年正月，卒於任，年六十有一。晉贈太子太師銜，賜祭葬，予謚文靖，入祀名宦祠、鄉賢祠。所著有《泰雲堂詩文集》二十二卷、《雕雲詞》三卷。

姚元之

姚元之，字伯昂，一字廌青，又號竹葉亭生，安徽桐城人。嘉慶十年進士，選庶吉士。十二年，因高宗純皇帝《實録》告成，議叙毋庸散館，即授編修。十三年，典陝西鄉試。十四年，入直南書房。給事中花杰以文字雖優、鑽營尤甚劾參，得旨花杰任意詆訐，交部嚴議。旋以南齋事簡仍撤回館。十七年，大考一等，升侍講。因覆覈聖訓有誤，降編修。十九年，充會試同考官，提督河南學政。二十三年，丁父憂。服闋，還京。道光四年，擢中允，充日講起居注官。迭遷至内閣學士。十三年，補工部侍郎，署兵部侍郎，疏請整頓臺灣營務，調刑部侍郎。明年，擢左都御史，以彈奏巡撫裕泰挾私參劾屬員不實，部議降二級調用。二十一年，補内閣學士。二十三年，京察以精力漸衰，原品休致。咸豐二年卒，年七十有一。先生少工詩文，擅書畫，隸書尤精，深得《曹全》、《禮器》之遺。官庶常時，教習張船山先生特賞異之。其詩畫之學，得之船山先生爲多。所著有《鷹青山人詩文集》若干卷。

孫原湘

孫原湘，字子瀟，江蘇昭文人。嘉慶十年進士，選庶吉士。散館，授編修。髫齡，穎悟絶倫。年十五，隨父任出山海關，登醫巫閭，援筆賦詩，已有驚人句。未冠，補諸生，益事壯游。登臨觀覽，得江山之助，交游愈廣，才筆愈奇。既而里居多暇，沈酣載籍，益肆力於詩。乾隆六十年，舉於鄉。次年，會試下第，歸途與舒鐵雲、王仲瞿兩孝廉同行。三人者，才相若，唱和無間，詩名若鼎足，法梧門先生爲賦《三君詠》贈之。在詞館中，才名噪甚，同輩皆以内廷供奉相期。乃甫留館，即請假歸。人問之，則曰：「余初未嘗學，不以此時閉户讀書，後無及矣。」旋里後，優游詩酒二十餘年，年六十餘卒。著有《天真閣集》六十卷。其詩沈鬱不及船山，卻無其叫囂；敏贍不及隨園，卻無其游戲。婦席氏名佩蘭，字道華，號浣雲。美而才，工詩善畫，爲隨園女弟子之冠。著有《長真閣稿》。閨房唱妍酬麗，伉儷相莊，見者目爲神仙眷屬焉。

張燕昌

張燕昌，字文魚，號芑堂，别號金粟逸人，浙江海鹽人。生而有文在手如魚，因以爲字。生平力學好古，屏居邨落，孤介爲懷。嘉慶元年，以優貢生舉孝廉方正。入省，有胥吏弄文阻之，欺其未解也。先生拂袖去，曰：「吾若與猾吏接一言，有負薦辟矣。」時學使者爲阮文達公，聞之，即徵至省，特列薦章。撫浙時，命肄業詁經精舍。性嗜金石，尤愛小品。搜奇采僻，凡齾缺零星，胥手自摹勒，都爲一集，名《金石契》。杭郡丁徵君龍泓，以碩學老儒，精於考據，先生慕其學，負書擔囊過之。時座上有客，徵君起立曰：「來者必非常之人也。」與談甚愜，録爲弟子，以故古今金石之學獨精。善飛白書，自謂得古人三昧。嘗搜得宋大觀中碑額「東岳行宮之記」六字飛白書，自後書益進於古，撰《古來飛白書考》。至寧波，登范氏天一閣，在藏書中獲北宋石鼓文拓本，摹歸，勒石於家，因撰《石鼓文釋存》，證以篆籀，考其偏旁點畫，較薛、楊、潘、董諸家更爲精審。文達贈以詩云：「銘鐫鼎彝款象犧，每看一字百摩挲。恰因好古生偏晚，不見蘇韓獵碣多。」其好學可知。工畫，山水人物倏然絶俗。又善蘭竹花卉，惟不多作，故世常罕覯之。

吴榮光

吴榮光，字伯榮，號荷屋，廣東南海人。嘉慶三年，由附生中式本省鄉試舉人。聯捷成進士，選庶吉士。散館，改主事，次日，奉特旨，仍授編修。十年，補御史。十二年，充浙江鄉試副考官。十四年，以巡漕失察落職。旋以對品捐復員外郎。十六年，選授刑部員外郎。十九年，隨成格往山西查辦事件。二十一年，升郎中，充補軍機章京。二十三年，簡放陝西陝安道。道光元年，擢福建按察使。三年，遷貴州布政使。八年，丁外艱，回籍。十一年，服闋，入都。九月，補授湖南巡撫。十二年，署湖廣總督。十六年，以年終密考學政自估地步，降四品京堂。次年，補授福建布政使。二十年二月，奉旨以年力就衰，原品休致。二十二年，往桂林就醫。次年，卒於旅寓，年七十有一。生平嗜古力學。官京師時，公暇即學。書取諸家法帖，鑒别考論，務極精確。先輩翁覃溪學士、秦小峴侍郎謂先生於書學實深，於詩學尚淺。後緣事罷官，閉門謝客，乃取杜、韓兩集，日誦而熟觀之。既而復官，南帆北轍，山川邊塞，開拓心胸，詩境乃日進。今集中傑構甚多，皆中年以後之作也。著有《石雲山人詩文集》。

許宗彦

許宗彦，字積卿，一字周生，浙江德清人。生有異質。隨父祖京在都，父官内閣中書，主劉文正公家，見先生，甚器之，謂他日必爲名儒。一時名宿，皆異其才，王蘭泉先生作《積卿字説》贈之。九歲能屬文，十歲即不從師，經史、文章皆自習。乾隆五十一年，舉於鄉。嘉慶四年，成進士，授兵部主事。是科總裁爲朱文正公、阮文達公，得人最盛。文正謂人曰：「經學則有張惠言等，小學則有王引之等，詞章則有吴鼒等，兼之者，其許生宗彦乎？」先生性至孝，觀政兩月，即以養親乞假歸。體素羸，執兩親喪，哀毁過甚，氣彌弱，遂絶意進取，杜門著書垂二十年。嘗謂：「讀書人須使心澄清如止水，無絲毫不可對人處。」因名所居曰「鑑止水齋」。以葬親故，隆冬周歷穹山，感寒疾甚劇，至不能穀食，日飲水食瓜果，神明不亂。病篤，猶力疾爲汪家禧、楊鳳苞、嚴元照作《三文學合傳》，已，爲《絶筆詩》，坐而逝。時二十三年十二月也，年五十有一。生平寡嗜好，惟喜購異書，不惜重直。於書無所不讀，旁及道藏、釋典、名物、象數，必探其奥而後已。獨不取考據，以爲無裨實學。尤精天文，得西洋推步祕法，自製渾金球，別具神解。著有《鑑止水齋文集》十二卷、《詩》八卷，行世。配梁楚生夫人，名德繩，山舟先生侄女，工詩，著有《古春軒詩詞鈔》二卷。

陶 樑

陶樑，字鳧薌，江蘇長洲人。嘉慶十三年進士，選庶吉士。散館，授編修。出守大郡，洊擢藩司。以京卿内召，屢遷至禮部侍郎。少工詩文，游王蘭泉、錢竹汀兩先生之門。蘭泉先生《湖海詩傳》、《金石萃編》之刻，先生實與搜羅、校勘。當時詞壇耆宿如吴穀人、孫淵如諸先生，皆引爲忘年交，詩名益起。通籍後，歇歷中外，凡民生之休戚，山川之奇麗，均託之於詩。典郡天雄幕中，賓從皆名時碩彦，簿書之暇，觴詠無虚日，有孔北海之風。平居汲引後進，惟恐不及。爲詩瀟灑似樊川，晚就平淡，有白太傅之遺音。詞筆尤清新婉麗。居京師時，命儔嘯侶，詩酒流連。年近耄耋，而吟詠不輟，江左名流咸宗仰之。年八十餘卒。所著有《紅豆樹館詩集》、《詞集》、《晚香唱和集》、《書畫記讐補》，又輯《畿輔詩傳》，各若干卷。

董國華

董國華，字榮若，號琴南，江蘇吴縣人。嘉慶十三年進士，選庶吉士。散館，授編修。十七年，大考二等，充《治河方略》總纂官。二十一年，京察一等。次年，丁母憂。二十五年，服闋入都，充國史館《一統志》纂修官，教習庶吉士。道光元年，補御史。四年，補授山東萊州府知府，告假回籍省親。次年，丁父憂。服闋赴都。八年，補授雲南昭通府知府。十二年，調雲南府知府。明年，升廣東雷瓊道。十七年，署糧儲道。次年，兼署鹽運使。時粤中奉禁洋煙，夷患始作，先生與大府論事齟齬，遂引疾歸。十九年，林文忠公奉命來粤查辦海疆夷務，正欲挽留，而先生已扁舟歸里。三十年，以病卒於家，年七十有八。先生幼聰敏，讀書數行俱下。九歲即能詩，脱口成句，人咸異之。當諸生時，肄業紫陽書院，爲錢竹汀先生所賞識，吴穀人、孫淵如、洪稚存諸先生皆折節與交。官京師，顔其屋曰「花西寓館」，與陳碩士、錢心壺、吴蘭雪、黄霽青諸人爲文酒詩歌之會，盛極一時。居諫垣，先後疏凡十四上，皆祕勿示人。歷外任，判決如神，善政不可殫述。晚年致仕歸，自號清閒居士，又號緑谿漁隱。歷主雲南紫陽諸講席。凡有利於鄉閭之事，無不竭力爲之，勞瘁不屑。暇時讀書不輟，日誦《易經》一卦，無間者二十餘年。所爲詩文清超絶俗，詞筆尤婉約空靈，與弟琢卿齊名。所著有《欲寡過齋詩賦鈔》、《雲壽堂文集》、《詩集》、《詞鈔》、《緑谿筆談》、《守滇類記》、《海南筆記》各若干卷，多未刊行。

吴慈鶴

吴慈鶴，字韻皋，號巢松，江蘇吴縣人。山東布政使俊字曇繡之子也。嘉慶十四年進士，選庶吉士。丁母憂。十九年，服闋，補散館第一，授編修。請假歸養。二十年丁父憂。二十三年，服闋還京，充《明鑑》纂修官。二十四年，充雲南副考官。道光元年，充《仁宗實録》纂修官。二年，授河南學政，擢國子監司業，遷翰林院侍講。五年，任滿，特調山東學政，轉侍讀。明年，卒於任所，年四十有九。先生起家侍從，以詞章名世，而任事應變，有經濟略。少時爲朱文正、戴文端公所激賞，歎爲奇才。布政公司臬粤東時，博羅、永安賊匪煽亂，先生隨侍在署，密參機謀，計擒首逆，地方悉平。屢掌文衡，所得皆知名士。癸未年間，吴淞大水，寄年俸千金，以賙里黨。在山東按試，博州適大旱，馳書大吏，以便宜發粟賑災，全活甚衆。試濟南，病卒，諸生入奠，皆哭失聲。靈輀回籍，豫東士有數千里赴其喪者。所著有《岑華居士蘭鯨録》、《鳳巢山樵求是録》、《岑華館詞》各若干卷。

郭　麐

郭麐，字祥伯，號頻伽，晚號蘧庵，江蘇吴江人。髫齡，姿秉過人。弱冠，補諸生。頎身玉立，一眉瑩然，人皆稱爲「郭白眉」。屢困秋闈。應京兆試入都，金蘭畦尚書以國士待之，延主於其家，一時才名噪甚。所交如法梧門、吴穀人、孫淵如、張船山、趙味辛、何硯農、蘭士諸公，無不推襟接膝，結詩酒盟。吟讌既開，月斜不去，一篇跳出，四座皆傾。下第南歸，遨游幕府間，以詩鳴江湖者二十餘年，帆檣往來，尋煙而語。年六十餘卒。先生詩古文詞無一不工。穀人先生稱其詩擺脱凡近，澡雪精神，希軌於謫仙，取雋於玉局，凡山川閲歷，風雨嘯歌，能以己之神明，入乎其内，故麗而不縟，清而益深。其力可負風而飛，其氣纍纍乎如貫珠而不絶。阮文達公謂其靈氣入骨，奇香悦魂，古文雅潔奥麗，得古人法律，填詞清婉穎異，有宋人正音。其爲前輩所推服如此。書畫仿黄山谷，秀勁超逸，間作篆隸，亦古雅絶倫。世皆以狂目之，然愛才服善，見有一藝之長，稱頌不輟。惟迂儒俗士，時遭白眼。先生自題像贊云：「其目無人，其心無我。與世周旋，謂狂也可。規模背時，文亦宜然。

不趨利禄之路，遂爲他人所先。至其鉥心掐骨，咀宫含商，穿穴險固，窮極豪芒，與時賢而相較，似有一日之長。」則其爲人可知。所著詩文等集共九十二卷，行於世。

陳鴻壽

陳鴻壽，字頌，又字子恭，别字翼庵，號曼生，浙江錢塘人。嘉慶六年拔貢。朝考，以知縣用，分發廣東。丁憂。服闋，奏留江南，署贛榆縣，補溧陽縣，擢河工江防同知，遷海防同知。道光二年，以風疾卒於任所，年五十有五。先生家故貧空，而豪宕自喜，以書記游幕府間，諸名公争延禮之。所居室廬狹隘，四方賢儁莫不踵門納交，酒讌琴歌，座上恒滿。好施與，緩急叩門，至典質、借貸以應。迨登仕版，名流益往歸之，署舍至不能容，各滿其意以去。性復廉潔，不妄取一錢，自奉節嗇，而賓客酬酢，備極豐贍。詩古文詞、書畫以及金石、篆刻，皆精妙絶倫。詩宗太白、長吉，灑然而來，不屑屑於字句，而標致自高。後悔其少作，以爲不足傳。亦不樂與時流争名，然華鐙緑酒間，偶爾染翰，輒傾倒一時。篆刻直追秦漢，浙中人奉爲宗法，與龍泓、山堂、鐵生、小松各家並稱。八分書尤簡古超逸，脱盡恒蹊。愛陽羡之泥，創意造形，範爲茶具，藝林争寶之。得其一枚，珍逾拱璧，至今稱爲「曼生壺」。

歷任繁劇，治事精敏，折獄如神。溧陽歲饑，設法賑濟，活人無算，治行爲當世第一。以催科事迕上官，彊直不屈，卒紓民於艱，衆咸指爲「彊項吏」。溧陽縣署有古桑一株，與牆外桑連枝直接，先生名其郡齋曰「桑連理館」。案牘之暇，與同人觴詠流連，無間寒暑。卒之日，海内名人無不慘怛，以爲世無復有此人。郭頻伽祭文所稱「瑰瑋俊邁之姿，伉爽高朗之氣，淩厲一世之才，搉有群雅之藝，孝友追配乎古人，才伎足了夫百輩」，洵篤論也。所著有《桑連理館詩文詞集》若干卷，又《雜著》等若干卷，均未行世。

彭兆蓀

彭兆蓀，字湘涵，又字甘亭，江蘇鎮洋人。少負儁才，隨父官晉中，文名噪甚。年十五，應京兆試，名公卿争欲招致之。然屢躓棘闈，竟無所遇。嘉慶十二年，劉金門侍郎、趙笛樓侍御典江南試，兩公皆先生至交，侍御尤莫逆，必欲得先生，而先生竟不赴試。集中有《貽友人書》，即此事也。未幾，父寧武君由知縣改官教授，既殁，家貧積逋甚重，議將斥産以償人，曰：「得彭君一言，毋問前事。」先生不可，卒破産盡完所負，而隻身客游以爲養。諸大吏多資其才，傾身内交。時國用不足，江南議加賦，先生力沮之，事遂寢。曾賓谷先生轉運兩淮，主持風雅，一時名士皆從之游。先生最後乃一至邗上，詩文外無他語。道光元年，將以孝廉方正薦舉，而先生已於正月五日卒，年五十有四。先生文章鴻博沈麗，力追六朝、三唐之作。尤長於詩，始務奇瑰，晚乃益慕澄澹孤敻，深得古人意指。中年後，務觀儒書，復耽竺氏籍，研穴覃奧，世之爲内學者，莫能闚其際也。所著有《小謨觴館詩文集》十二卷。

陳文述

陳文述，字雲伯，號碧城外史，晚號退菴，又稱頤道先生，亦稱蓮可居士，浙江錢塘人。嘉慶五年舉人。少負雋才。阮文達公視學浙江，見其試作，歎曰：「揚、班儔也，詩亦可及高、岑、王、李。」自是，潛心向學。詩古文詞俱工。少作步趨梅村先生，七言長篇如臨風舒錦，五色紛披，觀者莫不歎爲奇麗。年三十餘游京師，與楊蓉裳齊名，時稱「楊陳」。又與曼生、荔峰同居，稱「三陳」。所刻《碧城仙館詩鈔》，遠近傳誦，一時名流争相投契。嘗爲《灤游山莊》一賦，凡萬餘言，沈博絶麗，援筆立就，見者驚服。朝廷有大典禮，館閣諸公皆於先生求文，嘗旬日之間爲經進文十八篇，咸邀睿賞，登諸册府。或以賜物潤筆，勿受也。久滯春明，鬱鬱不得志。以親老將求禄養，乃試吏皖中，適鐵梅庵督兩江，招之河上，俾佐宣房之役。會河決減壩，有談觀察者力主改道，已得請矣。先生極言其不可行，請濬雲梯關舊道，大府從之，始奏。河復，並議另建五壩及河口設閘二事，未見施用。以河工叙勞，留官江南，歷攝寶山、常熟、上海、奉賢、崇明五邑，皆瀕海獷悍，號稱難治。先生所至有政聲。攝常熟時，因河漕屢梗，有詔訪求海運，先生綜秦漢以來數十家之説，證以現時島嶴沙綫，撰《海運議》上之。河旋復故，不果行。會丁父憂，還鄉，意不復出。未數年，公子小雲客死漢中。小雲負經濟才，賫志以没，時流無不悼惜。先是，先生次子夭亡，哭之慟，自是益悲傷。又性豪邁，好施與，賴以舉火者數十家，坐是益困。不得已再謁選，得安徽繁昌令。之任未久，仍乞病歸。晚年潛心向道，删毁其少作《碧城仙館詩》，重刊《頤道堂集》，又手選所作爲《頤道詩選》十四卷。未幾，病卒。先生少受知於阮文達公，盡傳其經史、《蒼》《雅》、星緯、金石、考訂、文藝之學及兵刑、漕河諸大要。在江南日久，時郡縣積案甚多，遠近争延先生代獄。十餘年來，所決獄以千計，多所存全，吏胥以「吴下名醫」目之，見乘輿入郡，輒相賀曰：「某醫至矣，案當結矣。」素性愛才若渴，汲引後進，惟恐不及，從其游者有「吴門前七子」、「後七子」、「續七子」之稱。閨房以詩詞受業稱弟子者二十餘人，仿隨園《湖樓請業圖》意作《金釵問字圖》，閨秀題詠至數十家。一夫人、三侍姬、兩女公子、一兒婦皆詩壇飛將，一家詞賦，見者望爲神仙眷屬。篤於交誼，舒鐵雲、王仲瞿兩君病殁，皆傾囊賻之，並賙恤其家，數十年如一日。論者謂其風雅如隨園先生，豪俠如弇山宮保云。

錢杜

錢杜，字叔美，號松壺，初名榆，浙江仁和人。嶼沙方伯少子也。方伯開藩滇省，眷屬隨行。先生時方周歲，所乘輿墜深澗中，以爲必不救，乃下有古藤纏絡，引出之，方於乳媪懷中睡醒也。十餘齡，得瘵疾，齒髮盡脱，勢復不治。僚屬有以何首烏饋者，剖以竹刀，出白漿甌許，飲其半，即酣寢兩日夜，醒而精神焕發，宿疴頓瘥，齒髮復生，終身無疾。幼時有聲色之好，病已，則澹然如老衲，惡近女色。就婚吴門某氏，生一女名楚長，一日託故避去，伉儷間音問遂絶。嘗索逋里外，至則其人已殁，乃以數千金券焚於靈次，徒手不得歸。與桂未谷同寓僧寮，各售所作書畫，得錢沽酒擊鮮，歡然譚笑。後由滇至豫，將入都，途中賃一舟，資用已絶，忽有攜襆被及布囊請坿舟者，既置舟中，其人復去，待之兩日不返，乃行。

而饑寒交困，姑啓其囊，糗糧在焉，因得飽。寒甚，夜以其襆被覆之，訝狹小類斂物，因置篋中數年，啓篋無有，封識宛然，始悟鬼物幻形，非此，則半途填溝壑矣。性喜卜築，所在位置，几席精潔逾常。不飲酒，而烹饌極精，郇厨食譜，皆他家所未有。讀書過目不忘。晚年，燈下觀書數頁以自課，並能書蠅頭小字。作畫特工，由停雲上溯宋元，用筆極細，藤梢橘刺，無不雙鉤。不肯多作，得者寶之，時有「三王不如一錢」之譽。詩空靈瀟宕，純乎化機，嘗自謂六十戒詩，七十戒畫。無子，有請以侄爲後者，笑曰：「傳不在有後也。」七十後，自營生壙。未幾，病卒。所著有《松壺畫贅》、《畫憶》各二卷。

郭尚先

郭尚先，字元開，號蘭石，又號伯抑父，福建莆田人。幼穎異。年十六，補弟子員，文名藉甚。嘉慶十二年，舉鄉試第一。十四年，成進士，選庶吉士，習國書。散館，授編修。十八年，典貴州試。二十一年，典雲南試。二十四年，典廣東試。次年，丁父艱，旋里。道光元年，閩省大饑，先生爲籌畫賑濟章程，全活甚衆，饑民皆曰：「郭太史活我。」二年，服闋還京。八年，督四川學政，力除積弊，士論翕服。任滿時，雖商賈皆列香案以送，十餘里不絶。十年十一月，升贊善。十一年二月，擢洗馬。五月，遷侍讀。八月，授庶子。十一月，升侍講學士。十二月，遷光禄寺卿。十二年二月，授大理寺卿。是年夏間，蒙召對，宣宗問以河工事宜，先生以未諳對。上曰：「汝不必推辭。」蓋將大用也。是秋，典山東試，闈中扶病閲卷。還京，病愈劇，猶力疾供職。十二月，以誤服庸醫藥，遂不起，卒於除夕，年四十有八。所著詩文詞稿藏於家，均未刻。先生善書畫，精鑑别，作蘭竹甚工。書學歐陽信本，後摹褚登善，兼仿顔平原，小楷尤精絶，求書者屨滿户外。當時，碑版文字非先生書不貴，然非其人不肯輕假，故書名益重，外國亦争購之。屢掌文衡，真才悉拔，所取士無不袖紙求書，皆即席揮毫，立應所請。督學蜀中，嘗一夜閲千五百卷。四十餘，即鬚髪皆白，蓋生平實事求是。又以文學邀宸眷之隆，一歲五遷，思得竟其所學，乃年未及艾，齎志以終，士林傷之。

林則徐

林文忠公諱則徐，字元撫，一字少穆，晚號竢村老人，福建侯官人。父爲諸生，家貧力學。誕公時，夢徐孝穆來拜。公生而警敏，年十三，郡試冠其曹，補弟子員。二十，舉於鄉，就某邑令記室。閩撫張公師誠見所削牘，奇之，延入幕府。嘉慶十六年，成進士，選庶吉士。散館，授編修。典江西、雲南鄉試，分校己卯會試，咸得士。二十五年，補御史，授杭嘉湖道。疊擢至湖廣總督。所至興利除弊，善政不可勝紀。道光十八年冬，入覲，賜紫禁城内騎馬。先是，黄公爵滋疏請禁鴉片以塞漏卮，有旨下中外大臣議。公條陳剴切，宣廟嘉焉，命以欽差大臣馳赴廣東，查辦海口事務。明年，補兩廣總督。公宣諭德威，嚴繕守備。時通商之國以十數，咸受約束，惟紅毛逆夷持兩端，又違令帶鴉片入虎門。公檄令呈繳贖罪，夷不從，公怒，勒兵斷其飲食，夷始懼，先後獻躉船鴉片二百餘箱，仍有藏匿未盡獻。而賊目義律又以索食爲名，糾師船犯尖沙嘴，公遣參將賴思爵擊走之。尋屢犯海口，皆受創去。義律倩西洋夷目求轉圜，公察其僞，拒之奏，請停其貿易，相機剿撫，並請飭沿海省分督撫，嚴防各海口。又以計誘擒夷目嗎哩噝等，置之獄，與約賠修礮臺數事，順從則釋歸，否則斬以徇。夷賊大懼，在粤屢撼不能動，乃改圖犯浙，陷定海，掠寧波，沿海騷動。在事者束手無策，争歸咎公，交口讒構，事遂敗壞，前功盡隳。而代公者爲大學士侯琦善，庸懦卑劣，無有人心，悉反公所爲。甫下車，即釋嗎賊等於獄，以禮送歸。事事求悦於賊，恐和議之不成，低首下心，苦求息事，撤公所設各隘兵以媚賊。賊稔知其無能，而内地虚實又悉爲賊覷破，遂圍攻粤城。公知事不可爲，具遺疏以待。琦善驚惶無措，詣萬壽宫，抱龍牌痛哭，軍民無不非笑之。卒許賊以賠償兵餉一千二百萬，懇其罷兵。時公尚在城中，賊不敢多所要求，和議遂定。粤城圍解，命以四品卿銜赴鎮海軍營效力。尋謫戍伊犂，而中外事自此益棘。王文恪公、湯文端公至以生死去就争之，卒爲忌者所持，不能行。時河决開封，文恪公出視，疏留公督辦，工成，仍就戍。尋奉命勘辦開墾事宜，親歷窮荒，縱横三萬餘里，水利大興。稍暇，則以筆墨自娱，求書者踵接塞外，縑楮爲之一空。二十五年秋，賜環，以四五品京堂用。十一月，命署陝甘總督。二十七年，補雲貴總督。滇中漢回搆釁數十年莫能决，公悉平之。得旨加太子太保，賞戴花翎。旋引疾歸，滇人繪像以祀。家居，倡驅夷議，大忤當事。時外夷方斂迹，當事亟思中傷之。三十年，文宗嗣服，下詔求賢，潘文恭公、杜文正公交章以薦。公奉詔入都，時粤逆洪秀全煽亂，特命爲欽差大臣，馳赴廣西督剿，尋署巡撫事。粤民聞公至，額手稱慶，賊黨大半散去。洪賊懼怕，謀遁入海。十一月，公行次潮州，遽以疾薨，年六十有六。粤民皆哭失聲。遺疏入，文宗震悼，優詔賜卹，予謚文忠。自公薨後，軍民皆失所倚，賊寖不可制，擾亂十餘年，蹂躪遍天下，竭海内全力，用餉至數萬萬廑乃平之。使得假公數年，何至生民塗炭若此。公嘗條舉江南漕務及畿輔水利，皆洞悉源流，計利害於數百年後，均不果行，齎志以殁，論者惜之。外夷尤敬憚如神，至今言及，猶爲震慴云。所著奏疏、詩文等集□卷。

程恩澤

程恩澤，字雲芬，號春海，安徽歙縣人。少穎悟，毁齒即經傳皆成誦。尤好古書，剖析疑義，同邑曹文敏公、金輔之殿撰皆亟稱之，曰：「此子非凡材也。」嘉慶十六年，成進士，選庶吉士。散館，授編修。道光元年，命直南書房，奉敕校刻《御製詩文初集》。是年，典四川鄉試，遷中允。三年，督貴州學政，擢侍講，再遷侍講學士。六年，調湖南學政。任滿回京，遷祭酒。旋丁母憂。服闋，仍直南書房。十二年，典廣東鄉試。時爲候補祭酒考官，題本未經開列，蒙恩特簡，異數也。是年冬，命在上書房行走，尋命課惠親王讀。王敬禮師傅，詩文、書法皆日有進益，甚相得。十三年，擢内閣學士。明年，授工部侍郎，調户部侍郎。十七年，充經筵講官。卒於位，年五十有三。遺疏入，成廟嗟悼久之，詔賜優卹。先生學識超時俗，六藝、九流皆深思而得其意。工篆法，熟精許氏學。督學貴州時，勸士民育蠶，其利大興，又重刻岳珂《五經》以訓士。奉詔纂修《春秋左氏傳》，推本賈、服，不專守杜氏一家言。所著述惟《國策地名考》二十卷已定本，餘多未成書，不自料其年不永也。詩文雄深博雅，於金石、書畫考訂尤精。嘗謂近人治演算法由九章以通四元，可謂發明絶學，而儀器罕有傳者，乃與鄭君復光約修復古儀器，未及而卒。

鄧石如

鄧石如，以字行，一字頑伯，安徽懷寧人。居皖公山下，又號完白山人。少讀書，博聞强記。好刻石，仿漢人印篆極工。性廉介無所合。江寧梅孝廉家藏秦漢以來金石善本甚富，先生客其家，因得縱觀，凡舊拓碑版，極意臨摹，至數百本。嘗自謂：「吾篆未及陽冰，而分不減梁鵠。」篤論也。客梅氏八年，學既成，遍游名山水，以書刻自給。游黄山至歙，鬻篆於賈肆，張皋文編修時館於金輔之修撰家，二人皆專精小學。編修見先生書，語修撰曰：「今日得見上蔡真蹟。」修撰驚問，語以故。遂冒雨偕詣先生於古寺，修撰延爲上賓。金氏家廟甚壯麗，所刻楹聯、門扁，皆貞石修撰精心寫作，百易而成。及見先生書，即鳩工斲其額。而石楹既竪不便磨治，乃架屋而卧楹，屬先生書之。刻成，乃重建。其傾服至此。編修遂從先生受篆法一年。修撰稱之於曹文敏公，文敏屬作四體千文横卷，一日而成。文敏歎絶，具白金五百爲壽。未幾，文敏入都，强之同往。先生獨戴草笠，靸芒鞵，策驢後三日行。文敏次山東，相值於開山。時巡撫以下各官皆郊迎，先生策蹇過轅，門之者呵止之。文敏遥見，亟延入，讓上座，語諸人曰：「此江南高士鄧先生也，其四體書爲國朝第一。」衆大驚，爲具車從，先生卒辭之。抵都，劉文清公、陸耳山先生先踵門求識面，且曰：「千數百年無此作矣。」留都門未久，與朝士皆不合。尋出都，文敏爲治裝，致之畢秋帆先生。時吴會英才多集節署，裘馬都麗，先生獨布衣徒步。居三年，辭歸。留之不可，乃爲置田宅，爲終老計。後文敏病篤，語其子曰：「吾即逝，鄧山人必有輓聯至，即以勒吾墓華表及專祠前楹，足矣。」時包慎伯、錢十蘭、錢伯坰、李申耆皆名重一時，交推先生書爲神品。嘉慶十年卒，年六十有三。申耆藏其各體書甚富，爲勒石以傳之。

湯貽汾

湯貽汾，字若儀，江蘇武進人。生時值久旱，墮地即大雨，因號雨生。祖大奎知福建鳳山縣，父荀業隨任，時值林爽文之亂，父子同殉難。先生幼聰敏，從王朴人先生讀《毛詩》、《尚書》注疏一過，即背誦不遺一字。母楊太夫人督課甚嚴，有《寒窗課子圖》。嘉慶元年，先生年十六，以難廕世襲雲騎尉。部文咨取引見，分標學習，由守備洊升游擊參將，擢浙江樂清協副將，所至練兵束伍，皆有法度。少工詩文，善書畫，鼓琴博弈，悉擅其長。雖任武職，而所至皆以文藝擅聲。任浙中最久。阮文達公爲浙撫，知其才，方倚爲大將，會公去浙，同官中復有齮齕之者，遂引疾歸。僑寓金陵，愛其山水，築室雞籠山下，曰「琴隱園」，又得別墅曰「獅子窟」，文酒賓客，觴詠自娛。夫人暨侍姬、女公子俱能詩畫，海内望之如神仙中人。性至孝，事太夫人極意承歡。痛先人罹難，遺跡毀燼，凡遇尺紙寸墨、斷釵故衫，必珍購藏弆之，復繪圖十數事，名流争相題詠。道光二十二年，逆夷犯順，先生奉命與周方伯開麒、蔡太僕世松同謀守禦，調度有方，逆夷就撫，優詔褒奬。咸豐三年，粤匪狓猖，時陸建瀛爲江督，一籌莫展。先生稔其無用，甚憂之，因上書言賊恐有卒至之變，備陳戰守諸略暨金湯十二籌，陸笑而不答。迨武昌告陷，寇勢日東，陸奉「率師泝游迎剿」之命，聞賊即潰，自九江奔還江寧，閉門不出。賊乘勢破安慶，陷蕪湖，犯江寧，城中官軍六千，皆不能戰。賊初至，人數無多，鄉民猶與格拒。有匠役數百人逐賊至城下，仰呼城上乞援。陸疑爲賊諜，倉皇無措，不知所爲，遽命發大礮，誤斃數百人，餘衆痛哭散去。賊知大府無能，爲城可唾手得，因掘地道攻城，城立破。先生豫約民壯巷戰，至是率之赴敵，遇賊格鬬，死傷甚衆。先生孫世佺身被六創，遇救不死。時賊勢愈熾，民勇皆潰。先生猶奮身前進，家人强扶趨浄界寺側李氏宅。賊悉入城。先生泣曰：「事不可爲矣。」從容手書《絶命詩》一章付家人，曰：「宅外一池水，吾死所也。」家人環泣。先生曰：「吾志已決。」遂扶杖出門，赴水死，年七十有六。遺命以本身衣履槀葬於寺前竹園。先生第四女名嘉名，字碧春，工詩畫，適天津王公玉璋之子瀛，時方歸寧，亦赴水死。幼子永名，甫三齡，同時暴殤。從子婦陳氏，嘔血死。事奉聞，旨優卹，賜祭葬，予謚貞愍。所著有《畫梅樓詩集》若干卷。

吴蘭修

吴蘭修，字石華，廣東嘉應州人。嘉慶十四年舉人，官信宜訓導。少時，受知於學使翁文端公。家貧力學，與曾勉士、張南山、黄香石諸人結希古堂課，治古文辭。時阮文達公總督兩廣，病粤人不知古學，創建學海堂於粤秀山麓，分季課士，倣浙中詁經精舍例，專治經史詩賦，特拔先生爲之學長。先生詩文詞賦，無體不精。所爲古文，於六朝得其韻，於「八家」得其法。集中論事之作，尤通達治體，切中事情。治史精於考證。嘗輯《南漢紀》一書，於輿地沿革考覈精詳，論者謂非任臣所能及。嘗自榜其門曰「經學博士」。藏書極富，至三萬餘卷。居鄉時，閉户著書，不干外事，惟於民間利病，無不力言其要於地方官。道光壬辰春夏間，米價驟貴，長樂耆户請禁米出境，縣令從之。先生亟以書抵，謂遏糴必至召亂，剴切指陳。民果藉端發難，令悟，乃弛禁。於是，米船通行，市價日減，道路帖然。兼擅算學，曾序李侍郎潢《輯古算經考注》：「立言無多，要能直揭王氏之旨，非深於古法者不能道。」又撰有《方程考》，末載《通御》、《附辨》二門，如「算法統宗有孤鵰不知數」一條，用頭尾相減爲共數固誤，梅文穆公《赤水遺珍》改定爲兩尾相減餘爲法亦非通法，因悟得用方程法御之，始無窒礙。其他不勝枚舉，要皆有功於九數者也。詩餘一道，嶺南絕少知音。先生特工倚聲，所作清圓婉約，直接北宋人之脉，《茶村詩話》目之爲嶺外白石翁、玉田生。嘗自刻小印曰「嶺表詞人」，洵不愧也。年五十餘卒。著有《南漢紀》五卷、《南漢地理志》一卷、《端溪硯史》三卷、《荔支吟草》二卷、《桐華閣詞》一卷、《南漢金石志》二卷。

戴　熙

戴文節公諱熙，字醇士，號鹿牀，一號榆庵，浙江錢塘人。年十九，舉嘉慶乙卯鄉試。道光十二年，成進士，選庶吉士。散館，授編修。不數月，大考二等，擢贊善。十五年，分校會試。十六年，丁母憂。服闋，擢中允，入直南書房。旋授廣東學政，洊升翰林院侍講學士。二十五年，復分校會試。聞父疾，乞假省視。尋丁父憂。服闋，仍授廣東學政，遷光禄寺卿，升内閣學士，兼禮部侍郎。還京，擢兵部右侍郎。先生供奉清華，以文學進身，繪事篆隸，時蒙睿賞，數拜書畫、筆墨、珍玩之賜。自後，海隅多故，不暇修文。供奉官卯而趨直，已午間退食以爲常，清坐無所事事。時宣宗意欲擢用，先生乃因勞疾舉發，乞歸田里。聖意不悦，奪一官，以三品服致仕，時道光二十九年也。抵家，疾大作。明年，宣宗升遐，文宗特旨徵召，先生以病不能行。咸豐二年，粤匪陷金陵，江浙戒嚴，詔命與周公澍、俞公焜等督辦團練、捐輸事宜。先生力疾從事，數年間凡修城濠，繕守備，一切條教規畫，無不悉當。七年，餘杭賊胡萬成亂，撥兵與官軍會剿，平之。次年春，逆首石達開率賊數萬圍衢州，陷處州，擾及金、嚴各屬。先生日與大府籌調兵食，飛書江南大營及皖帥，趣兵會援，力戰數月，賊始敗退，以功還二品服。十年，逆首李秀成復犯浙境，連陷數邑。時撫浙者爲羅公遵殿，意色沮喪，不知所爲。先生爲籌畫戰守數策，羅不能用。賊直撲省城，羅用繆梓謀，盡斂兵入城中，分陴而守，十門皆閉。繆梓者，前署金衢嚴道，歷兵事，無謀而好妄言者也。羅一切倚之，先生力争不從。城中主帥不一，號令不行。賊環攻六、七晝夜，天大霪雨，城上兵民跋涉泥沼中，番代無法，棲食無地。賊於宋錢湖門故址穴地轟城，城遂陷，羅公死之。先生知事不可爲，整衣冠，從容賦詩云：「病軀晚歲遇時艱，八載巡防總汗顏。撒手白雲堆裏去，從今不願到人間。」遂投池水死。弟煦聞先生殉節，笑曰：「吾兄得死所矣。」亦投井死。子婦金氏仰藥死。而先生所居在城西北隅，賊竟未至。時外城破，而駐防子城尚堅守，兵民竭力巷戰。先生先於圍城中募人，縋城賫函，求救於蘇。城破，復瀝致統帥張忠壯公趣進兵，命弟壽微服出，遇張公於石門，麾兵急進，外内應合，賊遂敗遁。事聞，贈尚書銜，從優議卹，賜祭葬，給騎都尉世職，予謚文節。建専祠，以弟煦等附祀。先生高雅絶俗，詩文書畫，無不精工。繪事尤擅長，名滿天下，求乞者無虚日。没後，人得其寸縑尺楮，無不珍寶，海内争購之，價與王、惲相埒。所著有《尚書沿革表》一卷、《書三考》四卷、《古泉叢話》三卷、《詩文集》、《畫絜》、《賜硯齋題畫録》各若干卷。

陳裴之　汪　端

陳裴之，字孟楷，號小雲，别號朗玉道人，浙江錢塘人。頤道先生之哲嗣也。頤道以壇坫名家，主持風雅，四方知名之士，争投縞紵。奬成後學，惟恐不及。從游者始有「吴門七子」，繼有「後七子」、「續七子」。又性豪邁，重義气，好施與，賴以舉火者恒數十家。小雲幼秉庭訓，天姿高縱，超越群倫。髫齡，補博士弟子員，詩名噪甚。刻《春藻堂初集》，見者驚爲仙才，一時名宿交相推許。弱冠投筆，仰承仔肩，納貲爲通守。所至處，大吏驚嘆賞識，競爲延攬，置幕府中。先後治文案，濬河渠，襄鹽策，獲巨盜。其議駱馬湖之租地也，吴省庵時爲觀察，美其能持大局，能識大體。其論淮南北之鹽策也，錢子壽都轉稱爲公輔之器，王佐之才。其佐理真州水利暨捡治梟盜也，曾賓谷節使顧謂王篔山觀察曰：「如陳丞者，可謂材兼文武矣。」相國孫寄圃先生有「國士無雙」之譽，河帥黎襄勤公有「天下奇才」之稱，連銜入告。疊荷「緝捕勤能」、「始終奮勉」之諭，飭部先選。孫、黎二公爰會蘇撫韓公，奏請以通判留江補用。旋奉部議不行，改選雲南府通判。因道遠不能往，呈請改近，仍客漢皋幕中。未幾，病卒，年僅三十有三。所著有《澄懷堂集》十四卷。先是，秣陵女子王子蘭美而賢，小雲納爲簉室，未四年卒，闔家悲傷。小雲爲仿冒辟疆悼董小宛故事，撰《香畹樓憶語》一編，馬秋藥太常以入瓊逸客贊曼翁《板橋雜記》語賞之，謂「筆墨非雉皋所能及」。小雲彙其堂上家人所撰誄傳哀詞、同人所贈題詠暨《憶語》及所作《夢玉詞》，輯爲一編，阮文達公題曰《湘煙小録》。淑配同邑汪宜人，名端，字允莊，號小韞，才色無雙。七歲能吟詠。父天潛翁命賦《春雪詩》，援筆立就，見者驚賞，謂不減「柳絮因風」之作，因以「小韞」呼之。天資敏甚，讀庾子山《哀江南賦》及木玄虛《海賦》二過，背誦不遺一字。母梁夫人，沖泉司寇女也，早卒。天潛翁視女如掌珠，未幾，亦卒。宜人受撫於姨母楚生夫人。及笄，姿容秀麗，詩筆益工。先是，天潛翁夙具知人鑒，聞小雲之才至異，訪之，覽《春藻堂集》，驚歎得未曾有，即以宜人許字之。小雲有「羊車璧人」之目，宜人于歸，金童玉女，戚黨侈爲美談，見者皆目爲神仙眷屬。潁川一門，娣姒姊妹皆粉陣雄師，出風入雅。宜人争奇角勝於紗厨鏡檻之間，雄視一時，諸人皆爲之退舍。頤道才筆宏富，爲海内詩人之冠，視當世鮮輕許者，獨於子婦，歎爲天才不可及，凡所指授，與言不違言。嘗於十七史中舉隱僻事詰問，輒應口對，百不失一，莫能窮之。所爲詩，杼軸文史，一洗閨閣纖穠之習。幼時，取唐、宋、元、明及國朝人詩閲一過則棄去，留高青丘、吴梅村兩家。既而去吴留高，曰：「梅村濃而無骨，若青丘淡而有品。」遂奉爲圭臬。痛青丘之以魏觀故貽害，而「七子」標榜成習，牧齋、歸愚選本復推崇夢陽而抑青丘，則大恨，誓翻詩壇冤案。因選明詩初、二集，有知人論世之識，前明一代賢奸治亂之迹，亦略具焉，現行於世。又著《元明逸史》八十卷，已成後，悔之，盡焚其稿。自小雲死後，子葆庸以痛父驚悸成疾，遂失常度。

宜人茹荼飲藥，乃潛心學道，日視九流家言、道釋諸書。未幾，病卒，年四十有六。頤道爲作《孝慧宜人傳》一篇，凡八千餘言，附刻其詩集後。所著有《自然好學齋詩鈔》十卷。

儀克中

儀克中，字協一，號墨農，廣東番禺人。其先山西太平籍，父游宦粤中，遂家焉。少有奇氣，讀書過目成誦。嘗出市縱觀告示，歸，録出不遺一字，人咸異之。嘉慶二十三年，與修《廣東志》，搜訪碑刻，多翁覃溪學士《金石録》所未著。性靈敏，爲文頃刻數千言立就。又能於方寸楮中作小楷數百，見者歎絶。阮文達公課士學海堂，先生和方孚若《南海百詠》，一夕而成，公深器之。時海康陳昌齊、錢唐錢宜吉、仁和顧廣圻、甘泉江藩皆折行輩與論交。道光十二年，程春海先生典試粤東，搜遺卷，見所對策，大賞之，拔取中式。居京時，朝鮮客卿李藕船惠吉見之，傾倒甚至。歸粤後，藕船萬里郵詩索和，名益起。平生倜儻尚俠氣，讀書有利濟志。十四年，廣州官窑鄉大水決堤，民居蕩析。言於大府，謂非濬靈洲渠，勢不可殺，大吏深倚之。遂與南海曾釗親歷石門，至蘆包河，相度河水，三閱月工竣。又念《丙丁龜鑑》言，請建惠濟倉，經畫周年，常達旦不寐。竟以積勞病卒，年僅四十有二。

所著詩文十餘卷，兵燹後散佚過半。後人搜輯叢殘，得文一卷、詩四卷、詞二卷，經學海堂校刊行於世。

姚燮

姚燮，字梅伯，晚號復莊，浙江鎮海人。生周歲，未能言，已識字二百餘，坐大父膝，手指無謬者。五歲時，有客過其父，索佩囊不與而啼。客笑曰：「能作《燈花詩》，當與汝。」遂琅琅賦五言二韻。客大驚，解佩囊贈之。髫齡入塾，姿秉絶人。讀書恒十行下，自經傳、子史至傳奇、小説，以旁逮乎道藏空門者言，靡不覽觀。性沈毅，耐攻苦，以故學有根柢，才名早著。道光十四年，舉於鄉，名益盛。由是，往來燕京及大江南北，游覽閲歷益多，交游益廣，撰述益富，才筆益奇。工作畫，人物、花鳥涉筆成趣。或贈人以爲酬酢，不知者藉苫求之，亦無不應也。客中金盡不得歸，拉雜畫數十紙投有力者，一夕兼金俱至，且曰視之策馬行矣。居恒恂恂和易，不議論人長短，人益樂與之游。所與游者，亦不以其人高下有所區視，然臧否自在腹中。未幾，大病瀕死，養疴郡之報德觀，忽大覺悟，取生平綺語十數種摧燒之。嘗自言詩有萬餘首，遴之至三千。今行世者有《復莊駢儷文権初編》八卷、《二編》八卷，《詩問》三十四卷，《疏景樓詞》五卷。未刻者有《散體文酌》十二卷、《疏景樓詞續鈔》四卷、《玉篴樓詞》二卷、《瑶想集詩》一卷、《西滬櫂歌》八卷、《蚶城游覽倡和詩》一卷、《息游園雜纂》八卷、《課兒四子書瑣義》一卷、《胡氏禹貢錐指勘補》十二卷、《夏小正求是》四卷、《漢書日札》四卷、《四明它山圖經》十二卷、《蛟川耆舊詩繫》三十二卷、《今樂考證》十卷、《今樂府選》五百卷、《玉篴樓詞學標準》八卷、《苦海航樂府》一卷、《琴譜雅音九奏》一卷、《捫蝨録》一卷、《洋烟述攷》八卷、《狙史》八卷、《退紅衫傳奇》八卷、《梅心雪傳奇》八卷。

魏源

魏源，字默深，湖南邵陽人。誕時，母夢古衣冠人授以巨筆及金色花。少聰穎。髫齡入塾，扃一室，晝夜不釋卷末。弱冠，補弟子員，即究心經史。旋舉明經。入都，館李春湖侍郎家，名公卿争納交焉。兩中副車。道光二年，舉京兆試。客江南時，陶文毅公撫蘇，以文章、經濟相莫逆，凡海運、水利諸大政，咸與籌議。輯《皇朝經世文編》。其後，督兩江者，漕河、鹽兵諸務整飭更張，皆延與定議而後行。二十二年，逆夷犯海疆，裕靖節公督浙防剿，延致幕府，數月辭歸。靖節陣歿，撫議成，有感而著《聖武記》。二十四年，成進士，以知縣分江蘇，署東臺縣，政聲卓著。二十六年，丁母憂歸，輯《海國圖志》。服闋，權興化縣及海州分司，善政不可枚舉。因興復淮南北課額，議敘以同知直隸州用。咸豐元年，補高郵州知州。三年，髮逆陷金陵，破揚州。賊蹤去州城四十里，先生率民兵設法守禦，城賴以安。時廉訪某督兵防江北，與先生素有隙，以遲誤驛報劾，罷職。四年，周文忠公督皖軍，奏請先生隨營，擊宿州匪平，奉旨復官。先生以年逾六十，世途多故，無心仕宦，遂辭歸，而文忠亦卒。全家避兵興化，不與人事，惟手訂平生著述。七年，游杭州，卒於僧舍，年六十有四。同治年間，入祀高郵、興化名宦祠。所著有《詩文集》、《聖武記》、《海國圖志》、《書古微》、《詩古微》、《公羊古微》、《曾子發微》、《子思子發微》、《高子學譜》、《孝經集傳》、《孔子年表》、《孟子年表》、《小學古經》、《大學發微》、《兩漢今古文家法考》、《皇朝經世文編》、《論學文選》、《明代兵食二政録》及《春秋繁露》、《老子》、《墨子》、《説苑》、《六韜》、《孫子》、《吴子》注各若干卷。

秦淮八艷圖詠（圖略）

馬守真

馬守真，字湘蘭，小字元兒，又字月嬌，秦淮名伎也。擅書畫，精度曲，善畫蘭。神情瀟灑，吐屬風流，見者意遠。所居孔雀庵旁爲秦淮勝處，池館清疏，花石幽潔。教諸小鬟歌舞，檀板金尊，燕飲無虚日。與王伯穀最善，爲文字交。南都鄭應尼公車下第，游曲中，慕名過訪。時湘蘭正與伯穀擘箋鬭句，遇之不以禮，應尼作詩誚之。又爲《白練裙》雜劇，備極諧謔，召湘蘭使觀，微笑而已。嘗曉起理妝，玉釵墜地折，莞然曰：「久不聞碎玉聲矣。」其嫻雅多類是。性任俠，時時揮金以贈少年。步摇條脱，恒在子錢家不顧也。感伯穀爲脱墨祠郎之厄，欲委身焉，未果。伯穀七十初度，湘蘭自金陵往，置酒飛絮園爲壽，觴詠累月，笙歌達旦，爲金閶數十年未有盛事。歸，未幾而病，然燈禮佛，沐浴更衣，端坐而逝，年五十有七。有詩二卷，伯穀序而刻之。

卞賽

卞賽，一名賽賽，秦淮名伎，後爲女道士，自號玉京道人。知書，工小楷，擅畫蘭。喜作風枝嬝娜，一落筆，盡十餘紙。尤善鼓琴。年十六游金閶，居虎丘，湘簾棐几，地無纖塵。見客，不甚酬應，若遇文士，則諧謔間作，談論如雲，一座傾倒。尋歸秦淮。亂後，復游吴，作道人裝。侍兒柔柔，静好女子也，承奉硯席如弟子。未幾，渡浙江，歸於東中一諸侯。不滿意，進柔柔當夕，乞身下髮。復歸吴門，築別館以居。長齋繡佛，持戒律甚嚴。嘗刺舌血，書《法華經》一部。又十餘年而卒，葬於惠山祇陀庵錦樹林。

李香

李香，字香君，秦淮名伎也。身軀短小，膚理玉色，豐腴俊婉，調笑無雙，人名之爲香扇墜。性知書，俠骨慧眼，能鑒別人物，艷名噪南曲中。四方才士，争以一識面爲榮。侯生朝宗赴試白門，一見，兩相慕悦。邀生爲詩，而自歌以償。初，阮大鋮以閹黨論城旦，屏居金陵，爲清議所斥，欲攻之。陳定生、吴次尾實首其事，兩人與生至交。大鋮欲籍生爲解，倩人日載酒食與生游。爲香備妝奩及纏頭，貲甚鉅。香詢知爲大鋮意，悉卻之。大鋮怒欲殺生，生亡去。香送之桃葉渡，歌《琵琶記》以示意。生去後，大鋮繩香於故開府。田仰以三百鍰邀一見，香拒之力。田使人劫取，未果。福王即位南都，徧索歌妓，香被選入宮。南都亡，隻身逃出，後依卞玉京以終。當生與香定情之夕，以宮扇一持爲贈。生去，香把玩不離手。田使往劫。時香墜樓不死，血痕濺扇上。楊龍友就血點添，寫枝葉爲折枝桃花。香覓人以扇寄生，生感之，爲作《李姬傳》。孔云亭譜《桃花扇傳奇》紀其事。

柳是

柳是，字如是，小字蘼蕪，秦淮名伎也。美丰姿，工詩善畫，精通音律。分題步韻，頃刻立就，章臺中名噪一時。才俊奔走枇杷花下，柳視之無當意者，獨心識陳忠裕公。嘗效書生裝投刺謁見，未納。遂往謁虞山錢宗伯，談論風生，錢不能屈，柳亦心折之。歸，言於人曰：「吾非才學如錢學士者不嫁。」錢聞之，喜曰：「吾非能詩如柳如是者不娶。」好事者兩相傳致，遂定婚焉。宗伯築我聞室以迎，結褵於茸城舟中，禮儀備具，稱爲繼室，號河東君。建絳雲樓居之，窮極壯麗，廣貯圖書，題花咏柳無虛日。嘗衣儒服出與賓客辨難，翩躚若仙，宗伯又呼爲柳儒士。順治初，宗伯因事被逮入都，如是正卧病，蹶然起，冒死從誓，上書以身代。未幾，案解。康熙間，宗伯捐館。嗣君弱不能振，族黨驕悍，聚衆争産。如是盡出妝奩以贍，族人争攫，喧集如故。如是投繯以殉，有司窮治悍黨，家業賴以保全。嗣君感痛，以嫡禮葬於拂水山莊。遺詩多佚，僅於《有學集》中坿刻數章耳。道光初，陳雲伯宰常熟，訪得遺墓於尚湖之濱，爲重加修治，樹碣題詩，和者甚衆焉。

董白

董白，字小宛，一字青蓮，秦淮樂籍中奇女也。貌娟妍，擅詞翰，鍼神曲聖，食譜茶經，無不精曉。性愛閒静，慕吴門山水，徙居半塘，竹籬茅舍，詠詩鼓琴。往來白下，時冒生辟疆有東海秀影之目，游金陵，彼此傾慕，數訪始遇，相見於曲欄花下，暗相心折，小宛欲委身焉，而生因家事未果。時獻賊方熾，小宛獨恣遨游，自西湖遠涉黄山、白嶽歸，寓桐橋小樓。生邂逅遇之，驚喜，遂相攜游惠山、毘陵，抵北固。小宛著西洋布退紅輕衫觀競渡於金焦，人争擁之，目爲仙侣。生赴試白下，小宛買舟隨之。試事畢，一時名流觴二人於河亭，秦淮女郎，滿座皆激揚嘆羡，喜極淚下。榜發，生復中副車，而小宛父逋負山積，事久不集。虞山宗伯聞之，特至半塘，出巨貲，親爲規畫，以手書並盈尺之券送小宛至如皋，聞者稱快，咸頌宗伯之高誼也。小宛入門後，智慧絡繹，舉家歡悦。與辟疆歌詠流連，裒集《四唐詩》，輯古今宫闈事物，集爲一書，名曰《奩艷》。間作小畫，亦楚楚有致，與金曉珠、蔡女蘿先後相輝映。侍兒扣扣，亦通翰墨。性愛梅月，妝閣遍植寒香，月夜憑欄，恒至曉不寐。甲申變起，倉皇避難。亂後歸里，以勞瘁卒，年二十有七。辟疆深悼之，撰《影梅庵憶語》二千四百餘言，張公弼爲作傳。道光間，彭梅垞譜《影梅庵傳奇》。

顧　媚

顧媚，字眉生，又名眉，後號横波，晚號善持君，秦淮名伎。莊好靚雅，風度超群，鬢髮如雲，桃花滿面，弓彎纖小，腰肢輕亞。通文史，善畫蘭，追步馬湘蘭，而姿容勝之。家有眉樓，綺窗繡簾，牙籤玉軸，堆列几案，瑶琴錦瑟，陳設左右，香煙繚繞，簷馬丁當。鬓持老人嘗戲之曰：「此非眉樓，乃迷樓也。」人遂以迷樓稱之。是時，江南侈靡，文酒之讌，座無眉娘不樂，而尤艷顧家厨食品。眉樓設宴無虚日。忽浙中來一傖父，因争寵，謀使酒罵座，誣訟眉娘盜匿金庫酒器。老人憤甚，作檄討之。傖父從父見檄，斥之歸，訟乃解，眉甚德之。未幾，歸合肥龔尚書。尚書豪雄蓋代，視金玉如糞土，得眉娘佐之，益輕財好施。客有求尚書詩文及眉娘畫蘭者，縑牋動盈篋笥，畫款所書横波夫人者也。國朝定鼎後，尚書嫡配童孺人不受封，以讓眉，眉遂膺一品芝誥。尚書挈之重游金陵，寓市隱園中林堂。值夫人生辰，張鐙開宴，賓客盈庭，梨園畢集，演《王母瑶池宴》。夫人邀舊日南曲姊妹，合樽促坐。尚書意甚得之。鬟持與吴薗次、鄧孝威皆有長歌紀其事。嗣還京師，以病卒，殮時現老僧相。喪禮之盛，備極哀榮，弔者車數百乘。尚書譜《白門柳》傳奇悼之。

寇湄

寇湄，字白門，秦淮名伎也。娟娟静美，跌宕風流，工度曲，善畫蘭，略解拈韻，能吟詠。年十八九時，爲保國公購之，藏以金屋，如李掌武之謝秋娘也。明季甲申三月，京師陷，保國生降，家口没入官。白門以萬金贖身，匹馬短衣，從一婢歸。爲女俠，築園亭，結賓客，日與文人詞侣往還，酒酣耳熱。亦自歎美人之遲暮，嗟紅粉之飄零也。既從揚州某孝廉，不得志，復還金陵。老矣，猶時召諸少年流連觴詠。未幾，病卒。錢牧齋《金陵雜題》云：「叢殘紅粉念君恩，女俠誰知寇白門。黄土蓋棺心未死，香丸一縷是芳魂。」又某詩云：

「寇家姊妹總芳菲，十八年來花信迷。今日秦淮恐相值，防他紅淚一霑衣。」則寇家多佳麗，白門其一也。

陳沅

陳沅，字圓圓，一字畹芬，前明金陵倡家女也。花明雪艷，色藝冠時。崇禎末年，流寇鴟張，宸衷憂瘁。外戚嘉定伯思求絶色紓宵旰憂，以重貲購納掖庭，帝意漠然，命遣歸。田畹艷之，劫置別室。闖賊逼畿輔，帝急召吴三桂鎮山海關。畹憂甚皇皇，圓圓請曰：「曷不締交於吴將軍乎？」畹然之，盛筵迓三桂。酒行，圓圓率歌隊進，三桂神馳心蕩，撫之曰：「卿樂甚。」圓圓小語曰：「紅拂尚不樂越公，況不及越公者耶？」三桂頷之。飲酣，警報踵接。畹前席曰：「寇至，將若何？」三桂曰：「能以圓圓見贈，吾保君家先於保國也。」畹未及答，三桂即命圓圓拜辭，細馬馱之去。帝趣三桂出關，其父襄督理御營，恐帝聞圓圓事，留府勿令往。闖賊犯都城，襄降賊，賊使招三桂，許以通侯。賞使至，三桂從之。詢及圓圓，知爲賊有，大怒，作書與父訣，勒兵入關擊賊。賊敗，屠襄家三十餘口，棄京出走，婦女悉委於途。三桂追賊至山西，晝夜不息。其部將先於京城搜得圓圓，飛騎傳送。

時師駐絳州，將渡河，聞之大喜，即帳前結綵樓，備翟茀香，舉列旌旗，簫鼓三十里，親往迎迓。自此，由秦入蜀，建鉞滇南。將正妃位，圓圓固辭，三桂乃别娶。而後婦悍妒，群姬多被殺。圓圓遂長齋繡佛，削髮爲尼，三桂爲築蘭若於五華山居之，名華國寺。三桂殁，大兵平雲南，圓圓投寺外蓮花池卒。滇人哀之，爲葬於池側。寺中藏有小影二幀，蓮花池有刻石詩，皆至今存。

制義

告諸往而知來者

善悟者，知餘於所告，聖心所由深愜也。

夫往者，告之所及；　來者，告之所未及也。子貢之善於知乃如此，子所爲許以言詩歟？

今夫立教之旨，有言中之意焉，無以引伸則窒也，有意外之言焉，無以旁參則拘也。乃若即言中之意，以類推夫意外之言，由意外之言，以隱通乎言中之意，覺故籍舉堪印證，亦新機迭次循生。在學者，不自覺其會心之獨遠也，而教者，已無患夫解人之難索也。

吾何以許賜言詩哉？

夫吾向者未嘗告賜以詩也，告以處境之學而已，而賜乃不囿於所告也，而賜乃能别有所知也。想賜也，絃誦有年，深悉古人，好學深思，皆發爲詠歌，以抒無窮之義蘊。故當一堂詔示，不必泥所告以求知，自不難因所告以廣其知也，瑩明之妙，隨在逢原。

夫固告之者所意不及期者矣。賜也，研求有素，舉凡古人，長言詠歎，皆尋其奥妙，以課一己之修能。故即片語提撕，告者尚未竟其所知，而知者已若溢於所告也，感觸之微，當前發覆。

夫固知之者之心所自得者矣。夫可也未若之言，往者也，吾告之，吾意賜也僅知之；切磋琢磨之旨，來者也，吾未告之，而不謂賜也先知之。

今夫往來不窮者，化工之遞嬗，故數往知來之學，足以闡至道，而盡泄機緘。夫善悟者，何莫不然也。

今夫往來相尋者，世運之推遷，故觀往知來之功，足以剖積疑，而獨神擬議。夫善悟者，亦殆如是也。

其斯爲告諸往而知來者乎？

名理之無盡也，亦視其人之自領耳。假令告諸往而固執以求，亦何嘗非尊聞之詣，然所知究未罄也。

賜也性原穎悟，本多學而識之力，盡觸類而長之能，往即來所伏，告者甫引其端，來即往所推，知者已窮其委，舉平昔循誦習傳之語，胥觸處而旁通，夫何慮神明之或滯也。彼适也，於「白圭」之句，三覆無忘；　由也，於《雄雉》之篇，終身以誦。視賜不猶有間哉？

聽受之多方也，惟峙此心之取資耳。假令告諸往而奉持不失，亦未始非好學之心，然所知要未融也。

賜也質本靈明，挾聞一知二之才，得舉一反三之妙，往與來相待，告者尚含而未伸，來與往相因，知者已澄而坐照，舉兩間名物象數之理，悉賅洽而靡遺，夫何有故見之自膠也。

彼心悦教言，回也，似非助我；　理通禮後，商也，別有起予。在賜曷多讓哉？

吾安得盡如賜者，而與之言詩也。

洋洋乎發育萬物峻極于天

萬物皆莫能外，聖道，一天而已。

夫萬物，天所發育，實道所發育也。洋洋乎聖道之峻，有不極於天者乎？且《中庸》言道大，而天下莫能載，誠以天下之物，莫能外乎天，而萬物共載之，天亦莫能外乎道。是道實統乎萬物，而與天合撰也。蓋惟繁賾紛紜之數，悉歸綱維主宰之中，其功旁行而不遺，其體即上蟠而無際，一爲擬議，以覘神妙。夫固儼然巍蕩之規已。

聖道之大，於何見之？試即其全體覘之，可乎？

穹蒼之造物也，神發形生，悉本絪緼化醇之妙，而聖道實宰乎内焉。合飛潛動植之倫，而胥歸統握，始知歸藏長養，功早運於無形。

宇宙之生物也，充塞流行，自具保合太和之藴，而聖道畢貫其中焉。統血氣形聲之類，而悉仰裁成，始知布濩彌綸，功直包於無外。

洋洋乎聖道發育之功，亦如天之發育而已矣。

洪荒甫闢之初，庶類芸生，天固獨神其用。自有聖道，而天不覺竟其功焉。試觀鳳麟獻游舞之祥，龍馬絢苞符之采，萬物悉含其氣，以應聖主之休徵。問有幾微之可外者乎？覺五行百産之精，悉歸其鼓盪矣。

大造篤生而後，飲食教誨，天亦似覺其煩。自有聖道，而天不啻謝其責焉。試觀鳥獸安咸若之性，鳶魚順飛躍之天，萬物各適其生，以樂聖人之功用。問有纖悉之能外者乎？覺二氣陰陽之妙，統受其涵蓋矣。

其峻也，吾無所擬諸，擬之於天可也，擬之極於天可也。

天運於虛，而聖道之發育，則以實助虛，而成其體之峻焉。無論日星河嶽，則之以爲至文，雨露風雷，奉之以垂至教。即凡遠以及邇，高以及卑。天所在，無非道所在，其規模爲不隘矣。洋洋乎道之渾灝無涯如是乎？恒久化成，直媲崇高於造化。蓋天本太虛以爲峻，聖道以求諸實者，極於天而已矣。

天主乎氣，而聖道之發育，則以理輔氣，而顯其用之峻焉。無論天覆地載，四海莫不尊親，後聖前王，千古迄無疑惑。即凡夫婦可以知能，鬼神之所消息。天所存，無非道所存，其體量爲甚宏矣。洋洋乎道之充周靡窮如是乎？包羅萬有，直同寥廓於彼蒼。蓋天本元氣以爲峻，聖道以主夫理者，極於天而已矣。

聖道之極於至大無外何如乎？至於至小無間，又有可擬矣。

莫如爲仁

示擇術者以免耻之方，惟爲仁庶可免也。

夫爲仁，則智、禮、義賅其中矣。欲免耻者，舍是莫如擇術，其可苟哉？孟子意謂吾初不解人人有自强之術，而昧焉者，不知所適從也。

夫天德本斯人同具，返觀而即見真修，人心實固有之良，舍是而更無他道。矢進修之志，以期免乎受辱之因。苟奮起爲天下雄辨之，宜早辨也。因不仁，而智、禮、義皆失，彼豈不知人役之可恥哉？吾乘其自屈之餘，而動以懷慚之念，則將如何而後可也。

凡人欲擇一境以自全，必博訪周諮，以得乎安身之所，亦既中藏愧勵。沈淪之末路，即開悔悟之新機，豈容辨别未精，貿貿焉而致他歧之誤。

凡人欲擇一途以自立，必熟思審處，以得乎駐足之區，亦既内念奮興。俄頃之轉移，即定終身之造就，豈可遲疑不決，悠悠焉而來自感之貽。

夫不有所當爲者乎？將欲爲富强之術，而以力争者，未必即可争。將欲爲機詐之謀，而以巧售者，未必即能售。爲所不當爲，安望恥之可免也？則孰有如爲仁也哉！

仁之體，至純爲之，而仁德可成焉。警平息之沈迷，矢今兹之刻勵，聲色有必屏，貨利有必斥，並左右近習之人有必遠，清明其氣，即尊崇其身，夫誰得而辱之也。則事之大可爲者，誠莫如此矣。

仁之用，至大爲之，而仁政可施焉。變從前之殘暴，布此日之慈和，刑罰在所省，税斂在所薄，並興兵搆怨之念在所祛，刻勵其心，即振興其治，夫疇敢或侮之也。則事之無難爲者，又莫如此矣。

今夫斯世之沈迷，亦已極矣。修省之懷，不敵其好大喜功之念。彼惟知嗜欲之攻取於中，而豈知已置其身於至賤之域乎？吾特揭爲仁以曉之，使知陷溺已深，非修德無由補救。賊仁不可爲，假仁亦不足爲。惟實力爲仁，斯舉夫爲智、爲禮、爲義之功，統貫而兼全其美，爲之者，貴有一心而無兩念也。幾希之所存，吾能無厚望哉？

今夫人心之昧罔，不自知也。道德之名，輒視爲俗士迂儒之學。彼惟知宴安之耽樂於己，而豈知已失其足於下流之歸乎？吾專舉爲仁以策之，使知因循已久，回首尚有坦途。仁心難猝爲，仁聞亦難僞爲。惟誠心爲仁，斯合乎爲智、爲禮、爲義之真，次第而畢收其效，爲之者，當舍拙謀而取嘉謀也。覺世之苦心，吾庶幾稱慰哉。

吾更取爲仁以譬之，而耻爲人役者，尚反求諸己而可乎？

案：制義三篇，録自顧廷龍主編《清代硃卷集成》第二十册。

序跋

花影吹笙詞鈔跋

先府君少工吟詠，尤善倚聲。所作皆苦心孤詣，改易數四，始行定稿。古今體詩及詞集皆有定本，手自録存。丁巳，賊匪犯粤，避寇鄉居，閱四匝月始還家。書籍盡遭燬壞，僅於灰燼中撿獲今體詩一册，餘悉散佚。先府君以兵燹之餘，家業凋弊，吟事斯輟，所失亦無由記録。乙丑歲，衍蘭奉諱南旋，於故紙中遍行搜討，覓得詞一百十餘首，隨獲隨編，不復能按年排比。所存不過十之三四，敬謹詳校，釐爲二卷。竊念先人遺墨，經數年捃摭，始獲成編，亟付手民，用代掌録。獨愧衍蘭等筆硯荒蕪，家學未能負荷，每一念及，泚顙汗背，不知所云。兹因剞劂告竣，謹誌顛末，不禁涕泗之漣也。光緒三年二月上巳，男衍蘭、衍桂、衍壽謹識。

輯自葉英華著、葉衍蘭編《花影吹笙詞鈔》，清光緒三年羊城刻本

空山聽雨圖册序

此清微道人《空山聽雨圖》也。道人姓王氏，名嶽蓮，號韻香，又號玉井道人。少爲比丘尼。年十九，蓄髮爲女道士，居錫山福慧雙修菴。工吟詠，精小楷，善畫蘭竹。著有《清芬精舍吟稿》及《説竹》四十八則。嘗倩鶴渚山人爲作《空山聽雨圖》，一時名流題詠殆遍，前後至五百餘家。道人擇其尤者，刻成二卷，芳茂山人爲之叙。無何，圖竟爲人竊去。道人悵惘不已，因倩瑞芍主人補寫一圖，續題亦數十家，亂後均散失。余訪問數年，迄無知者。梁溪沈旭廷，藏書畫甚富，先後收得此圖殘帖，成三巨册，珍惜不輕示人。光緒二年秋，秦臨士同年覓得續圖一册，郵寄至京，題作僅存十餘頁，因於旭廷所藏，不無望蜀之想。姑函屬臨士謀之，不意旭廷竟能割愛，次年春，三册一併歸余，又得刻本殘頁，序一篇，賦一篇，詩詞數首，録出附寄。余補書册後，重付裝池。道人當日以詩畫名噪一時，海内才人争投篇什，皆以附名簡末爲幸，想見寰宇昇平，諸公泉石優游，風流競爽。乃兵燹之後，斷縑殘楮，猶獲留存，計自劉文清以下，共有九十餘家。此後再事尋求，尚冀續有所得。道人三生慧業，自當永藉流傳。而余搜訪數年，卒獲償此夙願，覺翰墨林中具有因緣，竊深欣幸也。時光緒三年歲次丁丑夏五月，裝成，爲詳叙其顛末，并題一詞於後：「九龍山色，照長眉青影。中有幽棲隔塵境。正梨妝浄洗、心跡雙清，渾不是，窗外芭蕉愁聽。　禪機如水寂，紙帳單寒，止許梅魂伴孤另。慧業此三生、寫罷湘蘭，更一卷、靈飛同證。好待取、經堂月華明，道人自題詩有「擬坐經堂待月華」之句。拚落盡檐花，翠篝香冷。調寄《洞仙歌》。」南雪主人葉衍蘭書於京師宣武城南之秋夢龕。

輯自無錫市博物館藏《空山聽雨圖》册

鐵華仙館集叙

錫山秦氏，爲淮海望族，世以文章顯。國朝，對巖先生由翰林罷歸，再試鴻博，兩入詞館。文恭公及小峴先生起而繼之，文集均行於世。余同年臨士比部，爲先生文孫，以古文世其家學。官京師時，能本經術折獄，多所平反。上官知其才，以御史保薦，記名補用有日矣。臨士澹於榮利，遽乞假歸。余因是欽其品之高尚，未稔其文之工也。别後十年，郵寄其《鐵華仙館文集》，屬爲之作叙。讀其文，説理必精，修辭必潔，深得震川、桐城之遺。臨士品高矣，文焉得而不工，矧其夙承家訓，淵源有自者耶。使臨士登臺諫，擢顯秩，固意中事，然安能優游於九峯二泉間，肆力於古文？若是，固知臨士必不以彼易此也。余都門橐筆十有餘年，學殖將落，烏足以叙臨士之文？姑就所知者述之。此本既出，定可與先集並傳海内，能文之士，必共賞之，亦無俟余之贅説爾。時光緒四年歲次戊寅春仲，年愚弟葉衍蘭叙於都門寓舍。

輯自《清代詩文集彙編》所收秦賡彤《鐵華仙館集》

新蘅詞序

葉衍蘭曰：《新蘅詞》選調必精，摛辭必鍊，有石帚之清峭而不偏於勁，有梅溪之幽雋而不失之疏，有夢窗之綿麗而不病其穠，有玉田之婉約而不流於滑，尋聲於清濁高下之别，審音於舌齶脣齒之分，剖析微茫，力追正始。

録自龍榆生《近三百年名家詞選》，上海古籍出版社一九七九年版

秋夢盦詞鈔序

余幼喜長短句，在書塾中偶得《花間集》一本，如獲異寶。時學爲之，未敢示人也。迄

乎弱冠，填拍寖多，大都側艷之詞。酒闌鐙畔，倚醉揮毫，散見舞裙歌扇中，無稿可録。壯歲而還，憂愁幽思，所作半緣寓感。又疊遭兵燹，十無一存。壬午秋間，乞假旋里，僅從故紙堆中檢得數首，同人復以昔時所録環示，叢殘拉雜，隨手抄存，釐爲二卷。索觀者衆，苦乏鈔胥，爰付手民，以代掌録。今年已垂暮，學道未能，不復作少年綺語。然春蠶未死，尚有餘絲。早雁新鶯，月闌花謝，情懷棖觸，忍俊不禁。嗣有所作，當續坿於後。麝香鸞彩，愛惜斯珍，聊以自娱，不堪問世。光緒甲申仲秋端五，秋夢主人自記。

輯自葉衍蘭《秋夢盦詞鈔》，《續修四庫全書》影印清光緒十六年羊城刻後印本

鴻爪前游記序

少唐比部性好讀書，喜游覽，平生倜儻有大志。家藏數十萬卷，葃枕其中，榮利之遇淡如也。同治庚午赴京兆試，主余家，談次慨然，曰：「此行入都，非爲功名計也。閒嘗縱覽載籍所識名山大川、洞天福地，心竊嚮往之。斯游盛，可酬素志乎？」余壯其言，惟歎走俗抗塵，不獲解組以從之游爲恨事。榜發報罷，少唐意若甚愜。翌日，襆被裹書，一車兩僕，飄然行矣。沿途陟三盤，歷五台，覽九邊，登四岳，謁孔林，筇屐所經，其不窮其止極，縋

幽鑿險，以暢游興。使少唐登科第，躋臺館，著作承明，簪紱羈身，亦豈能恣意遨游如此之實！天假之緣，知少唐必不肯以彼易此也。甲戌，復抵京，出《鴻爪前游記》六卷示余。讀之，覽四方險阻、沿革，郡國利病，洞然於胸中。每歷一境，凡古跡形勝、風俗掌故，援古證今，無不詳碻。復於金石文字，志其本原，足補志乘所不及。此豈浪游者比乎？是書之成，洵足與范石湖《吴船録》、陸放翁《入蜀記》并傳不朽矣。庚寅歲，少唐倏歸道山，年未六十。恒以東南諸勝，莫克遍游爲憾。斯記名曰《前游》，其欲以後游俟諸異日與？惜乎未竟其願也。哲嗣静航農部，能讀父書，少唐遺著詩文，悉編校以付剞劂。此書先成，以序屬余。誼不可辭，爲述其顛末於此。所恨年已垂暮，五嶽之巔，此生未必能償。覽是編，如伏櫪戰馬聽鼓鼙之聲，不禁仰首長鳴也。時光緒十有八年五月，番禺葉衍蘭并書於越華講院。

輯自孔廣陶《鴻爪前游記》，清光緒十八年三十有三萬卷堂刻本

李長吉集跋

李長吉詩如鏤玉雕瓊，無一字不經百鍊，真嘔心而出者也。二樵詩學胎息於斯，故其

評語最爲精當。此黄陶庵評本，二樵加墨其上，吕石飄得之，後歸陳蘭甫師。余從孝直世兄處假歸，課餘無事，一一録出，石飄間有附識，亦並録之。同人索觀，不能遍應，爰付剞劂，以給所求。坊肆刊行王琢崖評本亦有足互證處，與此可參觀也。光緒壬辰仲秋，葉衍蘭識。時年七十。

輯自葉衍蘭寫刻本李賀《李長吉集》

秦淮八艷圖詠跋

余手摹昭代名人遺象，先後得百八十餘人，並及明季國初閨秀，各綴以小傳，思寄梨棗，力尚未能也。適有人以顧横波小影屬題，爰訓《眉嫵》一闋，並録舊題卞玉京《重簾香鎖圖》詞，函致張韻梅大令索和。大令謂各象皆宜有詠。用是，郵筒酬唱，共得八人。索觀者多，遂將八艷先行摹出，並寫小傳於後，即以所書題詠，統付手民。因思前明末造，士大夫多以文藻、氣節相高下，章臺柳枝、清溪桃葉亦皆負盛名，擅絶藝。雖流傳未盡於是，而此八人或以明慧著，或以節烈彰，或以任俠傾動一時，或以禪悦懺修晚景，其人其事，均足千秋。且皆出於風塵淪賤之餘，蓮挺污泥而性仍高潔，不爲金鈿所染，尤覺嶔奇。彼鬟眉男子，遭逢時變，委曲求全以帶寵遇，或幸際昇平，恩禮殊渥而背棄天常，卒致屠滅者，對此能無障面耶？寫靈芬於舞衫歌扇中，彌覺玉臺生色也。有同好定能抒發幽懷，卻不僅《板橋雜記》而外，續添佳話也。時光緒十有八年歲次壬辰中冬下浣，葉衍蘭跋。〔一〕

輯自葉衍蘭編《秦淮八艷圖詠》，清光緒十八年刻本

【校】

〔一〕蘇州圖書館藏本《秦淮八艷圖詠》卷首識語作：「秋夢主人愀然而悲，喟然而嘆曰：痛乎！人生七尺之軀，而與蟪蛄計春秋、蜉蝣爭旦暮也。名利之好，有生俱來。名者，詩書之澤，鄙夫以爲官爵賤己。利者，馨香之報，貪人以爲貨財貧己。貴逾賤，富逾貧，而彼不知也，傷哉！鬚眉粉黛，易地皆然，淹没流傳，惟人自召。臭如蒜，而下生金，頑如石，而中孕玉，奚論所自乎？余摹名象百八十人，兼及閨秀，思寄梨棗，力尚未能。緬想秦淮，樵題八艷，新蘅館主見而和之。遂付剞劂，以公同好。因思前明末造，南中士子多以文章、氣節相高下。至桃葉柳枝，皆有盛名絶藝，或以明慧著，或以節烈彰，或以豪俠傾動一時，或以禪悦懺修晚境。風塵淪賤之餘，蓮出污泥而性仍高潔，其人其事，均足千秋。以視回翔簪紱、腹少詩書者，貽羞巾幗，古今同慨，對此遺徽，能無障面邪？播幽芬於舞衫歌扇中，彌覺玉臺生色。世有杜司勳、白江州其人乎？定能瑩發靈襟，掞張文藻，知不僅於《板橋雜記》而外續添佳話也。時光緒十有八年歲次壬辰季秋之月，葉衍蘭識。」當爲此跋初稿。

古香閣全集序

《古香閣集》者，家曦初明府愛女婉仙之所作也。婉仙幼承家訓，夙擅才華。鈿閣裁詩，遺名花而作骨；銀河滌筆，認明月之前身。繡餘而翡翠攤牋，妝罷而琉璃啓硯。黃花影瘦，湘簾詠清照之詞；翠墨香濃，玉版寫洛神之賦。明府愛之若掌珍焉。及笄，歸爲蓉舫別駕。別駕爲李采卿宮贊哲嗣，亦風雅士也。英芬協夢，蘋藻宜家。金缸銜璧以聯吟，斑管盈牀而鬭句。每至畫眉鸞鏡，銅鉢争敲；擁髻猩屏，珠船共賞。挽春攜手，步羅襪於花陰；詠月憑肩，濕雲鬟於香霧。閨房樂事，喜可知已。而乃登樓作賦，王粲則歲歲依人；遠道馳箋，徐淑則年年惜別。迨蓉舫修文赴召，婉仙翦字留香。畫檻芳塵，淚痕頻漬；幽窗冷雨，愁句彌工。茹苦蘗而皆甘，痛卷施之獨活。枯桐焦尾，時賡《寡鵠》之歌；落葉斷腸，盡叶《哀蟬》之曲。猶復牽蘿屋畔，訓嬌女之朝吟；畫荻燈前，課諸郎之夜讀。謂非靈心四映，慧業三生，而能若是乎？兹者綜其卷帙，索我題評。揩老眼以長吟，覺愜心而貴當。蕙丸馨逸，藻采紛披。鳳軫泠泠，譜出纏綿之趣；鶯簧嚦嚦，比其清脆之聲。賦情懷則竹笑蘭言，寫幽恨則紅愁緑慘。屬爲儷語，以作引喤。更酬花蕊之新篇，用當束脩而執贄。清談絡繹，問字殷勤。僕也桃李盈廷，亦有掃眉才子；芝蘭入室，更來煮夢仙姝。明月小鸞女士號煮夢子。深慚老去蠶絲，無補新裁鴛杼。乏丘遲之好句，懷錦都殘；誦蘇蕙之回文，心花又燦。特陳顛末，聊綴弁言。睹絳紗而識宜文，借黄絹以題幼婦。此日玉臺新詠，試仿徐陵側艷之文；他時彤管流徽，再讀黄母靈飛之目。光緒十九年癸巳夏四日，葉衍蘭識。

輯自葉璧華《古香閣全集》，清光緒二十九年刻本

小三吾亭詞序

咸豐初，余與沈子伯眉，杜子仲容、季英，冒子哲齋、文川，汪子芙生，舉文會於粤中。七人者，道同齒若，飲食游戲，風晨月夕，靡不徵逐。其後季英死於兵，仲容、哲齋、文川宦轍分馳，聚散之感，則余與伯眉、芙生共之。伯眉、芙生喜填詞，余倚洞簫和之，聲嗚嗚然，若不知帶甲滿天地也。其後，余入都，供職郎署，門孤援寡，浮沈白首，兹事廢棄，垂卅年矣。比年乞假家居，則伯眉、仲容、文川、芙生後先殂謝，哲齋息影歸如皋，俯仰之間，已爲陳跡。既念逝者，行復自念，未嘗不感傷於廢興之故，而英絶領袖之無其人也。鶴亭吾友，

爲文川令孫。生之夕，文川夢其先巢民先生來，又適與之同日，識者咸知有異稟矣。稍長，應童子試，縣府道皆冠其軍。旋舉孝廉，名大噪。其爲文，氣咄咄若朝日，固宜其早成也。顧性好詞，雖從余游，而時有以啓余。嘗與余言，詞雖小道，主文譎諫，音内言外，上接《騷》《辯》，下承詩歌。自古風盛而樂府衰，六朝人《子夜》、《采蓮》之歌，未嘗不與詞合也。自長調興而短令亡，南唐人《生查子》、《玉樓春》之什，未嘗遽與詩分也。又言學詞當從唐人詩入，從宋人詞出。每怪近日詞家，極軌南宋，黄九、秦七已成絶響，亡論温、李。嘗集李昌谷詩爲詞一卷，欲以竟長短句之委，而通五七言之郵。余韙其言，未嘗不喜故人之有後也。〔二〕頃以計偕入都，袖其詞稿，乞余一言。余辱與鶴亭三世交，又念嶺以南無有如鶴亭之可與言詞者，因爲文以報之。且系之詞，詞曰：「珠懺紅禪，香描碧唾，十年秋夢初醒。唱出東風，何人共畫旗亭。銀河浄滌生花筆，皺池波、底事干卿。話纏綿、幽恨桐悲，芳思蘭馨。　楞華艷散霜芙萎，悵霓裳舊侣，法曲飄零。海上琴音，更無孤鶴潛聽。白雲只在山中住，訴冰絃、再鼓湘靈。泛仙槎、杏苑題春，歌遍瑶京。調寄《慶春澤》。」光緒甲午冬，葉衍蘭叙，時年七十有二。

輯自冒廣生輯《如皋冒氏叢書》，清刻本

【校】

〔一〕冒廣生《小三吾亭詞話》卷三「程頌萬美人長壽庵詞」條所云與葉氏序文中所轉述者小異：「寧鄉程子大太守頌萬，著有《美人長壽庵詞》。其自序云：『運會陸沉，詞流羈苦。』其忠愛緜惻、掩抑零亂之語，極其至者，蓋嘗踖詩一等，直接《離騷》。余嘗論詞，謂詞雖小道，主文譎諫，音內言外，上接《騷》《辯》，下承詩歌。自古風盛而樂府衰，六朝人《子夜》、《采蓮》之歌，未嘗不與詞合也。自長調興而小令亡，南唐人《生查子》、《玉樓春》之什，未嘗遽與詩分也。又謂學詞當從晚唐人詩入，從南宋人詞出。嘗集李長吉詩爲《菩薩蠻》三十六首，欲以竟長短句之委，而通五七言之郵。番禺葉蘭臺先生最韙其言，與子大持論不同，而各有所見。其詞清而不枯，艷而有骨。張雨珊《湘雨樓詞話》謂爲淵源家學，用筆尤尚中鋒者也。」

返生香跋

《返生香》詩詞刻於《午夢堂集》中，向無單行本。《集》經天寥先生五世姪孫青巖於乾隆間重刊，近亦書版無存。此卷則當日已傳誦於世，名家詩詞選本收入甚多，《御選歷代詩餘》亦經採取。夫以十七女郎，傳世詩詞至百首，古今來罕有其匹也。余手録李長吉詩竟，覺目力尚未就衰，因再寫此本，付之剞劂。其圈點、評語悉依午夢堂本。當時天寥先生哀痛之餘，止就抄存者刊入，其《題眉子硯》二絶云：「舅氏自邗上歸，以數硯分貽余兄弟，瓊章得眉子硯，爰賦二詩，鐫之硯背：『天寶繁華事已陳，成都畫手樣能新。如今只學初三月，怕有詩人説小顰。』『素袖輕籠金鴨煙，明窗小几展吟箋。開奩數點櫻桃雨，潤到湘琴第幾絃。』」集内亦無有。知此外尚多遺佚，今更無從搜討矣。午夢堂原刻十二種，青巖重刻删去四種，以其愁戚之語過多。然一門風雅，皆不永年，今古才人，同爲悼歎。此本寫畢，並將《附集》及《窈聞》、《窈續》刻入。想飛瓊弄玉，名播人間，識者皆知珍貴，不僅粉艷奩香爲玉臺精品也。光緒二十有二丙申仲春之月，葉衍蘭並識。時年七十有四。

輯自葉衍蘭寫刻本葉小鸞《返生香》

粤東三家詞鈔序

余與伯眉、芙生爲總角交，舞勺之年即共學爲詞，翦燭聯吟，擘牋鬬句，無間晨夕。弱冠餬口四方，音塵頓隔。咸豐丙辰，余通籍假旋，楞華詞已付梓。迨光緒壬午解組歸，伯眉墓有宿草矣。因與芙生互訂詞稿，剞劂甫竟，芙生又歸道山。余孤絃獨張，抑鬱誰語。海内詞人有淄澠味合者，不憚馳書千里，以通縞紵。杭城譚仲修、張蘊梅論交尤摯。仲修有

《篋中詞》之刻，曾將三人詞選入續編。别採數十闋，標爲「粤東三家」。復得藴梅補輯遺漏，校讎聲律，與仲修各加弁言，先後寄粤。余惟故人唱和之情，與良友切磋之誼，均不可没，遂鏤板以行。嗟夫！卅年舊雨，一曲春風。湖海題襟，恍如夢幻。余冉冉老矣，憂愁幽思，學道未能，日惟焚香寫經，以懺少年綺語之過。而疇昔朋箋酬唱，謬役心脾者，猶不能割置焉。亦結習之未忘也。士衡之誚，法秀之訶，弗暇計已。光緒二十有二年歲次丙申仲夏之月刻成，曼伽並識。

輯自葉衍蘭編《粤東三家詞鈔》，清光緒二十二年刻本

孯雅堂詩序

錢唐張蘩甫大令，穎學績古之士也，博綜群典，不名一藝，記序儷偶之筆，樂府令慢之體，獵鼓趩𧾷之文，石經龍鸞之字，耆之罔弗，肆之罔弗，至淵淵乎靡測其深已。若夫含宫咀商，陟奥升堂，輣乎桹蔚，豁乎靁硠，隱軫密栗，沈鬱蒼涼，則詩義爲尤長焉。爾其嘻合蜚聲，燈盞韻成，長事耆宿，華鐘敲鯨，元禮目孔融爲偉器，鄉先達戴文節公、沈文忠公。敬輿結長源爲友生，魏滋伯廣文、張仲甫中翰、方雲泉司馬。傾群言之瀝液，屹五字之長城，𨩲金壺若海注，戛銅

盌作龍吟。當是時也，歌嘑烏烏，馳騾驕驕，目空寰中，氣溢塵外，何其豪也。既而遘患亂，歷攲嶇，拾橡栗，竄菰蘆，委雞次於熢燧，淪鴻寶於榛蕪，舊著《蜩甲廬詩》四衮，已爲六丁所攝矣。廓清以還，嗒焉氣索，輟撚髭之苦吟，悔嘔心之少作，掉鞅文囿，策名京雒，讌啓曲江之筵，書窺天禄之閣，驥足甫騁，鵾翮遽落，鞭何事而牧羊，文何心而驅鱷。烏虖噫嘻，又何才半而遇嗇也！揭來閩嶠，形勞簿書，判牘餘暇，吟箋漸儲，江山助其旁薄，蝯鳥發其謳歈，測海氛而愾息，懲邊事而欷歔。閱歲廿稔，編詩八卷，或旬而鎔，或月而鍛，秘諸篋衍，有微勿銜，繅園客之獨絸，勰瓠梁之正聲，天弢自解，斯曰善鳴。夫詩者，志也。體無正變，洞達事理而已，辭無繁簡，曲鬯己意而已。彼夫琅闔其音，鞶帨其藻，窮象彫鎪，横空排奡，鶩舍正而逐奇，徒遺神而取貌，借使導原風雅，希蹤漢魏，既離真詮，悉屬訛體。今讀君《孯雅堂詩》，牢籠景物而弗標神韻，融化故實而弗事餖飣，抒寫胸臆而弗資考證。其長篇鉅製，汩若涌泉，軼若奔雲，若磬控之總乎六轡，若行陳之埽乎千軍，大而龍象，細而蟭蠶，筆力所至，靡不剖分，其詩中之夏育、孟賁乎？余索居嶺表，形睽志通，教學相長，月逆郵筩，念積素絫舊之歡，求領異標新之境，綴以枝辭，藉爲喤引。繇是而進焉，静斂寒鋩，渾含元氣，凝神乎泰定之宇，游思乎沖漠之際，豈惟白湛淵之吟，並耀湖山，益信孔巢父之詩篇，長留天地也已。光緒二十二年歲在丙申仲冬之月，館愚弟葉衍蘭序於羊城之越華書院。

輯自張景祁《箏雅堂詩》，清光緒二十三年刻本

書札

與方濬頤書

去冬接奉惠函，備紉綺注，旋修覆啓，諒録典簽。兹際律轉青陽，復荷吉詞寵錫，臨風莊誦，馳溯逾深。就維子箴老前輩大人勳祉延釐，履端肇慶。椒盤蘇酒，迎淑氣於祥和，薇省柏臺，荷恩綸之寵渥。翹瞻卿靄，曷罄頌私。晚讀禮。家居，煢煢銜恤，每逢佳節，彌切愴懷。際鳳篇之更新，春韶虚度，仰鴻禧之集慶，箋賀聊申。肅修寸啓，覆請勳安，順賀新祺，不備。晚生制葉衍蘭頓首啓。

輯自趙一生、王翼奇編《香書軒祕藏名人書翰》，浙江古籍出版社二〇〇五年版

致繆荃孫詩稿

「蕩漾晴空裊不支，和煙和雨暗迷離。飄零蹤跡渾如客，摇曳丰神頗似詩。繫我情懷

行藥候，引人愁緒倚欄時。憑他牽惹桃花片，留得春光上柳枝。」「茅檐花雨落紅稠，蛛網晴光屋角收。不盡纏綿猶浪蕩，絶無依傍自風流。輕攙錦絮穿羅幕，斜罥珠簾上玉鉤。幾度垂楊同卧起，也隨煙態拂人頭。」「悠揚似欲綰春暉，摇颺花魂力已微。未免有情風嫋嫋，若爲小住雨霏霏。輕盈莫補苔衣薄，婀娜還黏杏纈肥。繫得斜陽剛一縷，閒身又逐柳棉飛。」「風前鬢影感飄蕭，花底行吟悵寂寥。老屋無人啼絡緯，虚廊過雨長蠨蛸。會逢燕翦當空斷，無那蜂鬚著意撩。饒有相思抛不得，垂垂縈住海棠嬌。」《游絲》四首，録呈小山仁兄大人詞家吟正。弟葉衍蘭初稿。

輯自顧廷龍校閲《藝風堂友朋書札》，上海古籍出版社一九八〇年版

致張鳴珂函四通

一

玉珊仁兄大人閣下：夙仰芝儀，莫由葭倚，江雲燕電，徒切馳想。遥維才譽益隆，榮聞休暢，甚善甚善。前在樊雲門兄處拜讀足下書扇詩餘數首，清超綿邈，婉約風流。知玉照白雲，師承家學，不勝佩服之至。弟家本東浙，寄籍嶺南，舞勺之年即好辭藻，賦性愚戅，

不知所從。自入京都，逐逐軟紅，俗緣坌集，孤吟易輟，知音蓋稀。歲月不居，朱顔頓改；吹花嚼蕊，吟興胥捐。近來倚聲一道，談者益尠，如足下之清響獨標，深情若揭者，實未易覯。私衷欽遲，結轖難忘。獨惜南北暌〔一〕，不獲仰接光儀，縱談藴蓄，悵也如何！特呈上素箋四紙，伏求將平日錦囊佳製，賜書數闋，大著如已付刻，賜寄數本，尤所深感。以當萱蘇。毋吝金玉，幸甚盼甚。雲天在望，延企爲勞，書此代面，敬請著安，諸惟荃照，不備。愚弟葉衍蘭頓首。二月廿三日。

再，賤號南雪，一號蘭臺，如荷賜復，祈寫明寄至京師順治門外米市胡同中間路西軍機葉宅，便可接得。又及。

【校】

〔一〕「獨惜」句：「暌」下疑奪「隔」字。

二

玉珊仁兄大人閣下：秋間接奉惠緘，并賜書大著，旋肅函佈謝，并付扇面二件，交提塘轉寄，未審何時遞到。日久未蒙覆示，切甚懸懸。比維勛祉增綏，台祺篤祜，印牀花滿，官閣梅開。逸興吟情，思隨春發，喜可知也。弟儳直如恒，毫無淑狀，從公歷碌，隕越時虞，十丈軟紅，抗塵走俗，殊覺寒花笑人耳。風便務祈賜覆數行，以慰馳懷，是所切禱。魚書到日，燕喜迎年，專此，恭請台安，祗賀新禧百益。愚弟葉衍蘭頓首。十一月廿四日。

三

公束仁兄大人閣下：炎景流金，招涼無術。朵雲一片，與薰風偕來，幸甚幸甚。就審履繶益榮，道紃增勝，想電掃庭訟，響答詩筒，致足樂也。蒙賜書大作，花光洗霧，玉暖蒸雲，悱惻纏綿，哀艷騷屑，洵足繼武玉田，追蹤石帚，浣薇雒誦，佩服奚如，謹當錦襲紗籠，珍逾球璧矣。承示秋間即將大著詞本與《説文佚字考》同授梓人，剞劂告竣，務求賜寄一份，俾先讀爲快。弟弱齡弄翰，即好辭章，兵燹之餘，盡遭燬失。自入都後，軟紅十丈，遂逐輪蹄，孤弦不張，吟懷斯輟。即偶有棖觸，亦蛩吟蟬噪，終不成聲，何敢以《折楊》之唱，上塵《大雅》耶！今春黎小韓大令來京，得讀佳製《春柳》四首，忍俊不禁，謬爲繼詠，又和友人《游絲》四律，統録交小韓兄帶呈郢政。未知已登詞壇否？兹再録呈教《游絲》四詩，係和繆小山編修之作，乃脱稿後同人迭有和章。因思《白雪》《陽春》，定殊凡響，尚祈俯賜和什，以當瓊瑶，曷勝欣盼。蒓客、子縝、雲門三人詞章之美，皆素所心欽。惟子縝尚未謀面，明歲伊差旋後，自可晤談也。小詞一章奉贈，又便面雜録舊作，統求郢削。另素箋面懇再賜書大作，俾出入懷裏，如挹清風，想不吝教耶！江天在望，不盡馳忱。人便時惠德音，不勝翹切。專此，肅復鳴謝。敬請撰安，諸惟鑒照，不宣。愚弟葉衍蘭頓首。七月廿二日。

來書稱謂太覺客氣，愧不敢當。嗣後請彼此稱呼如一，庶存直諒之道，定不遐棄也。再，以後奉寄函件，應交何處爲妥，速祈示知。并乞將尊寓住址開明，見示爲荷。

四

公束仁兄大人閣下： 夏間接奉手緘，時正整理歸裝，匆匆未即裁覆，深盼初秋良覿，藉慰欽忱。比維侍祉增綏，道紃益譽，定符所祝。弟京國秋風，頓思蓴菜； 先塋宿草，待掃松楸。檢校琴書，料量數月，荷花生日，始定行期。爰挈細君扁舟南下，正報歸帆抵滬，問水西泠，道出鴛湖，輕舠訪戴，煙雨樓畔，握手論心。不意閨人素患肝疾，臨時病發，藥石無效，撒手離塵。驪唱俄催，鵾絃倏斷，人天搔首，悼痛逾深。現定於八月初間攜眷同返。仍由津海附搭輪船。萬里孤帆，遺棺共載，祇增眉繭，莫解胸舂，奉倩神傷，曷能自已。申江繫楫，不獲遲留，載酒元亭，徒存虛願，悵惘奚如。內人卅餘年伉儷相莊，幽嫻淑慎。弟曾預作《扁舟偕隱圖》，自題四截，同人多有留題，何意良緣頓成悽眷。詩詞兩首，就正詞壇，倘蒙寵賜佳章，俾光泉壤，戴均存殁也。懷人傷逝，百感茫茫。臨穎黯然，不遑多及。承愛縷布，敬請台安，不盡。愚弟葉衍蘭頓首。七月廿二日。

輯自《清代名人書札》，北京師範大學出版社一九九〇年版

致冒廣生詞扇

「掌中情，扇底語。背影華堂蓮炬。屏山曲，認駕鵲銀河，飲牛仙渚。玉鵞衾，繡鳳杍。夢到湘花庭户。纏綿意，賸翠履弓彎，絳囊絲縷。麝粉香銷，更説甚、秦簫艷侶。病抛瑶瑟，瘦怯綃衣，莫問皺裙舞。深夜紅霞吐。舊印綢繆，釵鈿漫數。對殘燈、冷坐幽窗，吟蟀淒切訴暗雨。《秋宵吟》。和蘊梅韻。」「緑鎖園蕪，紅悽鏡粉，意懶花叢回顧。曉夢春迷，珊枕淚縈金縷。鶯翠袖、瑶鳥攜來，認綃袂、畫屏棲處。甚情天、吹墮華鬘，罥空猶似羽衣舞。　簾櫳鶯燕寂静，應歎尋芳院落，碧雲無主。栩栩離塵，一霎錦裙仙去。愁幾度、艷影潛銷，也定知、倩魂難住。恨鴛幃、負了雙飛，玉鵞衾畔語。《綺羅香》。友人贈羅浮蝴蝶一枚，五采繽紛，置之花臺，信宿不去。一日，正凝注間，轉瞬已杳。游仙夢

耶？優曇花耶？悵觸前塵，黯然譜此。」鶴亭仁弟吟正。葉衍蘭。

輯自《詞學季刊》第三卷第一號，上海書店一九八五年影印本

致易順鼎詞稿

《金縷曲·七十生日自述》：「試買春前醉。撫頭顱、居然老大，光陰彈指。湖海飄零書劍在，負盡平生知己。愁縷縷、欲埋無地。羅綺因緣脂粉福，散黃金、贏得青衫淚。花月恨，漫提起。　卅年乞米長安市。乏田園、歸來亦樂，再盟煙水。今日鬢絲禪榻畔，悟徹浮雲身世。且待把、虛名料理。猶有雙鬟能唱我，算旗亭、以外皆閒事。華胥夢，早醒矣。」《摸魚兒·春感和友人韻》：「裹斜陽、柳棉芳草，天涯都被遮斷。亂紅飄後蘼蕪老，綠比少年還慘。情自感。悵縹緲詩魂、瘦到梨雲黯。韶華怨晚。更芍藥開殘，櫻桃落盡，春又這般懶。　香邊意，幽恨纏綿似繭。東風無力吹散。縷經別事嬋娟福，早已刪除一半。愁未減。覺縱有秋心、望向眉尖嵌。塵緣夢幻。算經卷藥煙，鬢絲禪榻，病起久禁慣。」《玉京謠·夢繞花飛春隨雲懶紅閨殢病翠管鐫愁》：「院鎖蘼蕪冷。小雨閒階，滴破梨雲暝。似水簾櫳，重幃香裊人靜。那信道、倚翠良緣，祇做就、離鸞悽影。憑誰省。傷心

幾度，埋紅幽徑。　思量没計扶花病。黯銷魂、又怕花淚迸。蘭喘嬌沈，偎衾生受郎並。炷寸檀、稽首蓮臺，祝好夢、比春長命。愁莫罄。知否有情天肯。」《臺城路》：「殘紅瘦盡蘅蕪院，瀟瀟雨絲催暝。語澀嬌鸚，香霏暗麝，誰在碧蘿芳徑。梨魂唤醒。認玉色闌干，袖羅同憑。簾額風纖，淒涼畫出斷腸影。　天涯無限離思，那還禁慣得，葬花情景。翠墨題緣，鵾絃譜怨，莫減露蘭春病。秋雲帊冷。算孤負當年，寶釵鸞鏡。賸有啼鵑，訴愁和淚迸。」俚句敬呈寶甫年世兄仁大人詞壇拍正。曼伽未定草稿。

輯自佚名所藏葉衍蘭手札

致龔易圖函

靄翁大公祖大人執事：頃承枉顧，失迎歉甚。現奉手教，敬悉一切所事。前日，若農兄到家面商，彼此意見相合。伊復函，諒已詳述矣。稍間再趨教。肅復，祇請勛安。治愚弟葉衍蘭頓首。初八日。

輯自國家圖書館善本部編《趙鳳昌藏札》，國家圖書館出版社二〇〇九年影印本

致冒廣生函十四通

一

初六日午刻請賢弟過寓一談，並可將辟疆先生年譜面商改訂，下午即在寓便飫。此訂，即頌元安。兄葉衍蘭頓首。初三日。

冒少老爺。大北直街。

二

《露波樓集序》已撰就，賢弟不必擬作，原書付還爲荷。此頌鶴亭賢弟元祉。兄葉衍蘭頓首。初七日。

冒老爺。天官里。

三

手翰備悉，石榴拜登，謝謝。楹聯準初十前可得。連日筆墨甚忙，立軸尚不能題必也。董夫人像日間即映出，明後日當珍覆。此詢鶴亭仁弟元祉。兄衍蘭頓首。初一日。

四

跋稿將浮詞贅字約略删去，較爲簡浄。酌之。《巢民先生集》暨小宛夫人遺像，祈即付帶回，五日内必奉繳也。此候鶴亭賢弟元祉。兄衍蘭頓首。廿三日。

五

鶴亭賢弟如晤：　別後長懷。昨得手書，欣悉安抵永嘉，侍奉康娱爲慰。吉期在邇，惜遠道不獲一了花詩筵耳。《返生香》詩詞，今年或可斷手，明春始可成書。《午夢堂集》敝處原有，重刊無貲，且應刻書甚多，不止此集也。賢弟所得之本不必賜寄。《楓江漁父圖》亟思摹得真象，惟止摹虹亭先生相頭便得，切不可摹全圖，即全身亦可不必也。林文忠象早從伊後人處摹出，不須重複。圖章不必汲汲，假有名手，順便求之可耳。梁山舟先生象求之十餘年未得，如賢弟邂逅遇之，即須設法摹出，不可錯過。《香畹樓傳奇》亦望物色及之。匆匆布復，即詢元安，並賀大喜。同學愚兄葉衍蘭頓首。十月十八日。

六

鶴亭仁弟如晤：　別後時思，得手函，藉慰。僑寓吴門，閉門讀書，佳想安吉，甚善甚善。新詞二章，清圓婉約，筆致勝前，足徵精進。間有應酌處，俟再細閲。梁石翁後裔零落，可嘆，其遺像求之數十年不獲矣。《香畹樓傳奇》與《影梅庵》同刊，詞雖未工，然其事其人，皆可流傳，故欲得之。故書攤上或可邂逅，幸留意焉。《湘煙小録》敝處原有初刻本，兹寄來雖屬重鐫，刻工尚好。前有小像，初刻所無，未知追摹是否真容也。圖章甚佳，諸費清神，甚感。莽鏡拓本，俟暇時咏之。兄去冬今春，氣體常覺不適，一春積霖，無日不在煙雨中。排悶無術，吟情頓減，數日來未成一字。近日仍雨暘不定，天氣如此，人身自不快也。令外祖爲畇叔前輩，雖弟久企美才，在京惜未把晤，家富收藏，著作可惠寄一覽否。《返生香》已告竣，特寄上一本，又《三家詞》一本，統望察收。餘拙詞一本、《三家詞》一本，煩代呈令外祖，並道景忱。近詞尚有數十首，未能即刻。女弟子十一人，半不在省。鍾、沈二姝已亡，曷勝慨嘆。鍾詩二百餘首，經兄訂定，存百餘首，皆有可觀。前年隨其姊聓沈移庭返申江，沈屬俗物，此姝遺稿失去無疑，思之悵然。惲女史秋間來粵，是否貴同年陸君同來？次遠出巡，今年能否回省，尚未可定。次遠不在署，其女即難會晤。陸君想亦風雅士，如其夫婦偕行，尚煩告知陸君，請其來院晤談爲妙。伯懷久未見，想就館事忙。蘭史在香港，未能時常上省。及門雖多，可談風月者無幾人也。粤人作詩，開口便俗，相沿成習，牢不可破。賢弟何日再作粤游耶？思之不置。手此泐復，即頌元祉諸佳，心照不一。

友生葉衍蘭頓首。六月十五日。

信未封發，兩詞特爲易數字，望酌之。

七

鶴亭仁弟如晤：前得手函，並《湘煙小録》各件，旋有覆信交令親。七月中又有一椷，附書本各件。由申江信局轉寄。頃接來信，信内無月日，無可察核。未見提及，均收到否耶？仁弟日隨令外祖修書，學業日徵精進，侍祺多福，定愜鄙懷。兄春間小病，夏秋又俗務作縈，吟情斯輟。每一搦管，艱於構思，即衰老之漸也。莽鏡率成一詞，未見愜意，即録吟可。前寄《三家詞》，校對未細，訛舛甚多，現經改補，因將沈、汪二家大加修削，以期美善。前印出者止將拙詞貼改，兹特寄去一本，望於前本内照此更正，俟沈、汪二家改刻竣工，再另寄也。蘇城箋紙甚多，煩代購全紅者二匣，切不可多。必須擇其鏡面瑩滑、如蠟箋一式者爲妙，花樣不拘。有便寄下，該價告知寄還，不可客氣。日間晤譜琴同年，煩代道念。前得伊來信，已有覆函並書本各種，於月初交張璞君兆豐帶寄，未知收到否？此覆，即頌元祉，不盡欲言。

同學兄衍蘭頓首。九月廿五日。

八

字問鶴亭仁弟安好。得信並惠寄各書，藉慰。入春想諸凡增勝，侍奉康娱。鄧尉探梅，貴恙定痊瘉矣，念念。兄冷坐青氈，依然故我，閉門卻掃，晴雨無關。差幸目力尚未盡衰，每日晨興，必作楷書百十字。現寫出佛經數部，奈粵中手民工拙價昂，未能一一付梓爲憾耳。承寄詩箋，謝謝。前函懇代購全紅骨面者二匣，兹來五色八匣，過多矣。今昔粗細迥殊，欲求如從前杭州有容堂之精者而不可得。將來湝生兄旋粵，能託其覓全紅鏡面者二匣切不可多。帶來，則妙甚矣。京信時通，小兒無事食貧。已耳文叔問與易仲碩，皆海内奇才。叔問詞縝密緜麗，得力於姜、史。覺仲碩猶時傷纖巧，叔問雅正過之。《瘦碧詞》敝處已有，《冷紅詞》未見，能索所見寄否？如會晤，尚望代致景忱。拙詞四本寄去。《三家詞》内，芙生集重字太多，無首無之，因不憚煩，悉爲改正另刻，現已斷手，俟印出再寄。曹君惠書二種甚精，望爲道謝。《長吉集》數種，工價釘裝，皆較尋常十倍有餘，索者過多，均以刻貲見惠。間有知好取以送人，則每部酬直二番，非欲貨取，實難遍給所求也。《北堂書鈔》，已由令叔處購寄。周集一本，即交莘白矣。粵省自元旦後陰雨浹旬，奇冷爲向來所未有，終日袖手圍鑪，百事俱廢。此數日嚴寒尤甚。呵凍泐復，即頌元祉，不盡欲言。曼伽拜手。新正廿日。

信恐途中拆看，故不加封。外有寄揚州江都轉人鏡物件一包，内信。煩代交妥便寄去。信資尚祈墊付，信來示知若干。内有要件，切勿遺失也。貴友曹君索書，容再寄。現存書無多，日間正擬刷印，俟《金剛經》剞劂告竣，一併裝池耳。曼伽再白。

九

山舟先生長札，務望付來一觀。文節公遺札，是否與令外伯祖昀叔前輩？乞詳告，擬敬跋數行於後也。此敬鶴亭仁弟。曼伽便紙。初七日。

十

近日患水瀉，疲憊已極，簽書一事，竟至閣筆。足下能代了之，則感甚也。又原書窒礙難行者甚多，似可不必逐條簽注。尊意以爲何如？乞酌之。順候近祉不一。兩略。十七日。

今日不出門，能過談尤盼。又及。

十一

送還《輶軒今語》一本，查收。簽注馮氏《抗議》，如有暇，祈此二三日了之，先包封送來。兄稍閒始另約過談，較之來而不值、或匆匆把晤，俗事又阻之，徒使人悶損耳。尊意當必以爲然也。手此，順候文祺不一。兩略。十五日。

今日值班，已注感冒，免至往返七十里，且可安卧一宵。甚妙。又及。

十二

鶴亭仁弟文席：日來屢次失迓，未得面罄所懷，深以爲悵。今日上午當在寓，如能過談，可免相左。下午應赴□園值班，尚未定耳。手此，順頌早佳不具。名恕呼。十四早。

十三

來件收到，俟閲畢，三二日即送還也。今日已注感冒，明早可不出城，今夕亦可安卧服藥矣。所託之事，注脚不宜過冗，尊意何如？此候升綏不一。兩略。即日。

貴老爺。

十四

手示祇悉。頃適有事，大作未暇開閲。至承囑之事，非三二言可了，容俟遲日面商。復頌近祉不具。兩略。初六日。

貴上老爺。

録自上海博物館圖書館編《冒廣生友朋書札》，上海書畫出版社二〇〇九年版

雜録

鬼趣圖題識

兩峰山人《鬼趣圖卷》爲萬廉山太守所得，復歸羅氏。道光辛卯，臨川李芸甫水部專人至吴門，以重價向山人之孫小米購歸。芸甫殁後，書畫盡散失，圖歸吾粵海山仙館潘氏。同治癸酉秋，潘健庵上舍攜入都門，遂歸於余。山人當日不過游戲神通，涉筆成趣，而諸名流争相題詠，不數年，遂成牛腰鉅卷。想見前輩吟壇競爽，翰墨風流，乃未及百年，圖已數易主，雲烟過眼，此後復不知歸於誰何，惟願得之者愛惜保存，勿使殘燬散失，則數百年後，名題妙繪，相得并傳，亦山人筆墨之幸也夫。時同治十有三年歲次甲戌仲秋端五，嶺南葉衍蘭題並識。

録自羅聘《鬼趣圖卷》，香港九龍開發股份有限公司一九七〇年影印南海霍氏珍藏版

百花塚題記

百花塚乃粵妓張二喬瘞處也。喬美，工詩，善畫蘭竹，陳文忠嘗題云：「谷風吹我襟，起坐奏鳴琴。難將公子意，寫入美人心。」其眷愛之心如此。二喬嘗有句云：「梅花本是江南弄，一迭關山倍可憐。」詩才可見。

録自廣東省博物館藏拓片

題越華書院聯

吾亦瀟蕩人，常時不肯入官府；　名豈文章著，諸君何以答昇平。〔一〕

【校】

〔一〕沙養墉手書扇面：「番禺葉南雪先生衍蘭主講越華書院廿年，足跡不入官府。榜聯於講堂云：『吾亦瀟蕩人，常時不肯入官府；　名豈文章著，諸君何以答昇平。』其瀟灑出塵之節與篤學善誘之意俱見。時己未夏六月，書奉既陶仁兄書家正。養墉。」

挽汪瑔聯

綺歲記聯吟，華嶽潯陽同勁敵；　騷壇難振響，詞牋賦筆總傷神。〔一〕

輯自金武祥《粟香四筆》卷七，《續修四庫全書》所收清光緒刻本

書法作品題識四則

「書畫題簽鼎彝款識，煙雲供養冰雪聰明。」咸豐八年，歲在著雍敦牂春正月，偶過叢蘭館，見牙籤滿架，圖史精藏，極其真鑒。主人出此索書楹帖，因集前人二句，習小篆法書之，以為沛卿二兄大人聊博一粲，並請正腕。時天寒筆凍，不能成字，覽勿發哂。幸甚！蘭臺葉衍蘭並識。

「古劍不磨留養氣，奇書多讀勝加餐。」明山都尉四兄先生政。葉衍蘭。

「樂意相關禽對語，生香不斷樹交花。」貞甫孫壻屬。曼伽書。

「十畝之宅，五畝之園。有水一池，有竹千竿。勿謂土狹，勿謂地偏。足以容膝，足以息肩。有堂有庭，有橋有船。有書有酒，有歌有弦。有叟在中，白鬚飄然。識分知足，外無求焉。」董書《池上篇》，冠三二兄大人雅屬。葉衍蘭。

附録一　傳記資料

葉衍蘭傳

梁鼎芬等

葉衍蘭，字蘭臺，又字南雪，先世浙江餘姚人，曾祖謙亨游粤久，遂家焉。從祖仁厚與順德張藥房、黎二樵唱和，著有《巢南詩鈔》。父英華工詞，善花卉，有《花影吹笙詞》二卷。衍蘭少穎異，弱冠爲縣學生。道光間，廣州多詩社，衍蘭以詠鴛鴦得名，人以崔珏比之。尤善填詞，體格綿麗。工小篆、行楷，摹古人書，往往亂真。間作丹青，亦嫣然深秀。精鑒賞，收藏書畫，皆入妙品。性嗜潔，所居薰爐棐几，浄無點塵。中咸豐二年舉人，六年成進士，改翰林院庶吉士。散館，授主事，籤分户部。考取軍機章京。儤直樞垣二十餘年，潔己奉職，杜絶苞苴。退直，惟與輦下名流吟嘯爲樂。以忤某邸，遂告歸。行裝書畫數簏外，無長物也。主講越華書院，提倡風雅。嘗得黎二樵批點李昌谷詩一册，精書付梓。年已古稀，蠅頭細書，精整不懈。病黄，賦黄詩七律四章，工雅無匹，爲世傳誦。有《秋夢盦詞》二卷、《續》一卷。仁和譚獻以所作詞合之沈世良、汪瑔，彙刻爲《嶺南三家詞鈔》。年七十五卒。弟衍桂，自有傳。衍壽，國子監生。衍蘭子佩瑲，能文章，通算術。光緒十四年舉人，三品銜，江西候補知府。據李《志》《選舉表》、《巢南詩鈔序》、《花影吹笙詞序》、《秋夢盦詞序》、《粤東三家詞鈔序》、《藝譚録》、《隨山館旅譚》、《粟香四筆》、《採訪册》。

《番禺縣續志》卷二十

案：汪兆鏞《碑傳集三編》卷三十九《葉衍蘭傳》亦録自《番禺縣續志》。

葉衍蘭傳

汪兆鏞

葉衍蘭，字南雪，號蘭臺，英華子。道光間，廣州多詩社，衍蘭以詠鴛鴦得名，人以崔珏比之。尤善填詞，體格緐麗。工小篆、行楷。精鑑賞，所藏書畫，皆入妙品。有題自畫《花影吹笙仕女》及《梅雪幽閨圖》諸詞。嘗摹名人小像百餘幅。摹陳迦陵填詞圖全卷，與真蹟無異，蓋用力年餘始成。又摹清微道人《空山聽雨圖》，題詠甚夥。性嗜潔，所居熏罏棐几，浄無纖塵。中咸豐二年舉人，六年成進士，選翰林院庶吉士。散館，授主事，籤分户部。考取軍機章京。儤直樞垣二十餘年，以忤某邸歸里，書畫數篋外，無長物也。主講越華書院，喜獎進秀彦。嘗得黎二樵評點李昌谷詩，精書付梓，世咸寶之。著有《秋夢盦詞》二卷。《館閣爵里考》、《番禺縣續志稿》、《翦淞閣隨筆》。

《嶺南畫徵略》卷九

先君仲鸞公家傳

葉恭綽

先君諱佩瑲，字雲坡，號仲鸞，籍廣東番禺人。原籍浙江餘姚，高祖楓溪公幕游粤中，遂家焉。曾祖簡堂公潛德不耀。祖蓮裳公以文學名世，著有《斜月杏花屋詩鈔》、《花影吹笙詞》、《緑莊嚴館隨筆》諸書。父南雪公，咸豐壬子科舉人，丙辰進士，翰林院庶吉士，户部江西司主事，貴州司員外郎，雲南司郎中，軍機章京。少師陳蘭浦先生，以金石、書畫、文藝倡導後進凡數十年，一時儁彦如潘伯寅、張孝達、景劍泉、吴清卿、譚仲修、樊雲門、張公束、汪芙生、廖澤群、金芑堂，皆交契至深。復喜獎掖後進，如盛伯希、周薈生、于晦若、梁星海、易實甫、文道希、康長素諸君，皆爲忘年交。晚主講越華書院，成材尤衆。先君濡染家學，少即勤講貫，勵志節。南雪公歸里，先君居京師賣文自給。先伯伯蘧公負債多，無以償。先君授徒趙氏，月束脩四金，以二金爲先伯償逋，二金供薪水。久之，債主不復再索。旋佐孫子授先生直隸學幕。孫先生清勤素著，府君爲襄校試卷，兼司簡牘，隨軺周歷各屬，車中搆腹稿，入逆旅繕發以爲常。子授先生大賞之，介入山東巡撫張勤果公幕府。時張公方會辦北洋海軍，復從事河工。先君昕夕爲治官書及圖説。先君素習中外演算法，多所糾繩，勤果因悉以委之。每夕率盡二燭方休，書成，勤果委司鹿邑鹽務。旋應光緒戊子科順天鄉試，中式舉人，以河工勞勣，由同知保升，以知府候補分發江西。當道重其品學，累令筦榷政。十餘年間，曾歷瑞洪河口、塗家埠、神岡山諸地。先君務恤商困，不肯爲一切之行，故官課恒短，私况亦益困，更不得一任實職。辛亥政變，遂不再仕，恭綽奉養京邸凡四年餘。民國五年，以先兄道繩逝世感傷，觸發痰喘舊疾，以五月二十三日卒於天津，時年六十四。以先君宦贛久，夙有朱邑桐鄉之意，因奉葬於新建縣龍潭之桃花山。先妣汪夫人，餘杭文端公諱元方之女，先府君九年卒，至是合窆焉。府君先四十無子，因承祖命以恭綽爲嗣。後生子恭徽，妾簡氏出；女四，長適四川王以桐，次適浙江盧宗孚，三適廣西關祖光，四適福建黄禎祥，皆簡氏出；五未字，江氏出。先君寬和豁達，能自刻苦，其律身教人，恒以行己有耻及事無不可對人言二者爲大閑。少劬于學，至老不衰，故時文、篆隸以迄聲音訓詁、性理、歷史掌故、曆算之學，靡不精究。恭綽少時猶見算草盈數篋。尤邃于幾何、圓錐曲線諸學，意欲求制器尚象之原，故坊間機械學之新譯本靡不窮覽。顧不肯有所述作，曰：「立言非易事，一不慎則貽患無窮。」故終身不著書。先伯伯蘧公、本生父叔達公皆先卒，先君教養諸孤，一如親生。適徐氏姑母早寡，先君視甥紹榘如己出以迄成立。此皆言行之較大者，其他瑣屑不具書。伏乞錫之鴻文，俾光泉壤，謹九叩以謝。

《遐庵彙稿》

案：《過庭百録》所附陳三立撰《番禺葉君墓誌銘》與《先君仲鸞公家傳》大同小異，兹不具録。

附録二　往來書札

致葉蘭臺書

陳　澧

蘭臺仁弟左右，前得手書，遠懷欣慰。比維祥琴在御，□□回翔，指顧雲霄，亨衢直上。僕近況如常，惟衰白漸增，不離藥物。前者承令地圖之役，業已寫定，然據文武官圖爲底本，爲之鈎心鬭角，幾費精神，仍不知其確否。今年，大吏延請主講菊坡精舍，再三固辭，終不獲命，舍己芸人，良可媿也。瑞墀親家時時聚晤，親戚情話，藉慰寂寥。都門舊游，恍如隔世，涑文侍講想當勝常，晤時爲道相念。

佚名鈔本《東塾集餘稿》

案：葉衍蘭前此所致陳澧函未見。

復葉蘭臺

曾國荃

奉二月望前賜覆，誦悉一切。今春，北數省無不缺雨，而近畿一帶，盼雨尤甚。此間日前得雨二三寸，四野均霑，不特春耕無礙，而時疫亦一掃而浄。都門祈禱疊申，想至誠所感，亦必早沛甘霖。西陲貔虎雲集，不患兵力不厚，而患餉糈不充。商借洋款，原非至計，而舍此另圖，不識左相又作何生法耳。滇南使者，必俟覲審之酋到滇，乃可結案。弟目疾較去冬漸輕，然尚未能脱，然春工緊要，不獲宴然一室也。山舟先生像尚未覓到，胡文忠像已託鄂中友人代搨，當不至久稽時日。冰如方伯計早到京，汴中情形，當一一得之晤談矣。

《曾忠襄公書札》卷九

案：《清代學者象傳》中未見梁山舟、胡林翼二人像。

復葉蘭臺

曾國荃

奉月之初三日賜書。今年小暑節前，迤北一帶，幾有赤地千里光景。雖議撫議賑，疊沛綸言，總覺地廣人多，難於博濟。幸而半月之内，迭被滂沱，不僅歲有轉機，凡在萑苻，亦不敢藉端滋蔓。前此，山東境内及豫、皖接壤之區，已覺騷然不靖，自此可相安無事矣。海氛偪迫，難以理諭而情曉。果其同類相殘，實屬快心之事。然不可不預爲之備，誠如卓見所及。西路以左相爲長城，以克庵籌後路，而出關諸將，又皆各擅智勇，奮袂争先，節節進規，不難得手。弟自入伏移駐工防，兼旬以來，河水消長無定，隨機保護。幸託平安，用堪告慰。

《曾忠襄公書札》卷九

復周鑑湖朱茗生葉蘭臺

曾國荃

頃奉手函，備承拳注，展誦再四，感佩弗諼。晉省荒旱情形，早邀洞鑒。前疏籲留京餉二十萬兩，仰蒙俞允，天恩已極高厚。然晉省普旱，得之正如杯水車薪，不過權濟目前。初擬速得透雨，秋收可望幾分，乃節臨大暑，屢禱弗應，德薄福淺，不足以仰迓和甘。未知晉民何辜，罹此奇厄，民命莫保，守土者之罪可勝言哉！倉穀動放已空，官捐民捐，均非一次。以所留之京餉二十萬兩散布於六七十州縣之民，頃刻瓶罄。前次附片，籲請酌留丁丑、戊寅兩年釐金，冀倖以此作抵，可借二十萬兩以繼賑也。又請辦捐准給獎敘，庶幾出捐者踴躍，可望多活人性命也。嗣因奉旨所請著毋庸議，不特借者不肯借，即捐者亦不肯捐，然萬無坐視蒼赤垂斃之理。鄙意擬仿滇黔捐輸，請頒空白執照，一面就地勸捐，一面委員前赴商賈輻輳之區，勸晉民之貿易他省者，群急桑梓之難，或可集腋成裘，賑濟民命。弟與穎叔、蓉舫諸君子日來心如懸旌，摇摇不定，夙叨摯愛，用敢縷商。如尊處詢訪以爲可行，即乞示知，以便專疏入告，一俟欽奉諭旨，即可興辦，俾三晉被災之郡縣全活殘喘，皆出自鴻慈之賜拜，德豈有涯耶！臨穎，不勝企禱之至。

與葉蘭臺書

汪瑔

夫河梁既遥，都尉增良時之感；平路伊阻，陶宰益停雲之慨。登蘋者騁望，握蘭者纏緜，苟余情其信芳，知離夢之躑躅，斯已然矣。況乎杵臼論交，雲霞結契，通列子連廧之謁，結孫弘撫塵之好，柏茂松悦，蘭和蕙清，方同心之與居，造分手而寂寞者，不其感哉。攀李一别，展蓂四周，動定何如，伏維佳勝。足下軥録在躬，呦餖從善，青晴表其夙慧，白眉著其令聞，文格綿麗，屬辭注射，盡五千卷，日八十函，冰雪無喻其聰明，蘭桂靡方其馨逸，馬卿《上林》之篇，杜牧《阿房》之賦，孤羆坐傲，雛鳳聲清，如日中天，不迷五色矣。瑔於南陸，始爲西行，山川邈緜，日月慓忽，高涼古郡，長夏炎節，舟車所經，見聞頗異。荆榛蔽日，祖禹之墓已迷；椰樹干雲，譙國之祠猶在。或高江急峽，夜見鼉鼊；或怪雨盲風，晝行猩狒。挂席假長年之力，編輿須僕夫而行。險巇備嘗，彫劮彌甚。平生弧矢志於童幼，文章期於巨觀，到難屢賦，嘆喟未聞，不圖此行，乃有餘感。信宜之地，毗連粵西。山窈水深，周雉堞之三里；刀耕火耨，雜馬人而百家。喧寒不常，嶆漯殊下，地既僻陋，民復獷劣。游息無所，惟當閉門。瑔所居廨西，尤見陊剥。古苔上壁，枯蝸一痕；老樹壓檐，落葉三尺。入王儉之幕，别無嘉賓；移僧真之牀，唯有謝客。闃寂如此，何以爲懷。猶憶往歲，廣州不乏朋好，談讌無間，過從有期。今則漢上題襟，已成陳迹；苕中泊宅，迄未成書。蓂朔迭更，萍蹤契濶，撫今追昔，安得不惘然哉。花田春好，珠海月多，他日者歸颿既張，游屐重蠟，當與足下躡雲鶴之前蹤，歌水龍之舊調，墜歡可續，夙諾不渝，《角弓》之詩，願吾子之勿忘也。

《隨山館叢稿》卷四

與葉蘭臺户部書

汪　瑔

自咸豐戊午廣州一別，忽忽二十年矣，執事翺翔京國，鄙人胥疏江湖，紫雲慶霄，黄鵠藪野，出處胥異，音問遂疏。然而惓心疇昔，側耳嘉譽，未嘗不懷清風於故人，詠白露於中沚也。今春獲誦惠書，不遺在遠，伏審彯纓樞府，簪筆禁籞，榮問休𢡃，才望益隆，甚善甚善。尊甫大人以楚《離騷》香草之思，得漢樂府桂華之意，倚聲有作，并世罕儔。賢昆季鑿楹不忘，執卷如見，珍此心畫，付諸手民。瑔昔在觿韘之年，閒侍琴書之側，雖《白雪》流響，《陽春》罕和，而紫霞持論，叔夏與聞，兹復得備校讐，厠名簡末，固幸驥旄之附，實非駑鈍所堪，遠辱謝言，得無顔汗。瑔溝猶一介，流浪卅年，蹤迹謬託於賓萌，學殖坐荒於旅食。比以劉峴莊督部謬相招致，厠之幸舍。寅辰治事，殆類昌黎；庚子陳經，彌慙榮緒。身讀書以何日，鬢攬鏡而已霜。此固不得志於時者之所爲也，以夙昔之愛，聊復及之耳。南海春風，西山晴雪。朋交萬里，知無間於薜蘿；事業千秋，竊相期於竹帛。

《隨山館叢稿》卷四

案：葉衍蘭前此所致汪瑔函未見。

致葉衍蘭書

康有爲

門下士曹秀才泰，博學高才，文更奇偉，如龔定庵，時人少其比。今上文二首，亦可見其一斑。而清修勁節，亦復過人。惟家奇貧，時至斷食，僕養之無術。頃考越華得外課，惟公惠才，望陶成之，俾有藉以成學。昔孫泰山爲有宋大儒，亦賴范文正月助三千，而後有成。想長者成就後進，必能格外存之。其人今歲猶在館，惟食盡輒歸，以是止輟。異日遣其進謁，若幸垂問所學，當必有以教之。敬問南雪先生興居。祖詒再拜。

曹生文二首附呈，閱畢將來交曹生。

致葉衍蘭書

康有爲

蘭臺先生：　別來數月，獻歲伏維萬福，桂林山水之佳，巖洞之奇，天下無有，分日尋幽，搜巖選勝，地方長吏如蔡廉訪、士夫如唐薇卿更迭爲歡。門生頗多，以此留連，未忍去也，恨無吾公蠟屐耳。今將舊刻二紙並數詩奉呈。詩並示一山，並代候。惟正之。春來紅平之拍，倘多新調。小女畫學未成，伏乞餘暇指點，春末夏初，當在湘雲楚水間。南望越臺，紅棉花發，念吾公杖履，登臨應健。敬問道安。有爲再行，二月廿二日由桂林風洞。

案：　以上康有爲書信二通據上海圖書館藏康有爲手跡過録

附録三　序跋評論

秋夢盦詞鈔序

汪　瑔

春絢萬紅，秋寫一碧。露痕泫晨，霞影媚夕。此明麗而華潤者，詞家之格也。闌檻花外，樓臺柳陰。衣香有無，簾波淺深。此幽靚而緜邈者，詞人之心也。心内凝以立格，格外邕以寫心。言則兩端，極無二致。然而治靡者傷其氣，肸飾者短於情。縱具偏長，詎云妍唱。求其金皆辟灌，玉不瑕玼，合表裏而一規，備情文之雙美，則吾於南雪户部《秋夢盦詞》幾見之矣。君生有夙慧，少工倚聲。曩嘗招邀友朋，更互酬倡。珧黎緑而七采，錦流黄而九張。極深掔幾，侔色揣稱。含毫自遠，抗手無輩。既而紬書中祕，櫜筆禁近。捧録黄而夜直，肅佩紫而晨趨。咸以爲詩人告勞，兹事當廢矣。而君雖處清要，不忘精進。往往按箋家之遺響，叩簫譜而求音。妙抒襟靈，自成馨逸。其耽嗜也如彼，其顓至也如此。宜乎仙心獨超，而風格彌上已。頃者萅集所作，録爲一編，出以示蒙，命之榷定。覩冰蠶者，咸驚五色；闚霧豹者，匪僅一斑。真奇相要，賞會無間。應求之雅斯在，標牓之誚何辭。用是綴以瑣言，暢其琴趣焉。方今服領之外，人文蔚然。獨詞之一途，作者蓋寡。英絶領袖，豈無其人？翫春翹而有思，啓夕秀於未振。則夫範圍群雅，提倡後來者，其在君乎！其在君乎！光緒甲申季冬望日，越人汪瑔識。

葉衍蘭《秋夢盦詞鈔》

秋夢盦詞鈔序

張鳴珂

漠漠平林，暝色高樓之句；緜緜遠道，斜陽芳草之思。予與南雪先生孝緒神交，伯恭心契。酒徒擊筑，曾題燕市之襟；俗吏牽絲，已輟花間之譜。碧雲千里，玉璫一緘。寄示所作《秋夢盦詞》，屬校定焉。夫其策杖尋秋，叩舷唱晚，露筋祠下，雲水蒼茫；粵秀山前，月華涼沁。碧苔搖暝，積煙雨於空階；紅萼無言，寫羅浮之清影。畫襌棲逸，滌筆冰甌；酒坐分牋，倚聲瑶瑟。洎乎迴翔青瑣，儤值樞垣，烏帽紅萸，玉簪羅帶。裊筆無際，換羽移宫；視草餘閒，盤花旋竹。吴雲壑春霆秋雪，敷暢襟靈；蘇子瞻玉宇瓊樓，纏綿忠愛。加以翠屏春悄，銀燭光寒。零香怯風，斷紅怨雨。孤花病蝶，悵景物之都非；落葉哀蟬，想形容其宛在。拾墜歡於何處，紫玉銷沈；度飲水之新詞，青衫濕遍。心之憂矣，慨乎言之。今者關河無恙，最愛書來；珠玉在前，輒慚形穢。得加餐之一紙，藏懷袖以三年。按拍梅邊，操縵動衆山之響；低佪蓮社，刺船移海上之情。光緒十有二年孟陬月二十一日，嘉興張鳴珂拜手序於豫章寓次。

葉衍蘭《秋夢盦詞鈔》

案：序中「《秋夢盦詞》」，《秋夢龕詞鈔》作「《秋夢龕詞》」。

海雲閣詩鈔序

汪琭

詩之所以爲詩，性情、風格、才力、詞藻也。古人於此四者，或有偏勝，必無偏廢。而後世頗不盡然，此所以多所流失也。今讀《海雲閣詩》，清而實腴，麗而有則，富於藻采而性靈不爲所掩，嚴於格律而才氣不爲所拘，兼四者之長，無四者之失，可謂獨暢襟靈，自成馨逸者矣。集中佳句，既以朱圍識之，並擷其尤者入拙著《旅譚》中，雖標舉有所未盡，而大略彬彬可覩矣。毀譽一時，文章千古，世不乏識曲聽真者，敢請以鄙言質之。光緒戊子二月，越人汪琭識。

葉衍蘭《海雲閣詩鈔》

舊雨聯吟序

易順鼎

明人《本草》稱鴛鴦者終日並游，有宛在水中央之意，以鴛爲宛，鴦爲央。將秦襄在前，周幽在後乎？余嘗言鴛之義近於怨，鴦之義近於怏，以福禄之禽有怨怏之號，然則波潮共命，雲水爲家，亦復愁苦時多，歡愉日少。物猶如此，人何以堪矣。夫其雙飛緑岸，並宿文沙。偎翡翠於炎洲，戲蘭苕於碧海。無邊風月，宜在珠江；隨處煙波，皆爲金屋。效鶼鶼之比翼，相結同心；任鴨鴨之呼名，不驚好夢。

闊紅單舸，載之以俱浮；踏青雙鞵，繡之而可握。斯亦極人間之艷福，不羨上界之登仙。而乃龍漢何年，魚天何世。被池紅浪，春水無聲；檐瓦蒼苔，秋霜有淚。白頭舊侶，疑宮監之猶存；青翰扁舟，望鄂君兮何處。茫茫海水，非精衛所能填；浩浩風災，豈爰居所能避。雖同盛同衰，百年如一；而或生或死，單情不雙。此則孔雀東南，高樓西北，昔人所爲纏綿往復、悱惻潺湲者焉。余粗覩載籍，服義斯禽，藻弱才疏，未遑篇翰。南雪先生鑑湖歸隱，句漏養眞，屬有閒情，發爲麗製，非止體物瀏亮，抑亦緣情綺靡，風流哀怨，獨出冠時。夫澤畔芬芳，龍鸞以比君子；濠梁俶詭，鵬蝶皆其寓言。千古文心，此物此志。諈諉賡續，事類郢中；敬綴荒言，附諸喤引。嗟乎！雲霄臺閣，謝鵷鷺之朝班；風雪江湖，話鷗鳧之社侶。雖復多識鳥獸，極命蟲魚，徒使小兒譏白璧之瑕，亮無幼婦知黄絹之妙。歌離弔夢，世所不爲；回腸傷氣，義將何取？聊使博陵崔珏，慙句裏之難工；宋國韓憑，托豪端而不朽云爾。光緒戊子歲不盡五日，種石山農易順鼎叙。

葉衍蘭編《舊雨聯吟》

秋夢盦詞鈔序

譚　獻

蘭臺先生鬱乎著作之大手，發此妃儷之小文。亹寓似不成之子，鄭重皆有爲之言。寓意即工，得言忘象。而獻猥以齊竽，濫夫曠聽，俯求錯石，遠責隨珠。縱心往復，擊節再三。煙之緜緜知其遠，琴之渢颯知其清。睢之關關知其和，錦之爛爛知其采。猶復抉摘瑕璺，振拂羽翰。庶幾候蟲亦登《月令》，此草且貢染人。聞聲相思，微塵何益。若夫三都之紙貴，不藉皇甫而傳。無補淵深，且安緘默。嶺雲在目，海思盈襟矣。仁和譚獻拜識。

葉衍蘭《秋夢盦詞鈔》

譚　獻

秋夢盦詞鈔序

竊嘗推大樂府，賡續興觀，以爲短長其字則情罔勿章，玲瓏其聲則聽亡不浹。於是平章衆製，進退美文。由唐迄明，篋中寫定。昭代作者，最録今集。夙昔佇興而作，斯言一人之私。睇想神交，沈吟元賞。吾嶺南葉曼伽先生，有同耆焉。先生破萬卷而有神，成一家而不媿。承明奏賦，笙磬乎鄒枚；名山著書，《簫》《勺》乎儒墨。摩天之刃，鋭而爲鍼；帝子之衣，紉而亡縫。擧宮倚商而交應，側峰横嶺而畢成。慎若數馬之對，曲求雕龍之心。有觀樂者，得微悟焉。夫以斜陽芳草，陶洗希文；缺月疏桐，流連蘇子。煙柳唱危闌之倚，亂雅送歸夢之濃。識忠愛之微言，固怨悱而不亂。文外獨絶，傳之其人。《秋夢庵詞》，風雲攬傫直之誠，山水寄田間之興。變衰秋氣，落木蕭然；綺麗餘波，美人安在。非必索老嫗之解，是以流弦外之音。夢禪家學，郭景純之《游仙》；尊甫夢禪先生有《小游仙詞》百章。東塾師資，宋大夫之《九辯》。陳蘭甫先生，君師法所出。使我看朱而成碧，知君得魚而忘筌也已。獻投老以來，同聲斯應。嶺表賢達，天涯素心。東有汪芙生、沈伯眉，望風懷思；西有王幼霞、況夔笙，撫塵結契。池波共皺，井水能歌。出門有必合之車，異曲有同工之奏。《花間》《草堂》，去人不遠；拍肩挹袂，引以自豪。沫胝先生之倚聲，蔚躋篋中之續集。永嘉之末，聞正始之音，若何而不歎息絶倒也。光緒壬辰九秋，譚獻再識。

葉衍蘭《秋夢盦詞鈔》

案：「吾嶺南葉曼伽先生」，《復堂文續》作「吾南海葉曼伽先生」。「東有」二句，《復堂文續》作「東有沈伯眉、梁星海，西有王幼遐、況夔笙二中書」。「池波」二句，《復堂文續》作「崑玉交映，井水聞歌」。

秦淮八艷圖詠序

張景祁

自昔桃葉尋芳，目斷銀塘之楫；柳枝譜曲，手裁金縷之衣。訪盧氏之莫愁，堂開白玉；識蔣侯之小妹，家住青谿。往往子夜傳歌，丁簾照夢。習沿六代，素筝濁酒之風；緣訂三生，鈿合金釵之約。烏衣年少，醉倒秦樓；碧玉情人，迎來吳苑。閒嘗考南都之舊事，徵北里之新聲，而輒用慨然也。彼夫琅邪喚渡，半壁偷安；大業巡河，一江自晝。金蓮步步，恣搜殿脚之花；瓊樹朝朝，巧鬥宫眉之葉。紅羅亭畔，但賦提覢；花蕊宫中，詎聞解甲。燕處堂而自樂，麋游苑而不知。秋雨落槐，淒入伶官之笛；

葉衍蘭編《秦淮八艷圖詠》

春鐙製草，狂飛俠客之箋。加以勳邸豪奢，詞流放浪，列東山之絲竹，選南部之煙花。軍府藏嬌，簇擁鑾鞾小隊；妓堂授簡，喧迎油壁香車。清歌漏舟之中，醉舞崩厓之側。情天不老而金狄徒傷，法曲未終而霓裳已破。沈家令座逢宮妓，流涕前朝；韓熙載乞食歌妓，逃名末祚。能不悲哉？然而名姝傾國，尤物移人，亦間氣所特鍾，且並時而競秀。極寵柳驕花之態，各騁奇情；擅搓酥摘粉之才，别饒英氣。薄傳其一節，已足千秋；譜入群芳，適成八詠。不見夫俠稱季布，白練聞歌；詩門元機，黄紽入道。豪門而卻聘，彩扇啼鵑；覓兜率以同歸，羅裙化蝶。雲生步襪，攬海内之名山；月墮眉樓，識人間之聖果。駝氈北去，贖身興蔡女之悲；翟茀南來，辭寵寓婁妃之諫。之數人者，莫不嶔崎可喜，馨逸自成。舞衫歌扇之緣，懺除現業；瓶水香花之奉，了澈前因。豈徒記曲樽前，輕拋紅豆，調笙簾底，自擘香橙，感泥絮之沾濡，歎霜蘭之蕉悴已哉？又況田田蓮葉，齊唱江南；裊裊楊枝，都栽白下。地接衆香國裏，人來群玉山頭。鐙揺笛步而皆紅，酒變秦淮而更緑。宜乎黄門遺老，娱晚景以魂銷，白袷諸郎，睹芳華而心醉也已。則有石林尊宿，蓬苑詞仙，少賦閒情，老耽癡語，展崔徽之風貌，橅周昉之丹青。點石黛以繪香雲，妍姿活脱；灑金壺而成錦雨，冶思纏緜。約譜《緑幺》，共題黄絹。洛浦之朝霞渺矣，尚疑細馬馱來；秣陵之明月依然，莫放彩鸞仙去。光緒十有八年歲次壬辰仲冬之月，錢塘張景祁序於浦城官署之觀䕶山房並書。

秋夢盦詞鈔序

張景祁

國朝詞學之盛，江浙稱最。竹垞、迦陵以沈博絶麗之才，衍爲樂章。奇情壯采，籠罩萬有，獨闢南宋未闢之境。然尋流泝源，未始判若淄澠也。逮樊榭易之以幽雋，茗柯矯之以沈厚，一時綴學之士，墨守門庭，漸成流別。由是，江浙兩派有南宗、北宗之異矣。嶺南繁盛之區，瓌奇薈粹，魁儒碩彦，著述代興。獨於倚聲一道，絶少流播，采風者猶有憾焉。南雪先生，其粤之竹垞、迦陵乎？先生敭歷承明，迴翔郎署，儤值樞庭。相如典册，枚皋飛書，日不暇給，宜若引商刻羽之思，嚼蕊吹花之句，未遑搜討及之也。而乃抽祕騁妍，造微踵美，研律度之分刌，辨聲響之浮切，一篇跳出，鮮侔晨葩。讀所著《秋夢盦詞》，雖不若竹垞、迦陵之富，而埽除浮艷，刻意標新，直合石帚之騷雅，夢窗之密麗，梅溪、竹山之疏俊，駘蕩而爲一手。又奚以多爲哉？夫人溺志於聲華靡麗之場，勞形於冠蓋馳驅之會，不能瑩發靈藻，涵泳天穌。縱使陟清要，躋膴仕，亦與夢中槐蟻等耳。而先生泊然寡營，早遂初服。陶寫哀樂，情餘於管絃；謠詠山川，聲出乎金石。抱琴獨往，天機盎然。是豈窮達升沈嬰其念慮者，而謂競聲於旗亭井水之間哉？祁於先生爲同館後進，一行作吏，未獲晉接音塵。迺蒙千里訂交，虛懷商榷，或推敲一字之安，或斠量半黍之細。偶有獻替，從若轉圜。淵襟雅量，尤有不可及者。即以詞論，亦足繼載酒之集，烏絲之譜，於三山五嶺間，創新聲而賡絶調也。光緒二十年歲次甲午孟陬之月，錢唐張景祁序於閩中浦城官廨。

葉衍蘭《秋夢盦詞鈔》

秋夢盦詞鈔序

易順鼎

番禺葉南雪先生，今之張子野也。其官郎中同，其享老健同，其以詞名天下無不同。然先生詞品、人品皆清絶、高絶，又能文章，精鑒賞，丹青篆刻，餘事靡不兼工，有非子野所能及者。即以詞境論之，潔浄精微，追蹤白石，纏綿悱惻，嗣響碧山。蓋先生之詞品可見，先生之人品亦可見矣。先生以名進士入詞垣，供職曹司，在樞密有年，外而郡守，内而卿寺，隨流平進，指顧間可得。乃澹泊自守，視富貴榮利，猶條風之時灑，蚊䖟之一過，惟以風雅提唱、慕前哲、獎後進爲事，終日焚香掃地，晏處超然。未幾，竟拂衣歸，爲書院主講，爲詩壇盟主。年逾七十，精力不衰，猶手寫古書，作蠅頭楷字數萬。讀書之暇，或作畫，或度曲，望者以爲神仙中人。國朝嶺南諸老，若翁山、獨漉，若魚山、二樵，若香鐵、石華，若蘭浦、南山，若墨農、玉生，若先德蓮裳公，三百年間，文采風流，非先生莫爲賡續。詞特先生一藝耳，固足以傳先生，而先生豈僅以詞傳者乎？某于先生爲年家子，曩在京師，過從譚藝，謬許爲忘年之契。先生歸粵後，猶時以郵筒相問訊，嘗寄所作《秋夢盦詞》命序，且望其爲嶺海之游。荏苒浮沈，久未報命。去年，甫屬草藁，而老母嬰疾，遽構閔凶，依墓築廬，雖生猶死。惟文章交道，宿諾終償，舊藁尚存，爰綴數語，以報知己。噫嘻！嶺海之游，恐難如願，儻得跨鶴騎鯨，尚欲訪停雲于八表。先生美意延年，壽方未艾，他時左攜漁童，右挾樵青，朱履紅衣，筆牀茶竈，艤煙波畫船于珠江幽處，試扣舷按拍，誦生平得意詞，聞霞天月海，空靈縹緲中，若有太息欷歔，賞音擊節者，其某也耶，其某也耶。光緒甲午二月，易順鼎叙于慕皋廬。

葉衍蘭《秋夢盦詞鈔》

粤東三家詞鈔序

譚　獻

佩玉千聲，流水九曲。逆入平出，書藝正宗。此楞華之諦也。送遠碧草，登樓青山。目之所際，春秋佳色。此隨山之珍也。錦瑟幽憶，奇珠轉圜。裒回裒回，采詩入樂。此秋夢之禪也。夫以榮曜華茂，人間之松鞠同生；引商流徵，伶官之竹肉中吕。既曰轉益多師，亦且同中見異。賦當六義之一，宋景喁于；詞出八代而還，比興十九。嶺表崇秀，海氣合離。敦乎風雅之林，蔚矣文章之府。匪獨國秀，亦有寓公。目論本朝，心儀曩喆。陳、梁振乎前轍，黎、張賡乎藝林，尚已。東塾先生，文而又儒，開示承學。武庫之無不有，文苑之當其難。乃至倚聲樂府，游藝名家。秦、晏、姜、張，入千金之冶；卿雲、蘇、李，同異萿之岑。接武三家，比物比志。綺藻麗密，意內而言外；疏放豪逸，陳古以刺今。中原競爽者，在百年以前；海上同聲者，視三足之鼎。繇乎其思，琅乎其響，沈乎其抱，振乎其筋。溯自華年，洎于傳世。沈約緝韻，著録都無凡語；伯眉定嶺南詞。汪倫客籍，井里所不敢私。芙生先世浙東。曼伽則被服儒者，纏緜忠愛。香草之寄，璚樓之吟。一殿靈光，操觚作賦。名山招隱，矴石神交。獻方與梁節盦行歌互答江漢之濱，流連雲物，結想風期，撰《三家詞選》，以達神恉。沈、汪逝矣，行念石林，琴歌家衖，天涯猶一室也。光緒二十年甲午仲秋之月，杭州譚獻叙于復堂行邁。

葉衍蘭編《粵東三家詞鈔》

粵東三家詞鈔序

張景祁

夫匯湘江之派，蘭澤多芳；擘太華之峰，蓮船競秀。鶴群繞樹，必引龢聲；蠶女繅盆，詎抽獨繭。而況調鐘脣吻，寀律豪芒者乎？《嶺南三家詞》者，沈伯眉、汪芙生、葉曼伽諸先生之所著也。鳳林書院之體，鳴盛於西江；龍涎樂府之編，萃奇於東越。海風並表，弗濫齊竽；春雪載賡，悉成郢曲。統同辨異，可得而言。文園善病，綺戒未除；玉局諮禪，塵詮不落。花田展禊，呼煙艇以盟鷗；棉寺聞鐘，欹松關而放鶴。含芬蘅茝，結響菰蒲。於《楞華詞》得《騷》《辯》之遺焉。烏篷盪月，夢繞花游；白社吟芳，酒湧琴趣。情絲萬軸，穿藕孔以移鍼；約指一雙，賦榴裠而解佩。閒愁皺于春水，冶思澹於微雲。於《隨山詞》得諷喻之旨焉。玉堂夜永，恨別華鬘；瓊闕秋高，歌翻水調。杏花春雨，虞學士思歸之吟；煙柳斜陽，辛幼安斷腸之什。靈簫緣短，珍簟流哀；素艷馨銷，玉鉤弔古。於《秋夢詞》得風雅之正焉。彼其金絲繁會，笙磬同音。總大晟之正聲，屏皇荂之里耳。撫塵結契，南皮之讌常開；識曲移情，東海之琴并鼓。分曹酒坐，蠟炬傳箋；畫壁旗亭，翠鬟賭句。同聲相應，樂可知已。而乃江湖夢闊，漂泊萍蹤；京洛塵緇，浮湛荷橐。通天臺畔，宿草旋荒；深水潭邊，踏歌遽斷。金匳坐雨，題醉墨而酸懷；玉笥埋雲，折哀絃而鑄淚。此則山陽聞笛，陡增思舊之悲；井水傳歌，益觸浮名之痛矣。曼伽先生感瓠粱之易逝，期蘭畹之兼收。彙寄瑤編，命操鉛筆。聚文綃於鮫室，珠海光寒；合僊拍於鸞璈，鈞天樂廣。信鑣聯乎藝苑，足鼎峙夫詞壇。尤可異者，三君皆系出鑑湖，徙居嶺嶠。樂賀公之吴語，守莊舄之越吟。結蓴夢以興謳，鄉音未改；遡樵風而引唱，天籟同宣。宜乎與浙西六家如燕之頏，如驂之靳，正不獨蠻煙蜑雨間各顓一席也。光緒二十一年歲次乙未仲春之月，錢唐張景祁序於鰲江官舍。

葉衍蘭編《粵東三家詞鈔》

積水潭圖題記

黄　節

十年前訪朮尗城西，得見南雪畫《積水潭圖》及《訪荆關遺意》兩小幀。南雪畫至少，其清詞逸韻，吾猶及見，蓋清季一俊才也，意頗愛之。朮尗願以一幀分贈予，不欲割其所愛，遽爲謝止。於後，朮尗貽書，有「十年後，仍當踐約」之語。忽忽光景，予去粤已七年。今秋南歸，重晤朮尗，則彼此白髮，侵尋老矣，前畫猶在，朮尗謂終踐此約，乃留《積水潭圖》一幀，而以其一贈予。既感朮尗之意，又歎流光之速，持此共證，再十年後相見何如？北來風雪中題記，以寄謝朮尗。庚申十二月，黄節。

海雲閣詩鈔跋

葉恭綽

先大父平生所爲詩餘，既手定《秋夢盦詞》付刊，詩則未有定本。既歿之三十載，恭綽乃就當時手寫本及掇拾編入者，都爲《海雲閣詩》一卷，授之剞人。是否全稿，則未敢定也。汪芙生先生筆記中所載先大父詠鴛鴦一聯，謂當時傳爲佳話，以無存稿，故茲不見于集中，知遺詩之散佚者不少矣。憶恭綽七歲時，先大父喜其慧，時課以對偶。一夕，本生先嚴令學爲詩，以《春雨》爲題。及成，首句云「幾夜無明月」，先大父謂其有思致，深獎之。忽忽遂已四十餘年，有如隔世。而綽以迂拙攖世網，百無所成，求遂終爲詩人之窮焉，而不之得。海壖吟嘯，家國百感紛集于懷，永念前塵，曷禁涕泗之横溢也。中華民國十六年歲次戊辰一月，第二孫恭綽謹跋。

海雲閣詩鈔跋

冒廣生

右《海雲閣詩鈔》一卷，吾師番禺葉蘭臺郎中撰，師之孫裕甫裒而刻之。蓋距師没已三十年，裕甫能惓惓祖澤，意可嘉也。咸豐初，先伯祖、先祖咸留滯嶺南，與師及汪丈芙生、沈丈伯眉有唱和。其後，師成進士，以户部郎值軍機，蹤跡始稍稍疏矣。比師掛冠歸，先祖旋謝世，伯祖亦歸如皋。師一日見廣生所學爲詞，曰：「此吾故人孫也。」命執贄受業於越華講舍。同吾游者，時則有若姚子伯懷、潘子蘭史、黄子日初，而師獨奇愛廣生。春秋佳日，後堂絲竹，廣生殆無不與。師有潔癖，客退，恒使人洗地。少髭髯，兩眸子有異光。一飲食，一談笑，幾無不可入《世説新語》者。師時耑填詞，不復措意於詩。顧其少日，乃盛以詩鳴於時。嘗賦鴛鴦句云：「笑我夢寒猶待闕，有人情重不言仙。」柳翁者見之，妻以女。士夫至今艷其事。廣生嘗從容請闕其全，屢扣屢不應。師殆歉然猶自以爲未足者。獨於垂革書《病黄詩》七律四首寄廣生吴門，曰：「他日有爲國朝人詩綜者，存吾鱗爪可矣。」廣生感其言，以語金丈粟香，粟香采入《隨筆》中。今裕甫掇拾殘逸，寫定成卷，雖未必盡吾師之所欲存，而其存者，上追元、白，平視温、李，則固足以信今傳後無疑也。廣生從師游時，年最少，今且執梃爲門生，長與裕甫論三世交，親見裕甫居高位能繼述事志。會與裕甫同過平山堂下，感歐、蘇遺事，俯仰故知，涕浪浪下，裕甫亦逡巡爲罷酒起去。戊辰五月，受業冒廣生敬跋。

清代學者象傳序

康有爲

孔子言《詩》可以興，可以觀。吾以謂，興起人心，足資觀感，莫圖畫若也。寫周公輔成王圖，足以興；寫紂擁妲己圖，足示戒。自周漢至唐，圖尚人物，顧虎頭、吴道子由此選也。凡有功德、能文章，鑄金刻石盈衢巷，圖像寫形滿畫院，以激厲人心，鼓動人才，故興奮者衆也。日本西京紫宸殿内壁懸漢唐名臣像數十，其觀感遠矣。今歐洲亦然。吾國畫自荆、關、董、巨後，山水方滋。元明以還，高談氣韻，排寫真爲匠筆，虚造丘壑，謂寫胸中逸氣。名家皆耻，不敢作畫像，或寫先像，不藏之。于是，圖像之風大衰，遂使有功德之名臣、名儒、名士遺像不存，令國無以興、觀，人心不感奮，人才不振起，所關亦大矣哉。有清三百年，才傑蔚起，雲布鱗萃，然名臣之像，尚有紫光閣圖之。若蓄道德、能文章，名于世者以百數，清高遺像，泯滅不存，無可觀感，耗矣傷哉！番禺葉蘭臺先生以詞館改郎曹，直樞垣，文采風流，照映一時。倚聲之餘，妙精圖畫。網羅唐、宋、元、明、清五朝人物遺像，手筆繪之，色相如生，惟妙惟肖，而清朝尤多，凡得百數十人。先生彌珍之，祕不示客。及歸老而教于鄉，主講越華書院，吾頻陪文讌，縱觀所藏。笙哥酒酣，盡出名人遺像相示，歡喜讚歎，恭敬興觀，驚未嘗有。請布于天下，以起後士，先生許之。既而先生逝矣，吾以戊戌黨禍亡海外十六年而歸，則朝市變易，忽忽卅餘年，與鄉黨文獻不接，不知此圖像猶在人間否也。先生文孫譽虎不忘厥祖之遺澤，乃今欲印行之，以光緒朝士耆舊盡凋，海内人士曾與先生論文讀畫者，惟有鄙人，屬題序之。則老夫明年已七十矣，俛仰賢劫，而諸賢之圖像乃得無恙，後之覽者，亦有感于斯文。孔子二千四百七十七年，南海康有爲。

清代學者象傳序

葉恭綽

有清二百餘年，學術繁興，文儒輩出，其言行著作，散見公私紀載者，不知凡幾，其彙爲專書者，則有若國史館各列傳暨《耆獻類徵》、《國朝先正事略》、《碑傳集》、《漢學師承》等。第其間體製不一，或限于年代，或囿于部居，或尚缺翦裁，或未遑綜貫，卒未有折衷匯萃，勒爲一編者。易代以還，清史待修，其有須乎此尤亟，顧遲之又久闃無聞焉。余先大父南雪府君于同、光之際宦游北京，所交多海内賢豪，厥時即有志乎此，並以自古紀述名人事蹟多附畫象，俾精神意量，得藉以傳。因廣蒐一代學者之象，手自鉤摹，凡費三十餘年之力，成象一百七十，自顧亭林迄魏默深，各爲一傳，坿於象後。計徵集資料逮參稽定稿，所糜時日精力不可勝數，歿時猶殷殷以流傳繼續爲念。恭綽無似，思承先志，因念先大父所輯，斷自同治以前，同、光、宣三朝未及列入，又同治前諸學者象，缺者尚多，亟圖賡續，期成完帙。顧日月易得，人事無常，慮先人手澤或致湮晦，又比歲治國學者，于清代學術極致研求，此書尤爲一最良之參考品。用擬將先大父已輯各象，編爲第一集，印以行世，藉副先人之遺屬，兼應學苑之需求。適商務印書館願成其美，遂舉以屬之。其餘各集，以待續出。自維年逾强仕，志行百無所成，今兹忝廁藝林，賴祖庭餘蔭，布其初基，得以附名簡末，不禁感幸交並。已各象中，有爲大興黄小泉氏所繪者。小泉從先大父游凡廿年，工人物、花卉，歿于光緒中，例得附志。民國十七年五月，番禺葉恭綽敬叙。

案：葉恭綽《清代學者象傳例言》可備參酌：「是書本先人遺製略加排比，依生卒年月先後爲次第，先出第一集。嗣有所得，當陸續繼出爲第二、三集以至無限。」「是書于有清一代學者擬悉網羅，不敢意爲去取，惟蒐采有先後，故擬依次出版。海内賢哲倘惠賜尊藏並加指導，不勝盼幸。」

「明末學者歿于清初者甚夥，以斷代關係，均列入是編。至歿于民國之清末學者應否列入，尚待研究，未敢率決。」「是書以學者爲限，故其他先哲概不列入。」「是書于方外、閨禮及邊地多歎遺珠，當特求增補。」「是書各傳爲清時所輯録，故時地稱謂多沿其舊，未及修改。」

清代學者象傳序

王秉恩

易以象稱，象者像也。高宗夢得良弼，審形象，旁求得説。惟肖意必寫形象，爲旁求用，此殆畫象權輿耶？《水經注》載戴延之《西征記》：濟水經金山冢前石祠、石廟，四壁青石隱起，有書契以來忠臣、學子、貞婦、孔子及七十二弟子象。今所傳拓武梁祠畫象者即此。比讀王文考爲魯恭王《靈光殿賦》，賦中詳陳，與此一一脗合。昔以爲魯峻及武梁畫者，殆未嘗舉《賦》比校審核，靈光巋然，至今洵不誣云。成都文翁石室七十二弟子象或橅是耶？嗣是，雲臺淩煙以旌功，《會稽先賢象贊》、《於越名賢象傳》、《四明文獻録》、《練川名人畫象》以表賢，然僅一郡縣，一鄉賢哲。世所盛稱蘇州滄浪亭石刻吴中名賢象，凡五百七十人，顧湘舟沅所輯。顧本之王鳳洲《吴中往哲記》，益以錢叔寶，張蟾雨補成之，畫爲孔繼堯，傳略爲張應麐，湘舟得而繡梓，陶文毅泐石。若畫與傳略均出一人一手並自書之，流覽古今，惟番禺葉蘭臺先生所爲《學者象傳》八巨册，幾二百人，殆空前絶後，罕有倫比巨製也。蓋有不可及者三。先生素工六法，人物、仕女尤精。摹寫此册，大抵見舊家藏弆玉照軸册卷子，假藉乞索，悉心臨橅，惟妙惟肖，大小一式，有一人橅二、三者，豈輾轉鉤勒者可比？官京師有年，多見真本，精選慎擇。其人學術、文章猷爲勳業，稍有可議，擯不入選。積數十年，精心果力，成此巨觀。非以多爲貴，賢否混殽、蕭艾同登者。此不可及者一。先生熟於朝章掌故，一代名哲勝流，蘊蓄胸中有年，凡紀載宏編巨制、名人著述以至稗官别史，網羅薈萃，其人崖略宗指，皆能提要囊括，無漏無遺。非鈔纂陳言，敷衍草率成文者。此不可及者二。先生素工小楷，精深華妙，深得山陰逸韻，所書刊行黄陶庵、黎二樵評點李長吉詩可見。此册尤精心所爲，其不可及者三。昔聖門七十二賢象，至宋理宗始各自爲贊。徽宗嘗手繪唐十八學士象，並書姓名、序贊，而序贊並非自撰。以視此册，畫象、傳略、精書，一人一手，成此三不朽劇跡。余稱爲無古無今，殆非溢美詞。余素喜收藏名人遺象，軸册約數十百事，惟多石本、摹本，鳳洲吴中往哲象册亦有之。丙戌、丁亥在粤，聞先生有此作，乃摳衣修謁於越華書院講席請觀。先生入舉一册俾觀，風流儒雅，栩栩如生，以視鳳洲册有雅俗之分。因舉其人事蹟，大略皆能口之。先生益喜，遂一一舉示，八册外，尚有《歷代名媛》一册，起元大長公主，及秦良玉，歎觀止焉。學者讀國史列傳及二錢、東生、侃石。二李、次青、黼堂。繆藝風碑傳、先正耆獻、文獻徵存各書，緬想前徽，得此册瞻對，如睹賢哲音容笑貌，通其謦欬，庸助讀書、知人論世、友天下士之志趣，獲益匪尠。戊辰夏，先生文孫恭綽來滬，將印此册，屬余爲序。以數十年夢想而不得見，一旦重睹，故不辭爲之序。太歲在著雍執徐陽月，華陽王秉恩序於海上，時年八十有四。

清代學者象傳跋

冒廣生

番禺葉蘭臺師手寫有清一代學人小象凡若干册，各繫以傳。其孫裕甫謀流布之，顧廣生言，吾祖厚若，知吾祖者，在今日莫如若，若不可無一言。廣生既受命，三年未有以報，蓋其慎也。歲戊辰，廣生客上海，裕甫亦自津沽來，相與游虞山，過吴門滄浪亭，摩娑五百名賢石刻，若不勝其仰止之思者。士生千百載後，不見古人，過其廬墓與其釣游之所，則徘徊眷戀不忍去。若其地之父老，能述瑣聞遺事，或其人之聲音笑貌，則傾耳忘倦，若相接於何有何無之鄉。遇有關於一代興衰之故，學術人才之消長，則尤孜孜焉，旁搜遠紹，編年繫月，按其傳狀，爲之譜録，以盡其人之生平。又必多方求得遺象，揭櫫簡編，使讀其書者，得想見其丰采。此學者知人論世之盛心，不得謂其習氣也。武梁祠堂尚矣，然其畫象似人而已。唐曹霸畫褒公、鄂公，毛髮悉動，而世遠不傳。自宋以來，若東坡、放翁諸人，始見題詠。今南薰殿藏諸家象，始自宓犧，迄於勝國，洋洋乎大觀哉，然而唐以前吾不敢信也。師竭三十年精力，手自橅寫，或得之故家收藏，或其子孫世守以供歲時瞻拜，其世愈近，其跡愈真，使人俯仰無端，置身於二百數十年間，自忘有生之晚，古稱神交，何以加焉？廣生少時喜談掌故，凡所尚友，必詢其子孫之賢否有無，以爲欣戚，而庭堅祀忽，若敖鬼餒，十恒占其八九。嘗舉公侯復始之語，質吾外祖周先，周先乃語以天人消息之故，謂君子之澤，斬於五世，再實之木，未有不傷其根者也。且夫天地生人以萬萬計，其有名者，一時才數十人，古今生人，以億萬萬計，其有名者，一代才數百人。若能知有名之人，不能知無名之人也，若能數有名之人之無後，不能數無名之人之無後也，是則無名之人，其無後者多於有名之人，雖巧歷不能算也。廣生終不怡。往在鎮江，以禮爲羅，羅陳其年後人於幕下，及移淮安，以禮爲羅，羅潘四農、魯通甫後人於幕下，誠不自量，欲以一人手足之烈，使欒郤之後稍稍得伸於時。今裕甫能光大其家，既刻師遺詩，又承師志，賡續採訪，而先以是册傳世。廣生垂白，得見師門昌後，喜可知矣。葉氏之先，出於湖州，裕甫嘗至湖州，謁其遠祖石林之墓，又欲過吴江，訪天寥後人，遇長沙族人，尤殷殷。此皆仁人孝子之用心，足以風當世者。己巳八月，門人如皋冒廣生謹跋。

先祖集外詩詞

葉恭綽

先祖南雪公《秋夢庵詞》及《海雲閣詩》已先後刊行，但尚有遺逸，其最爲當時稱誦而未入集者，有甲午感事《菩薩蠻》十首及臨終《病黄詩》四首。兹録於下。（詩詞略）

《遐庵談藝録》

返生香景印後記

彭悄翁

故張學華太史漢三家富藏書，勢易時移，難保朝夕。予與其哲嗣眉叔有同學之誼，應邀檢閲，以定去留。中有葉蘭臺先生手書鐫板疏香閣、李長吉二集，精楷端麗，神韻特超，光彩照人，愛不釋手。眉叔見而會心，欣然舉以相贈。予把玩經年，珍同拱璧。因念予友梁秩風君嗜楷法，喜蓄書，一思物歸所好，故謀將致之。時君已旅港，雲山異勢，禁運綦嚴，漏網吞舟，徒爲無益。於是分頁以付郵筒，數月驚弓，終告蕆事。梁君喜獲全璧，迺親任補裱之役，綴裝成帙，回復舊觀，其用力之勤，正與予若也。梁寒操君素以保存古籍爲己任，其有功於國粹者，不自今日始，微聞佳趣，即謀付影印，以供同好。遂邀予商諸梁君，談方逾旬，而全書已在寒操君几席矣。物之聚散，豈有時哉！二集幸而不化劫灰，迺入予手，又非拙謀横生，更有寒操君之雅意，所以有今日。豈兆神靈呵護，有以致之耶？想蘭臺先生九原有知，料可破顔微笑矣。彭悄翁識。

香港中文大學圖書館藏葉衍蘭寫刻葉小鸞《返生香》影印本

案：《返生香景印後記》原有二，今取其一。

清代學者象傳合集序

潘承弼

自有書契以來，圖史並重，不可偏廢。肖像之作，昉於漢代，今可覩者，武梁祠等畫像，圖歷史人物，以備觀瞻，開後代圖像之先河，有足證焉。唐圖凌煙功臣，已進入畫苑之堂階。千百年來，代有繪素，其表彰前賢，圖爲專著，約略可數。顧皆偏於桑梓，或涉專門。時至清代，斯事較有進展，如顧沅之《吴郡各賢像贊》、程祖慶之《練川名人畫像》、王齡之《於越先賢像傳贊》、費丹旭之《東軒吟社畫像》，所據各有取證，不盡臆造。外此如神仙、劍俠、列女等著，雖皆各具心裁，然憑空造形，無資佐證，殊失傳像之深意。番禺葉蘭臺先生，以名進士著稱粤東，夙工六法，模寫人物尤擅能事。有志搜輯清代學者遺像，精心撫摹，務求逼真。遍訪故家藏弆，所見清代學人遺像卷册，甌假摹臨，積三十餘年之功力，成像一百七十，編爲《清代學者象傳》，俾後學批展循覽，有所仰止。屬稿已具，藏作家珍。文孫遐庵先生，繼承遺緒，克紹祖芬，得於一九二八年出藏稿付諸商務印書館影印問世，遂得傳播士林，珍兹鴻秘。遐庵先生復有續輯之宏願，經二十年之久，蒐集又得二百人，至一九五三年賡爲續編，付諸墨版，共垂不朽。緬懷有清三百年中，學者如林。兩編所收，悉皆知名碩彦，爲舉世所尊重，得此宏編，俾後之人瞻仰前哲，恍親謦欬，發思古之幽情，嘆觀止矣。蘭臺先生與先祖譜琴府君同登咸豐丙辰進士第，同官京師，時相往還。洎後各歸故土，雖道里修阻，魚雁不絶。先生所著《海嶽樓詩集》及《秋夢龕詞集》，皆雋永可誦。所刻《李長吉詩》、《粤東三家詞鈔》、《秦淮八艷圖詠》等著，皆手寫精楷，傳誦至今。余弱冠時識遐庵先生，重申舊誼，忝辱忘年，時親教益。忽忽五十餘年，遐翁墓有宿草，余亦冉冉老矣，批展遺編，益增山陽鄰笛之感。今者上海古籍出版社奩合此書初、續兩編，重印流傳。屬係數語，略存顛末。自惟衰老傖筆，有玷各編，忝承載世苔岑，鴻雪猶在，敢忘譾陋，賫陳蕪辭，藉以報命。一九八六年四月，吴縣潘景鄭承弼謹識於滬濱寓樓。時年八十。

上海古籍出版社影印本葉衍蘭、葉恭綽編《清代學者象傳合集》

葉衍蘭會試硃卷批評

同考試官翰林院檢討實録館纂修國史館協修記名御史加三級毛閱：薦。思清筆雋。

大總裁内閣學士兼禮部侍郎銜加三級劉批：取。又批：理明詞達。

大總裁經筵講官都察院左都御史加三級許批：取。又批：氣足神完。

大總裁經筵講官工部尚書兼署户部尚書管理國子監事務正紅旗漢軍都統崇文門副監督加三級全批：取。又批：精心結撰。

大總裁經筵講官協辦大學士工部尚書軍機大臣實録館副總裁稽查京通十七倉加三級彭批：取。又批：雅韵欲流。

本房原批：

首場：欵欵深深，筆曲而達。次，真切。三，領取「莫如」二字神理，尤見筆情。詩工秀。

貳場：《易》，熟于荀、虞之説，頭頭是道。詩藝雅鍊。《禮記》文，旁徵博引，腹笥便便。餘二篇，亦斟酌飽滿，摛詞無懦。

叁場：策穩愜。

告諸往而知來者

批語依次爲：

曲折靈活，字字熨帖。

落「告」、「知」二字，獨見手法，毫不犯實。

就「告」、「知」二字，盤旋籠起「往」、「來」字意，虚與委蛇，題神確肖。

點題處，字字落清。

提空二比，透醒「往」、「來」二字實意，亦簡括，亦精湛。

軒然而起，方家舉止。

神恬气静，妙緒獨抽。

不將告往、知往一層説壞，愈見知來之可貴，是謂尊題得法。

再接再厲，描寫嘉與，神理十分暢滿。

本房加批：

前路不急搶「來」、「往」字，相題有識。通篇細膩秀潤，迥異塵囂，非學養兼到者不能。

洋洋乎發育萬物峻極于天

批語依次爲：

一口吸盡西江，題理不煩言而解。

老筆精理，似神鍾陵。

警闢語，得未曾有。

石破天驚，語奇而確。

靠實發揮，不肯著一籠統語。

樹義精卓。

包掃一切，不落邊際。

本房加批：

題易囂張，文能浄細；　題易鋪排，文能包括，是以卓鍊制勝者。

莫如爲仁

批語依次爲：

開口便得題神。

「莫如」意已透。

喝起本題，入手虚活。

二比擲筆。

空中攫取「莫如」二字，神理一絲不走，超忽靈雋，是方集虛齋得意之筆。

二比平還正面，亦題中應有之文。

寄興遥深，如此逼出「莫如」二字，方是真詮。

語重心長，低徊無限。

補智、義、禮三層，毫不費力，大氣包舉，痕迹俱化。

本房加批：

涵泳題中「莫如」二字，將亞聖一片救世婆心，曲曲傳出，視貪填仁字、泛話及以挑剔見長者，真有上下床之別。

賦得游鱗萃靈沼（得靈字五言八韻）

批語：

工巧絶倫，組織新切。

本房加批：

頌揚得體，是金華殿中人語。

顧廷龍主編《清代硃卷集成》第二十册

案：會試硃卷，按慣例先載姓名履歷，繼載始祖以下尊屬、兄弟叔侄及妻室子女，附載受業、受知師，最後選登文章數篇。

葉衍蘭長於近體

汪瑔

廣州多詩社。番禺葉蘭臺户部衍蘭少時在社中詠鴛鴦句云：「笑我夢寒猶待闕，有人情重不言仙。」有柳翁者見詩，喟曰：「有才如此，尚作『不知何處月明多』人耶？」以女妻之。余裒蘭臺詩，有「佳士性情如蛺蝶，詩人名字借鴛鴦」之句，蓋以崔珏爲比也。蘭臺詩長於近體，詠緑陰云：「重來池館剛三月，入望樓臺隔一重。」有贈云：「學畫名花留小照，要將明月問前身。」

《旅譚》卷一

案：「不知何處」句，出自黄清老《貢闈偶成呈同院諸公》：「射宫圍棘斷經過，閒卻秋聲太液波。風定碧簾聞禁漏，夜殘銀燭見星河。仙人共對青藜杖，詞客孤眠白玉坡。弱水蓬萊三萬里，不知何處月明多。」（顧嗣立編《元詩選二集·己集》）又，徐珂編《清稗類鈔》婚姻類「葉蘭臺以鴛鴦詩得妻」條則云：「番禺葉蘭臺，名澧，詩才清逸，嘗賦《鴛鴦》詩云：『笑我夢寒猶待闕，有人情重不言仙。』有柳翁者見之，詫曰：有才如此，尚作『不知何處月明多』耶？以女妻之，一時傳爲佳話，有葉鴛鴦之目。」

譚獻選評葉衍蘭詞三首

譚　獻

長亭怨慢（已拚作、天涯羈旅）

振響哀絃。

珍珠簾（楚天環珮清秋迴）

直揭本旨，大筆淋漓。

垂楊（章臺夢杳）

去國之思，韻合《騷》《辯》。

《篋中詞》今集續三

葉南雪爲春蘭

譚　獻

嶺南文學，流派最正，近代詩家，張、黎大宗，餘韻相禪。填詞有陳蘭甫先生，文儒蔚起，導揚正聲。葉南雪爲春蘭，沈伯眉爲秋菊，婆娑二老，並秀一時。約梁君將合二集，益以寓賢汪玉泉，爲《粵三家詞》云。

《篋中詞》今集續四

復堂日記

譚獻

番禺葉南雪太守衍蘭介許邁孫以《秋夢庵詞》屬予讀定。綺密隱秀，南宋正宗。於予論詞頗心折，不覺爲之盡言。（卷八）

得葉蘭臺廣州書，寄《蘭甫遺書》、《快雪堂法帖》、小端硯一方。蓋署「復堂先生修書研」。（續録）

繙閲《秋夢盦詞》。七十老翁，旖旎風華，不露頹脱。此翁自少壯以來，殆專以倚聲爲寄者也。（續録）

葉蘭臺屬選《嶺南三家詞》，爲沈伯眉、汪玉泉及蘭翁，今日始就。審定圈識，寫目録寄去。沈爲《楞華館詞》，汪爲《隨山館詞》，葉爲《秋夢盦詞》。（續録）

上江裕輪舶回杭。昨葉南雪以《詞續》寄示。鮮妍修飾，老猶少壯，壽徵也。予媿之。（續録）

得葉蘭臺粵華書院寄星海函，屬予先閲。蓋以沈伯眉、汪玉泉及南雪詞屬予選定，將刻三家詞也。卷中先有張韻梅、玉珊鈐小印記選，予繼之，大同小異耳。遂即日加函匯封致衍若，屬達星海金陵寓廬。（續録）

得星海鍾山寄葉叟南雪篆聯小字各體書扇面一。七十三翁手書遠寄，予方廢十指，媿此神交。（續録）

閱《申報》，知葉南雪翁已歸道山。此十年來未識面之老友，固逆知彼此暮年，相距迢遥，無相見期也。（續録）

挽汪瑔聯之佳者

金武祥

余游嶺南十餘年，交游中品學最優者，爲汪君芙生。近數年，在省過從尤密，道義文字，相契益深。余去歲沿檄赤溪，握别時，均以爲會晤不遠，書問往返，猶各以詩詞相質。乃於今年二月初三日，遽歸道山。知己之悲，獨學之懼，爲愴然者累日。朋好輓聯，多有佳者，録之亦可見其生平焉。陶心雲孝廉云：「容甫畢生惟述學，鈍翁垂老益工詩。」文芸閣太史云：「抗心古淡，處世元同，平生自署無聞子；談藝十年，論交兩世，後死應題有道碑。」吴孟棐明經云：「嶺表來游，與誰論唐宋詩心，齊梁文體；南中流寓，猶得見容齋隨筆，笠澤叢書。」葉蘭臺部郎云：「綺歲記聯吟，華嶽潯陽同勁敵；騷壇難振響，詞牋賦筆總傷神。」陶子正孝廉云：「遺集邁西泠，差喜及身能自定；豪情空北海，傷心先友已無多。」陳子厚太守云：「桃花潭水泠，叢桂小山空。」胡衡齋大令云：「太息聞人，不登上壽；每懷良友，輒誦遺文。」王子展刺史云：「記曾廿載周旋，論治觀人，有元方康成之感；自有千秋盛業，文格書品，在聖徵元穎之間。」余亦撰聯云：「有經世才，但將名士稱君，測君猶淺；抱知己痛，曾以循吏目我，問我何堪。」上聯之意，君實不愧，諸人均未道及也。

《粟香四筆》卷七

案：吴恭亨《對聯話》卷八選録以上文廷式、葉衍蘭、王存善、金武祥等四人所撰聯。其中，王氏聯中「有元方康成之感」作「餘元方康成之感」。

冰泉唱和

金武祥

余所輯《冰泉唱和集》，海内勝流題詞屬和者，凡百餘家，既彙梓總集矣。甲午重來粤東，越華院長葉蘭臺部郎衍蘭和詞二首，謂初成《陌上花》一闋，偶憶昔時惠山品泉之樂，再填《憶舊游》一闋，兩首中詞意有相同者，不可並刻云。余既將《憶舊游》刻入集中，而初成之詞，亦復清超緜邈，未忍割愛，因分刻於此，以誌雅誼。詞云：「林巒路曲，詩仙何在、宦游前度。玉甃苔花，青到斷無人處。漫亭雅繼風流會，嘯傲壺觴儔侶。更詞牋鬭擘，井華同唱，柳屯田句。恁秋蕪遍踏，舊題銘字，待向石闌重補。細酌清泠，證取素心如許。夕陽瘦映禪關静，淡寫大雲烟樹。料山靈，定訝逍遥琴鶴，笑攜樽俎。」按第一、第二泉皆在余鄉，葉詞因冰泉而憶惠泉。張公束大令亦有詞寄題云「問味比中泠甘否」，則又憶揚子江心水。皆切合人地，故情韻尤勝也。

《粟香五筆》卷五

秋夢庵詩

金武祥

余甲午重至粤東，嶺南耆舊中，往還最稔，時與爲文酒之讌者，惟葉蘭臺太史衍蘭，已記其贈詞於第五卷矣。嘗爲余言：「僕《秋夢庵詞》已付梓，惟詩所存無多，不另刻，當附君《五筆》以傳。」故每爲余書扇，必録其詩。《都門雜詩》云：「衣滿緇塵鬢滿霜，輪蹄得得爲誰忙。艱難楮葉三年刻，冷淡梅花十月香。貧女無媒羞自獻，才人已老不容狂。黄金合鑄相思淚，半化紅冰半海棠。」「苦説鵁鶄戀一枝，側身萍海歎希微。蘭情幽艷騷人賦，花樣單寒寡女機。無可奈何牛馬走，不如歸去鱖魚肥。笠簷簑袂平生夢，猶有鷗盟舊釣磯。」「退食從容跨紫騮，金鼇煙柳鏡中收。天魔夜舞全無地，帝子晨裝尚有樓。瓊島暮霞仙塔迥，珠江明月畫船秋。故園夢繞花深處，萬户千門已倦游。」「秋暮阿連一紙書，問余何事不歸與。爲言風雪長安慣，翻使烟蘿舊約虚。繡隴但能同買犢，金門誰肯久懸魚。羅敷告訴梅花説，終遣仙茅卜隱居。」蓋太史由丙辰庶常散館，分户部，値樞垣最久。嗣即假歸不出，主講越華書院。四詩作於都門，其知幾勇退，情見乎詞如此。余最愛其題《紅拂圖》絶句云：「李郎虬客本奇才，直得紅妝俊眼開。可惜當時未親見，太原公子裼裘來。」余歸里逾年，由張玉珊大令處寄到訃函，知太史於七月二十四日捐館。言猶在耳，亟録數章，以答知己於地下云。太史壽七十五，精神步履，不減少年。偶患痰濕，誤投補劑，遂至罔效。病中猶賦病黄詩四律，尤想見其神明不亂也。詩云：「吟到秋花瘦骨單，居然黄面學瞿曇。陡驚雲物來徵菌，那有瓊貽遠贈柑。守日何曾人瑞見，題碑祇覺色絲慚。忽然欲作游蜂想，斜抱花枝笑不堪。」「龍袍豈合亂加身，祇有彈琴樹下聲。幾度鵑啼埋土恨，頻年鸝吹説風情。赤松何處來尋石，靈藥無由遍覓精。惟願喇嘛全剥去，好憑阿嬭護長生。」「轉緑回時劇可憐，竟同梅雨夏初天。吟成豆葉詞人曲，説到槐花舉子顛。半世青燈叢卷裏，忽來白葦亂茅前。更無粉額親磨墨，替寫河流遠上篇。」「由來我是土摶人，難説精金鑄島身。一領青衫仍鷄子，卅年烏帽抗蹄塵。蘖含定覺心中苦，粱熟空教夢裏真。雲海更無登覽興，詩吟山谷劇傷神。」《粟香五筆》卷八

案：以上所録《都門雜詩》第四首，葉衍蘭《海雲閣詩鈔》題爲《秋暮》，首句作「傳到阿連一紙書」，不在《海雲閣詩鈔》所收《都門即事雜詩》八首之列。

葉衍蘭秋夢庵詞

冒廣生

番禺葉蘭臺先生衍蘭嘗選己作《秋夢庵詞》，與沈伯眉丈世良《楞華室詞》、汪芙生丈瑔《隨山館詞》，合刻曰《粤東三家詞》。先生早歲綺才，有葉鴛鴦之目。其賦鴛鴦詩云：「笑我夢寒猶待闕，有人情重不言仙。」有柳翁者見之，詫曰：「有才如此，尚作『不知何處月明多』耶？」以女妻之。以翰林改官户部，儤直樞密。解組以後，主講越華院書院十年。余與姚伯懷、潘蘭史皆從問字。後堂絲竹，至今猶繞夢寐。乙未，余計偕北

上。先生手書「文章有神交有道，珍珠無價玉無瑕」十四字楹帖見詒，又爲賦《慶春澤慢》詞以寵其行。詞云：「珠幰紅襌，香霏碧唾，十年秋夢初醒。唱出東風，何人共畫旂亭。銀河浄滌生花筆，皺池波、底事干卿。話纏緜、幽恨桐悲，芳思蘭馨。　楞華艷散霜芙萎，悵霓裳舊詠，法曲凋零。海上琴音，更無孤鶴潛聽。白雲只在山中住，訴哀絃、喚起湘靈。泛仙槎、杏苑尋芳，歌遍瑶京。」余藏新莽始建國二年鏡，先生爲賦《百字令》。詞云：「硬黄輕展，認當年偷照，長安宮掖。剛卯銅符零落盡，顧此一規蟾魄。玉璽沉淪，金縢謬妄，鑑古悲無極。興劉窺讖，路堂羞整巾幘。　知否原碧新妝，眉斂乍啓，對影窺蓮額。堪笑迴旋隨斗柄，映到漸臺宣室。璧彩萎生，苔花繡漬，位置泉刀側。漳河遺瓦，勝他猶伴吟席。」零縑斷墨，尚藏篋笥。先生晚年病黄，嘗賦七律四首，句句皆暗嵌黄字，亦可想其風趣也。

《小三吾亭詞話》卷一

秋夢庵詞刻意夢窗

冒廣生

《秋夢庵詞》，刻意夢窗，而得玉田之神。

《小三吾亭詞話》卷一

案：下引《水龍吟》（銀蟾何處飛來）、《清平樂》（蟾光似水）、《瑶花》（纖雲浄洗）、《瑞鶴仙》（海棠嬌欲語）、《解連環》（冶魂銷盡）、《子夜歌》（遡歡塵、錦屏絳蠟）數闋，詞略。

葉衍蘭性潔

潘飛聲

葉蘭臺户部師衍蘭掌越華書院時，賞花度曲，選饌移厨，及門中惟余與仁和姚伯懷紹書、如皋冒鶴亭廣生時同宴游。師性潔，書畫簾几不許他人撫摩，以故後堂絲竹，三人外罕得睹也。

《在山泉詩話》卷二

葉衍蘭手摹陳其年填詞圖

潘飛聲

余初謁葉蘭臺先生於越華講院，先生張盛筵欵客，并出《陳其年填詞圖》與姚伯懷、冒鶴亭同觀。圖長二丈餘，先生宦京時所手摹者，畫、字皆畢肖。繪其年坐席上握翠管攤書，長髯秀目，神采風流，令人艷慕。旁一美人坐蕉葉，倚長簫。未見雲郎也。卷中題者，一時瀏覽難盡。先生云以尤西堂《洞仙歌》四詞爲最佳。蓋借摹年餘，始成此卷。末有先生綴題長古一篇，今不復記憶矣。是日，余賦《掃花游》一闋云：「玉梅勸酒，愛墜粉池臺，暗香飛滿。翠簾乍捲。繼西園韻事，石林清宴。畫幀書床，要與詞仙共欵。錦波軟。襯一角夕陽，紅上蕉院。　湖海人未遠。認拂拂霜髯，笑拈銀管。綠幺細按。怕歌起艷情，紫雲偷怨。倩影傳神，妙筆重摹粉絹。舊題遍。付尊前、鈿簫吹緩。」又《張憶娘簪花圖》亦長丈餘，楊子鶴手筆，題者不可勝數，袁子才所謂「國初諸老風情甚，袖角裙邊半姓名」者也。圖入粤中，歸辛氏。前年，余得假觀于伯澄從兄秋曉庵中，亦填《減字木蘭花》一闋云：「横波剪剪。似向鮫綃屏裏見。識面偏遲。袖角裙邊綴小詩。花魂未醒。千古憐香同問影。紅豆生生。也向枝頭附姓名。」末二語謂余方爲洪銀娘繪《紅豆圖》徵題也。余作詩話，雅不欲自録詩詞，惟此兩闋，最關余眼福，巴人適意，遂自忘其陋耳。

《在山泉詩話》卷三

葉衍蘭秦淮八艷圖

潘飛聲

葉南雪師衍蘭曾摹《秦淮八艷圖》爲一卷，雕刻精細，題詠秀雅，紙貴一時。圖後，師各爲小傳，并題詞八闋。兹録其《月下笛》題董小宛云：「玉映蟾輝，良宵並坐，影梅池館。湘簾試捲。嬌趁芙蓉露華泫。幽蘭暈碧風枝裊，愛小印、紅絲繫腕。更寶匳搜艷，搓酥滴粉，共題鵝絹。仙眷。凌波見。記蕩槳金焦，茜衫塵涴。銀缸鬬茗，料伊雲海游倦。畫闌香霧霑衣冷，願長作、姮娥彩伴。怕喚起、杜鵑魂，寒食桃花夢短。」《慶宫春》題陳圓圓云：「滿目月輝，横塘駐影，艷名早冠香溪。朱邸藏嬌，瓊筵顧曲，酒酣密透靈犀。繡鞍馱去，恨驚聽、漁陽鼓鼙。投鞭遼海，縞素軍中，重迓鸞篦。雄姿漫説征西。碧血全家，鵑淚空啼。玉帳兵銷，銅臺春鎖，暗愁驕馬長嘶。五華高築，懺塵夢、禪關静棲。傷心誰訴，忍見吴宫，芳草凄迷。」餘詞俱刻《秋夢庵集》中。

《在山泉詩話》卷四　陳融

讀嶺南人詩絶句　葉衍蘭

裊裊襟靈獨暢時，墨閒筆静偶爲詩。長蘆繼作誰家事，片爪孤鱗可預期。

其二

瑶琴白雪扇桃花，萬緑陰中點絳霞。賦罷宛央屬誰和，清奇尚有古梅丫。

其三

不著一塵仍好潔，已空萬象未償癡。不匱室題海雲閣句。珠江月冷銀塘暖，詩不入詞秋夢敧。

《讀嶺南人詩絶句》卷十二

葉衍蘭詞意顯露

《菩薩蠻·甲午年作》（琅玻鈿瑟瑶池宴）（金鑾下詔瓊宫裹）（向陽花木都腸斷）

冒廣生云：「此幾首詞《秋夢庵詞集》未載，見《近代名賢佚稿》（《同聲月刊》輯）。詞意顯露，當時似有所諱。『金鑾下詔』一首謂起用恭王奕訢趣李鴻章議和。『向陽花木』一首指吴大澂疏請統軍出關事。梁節庵《款紅樓未刊稿》有和章，題爲《和葉南雪丈作》。」

張伯駒、黄君坦選，黄畬箋注《清詞選》引《小三吾亭詞話》

案：《詞話叢編》本《小三吾亭詞話》中未載此條。又，以輯佚形式發表此十闋詞者，是《詞學季刊》第一卷第四號《近代名賢佚詞》，而非《同聲月刊》。據此可知，於《秋夢盦詞再續》中收録此一組詞之葉衍蘭詞别集初刊本之後印本至一九三四年四月時當尚未出現。

光宣詞壇點將録

錢仲聯

天速星神行太保戴宗　葉衍蘭

南雪先生爲遐庵之祖，早與譚獻爲詞友，有詞札往來。選《粵東三家詞鈔》，張嶺南詞苑壇坫。著《秋夢盦詞鈔》，往往一片神行，絶塵莫躡。長亭怨慢《書汪瑔詞卷後》所云「悽艷，有萬紅香透」者，亦自爲寫照也。

《詞學》第三輯

葉衍蘭詞寄託遥深

邱世友

記得有一次因事跟她（指冼玉清）商量，並請教她一些嶺南文學掌故。如葉恭綽先生的家世，具體説詞人葉衍蘭。她極感興趣地説了他的《秋夢庵詞》，而且説其中的《珍珠簾·高唐神女圖》很好，「三峽生涯原是夢，渾不怕、細腰人妒」。她沉吟之後説：「寄託遥深。」頗有些幽微的自我慨歎。

《冼玉清誕生百年紀念集·憶冼玉清教授》

海雲閣詩鈔

柯愈春

《海雲閣詩鈔》一卷，葉衍蘭撰。衍蘭生於道光三年（一八二三），卒於光緒二十三年（一八九七）。字南雪，號蘭臺，廣東番禺人。英華子。咸豐六年進士，授户部主事，官軍機章京，值樞垣二十餘年。晚年主講越華書院。工小篆行楷，精鑒別。此集民國十七年葉恭綽刻，首都圖書館、復旦大學圖書館藏。前有光緒十四年越人汪瑔序，末有受業門人冒廣生及孫葉恭綽跋。録詩百四十三首。《題李香君小影》二首記明末遺事，《都門即事雜詩》八首詠北京名勝風物。

《清人詩文集總目提要》卷四十七

近三百年嶺南十家詞選析　葉衍蘭

韋金滿

蓋可想見其於《花間》用工之深，詞風頗近白石、夢窗，與同時詞家宗尚朱孝臧、厲樊榭者，實有異曲同工之妙也。

此首（《水龍吟》〈水風吹冷霓裳〉）自「想銀河滌筆」以下數句，不惟意境雋逸，抑且造語清新，恰似史邦卿《綺羅香》（做冷欺花）詠春雨一詞者也。

此首（《解連環》〈冶魂銷盡〉）下筆綿麗，直可與吴文英《夜合花》（柳暝河橋）詠春感之神韻相近，是即衍蘭刻意夢窗而得其神者也。

《新亞學報》第二十二卷

案：韋文中所論另外九家爲：吴蘭修、陳澧、汪瑔、沈世良、梁鼎芬、汪兆鏞、陳洵、梁啓超、易孺。

附録四　酬唱詩詞

案：時人唱和詩詞大致以時排序。

壺中天

銅雀臺瓦硯

沈世良

紫雲一片，認觚棱、當日魚鱗回互。人散分香春草緑，剥蝕幾經塵土。蝸篆蟠青，蟲花暈碧，墨麝霏香霧。生涯笑我，十年寒鐵空鑄。　休歎淪落人間，吴箋蜀管，位置原非誤。一樣銅駝荆棘裏，試話斜陽前度。夢冷鴛鴦，譜添鸜鵒，翠拭秋光古。劫灰愁問，楊花點點吹暮。

《楞華室詞》

百字令

五月望夜，偕葉蘭臺、杜仲容、季英登粵秀山看月　　汪瑔

空山今古，問月明如許、百年能幾。夜半猶來淩絶頂，吾輩清狂如是。城郭千家，樓臺一片，都化空濛水。扶胥何處，海天風露無際。　相與茗碗分曹，蕉衫袒右，頓忘人間世。好事肯同河朔飲，但詡浮瓜沉李。疊磴雲生，荒臺地古，忽忽生涼意。松陰鶴睡，試憑長笛吹起。

《隨山館詞稿》

翠樓吟

清明日，坐碧痕館中，微雨如夢，薄寒中人，顧影微吟，不勝凄黯，賦此簡仲容、蘭臺諸子　　汪瑔

雨不成絲，雲還作暝，簾波微隔香霧。禁煙都過了，是誰把、餘寒留住。銷凝幾許。在酒乍醒時，夢曾游處。青袍誤。有人似我，慣吟愁賦。　欲與。俊賞清歡，向緑蕪東郭，紅橋西塊。蘼蕪憔悴矣，怎重趁、踏青人去。天涯倦旅。燕子應知，近來情緒。傷心路。一川煙草，二

分塵土。

《隨山館詞稿》

三十六瓶秋菊歌 并序

張維屏

十月廿四日，許小琴少尹文深招同金醴香員外菁茅，鄧蔭泉中翰大林，杜洛川游、陳蘭甫澧兩學博，葉蘭臺孝廉衍蘭，集哦松齋賞菊，爲作此歌。

年年賞菊菊易陳，花事數見難鮮新。千盆萬菊必萬竹，盆菊必以竹枝扶植。未免板滯無風神。許君邀朋開菊宴，今朝菊忽開生面。三十六瓶花態殊，九十日秋佳色見。陶詩「秋菊有佳色」。菊花黄白兼紫紅，方圓大小瓶不同。宋窑最古千歲翁，明瓷後出如兒童。菊花愛新瓶愛古，菊花是賓瓶是主。座上瓶皆有古風，眼中花似來今雨。齋前盆石亦難得，英石臘石太湖石。居然咫尺有山林，水竹青蒼蒲草碧。齋前羅列盆景，有山林意。許君政有循吏風，安良除莠如農功。此會他年作佳話，好將賞菊配哦松。

《松心詩録》卷九

送葉蘭臺孝廉衍蘭入都兼簡李研卿太史

倪鴻

北風十月吹黄埃，公車絡繹馳燕臺。中有石林我同調，十年久滯淩雲才。憐君抱器誰堪比，劍利芙蓉淬秋水。何用書投光範門，且須琴碎宣陽里。爲語南臺舊少年，可曾載酒憶花田。昔日俊游同畫舫，於今平步認花磚。朋簪忽忽分攜久，離歌又唱河橋柳。多君得意飽看花，笑我狂歌空擊缶。惆悵當筵話舊歡，漫云索米向長安。若非庾嶺梅花放，北馬南船夢亦難。

《退遂齋詩鈔》卷一

丙辰六月接蘭兒南宮館選之信詩以誌喜是科粵中進士得館選者只蘭一人

葉英華

蟢蛛垂户雀喧林，一紙飛來帖報金。入彀幾人誇得意，憐才諸老倍關心。美原自寶懷中玉，情意誰移海上琴。珍重瓊樓身獨佔，最高寒處恐難禁。

《斜月杏花屋詩鈔》卷三

寄葉蘭臺衍蘭

汪瑔

風流蹤跡太淸狂，除卻柔鄉即醉鄉。佳士性情疑蛺蝶，詩人名字借鴛鴦。石林詞好春如夢，畫苑花多墨有香。忽憶湖光亭上句，此時烟樹正微茫。蘭臺《鴛鴦詩》有「笑我夢寒猶待闕，有人情重不言仙」二語，爲時所稱，故以崔珏爲比。

冬日高州寄蘭臺秋丞芀舲仲容季英廣州

《隨山館猥稿》卷一　汪　瑔

北風蕭蕭天雨霜，前飛駕鵞後鶖鶬。風塵滿地故人遠，望而不見心煩傷。生長南交二十載，幷州久矣如故鄉。同學少年盛意氣，雲龍上下相追翔。買鄰千萬友三五，張南周北劉中央。秋雨尋碑淨慧寺，春風聯襼歌舞岡。但知端復共名譽，豈識蘇李悲河梁。人生聚散真尋常，晨風之翼俄分張。殘書兩篋劍三尺，蕭然襆被來高凉。即今五嶺正多事，頗聞烽燧生巖疆。少府金錢募戰士，將軍銅柱威殊方。旅人少小聽鼙鼓，壯志頗欲争劍鋩。胡爲刺促倦行李，坐使故舊成參商。天風吹我征衣裳，書生作計猶能狂。不能請纓繫南越，要須把酒偕東陽。會騎千年海中鶴，來覓五色仙人羊。二禺山頭一相見，唤起曉日開扶桑。

春日懷人詩十八首（之八）

《隨山館猥稿》卷一　汪　瑔

宴罷瓊林酒一杯，南中多難又歸來。詩名官職無窮事，莫被風塵損此才。（葉蘭臺庶常衍蘭）

蘭臺惠寄砑光牋云是乾隆間藩邸所製也賦詩爲謝

汪瑔

長安尺書緘乍啓，中有砑光百番紙。花紋縝緻見心匠，玉色平勻妙膚理。翦裁未忍界烏絲，製作如聞出朱邸。懸購千金昔尚難，流傳百載今餘幾。故人得此從京師，憶我南中充贈遺。我今詞翰日逾下，縱收楮繭將何施。卷藏什襲別有意，此意耿耿君當知。文房小品亦精絕，想見乾隆全盛時。

《隨山館猥稿》卷四

《隨山館猥稿》卷九

垂楊

穉柳初黃，春風駘蕩，柔條披拂，依依動人，爲賦此解

張鳴珂

垂垂灞岸。漸弄晴蘸水，碧摇春淺。萬種纏緜，引將芳思舒青眼。纖腰低襯東風軟。任眠起、不教人見。倚斜陽、一角紅樓，把翠陰遮斷。　曾記蘼蕪小院。聽啼老曉鶯，絮飛煙亂。惜別攀條，几回惆悵珠簾捲。飄零最怕天涯遠。問何事、柔絲未綰。待他時、化作浮萍，吹易轉。

《寒松閣詞》卷三

垂楊

易順鼎

江南兩岸。共酒旗一色，問誰深淺。底事含顰，入時眉樣慵擡眼。和煙壓得闌干軟。更遮住、落紅難見。太無聊、如水般柔，没寶刀能斷。曾向閒坊冶院。看十萬縷金，舞衣零亂。幾陣東風，便將飛絮飛花卷。緑雲似髮妝樓遠。記初把、靈蛇學綰。怕中間、一綫春魂，句未轉。

張鳴珂《寒松閣詞》卷三

案：此闋，張鳴珂《寒松閣詞》將之與葉衍蘭同調詞同作爲「和作」予以附録。

月華清

題餘秋室畫晚香玉便面爲南海葉南雪前輩賦

樊增祥

輕粉鈎花，明金簇蕊，九華誰寫宫扇。鈿朵幽叢，露甃幾番曾見。月上時、玉髻新扶，風動處、羅帷香滿。輕展。看湘筠幾摺，瑶華一面。老輩風流未遠。更密字銀鉤，和歌清婉。卷中題詞凡四闋。一段秋心，訴與蛩淒蝶泫。料有人、明玉窗前，暗回憶、素馨斜畔。香暖。記珠江畫舸，燕釵敲晚。

《東溪草堂詞》卷上

霜天曉角

南雪先生以和漁洋秋柳詩寫寄，賦此答之　李綺青

海天雁到。楷字銀鈎小。二百餘年秋怨，煩再織、恨絲裊。　吟悄明月照。可憐張緒老。一曲銷魂金縷，愁唱徹、石城曉。《聽風聽水詞》

雁來紅唱和

惜紅衣　梁鼎芬

紅葉飄殘，緑梅開乍。數枝妍雅。襯出霜華，風流玉茖樹。牆頭石角，散魚尾斷霞誰寫。前夜。有多少冷音，逐琴絲來也。　春韶歇了，獨自餘芳，秋心較濃冶。閒階立盡，烘醉酒初罷。翻恨半庭涼訊，不共月魂同下。想瓊枝天外，愁絶不堪盈把。客歲十一月，莘白招飲山堂。同人酒半時，因過菊坡精舍，見雁來紅盛絶，余倡爲此詞。丙戌，朞記。

案：梁鼎芬《款紅樓詞》有詞題「題雁來紅」，編者葉恭綽於闋末另有注云：「別本題有『同叔嶠、雲閣、子展、棣垞、香雪、莘伯、伯序、子政』十七字。」

百字令

王存善

江楓低舞，又匆匆正到，重陽時節。盡洗霜華偏絢爛，烘出空庭秋色。遠浦霞明，寒林日落，同染紫痕赤。還丹鶴頂，劍南詩句清絶。　遥想姹紫嫣紅，春韶一瞥，惟剩荒苔蹟。塞外征鴻書未達，盼斷西風消息。似錦年光，空隨逝水，人歎頭先白。與花相對，朱顔换了華髪。

百字令

楊鋭

菊花村晚，正斜陽一抹，向人悽絶。萬里衡陽秋信遠，盼到重陽時節。岸柏酣霜，橋楓惹燒，詩思同淒切。長空錦字，落霞高傍明滅。　堪歎作客隨陽，春生溢浦，又值征鴻發。塞北江南何處是，悵想山堂濃葉。照檻非花，烘簾似錦，衹剩鵑啼血。墜歡如夢，幾時芳意重説。

臺城路

朱啓連

煙霄錦字書難寄，浮沉楚江無迹。冷逗楓霜，低縈茜水，都做滿園秋色。斜陽向夕。又看似非花，問誰堪摘。十樣西風，幾行南浦鎮長憶。　商聲乍催怨笛。悵隨陽去遠，鄉國。冠幘雞人，仙裳鳳侶，應有舊時相識。瓊枝露積。待煊染寒芳，更成消息。一點燕脂，帶將歸塞北。

祝英臺近

陶邵學

露花寒，風絮老，棖觸舊情緒。誰洗臙脂，更灑斷腸處。一羣粉蝶游鶯，芳菲閲盡，是誰把少年空誤。　念芳意。拚受今日秋風，明朝又秋雨。留得嫣紅，休自怨遲暮。知他三月春韶，杜鵑枝上，應更啼痕還苦。

壺中天　汪兆銓

斜陽庭院，正屏風倚處，離愁千里。冷落秋紅蘆荻岸，幻出一枝明媚。鶴頂深痕，鵑啼恨血，灑入西風裏。一般紅葉，幾行新試題字。　横舍相約尋秋，軟遲來作客，飄零如此。不是芙蓉江上影，也自向人沉醉。絳樹歌殘，茜窗事杳，剩有書難寄。老來顏色，那人應怨蕉萃。

揚州慢　徐鑄

華片零霞，蒨絲沉水，秋人淒絕堪憐。恰新叢艷冶，媚比穉寒天。料池塘卑枝悄亞，一聲箏柱，展向蘆邊。襯鵝屏猩色，尖風翦碎湘煙。　鸞綃紛舞，乍相逢曾障嬋娟。記蠟蕊輕挼，璚英私掐，滴粉芳妍。留得瘦金體態，休排與錦字雲楄。笑闕簾紅燕，銷魂輸卻年年。

卜算子　文廷式

午枕怯輕寒，天末驚新雁。瑟瑟疏花爲報秋，烘出斜陽茜。　書寄洞庭波，夢斷瀟湘遠。可惜淩霜葉葉紅，不及芙蓉淡。

摸魚兒　汪兆鏞

渺天涯、一繩寒陣，秋聲吹遍芳樹。可憐描出傷心色，碎翦蒨絲千縷。還記取。莫誤認、宮溝片葉題愁處。憑闌凝竚。便喚醒花魂，迢迢錦字，怎寄斷腸句。　韶華晚，誰念霜凋日暮。向人淒艷如許。霞衣茜袖清寒慣，未受世間炎暑。應惜護。笑鏡裏、朱顔安得春長駐。離懷漫與。計楓岸鴉啼，蓼汀鷗泛，相憶更情苦。

摸魚兒

易順鼎

問花天、淚痕多少，舊鵑又化新雁。秋江也似芙蓉命，惆悵東風不管。君漫感。君不見、碧桃花落春如電。羅裙血染。任翠袖單寒，青衫老大，商婦一般賤。　燕支色，欲畫牡丹渾懶。故山聊寫清怨。空簾緑影瀟湘水，洗出斜陽紅澹。箏柱畔。便題葉、宫溝已惜年華晚。關河路遠。怕留住朱顔，酒邊無用，去作冷楓伴。

八聲甘州

石德芬

怪平林一簇霎時光，看碧轉成朱。正蘆花白了，菊英落盡，剩此霜株。爲甚情懷不老，血性未銷除。目送芳暉裏，冷艷誰如。　生憶年華慘緑，儘嬉春酣夏，對景軒渠。忽秋心一點，遷恨到林於。盼消息江南天遠，只相思人去待傳書。增怊悵，年年織錦，拋斷江湖。

金縷曲

陳慶森

逗起丹楓冷。倚閒庭、霜華乍泫，一枝紅凝。不信秋容偏淡泊，還有斜陽滿徑。正昨夜、梧飄金井。箏柱初移涼信透，茜紗窗、似閃驚鴻影。錦櫥字，可重省。　衡陽自古離愁境。盼江天、碧雲黄葉，淚痕猶瑩。有限春韶都過了，憐爾芳心獨警。但伴取、朱顔明鏡。莫共玉溝流水去，怕深宫、人寫秋宵静。

尋舊侣，度湘迴。

案：此闋，陳慶森《百尺樓詞》所録有詞題「詠雁來紅卷子，莘伯屬題」，「涼信」、「錦梢」、「玉溝」、「尋舊侣」分别作「涼訊」、「玉瑠」、「御溝」、「隨舊侣」。

又，以上十二首均録自《詞學季刊》第二卷第三號《雁來紅詞録》。

鴛鴦和葉蘭臺衍蘭

張鳴珂

阿儂生小住鴛湖，倒影樓臺浸碧壺。宜雨宜烟容嘯傲，雙飛雙宿戀菰蒲。柳絲低蘸波紋活，荷葉涼遮雨點麤。惱煞渡頭驚打鴨，鸞飄鳳泊一身孤。

其二

比翼依然傍水鄉，江湖浩蕩任回翔。忽驚舞鶴游吴市，畢竟棲鸞羨女牀。吊影銀塘頻左顧，回身碧玉試新妝。銜蘆鴻雁征霜苦，一樣秋風覔稻粱。

其三

潮生潮落聽浮沈，宛轉相依戲水潯。慘緑年華憐共命，鬧紅池沼訂同心。花叢宵墜珍珠露，江上寒生翡翠衾。商略白頭偕隱處，雉媒春草五茸深。

其四

聽唱菱歌占釣磯，煙波無恙早忘機。蓮房露冷酣同夢，碧瓦霜濃偶倦飛。調舌未輸鸚鵡慧，飼桐寧療鳳皇饑。自憐文采翩翩甚，展翅魚梁曬夕暉。

葉衍蘭編《舊雨聯吟》

案：詩題，《舊雨聯吟》本原無，據張鳴珂《寒松閣詩》卷四補。其一「宜雨」句，《寒松閣詩》作「聽水聽風依菡萏」。其四「碧瓦」句，《寒松閣詩》作「桂宇天高久倦飛」。

和作

劉光焕

翠羽紅衿踏緑莎，温柔鄉在水雲窩。一生愛好矜文采，兩小鍾情艷綺羅。消受人間真福禄，不知世上有風波。雛鬟含笑拋蓮子，拍手雙飛却羨他。

其二

刷羽天池雨露新，雲房水殿競嬉春。金籠鸚鵡憎多口，丹穴鸞皇悟化身。打鴨幾回驚翠鬣，飛鳧一例墜紅塵。江湖滿地烟波濶，且逐閒鷗學隱淪。

其三

打疊新詩詠在梁，强隨鵷鷺入班行。迷離烟雨菰蒲夢，璀璨雲霞錦綉裝。弄影香黏蓮粉膩，同心帶綰藕絲長。雙雙翡翠偕游戲，飛過芙蕖半畝塘。

其四

玉佩瑶華報好音，世間稀見此珍禽。萬家兒女雙棲願，一羽雲霄四海心。花樣從人翻繡譜，蘭閨待汝度金鍼。漫勞遺我合歡綺，彩筆崔郎寄托深。

葉衍蘭編《舊雨聯吟》

和作

蔡世佐

晴烟暖颺碧槐枝，匝地陰濃影忽垂。細入文心渾不定，柔如情況最相思。纏綿花事逢三月，衣被蒼生是幾時。欲遣流光爲少駐，鬢邊清緒鏡先知。

其二

旖旎應憐太瘦生，捲簾相見最分明。拋來燕翦知難斷，綰向鸞釵倍有情。藓館鞦韆微露影，畫樓鈴索悄無聲。海棠飛盡楊花懶，愛爾風流自在行。

其三

織雨繅烟景覺長，白描難畫好風光。偶牽詩思偏無跡，不繫春愁爲底忙。罥户始知人久别，罣衣似惹客輕狂。輸他世上癡兒女，花下猜疑蟢子藏。

其四

丰神摇曳易驚秋，一縷輕烟淡不收。蝶粉倦抛黏作繭，蟲身回抱曲如鈎。空中經緯知誰設，客路心情與爾侔。想像天孫方罷織，紛飛錦線滿芳洲。

葉衍蘭編《舊雨聯吟》

許善長

和作

欲綰春情强自支，因風若近又相離。映來淺鬢人臨鏡，撩動柔腸客賦詩。飛絮低徊微雨後，落花縈繞夕陽時。天涯芳草迷歸路，别恨纏綿絆柳枝。

其二

漫嫌蜂蝶滿園稠，著力蜘蛛網外收。風片雨絲迷曲院，波紋煙縷盪中流。雙飛燕影裁金翦，一綫駒光逗釣鈎。纔與蜻蜓成小立，霎時同上玉搔頭。

其三

晴光掩映趁斜暉，珠箔晶簾照影微。三徑陰攙雲漠漠，一痕風送雨霏霏。織餘荇帶苔重補，穿過秧鍼稻漸肥。羅幕深深人不見，任他暮捲與朝飛。

其四

誰家庭院感蕭蕭，斷井頽垣總寂寥。愁緒不堪聞杜宇，香塵多半罥蠨蛸。絲儿蝶夢三生證，些子鶯聲一串撩。莫更綢繆塵牖户，同心無結負春嬌。

葉衍蘭編《舊雨聯吟》

和作

易順鼎

日長睡起困腰支，誰放晴絲綰别離。淡欲無痕高士畫，柔如没骨女郎詩。茶烟午榻停蹤處，花雨春旗墜影時。比似柳綿差氣力，未愁壓損海棠枝。

其二

庭院人稀萬緑稠，隔簾香篆共難收。地高不受兒童捉，天遠能隨客子流。幽意繞春成百結，潤痕搓雨帶雙鈎。年年送别情何限，曳雪牽雲古陌頭。

其三

碧落小立漾芳暉，引我詩心入妙微。雲母綫痕縫密密，風入珠唾散霏霏。翦來合付并刀快，織就還輸越網肥。憶煞畫欄干外影，紅絨爛嚼一齊飛。

其四

一鞭殘照影蕭蕭，行馬關山望寂寥。無夢迷離黏蛺蝶，秋心約略罥蠨蛸。和烟和雨吟魂挂，飛絮飛花客鬢撩。好與東皇通繾綣，春來更染碧雲嬌。

葉衍蘭編《舊雨聯吟》

和蘭臺户部游絲四首

汪瑔

翠陌飛花紫陌塵，一般飄泊不勝春。儘饒抱日吹煙態，曾是牽雲曳雪身。丁字簾櫳尋有路，午晴庭院悄無人。幾回窈窕窗前見，小隔明紗認未真。

其二

看到斜陽意可憐，晴空低裊一痕烟。誤人眼倦生花纈，笑汝身輕讓柳緜。網户飄來珠絡索，香風扶上畫鞦韆。春深橫路偏無賴，賦就蘭成已惘然。

其三

一縷柔情弱不支，幾人隱語託相思。檐低紫燕初飛處，日煖青蟲乍蜕時。有底春光須攬結，無多風力費禁持。纏緜意緒句留慣，雨細紅牆欲度遲。

其四

遠縈樓角近檐牙，裊裊低垂故故斜。到處飄零依落蘂，片時明滅誤空花。人經柳市吟鞭細，客對茶煙旅鬢華。南國西秦重回首，風光流轉幾天涯。

案：詩題，《舊雨聯吟》本原無，據汪瑔《隨山館猥稿》卷九補。

葉衍蘭編《舊雨聯吟》

同作

徐琪

留得爐香到曉温，吹將陌上繫王孫。畫簾摇曳春無迹，吟鬢惺忪夢有痕。偷約萍風過淺水，怕驚花霧點清尊。趙家飛燕輕盈甚，似此憐儂更斷魂。

其二

玉樹西頭曲檻東，莫因駒隙去匆匆。任他暮雨三更濕，能綰斜陽一縷紅。出手經綸隨處展，無心組織自然工。何須乞巧陳瓜果，蛛網靈機已暗通。

其三

淡淡流雲薄薄烟，傷春人在奈何天。玉釵罥處蜻蜓嚲，輕扇兜時蛺蝶翩。未免芳心輕蕩漾，是誰離緒此纏綿。長隄握手渾無語，樹影模糊引客鞭。

其四

不著丹青只白描，龍眠畫意寄生綃。天錢萬貫穿榆莢，晴絮千團撲柳橋。壁上題詩紅袖拂，江南送客酒旗飄。情長意遠知何托，一晌摩空度碧霄。

葉衍蘭編《舊雨聯吟》

鴛鴦李秀峰張玉珊屬和

王人文

香夢依稀鶯脰湖，曾將玉魄濯冰壺。浮蹤强半飄萍梗，弱質誰憐伴柳蒲。渚静早知鷗睡穩，夜涼偏恨雁聲麤。隨風去住多離合，浪迹分看月影孤。

案：詩題，《舊雨聯吟》本原無，據王人文《遯盧詩存》補。「伴柳蒲」、「偏恨」、「月影孤」，《遯盧詩存》分别作「傍柳蒲」、「應恨」、「月有無」。

其二

大半浮生在水鄉，鳳池悵望不雙翔。時梳苔髮三生石，好訂蓮心七寶牀。千疊回文波漾錦，一彎新影月窺妝。曲闌卅六偎香遍，紅豆誰分養鶴粱。

案：「好訂」、「曲闌」、「養鶴粱」，《遯盧詩存》分别作「好證」、「藥廊」、「養鶴糧」。

其三

青天碧海夜沈沈，無數相思緑水潯。鷗鷺忘機偏比翼，燕勞分影悵同心。一生有願棲香國，萬匹何時織錦衾。並蒂枝頭同夢好，雲廊回憶别愁深。

案：「夜沈沈」、「鷗鷺」、「並蒂」，《遯盧詩存》分别作「恨沈沈」、「鷗鳥」、「連理」。

其四

西風夢冷白蘋磯，多少閒心寄織機。顧影相憐同飲啄，依人不慣易驚飛。荷香酣戲輸魚樂，竹實難尋苦鳳饑。振采尚餘毛羽健，五湖烟水戀清暉。

葉衍蘭編《舊雨聯吟》

和張公束鴛鴦

譚　獻

無盡風光集曲池，閒吟誤比有情癡。機中文采當窗織，梁上纏綿小雅詩。故土雙雙栖水國，依人脉脉向天涯。提鵰挈鷺江湖去，春色憐渠睡起時。

葉衍蘭編《舊雨聯吟》

案：詩題，《舊雨聯吟》本原無，據譚獻《復堂詩詞·詩九》補，原爲《和二友詩》二首之第二首。「水國」，《復堂詩詞·詩九》作「海國」。又，國家圖書館藏本《舊雨聯吟》有錯簡，以上所録諸作，只是依據可以找到的部分別集儘量還原後的結果。

游絲次劉子迎韻

繆荃孫

願與東皇挽艷陽，鑪煙共駐碧雲堂。金鍼似我同抛擲，玉尺憑人試短長。無復蜻蜓依釣渚，空餘絡緯警橫塘。春三羨殺蠶孃錦，珍重朝朝伐遠揚。

其二

海堂簾外御風來，也逐殘絨傍鏡臺。別啓大千輸藕孔，微穿九曲謝珠胎。升沈不定難輕許，聚散無端亦費猜。織女機聲聽夜月，自慚補衮本非才。

其三

夕照樓臺廿四橋，春痕不共麴塵銷。柔情似水三分捲，客夢如雲一縷摇。無力任牽風嫋嫋，有心空阻路迢迢。陌頭楊柳原同調，甘向人前學折腰。

其四

天遺飄零過一生，愁煙愁雨更愁晴。牽來傀儡渾無力，織到璇璣總未成。塵海幾人離繭縛，花無一例等蛛縈。負風倘作淩雲想，莫阻鵬摶九萬程。

《藝風堂詩存》

瑣寒窗

寄答葉蘭臺粤中　　譚獻

拂拭琴絲，裴回鏡檻，與花俱老。單衫泥酒，片月入儂懷抱。向空梁、數殘漏聲，故心待寄緜緜道。者風吹笑語，望中還是，天涯芳草。　春杳。家山好。賸晚唱樵歌，倦雲淼淼。知音不見，枉憶旗亭年少。侶行人、攀折去時，斷腸柳外迷晚照。恁荒涼、目送遥鴻，又説飛難到。

《復堂詞》卷三

羅兩峰鬼趣圖今藏番禺葉氏緑莊嚴館蘭臺太守以泰西映本見寄賦此題之

張鳴珂

鵂鶹夜半啼荒坰，白楊蕭瑟風泠泠。殘盂麥飯祭無主，游魂飄蕩如浮萍。誰歟瞰室鬼眼碧，嗟來攫食鬼手馨。兩鬼隱約露頭面，肢體墮入煙溟溟。科頭一鬼向前去，鬼奴枯瘠隨伶仃。九原主僕苦相守，無襦還繫襆與絰。手持蘭朵相爾汝，染妖織冶攜娉婷。白衣冠者睨而笑，色心未死春忪惺。大鬼昂藏小鬼伏，觥船一棹無時停。萬事不如醉鄉好，清濁何暇分渭涇。水魈披髮駕雲霧，長軀巨爪雙眥瞑。焦山僧廬偶一見，風毛雨血巖花腥。大頭擁睡邱山戴，捷足能躡青雲青。睩睩小鬼走驚避，泥犂變相無定形。諸天忽下修羅雨，紙裳濕透聲淋鈴。群鬼瑟縮争竄匿，遮頭破繖如葉零。烏鳶啄罷殘骴化，枯骸節節通瓏玲。天荒地老兀相向，不知幾何年齒齡。山人下筆師造化，經營慘澹窮幽冥。雲臺畫像山勒銘，腰拕紫綬攢銀釘。華堂歡讌苦未足，玉簫金管娱清聽。廣開阡陌治園囿，高築金屋藏娬娙。一朝運盡各飄散，分香賣履空丁寧。薤歌淒惋鄰笛慟，北邙坏土澆淥醽。功名富貴一丘貉，佳城鬱鬱寒不扃。夜臺寂寞少佳趣，陰房磷火宵晶熒。紙銀灰飛旋風繞，似當更乞錢神靈。鐵圍山外一回首，阿婆春夢何時醒。

《寒松閣詩》卷四

以千秋瓦鼎湖藤杖爲葉蘭臺郎中丈七十壽丈六十自軍機謝歸主講越華書院足跡不入官府

康有爲

慧業最難兼壽相，熱官誰肯賦歸田。右丞圖畫真清絶，二傳風流定有傳。秋夢不妨絲竹寫，丈有《秋夢詞》。春風應遍李桃妍。鼎湖古杖千秋瓦，日見靈光更巋然。

《万木草堂詩集》

南雪先生再和祝壽之章二復步韻求和

康有爲

玉桃花實幾何年，大隱金門本是仙。耆舊林泉偏止足，極清福。文章唱和亦前緣。著書杯水真吾值，攬鏡頭顱真自憐。稍當草堂鄰菉竹，時從讀畫且分榆。

南雪先生見和拙作報韻呈正

康有爲

詞館才名四十年，朱霞晚露望如仙。龐公州府都無跡，若士歌詞或托緣。盡寫名流成不死，每聞才士輒生憐。百千佛相宜添人，願竭駑駘作鄭箋。

上海圖書館藏康有爲手跡

案：以上二首，爲前録康有爲《致葉衍蘭書》附詩，第一首署「祖詒呈稿」，第二首署「祖詒」。所附二詩，粘貼於函件後。其中，第二首並見《萬木草堂詩集》，文字微異，題作《蘭臺先生賦詩酬答步韻再呈》，「才名」、「都」分别作「才華」、「絶」，「盡寫」句作「寫畫名流成不死」，下有梁啓超注：「蘭臺先生嘗手寫名人畫像數百通。」又，葉衍蘭所和康有爲二詩未見。

掃花游

葉南雪户部丈招同諸詞人集越華講院，觀户部手摹陳其年先生填詞圖，即席譜此　潘飛聲

玉梅勸酒，愛墮粉池臺，暗香飛滿。翠簾乍捲。繼西園韻事，石林清宴。畫幀書牀，要與詞仙共歎。錦波軟。襯一角夕陽，紅上蕉院。湖海人未遠。認拂拂霜髯，笑拈銀管。緑幺細按。怕歌起艷情，紫雲偷怨。倩影傳神，妙筆重摹粉絹。舊題遍。付尊前、鈿簫吹緩。《花語詞》

菩薩蠻

陳其年先生填詞圖摹本　潘飛聲

髯翁風度神仙似。畫屏錦簟憑呼起。我識弄簫人。雲郎偶化身。偷聲兼減字。諳盡江湖味。莫認是閒情。詞場老此生。

其二

十年夢冷秋江路。荒庵書畫誰爲主。今古一迷離。詞僊有鶴歸。陸家紈扇語。坡老分身處。

幽恨本難描。吹殘一管簫。三十年前，曾在秋夢庵觀先師葉蘭臺太史手摹其年填詞圖長卷。

《説劍堂詞集》

水龍吟

同人集秋夢盦觀陳其年填詞圖　冒廣生

一枝横笛梅邊，居然唤得詩魂起。馬坊文字，馬周人物，飄零身世。檀板雙聲，筆花一寸，烏絲闌子。怪當時添上，吹笙雅髻，問誰者、紫雲是。　惆悵三吾荒圮。剩無情、一彎流水。鵑啼蜀道，鶴歸遼表，舊游應記。水繪春深，樸巢月落，歌塵誰繼。祇山花山鳥，相逢無恙，墮滄田淚。其年讀書吾水繪十年，得官，致先巢民徵君第一書，戀戀舊游，有「遼鶴難歸，蜀鵑易化」語。徵君即訝其不祥。未幾，下世。徵君有哭其年詩二十首，備極哀痛，均刻《同人集》中。

《小三吾亭詞》卷一

浪淘沙

王清微空山聽雨圖　潘飛聲

流水遠潺潺。悄掩松關。道心微處一憑闌。塵海本無聽雨地，只合空山。　惠麓洗煙鬟。鶴静猿閒。擬尋卞賽素琴彈。一卷畫圖參上乘，莫落人間。

秦淮八艷圖詠

張景祁

國香慢

馬湘蘭

俠骨柔情。是朱家翠袖，艷寫雲屏。春風暗憐香草，喚起湘靈。爲報牆東消息，柳橋外、頻囀流鶯。休歌練裙曲，水閣燈簾，誰聽瑤箏。玉顔遲暮感，自菴留孔雀，綺夢都醒。並頭花好，羅帊空締詩盟。一片琳腴淚墨，緑窗事、猶記星星。遺簪渺何處，舊院菭荒，墜絮無聲。

女冠子

卞玉京

繡幢煙嫋。散花人意含笑。黄絁新翦，舞衫旋换，碧玉華年，空門垂老。障風銀蒜小。坐對博山灰冷，懺情多少。剩飄零、吴苑舊曲，付與暮鐘殘照。尊前涕泣談天寶。歎翠鈿塵委，鼙鼓漁陽道。故宫春杳。但素琴寄恨，水雲同調。長眉慵更埽。鎮日寫經窗静，篆紋縈繞。問祇陀遺跡，至今猶認，緑裙芳草。

三姝媚

李香君

桃花歌扇底。愛輕軀姍姍，明珠摇曳。百媚香生，憶畫樓窺鏡，妒他穠李。洛社詩豪，尋艷賞、驕驄頻繫。一曲琵琶，銷盡當年，酒邊英氣。　誰識憐才深意。笑燕子春燈，競誇聲伎。十萬纏頭，問幾曾留盼，王侯門第。俠骨紅妝，名合伴、黨人碑裏。只恐梁園飛絮，隨風又起。

疏影

柳如是

秦淮明月。有柳枝嫋嫋，羅帶親結。金屋春深，擊鉢分箋，蛾眉肯讓詩傑。年光晼晚誇紅豆，暗誤卻、銀屏嬌靨。甚寄情、山上蘼蕪，又兆鏡鸞傷別。　猶記風凄北寺，撤環誓代主，鵑淚成血。繡佛窗前，長伴維摩，未了花鬘塵劫。芙蓉影裏霜華重，料不逐、絳雲明滅。向玉臺、唤醒香魂，莫認渡江桃葉。

月下笛

董小宛

就月移琴，添香讀畫，雅懷深眷。生綃翠展。誰識相思寄蘭畹。西園公子詩情醉，便抵似、金蕉泛滿。憶紫騮繫處，長隄露白，緑楊庭院。　嬌婉。雙成伴。想奏罷笙璈，謫來仙館。連江戍鼓，鈿釵無限凄怨。攓雲黄海羅衣濕，蘙環佩、天風響斷。對冷雨、暗挑鐙，孤閣梅花夢遠。

眉嫵

顧横波

溯同心蘭笑，稱意花開，拂絹麝煤冷。老盡眉樓月，青谿畔，湘簾曾照波鏡。翠鈿半整。料萬梅、羞鬥妝靚。忍重話，金粉南朝事，鎮愁對江冷。空賸。朝霞流暎。問遠峰千疊，圖畫誰省。一樣蘼蕪怨，鵑聲裏，河山全换風景。繡幃夢醒。早讓他、仙佛前定。甚參透香嚴，渾未悟、鬢絲影。

翠樓吟

寇白門

細馬馱來，哀鵑唤去，侯門暗啼紅粉。莫愁湖畔路，又芳草、裙腰相引。柔魂銷盡。悵逝水香車，飛沙雲鬢。簫樓近。二分明月，夜圓無準。怎忍。重話滄桑，歎舊巢朱邸，燕歸猶認。量珠還自贖，賸金谷、殘英飄隕。風流疏俊。慣酒舫傳箋，筝牀敲韻。鑪煙燼。更堪勾起，紫釵遺恨。

慶宮春

陳圓圓

葉落香溝，觴飛金谷，恣憐席上瓊花。蜜炬人歸，霓裳曲破，劫灰驚换龍華。大旗横埽，聽簫鼓、迎來鈿車。犀株小膽，氈帳鐙前，泣損琵琶。椒房寵倖誰加。輕翦黄絁，學坐蓮跏。銅雀春深，石鯨風動，故王今已無家。翠綃留影，看墮馬、鬟雲半斜。宮壺催盡，說與啼烏，何處藏娃。

葉衍蘭編《秦淮八艷圖詠》

秦淮八艷圖詠

張　僖

國香慢

馬湘蘭

月墮湘皋。譜幽蘭怨曲，韻入瓊簫。依依素心人遠，紉佩香凋。艷說紅妝季布，有多少、俠骨難描。簪花鏡臺畔，淺笑回眸，碎玉聲銷。練裙供雅謔，任氍毹影裡，暗惱鶯嬌。絮園春永，猶憶歌吹塵宵。老去王昌未嫁，怕重檢、錦字鴛綃。情天悟空色，孔雀庵傍，草綠裙腰。

女冠子

卞玉京

素琴慵撫。靜中禪意微悟。花鬘歷劫，翠娥空老，繡佛幢前，瑤情誰訴。黃絁新換取。喚醒綺樓殘夢，頓驚鼙鼓。更休談、天寶舊日，選盡六宮歌舞。飄零肯逐章臺絮。早懺除蘭麝，妙覺參龍女。鵲鑪重炷。想法華寫遍，染成丹縷。采香涇畔去。那見白蓮風墮，色身無住。賸惠山雲冷，夜鵑啼徹，祇陀秋樹。

三姝媚

李香君

身輕同燕瘦。看隨風翩躚，舞裙低皺。寶鏡斂開，正媚香樓上，畫蛾新就。俠骨憐才，誰比似、平原絲繡。寄謝豪門，百琲徵歌，舊歡難負。　一曲琵琶親奏。悵雪苑歸帆，别愁如酒。扇底桃花，問幾多紅淚，灑君懷袖。夢冷瓊簫，空望斷、武昌煙柳。歷盡華鬘塵劫，禪關静守。

疏影

柳如是

青青黛色。訝一枝折到，江總頭白。門壁蠻牋，分遣詩鬟，蘭臺早讓吟席。茸城花月催妝夜，尚仿佛、儒風巾幘。笑誤他、投老黄冠，只是畫眉雙筆。　彈指樓空燕去，網塵罥繡帶，驚化愁碧。雨後蘼蕪，霜後芙蓉，都是瑶京魂魄。傷心拂水莊前路，忍重問、襪羅陳迹。賸幾篇、麝墨叢殘，抵似杜鵑紅泣。

月下笛

董小宛

鏡閣吟香，琴簾貯夢，錦屏人悄。驚鴻印爪。煙水移家半塘好。黄山白嶽雲如海，盡寫入、鷗波畫稿。更麝煤輕碾，湘奩點筆，艷愁多少。　娟妙。仙蛾埽。記彩鷁臨江，萬花圍繞。簫臺鳳引，夜蟾應妒雙笑。乘鸞小扇空題句，奈詩鬢、潘郎頓老。對梅影、喚離魂，月落參横又曉。

眉嫵

顧横波

對春山點黛，秋月修眉，花外翠樓凭。依約迷香洞，重簾護，霏煙縈繞金鼎。畫闌照影。暈碧波、流媚妝鏡。記當日，繡句鐙屏麗，算芳意應稱。　消領。名園風景。更宴開瑶水，仙樂同聽。寫出湘蘭怨，銀鉤細，壺盧鈐字紅映。杜鵑喚醒。恁五湖催載歸艇。問紙帳吟梅，誰得似、廣平泠。

翠樓吟

寇白門

錦幄圍春，銀屏貯艷，香車載來朱邸。霓裳歌未斷，忽鼙鼓、漁陽催起。關山千里。悵别袂啼紅，愁鬢銷翠。人憔悴。夢回沙漠，雁書難寄。　且喜。出塞歸來，問秣陵煙月，畫橈重檥。玉簫吹怨曲，歎漂泊、萍蹤誰記。流年如水。誤鏡裡蘭因，樽前花氣。塵緣洗。一襟幽恨，碧雲無際。

慶宮春

陳圓圓

舞燕飄裙，戎貂映燭，玳筵影裡驚看。曲譜求凰，妝成墮馬，酒酣扶上雕鞍。塞笳催警，恨回首、鴛幃夢殘。繡旗開處，奪得蛾眉，破鏡重還。　從伊萬里征蠻。淚灑銅駝，猶憶長安。錦輦辭榮，霞冠訪道，五華雲鎖空山。采香人去，怕梧苑、秋風易寒。英雄安在，一代芳名，付與紅顔。

葉衍蘭編《秦淮八艷圖詠》

案：這一組詞，張僖《眠琴閣詞》卷三有序：「韻梅年丈以和葉南雪《八艷圖詠》寄示，滴粉搓酥，風韻獨絶。效顰八首，殊不免東施捧心之誚也。」

秦淮八艷圖詠

李綺青

國香慢

馬湘蘭

人若幽蘭。寫愁根病葉，倩影珊珊。懷中舊家團扇，鏡約空寒。一代紅顔俠骨，鬥吟句、猶壓騷壇。芳華竟誰佩，贏得歌樓，領袖仙鬟。　金閶傳盛會，記飛觴醉月，舞袖翩翻。墜釵聲冷，如聽瑶瑟哀彈。認取星星麝墨，眉硯在、鴝淚同斑。羅裙杳難覓，香冢淒迷，緑滿長干。

女冠子

卞玉京

幾聲清磬。繡幃鴛夢催醒。春風依舊，綺緣都懺，拂拭冰弦，緇衣塵冷。沾泥飛絮定。換卻舞裙歌扇，道裝幽靚。坐蓮跏、雲鬟罷掠，閒對博山猊鼎。　南朝花月驚泡影。問瓊枝唱斷，艷曲何人聽。

半甌香茗。話故宫往事，那堪重省。祇園秋樹暝。空憶妙明鐙裏，四禪同證。有法華遺卷，灑餘鵑血，怨紅猶凝。

三姝媚

李香君

香名喧舊院。悵春風吹簾，碧桃開綬。小燕輕盈，宛掌中旋舞，不離歌扇。雪苑人來，題艷句、瑤樽同款。唱徹琵琶，一種離情，柳絲難綰。誰許尋芳蘭館。聽玉茗新聲，嫩鶯低囀。十斛明珠，任載來金谷，肯回青眼。彩箑啼痕，空化作、飛紅千片。伴取孤燈禪榻，行雲夢遠。

疏影

柳如是

旗亭醉月。鬥小蠻舞態，標韻清絕。半野堂前，瀟灑儒冠，翩然似降瑶闕。鴛湖雙槳歸來後，想刻燭、詩篇盈篋。把艷愁、寄託蘼蕪，蹙損黛蛾千疊。惆悵南朝舊事，幾番聽杜宇，猶唱桃葉。記曲銀屏，紅豆拋殘，佳瑞那堪重說。絳雲樓閣春如夢，歎一夕、瓊花飛雪。笑彥回、老作中書，讓與玉臺芳烈。

月下笛

董小宛

釵影搖春，琴絲引月，半塘飛絮。鑪香靜炷。畫裏風蘭寫愁句。曲蘭花底驚初見，有鈿合、同心寄與。憶彩舟江上，金焦兩點，門伊眉嫵。　仙侶。瑶臺住。愛水繪園亭，襪塵微步。靈簫夢短，碧雲吹墮前浦。宫歛搜盡人間艷，恰零落、銀屏繡譜。正燭黯、綺窗前，誰喚梅魂共語。

眉嫵

顧横波

訝猊熏吹霧，蝶幔藏花，迷卻武陵櫂。新月眉樓挂，笙筵上，秋波依約留照。翠蛾淡埽。倚畫簾、窺鏡端好。更休問，六代繁華夢，訴春恨啼鳥。　堪笑。黄門遺老。説舊風林下，還讓芝詰。飛蓋西園日，瑶觴捧，香車流水環繞。麝塵暗擣。悟妙蓮曇影空了。賸衰柳江潭，愁唱徹、石城曉。

翠樓吟

寇白門

院鎖紅綃，車迎碧玉，金樽恣同游賞。猰貐馱夢去，驚回首、朱門天上。琵琶休唱。正淚灑蘆笳，魂銷氈帳。空凝望。玳梁棲燕，舊巢難傍。　誰想。沙塞遄歸，聽艷歌桃葉，載來雙槳。哀鵑殘劫换，又重結、綺寮珠幌。豪懷疏放。尚落月含情，行雲流響。君恩蕩。粉香成土，有人怊悵。

慶宫春

陳圓圓

瓊樹傳歌，珠燈流艷，武安席上輕盈。密約通犀，豪情换馬，醉歸簇擁雲軿。漫天鼙鼓，頓摧散、秦樓鳳盟。衝冠一怒，鐵騎星馳，奪返傾城。　元戎列隊郊迎。翟茀親加，萬里隨征。椒寢辭封，蓮臺證果，暗愁劫火昆明。繡幢鐘動，更難喚、槐柯夢醒。半池春水，憑弔湘娥，冷月無聲。

葉衍蘭編《秦淮八艷圖詠》

案：這一組詞，李綺青《聽風聽水詞》有序：「題葉蘭臺先生《秦淮八艷圖》，即依元調。同作者，錢唐張韻梅景祁、濰縣張信韻舫、先生及余，凡四人。」

越華書院呈葉蘭臺先生

梁　靄

翠屏錦幔繞書幃，問字人來水竹扉。三十六陂秋色滿，白荷花裏鵜鴣飛。

其二

後堂絲竹夜傳歌，紅燭金鈿照綠波。檀板恰翻廉氏曲，蕭蕭涼雨打新荷。

《飛素閣遺詩》

奉贄葉蘭臺先生

葉璧華

斗山星彩煥詞林，向日葵傾奮素心。附驥久慚樗質薄，登龍常恐狄門深。調羹先試量才玉，下筆旋聞擲地金。點化從今得玄理，不須海上滌塵襟。

其二

不棄葑菲列講筵，春風滿座別幾仙。隨園紅袖難專美，粤海篇吟孰占先。萬緑陰中傳鳳鐸，百花香裏拜芝顔。隨身琴鶴無爲贄，用達俚詞一幅箋。

《古香閣全集》卷二

蘭臺先生命賦早梅四律

葉璧華

纔聞律候應黄鐘，却喜晴光倚户通。幾日嫩寒輕醖釀，一枝疏影綻玲瓏。横梢籠月疑殘雪，淺水浮香送曉風。知是壽陽消息近，點妝新樣可曾工。

其二

曾從月下撫瑶琴，一夢羅浮直到今。玉笛催寒春有信，銀箋呵墨夜微吟。冰魂早踐風霜約，傲骨先傳天地心。描得孤山新畫本，坐看獨鶴守庭陰。

其三

得得吟鞭度小橋，癯仙風韵雨中饒。浦荷褪緑猶擎蓋，岸柳殘黄不舞腰。弄粉未知晴雪點，衝寒初帶曉烟摇。直須小着高人屐，指點清溪路幾條。

其四

衡陽飛雁影徐徐，庾嶺征人絮擁裾。鐵甲乍憐關外冷，冰肌偏向雪中疏。調羹有待仍思子，索笑無言獨伴予。聊折一枝供案右，茶烟花氣澹吾廬。

《古香閣全集》卷二

蘭臺先生鴛鴦十二首情文相生膾炙人口當時聯吟者甚多甲午春初紅窗滯病沉鬱無聊浣薇三復不禁興懷爰吟六章以附驥尾

葉璧華

斕斑文彩特稱奇，羨爾風流絶代姿。未向雲中隨鶴舞，聊從江上逐鷗肌。寄身常傍菱枝弱，結伴偏宜藻影垂。海國波濤渾不定，好教刷羽到天池。

其二

韓憑心事悵成烟，艷説雙棲不羨仙。好夢半隨萍跡散，懽情難共蚌珠圓。金針度繡春如海，玉牒書怀夜似年。次第花叢憐蛺蝶，一生安穩抱花眠。

其三

銀塘清露滴悠悠，小院湘簾上玉鈎。困擁香衾春睡足，坐描新樣繡鞋兜。雛鬟拾翠頻偷眼，乳鴨穿花效并頭。莫道江湖烟水濶，紅芳深護不知秋。

其四

碧梧不羡鳳朝陽，獨愛温柔占一鄉。水面文章憑點綴，波心晴雨任翱翔。珠宫瓦冷霜初重，玉沼香融月乍涼。緑意紅情相倚傍，溪頭斜日曬衣芳。

其五

花爲四壁水爲田，消受人間福禄先。偶綰同心牽荇帶，戲隨浪跡散荷錢。蘭閨綉罷魂欲斷，綺曲裁成句欲仙。寄語嬋娟好風月，倚闌莫唱奈何天。

其六

倒影亭臺入畫圖，依依清夢隱菰蒲。機張雲錦絲前尺，匣啓菱花月一湖。舞鏡竊憐鸞影隻，呼群翻訝雁聲孤。匆匆打鴨休驚起，爲囑滄洲老釣徒。

《古香閣全集》卷二

孟夏四日與同人小集蘭臺先生講堂紀事步陶秀崧女士韻

葉璧華

濟濟論文日，紅妝列講堂。清聲傳畫鐸，後學勵青箱。帶雨嬌花濕，迎風翠蓋張。高吟壓元白，慚愧答瑶章。

《古香閣全集》卷二

最高樓

甲午上巳，葉蘭臺年丈修禊啓秀樓，因謁三君祠，同會者十人，朱蓉生侍御、廖澤群編修、沈芷鄰部郎、梁梅溪、李邵初兩内閣、陳孝直、陶見心兩廣文、馬季立明經也　鄭權

春光暝，雅會集山樓。天氣冷於秋。穿簾時聽鳥聲碎，當軒不礙樹陰稠。記年時，開盛宴，盡名流。且勿論、右軍傳妙翰。更不減、茂先談史漢。偕後俊，景前修。定知經術儷王鄭，即論詞賦壓曹劉。到今朝，陳迹换，大名留。

《碧琳腴館詞鈔》

留别葉蘭臺先生六首

冒廣生

珠江八九月，江水清盈盈。維舟緑榕陰，日落煙微横。側見雙飛鴻，翩翩翔南征。因之感行役，願得叙平生。

其二

我有一寸心，纏綿不可叩。不種出青梅，定化爲紅豆。廿年落風塵，十事九不就。豈無長門才，有賦無人售。當時楊狗監，今日難再覯。

其三

望古既茫茫，思遠復綿綿。我有同心人，悠悠隔山川。龍門托捧袂，四歲欣前緣。何圖遠別離，徙倚成相憐。

其四

今春與伯子，謂伯蘧。痛飲長安市。其時苦戰争，羽檄紛千里。落寞新亭游，繼之以流涕。昨日開瓊筵，翩然集裙屐。

其五

梁生謂星海。善議論，鬚眉若張戟。我公與婆娑，傾聽眼爲碧。誰知尊酒問，别意牽孤客。飛翼常在天，游鱗常在池。

其六

願言一尺素，寄我甌江湄。今日共歡笑，明日長相思。珠江我舊游，寤寐夢見之。童時約游處，巷陌猶依稀。請公記息壤，不死當來歸。

《小三吾亭詩》卷一

菩薩蠻

和葉南雪丈　　　梁鼎芬

芳草如夢愁時節。惜花長是經年別。淚眼隔風簾。幽香和恨添。重重窗網密。消息從無實。開徑見菲紅。驚呼是夢中。

其二

霜文翠照橫晨夕。流杯巧鏤桃花石。亭館極蟬嫣。清風也費錢。西園鶯燕好。拾翠春爭道。楊柳裊千絲。誰言非盛時。

其三

曼延更奏魚龍戲。驂鸞仙子青霞帔。各自唱回波。纖兒奈汝何。繁聲香旖旎。天也胡爲醉。東去望扶桑。麻姑泣數行。

其四

無端橫海天風疾。龍愁鼉憤今何及。夜夜看明星。荒雞聽二更。淒涼三月雨。念此芬菲主。鶗鴂一聲先。人間最可憐。

其五

欽䲹違旨誰能捍。狐埋狐搰成功罕。幾隊狹邪兒。暑寒猶未知。　金鈴全付汝。一晌花飛去。總是不關情。高岡要鳳鳴。

其六

鶯銜蝶弄紅英盡。松臺竹崦潛相引。一處一淒迷。相思背燭啼。　冷苔封劍滿。犀象知難斷。且過賞心亭。稼軒無復醒。

其七

縹縹鸞鳳扶雲下。緑章次第通宵寫。不敢負深恩。身危舌尚存。　如何無一答。密字銀箋合。滄海亦成枯。當筵淚更無。

其八

璇宮夜半驚傳燭。西頭勢重貂相屬。桃宴酒酣時。春殘那得知。　搴芳情緒各。不念花開落。庭院這般荒。有人空斷腸。

其九

峨峨一艦浮東海。春帆樓約千年在。叔寶是何心。真成不擇音。　通人眉語妙。豈避旁觀笑。此恨竟無期。尋春歲歲悲。

其十

冤禽填海知何日。芳懷惹得秋蕭瑟。莫憶十年前。腸回玉案煙。　采蔄輕決絕。唾賸壺中血。無謂過浮生。思君空復情。

《款紅樓詞未刊稿》

江南好

南雪丈有鴛鴦詩，爰題一詞，不敢步韻也　　梁鼎芬

鴛鴦好，打鴨莫教驚。詞客芳心吟碧月，小鬟雅髻采紅菱。一樣託深盟。

《款紅樓詞》

菩薩蠻

題葉南雪丈藏清微道人空山聽雨圖　　梁鼎芬

閉門自有深山意。開圖恍似前游地。鐙火一龕寒。今宵魂夢安。　年年聽雨慣。獨坐殘書伴。遮莫説天明。天明仍未晴。

《款紅樓詞》

一翦梅

題葉南雪丈梅雪幽閨畫扇　　梁鼎芬

違世心情絶世姿。梅也相宜。花也相宜。更誰歲暮尚飄離。病裏尋思。畫裏尋思。　倦著薰籠坐小移。有箇人兒。没箇人兒。笑君秋夢醒來遲。應憶當時。也似當時。

《款紅樓詞》

水龍吟

葉南雪丈屬賦並蒂蓮，同辛白、香雪　　梁鼎芬

新來欲説相思，香風吹散鴛鴦影。紅蓮何事，分明兩兩，齊齊整整。肯倚同枝，根聯異瓣，似誰並命。想先生獨樂，正商朋酒，來醉倒、不知醒。　我亦懨懨愁病。已多時、芳心暗警。湘波一緑，當惆悵處，怕開雙鏡。露冷連環，月涼單袂，教儂獨詠。奈重闌數盡，問花無語，更何人應。

《款紅樓詞》

滿庭霜

題葉蘭臺年丈秋夢盦詞鈔　　鄭權

游倦京華，林泉歸老，楚庭桃李成陰。平生豪宕，鴻雪遍題襟。比歲偷聲減字，銀箋擘、舊譜重尋。誰知道，閒情一賦，彭澤寄懷深。　江湖時載酒，鶯儔燕侶，影事銷沈。想拋殘紅豆，直到而今。多少花愁月恨，都付與、俯唱遥吟。留題處，詞壇唱和，應識歲寒心。

《碧琳腴館詞鈔》

掃花征

丙申三月三日，葉蘭臺年丈約同人修禊啓秀樓　　鄭權

畫樓雅集，正雨霽江城，惠風和暢。倚欄縱賞。看烟帆遠處，海潮暗上。宿霧全收，水色山光浩蕩。乍翹想。想一詠一觴，無異疇曩。　今古同俯仰。有幾輩登臨，抗懷高唱。興來共往。奈流連麗景，撫時悽愴。睠念哀鴻，遍野嗷嗷待養。更惆悵。悵前村、又添江漲。時廣西南、柳、慶、太四郡大饑，湖南亦來請賑，而省東潮、嘉，省南高、廉，皆連年水旱歉收。今春，陰雨連月，西北江水復漲，早禾被浸，米益騰貴。時事如此，真可哀也。

《碧琳腴館詞鈔》

金縷曲

賦呈葉南雪先生　　　冒廣生

老去文園客。算贏將、嶺南一代，春風詞筆。早歲鴛鴦傳麗句，吟遍歌裙舞屐。有卅載、承明通籍。潘岳歸來頭盡白，尚買花、載酒情如昔。者清福，怎消得。　桐枝舊恨休回憶。便傷心、華年珠柱，也須將息。我讀鶴銷鸞怨句，清淚盈盈偷滴。好細把、香奩重覓。留得崔徽圖畫在，盡真真、低喚朝和夕。怕萬一，致魂魄。先生六次悼亡。

《小三吾亭詞》卷一

三姝媚

葉秋庵夫子以羅浮蝶繭贈何一山丈並系長調，命和作　　　楊其光

玉腰娟魄小。看裹住柔奴，羅浮春曉。隱約仙蹤，嘆洞深雲碧，託身偏巧。織盡情絲，剛夢醒、舞衣藏好。密緒纏綿，愁憶芳塵，等閒花草。　菭箋粉香留稿。費彩筆親題，太常詞老。珍重貽君，莫待繅蠶婦，浪彈霜爪。翅影圓時，定化出、湘裙姣嫋。試傍斜陽闌角，東風晚眺。

《花笑樓詞·花笑詞》

水龍吟

題葉南雪丈畫李香君小影　汪兆鏞

畫樓换了殘春，吟邊忍見春人影。琵琶罷弄，錦帆歸去，翠蛾慵整。燕子箋成，凄涼宫扇，滿襟幽恨。恁南朝剩粉，東塘遺曲，哀弦撥、啼紅凝。　一縷芳魂乍醒。悟華鬘、自參禪定。梁園倦客，荆駝身世，同傷飄梗。何許桃花，舊時月色，不堪重省。想秋鐙夢窈，悄摹松麝，伴罏熏冷。《雨屋深鐙詞三編》

懷人感舊詩

張鳴珂

填詞寫團扇，心力慙枉抛。公獨顧之笑，千里訂神交。詩筒時來往，佳句頻推敲。（番禺葉蘭臺太守先生衍蘭）《寒松閣詩》卷七

醉蓬萊

用夢窗韻題葉南雪先生秋夢庵填詞圖

潘之博

覷詞人老去，鬢雪盈簪，淚花斑袖。一寸秋懷，付雁孤蟲瘦。缺月鈎簾，廢檠欹壁，照緑苔如繡。露冷鸚籠，香濃鴛被，夢輕難透。　暗數江湖，廿年流落，篋衍重重，舊箋紅皺。回首春明，滴斷魂清露。燭短宵長，庭空葉滿，正倦吟時候。乍醒秋酲，牽愁烟縷，初消金獸。

《弱庵詞》

附録五　年譜簡編

謝永芳　編

清宣宗道光三年癸未（一八二三）　一歲

三月初六日生。字南雪，號蘭臺，别署秋夢主人、曼伽。廣東番禺人。高祖灝。曾祖謙亨（嘉會、楓溪）清乾隆末游幕居粤，遂著籍焉。祖坤厚（載之、簡堂）。從祖仁厚（黍成）。考英華（元穎、蓮裳、夢禪居士），時年二十二歲。先後受業於胞伯菁華（朴園），莫彤章（蔭池），史淳（又名澄，穆堂），徐福謙（達夫、潄珊），陶克勤（蓮生），陸殿邦（磐石），周廷光（黼堂），崔廣文（書農），黄位清（春帆），陳澧（蘭甫），何有書（玉函），陳其錕（棠溪），何文綺（朴園），蘇廷魁（賡堂），李光彦（子迪），秀琨（子璞），周世錦（素夫），李敦業（雪樵）。又受知於壽祺（菊泉），許乃釗（信臣），賀桂齡（丹麓），黄光周（覲庭），胡焯（光伯），孫銘恩（文節、蘭檢）。咸豐六年進士。以金石、書畫、文藝倡導後進凡數十年，一時俊彦如潘祖蔭（伯寅），張之洞（孝達），景其濬（劍泉），吴大澂（清卿），譚獻（仲修），樊增祥（雲門），張鳴珂（公束、玉珊），汪瑔（芙生、玉泉），廖廷相（澤群），金錫齡（芑堂），皆交契至深。復喜獎掖後進，如盛昱（伯希），周鑾詒（薈生），于式枚（晦若），梁鼎芬（星海），易順鼎（實甫），文廷式（道希），康有爲（長素）諸君，皆爲忘年交。晚年主講越華書院，成材尤衆。子佩瑗（伯蘧），佩瑲（仲鸞），佩琮（叔達）。孫恭紃（道繩、道生），恭綽（譽虎、裕甫、遐庵），恭彝（懿卿），恭徽等。

《清代硃卷集成》第二十册：「葉衍蘭，字南雪，號蘭臺。行三。道光癸未年三月初六日吉時生。係廣東廣州府番禺縣學附生民籍。」

葉英華《斜月杏花屋詩鈔》卷三詩題：「辛亥五十初度感作。」

少髭髯，兩眸子有異光。性嗜潔。

葉恭綽編《清代學者象傳》第二集中全身像。

冒廣生《海雲閣詩鈔跋》：「師有潔癖，客退，恒使人洗地。少髭髯，兩眸子有異光。一飲食，一談笑，幾無不可入《世説新語》者。」

潘飛聲《在山泉詩話》卷二：「賞花度曲，選饌移厨，及門中惟余與仁和姚伯懷（紹書）、如皋冒鶴亭（廣生）時同宴游。師性潔，書畫簾几不許他人撫摩，以故後堂絲竹，三人外罕得睹也。」

梁鼎芬等《番禺縣續志》卷二十：「性嗜潔，所居薰爐棐几，浄無點塵。」

稟賦過人，多才多藝。

張維屏《听松廬詩話》：「稟賦過人，多材多藝。於制藝、駢體、詩詞之外，凡篆隸各體以及鐘鼎文，俱能臨摹逼肖。又工寫花卉，善畫美人，精刻印章。」

黄位清五十三歲。何文綺四十五歲。張維屏(南山)四十四歲。張深(茶農)四十三歲。許乃釗三十七歲。陳其錕三十二歲。賀桂齡三十一歲。譚瑩(玉生)二十四歲。蘇廷魁二十四歲。胡焯二十歲。黄玉階(蓉石)十九歲。秦賡彤(臨士)十七歲。潘曾瑩(星齋)十六歲。孫銘恩十六歲。陳澧十四歲。金錫齡十三歲。史淳十歲。方濬頤(子箴)九歲。彭玉麟(雪琴)八歲。譚鍾麟二歲。沈世良(伯眉)一歲。倪文蔚(豹岑)一歲。許善長一歲。又,何有書嘉慶二十二年(一八一七)中進士。陸殿邦、崔廣文均嘉慶二十四年(一八一九)中舉。

道光四年甲申(一八二四)　二歲

許增(邁孫)、曾國荃(沅浦、叔純)生。

道光五年乙酉(一八二五)　三歲

李敦業拔貢。

許庚身(星叔)、何桂林(一山)生。

道光六年丙戌(一八二六)　四歲

周星譽(畇叔)生。

道光七年丁亥(一八二七)　五歲

張景祁（韻梅）、倪鴻（雲臞）生。

道光八年戊子（一八二八）　六歲

壽祺中舉。

汪瑔生。

道光九年己丑（一八二九）　七歲

潘祖同（譜琴）、張鳴珂、徐福謙、杜友韋（仲容）、陳壽祺（珊士）生。

道光十年庚寅（一八三〇）　八歲

潘祖蔭、李慈銘（蒓客）生。

道光十一年辛卯（一八三一）　九歲

孫楫（駕航）生。

道光十二年壬辰（一八三二）　十歲

譚獻、孔廣陶（鴻昌、少唐）生。

李乘時（子和、秀峰）中舉。

道光十三年癸巳（一八三三）　十一歲

杜雋（季英）、周星詒（季貺）生。

道光十四年甲午（一八三四）　十二歲

陶福祥（春海）、李文田（畬光、若農、芍農）生。

道光十五年乙未（一八三五）　十三歲

周廷光中舉。

吴大澂、沈景修（勉之、寒柯、蒙叔）生。

道光十六年丙申（一八三六）　十四歲

就讀於越華書院。作咏鴛鴦詩，仅存斷句。

龔易圖（靄仁）生。

道光十七年丁酉（一八三七）　十五歲

張之洞生。

道光十八年戊戌（一八三八）　十六歲

曹秉濬（子明、朗川）生。

道光二十年庚子（一八四〇）　十八歲

史淳中進士。

道光二十一年辛丑（一八四一）　十九歲

李光彦中進士。

袁保齡（子久）、金武祥（溎生、粟香）生。

道光二十二年壬寅（一八四二）　二十歲

廖廷相生。

道光二十三年癸卯（一八四三）　二十一歲

春，與沈世良、張深、黄玉階、許玉彬、李應田、譚瑩結花田、詞林等詞社。

梁鼎芬等《番禺縣續志》卷十九：「（沈世良）與張深、黄玉階、許玉彬、李應田、葉衍蘭結花田、詞林諸詞社。」

道光二十四年甲辰（一八四四）　二十二歲

葉璧華（婉仙）、繆荃孫（藝風、筱山）生。

道光二十五年乙巳（一八四五）　二十三歲

黄光周中进士。

王秉恩（雪澄）、陳宗侃（孝直）、陶方琦（子縝）生。

黄玉階逝世。

道光二十六年丙午（一八四六）　二十四歲

春暮，學海堂以「十春」命題課士，大弟衍桂（天船）有作。

葉英華《斜月杏花屋詩鈔》卷二詩題：「丙午春季，學海堂以十春命題課士，兒子天船以草本呈閲，並請擬作。」

樊增祥、朱一新、沈澤棠生。

道光二十七年丁未（一八四七）　二十五歲

劉炳照（光珊）生。

道光二十九年己酉（一八四九）　二十七歲

三月，張維屏序許玉彬、沈世良輯《粤東詞鈔》。七月，許玉彬作跋。

譚獻《粤東三家詞鈔序》夾注：「伯眉定嶺南詞。」

十月二十四日，先生與陳澧、張維屏、許文深、金菁茅、鄧大林、杜游等人集哦松齋賞菊，張維屏有詩。

張維屏《松心詩録》卷九《三十六瓶秋菊歌》序云：「十月廿四日，許小琴少尹文深招同金醴香員外菁茅、鄧蔭泉中翰大林、杜洛川游、陳蘭甫澧兩學博、葉蘭臺孝廉衍蘭集哦松齋賞菊，爲作此歌。」

徐琪（花農）、王存善（子展）生。

朱寶齡（墨莊）逝世於是年後。

沈世良《望湘人》（正嚴寒折酒）詞序云：「病中檢故書，忽見亡友墨莊己酉間問病手札，情詞懇切，讀之泫然。蓋忽忽已五年矣，宿草已荒，枯桐半死。爲填此解，既痛逝者，行自念也。」

道光三十年庚戌（一八五〇）　二十八歲

盛昱、蔡世佐（輔臣）、朱福詵（叔基）生。

黄位清逝世。

清文宗咸豐元年辛亥（一八五一）　二十九歲

咸豐初，與沈世良、杜友韋、杜雋、冒祖澄、冒保泰、汪瑔舉文會於粤中。《水龍吟·五月十五夜，偕汪芙生瑔、杜仲容友韋登粤秀山看月，同芙生作》（銀蟾何處飛來）及汪瑔《翠樓吟·清明日，坐碧痕館中，微雨如夢，薄寒中人，顧影微吟，不勝凄黯，賦此簡仲容、蘭臺諸子》（雨不成絲）、《百字令·五月望夜，偕葉蘭臺、杜仲容、季英登粤秀山看月》（空山今古）均應作於其時。

《小三吾亭詞序》：「咸豐初，余與沈子伯眉，杜子仲容、季英，冒子哲齋、文川，汪子芙生，舉文會於粤中。」案：冒懷蘇編著《冒鶴亭先生年譜》引民國初《冒氏叢書》本《小三吾亭詞序》，首句作「咸豐二年」。

秀琨需次粤東不早於是年。

張鳴珂《寒松閣談藝瑣録》卷三："子璞郡丞秀琨，漢軍人。咸豐初，需次粤東。"

咸豐二年壬子(一八五二)　三十歲

三月初六日，二弟端平逝世。

葉英華《蓮裳公詞稿》卷二《滿江紅》(絮影雲光)詞序："癸丑三月六日爲亡儿端平周年，痛感縈心，淚填此解。"

中舉。

《清代硃卷集成》第二十册："壬子，中式本省鄉試第二十五名。"

景其濬、李應田(研卿)中進士。

石德芬(星巢)生。

胡焯逝世。

咸豐三年癸丑(一八五三)　三十一歲

二子佩瑲生。

葉恭綽《先君仲鸞公家傳》："民國五年，以先兄道繩逝世感傷，觸發痰喘舊疾，以五月二十三日卒於天津，時年六十四。"

于式枚、朱啓連（棣垞）生。

孫銘恩逝世。

咸豐四年甲寅（一八五四）　三十二歲

寄贈沈世良《楞華室詞鈔》與某人於此後。

本年刊行之沈世良《楞華室詞鈔》二卷南京圖書館藏本一種有題記：「番禺沈季良伯眉、葉南雪寄贈。」

八月初八日，任世傑（穆臣）生。

咸豐五年乙卯（一八五五）　三十三歲

三子佩琮生。

《葉遐庵先生年譜》：（光緒二十九年）「閏五月二十七日，叔達公棄世，年四十有九。」

計諧入都。借鈔王曇文集。倪鴻有詩相送。

沈世良本年臘八日跋葉英華《小游仙詞》：「長公蘭臺孝廉方計諧入都，明春泥金帖至，當煩方平治具，令飛瓊輩歌此詞侑酒爲居士壽。」

張維屏《聽松廬詩話》：「去年，將入都，見王仲瞿曇文集，即日借鈔。其勤學如此。」

倪鴻《退遂齋詩鈔》卷一詩題：「送葉蘭臺孝廉衍蘭入都兼簡李研卿太史。」

黄映奎（日坡、日初）生。

何文綺逝世。

咸豐六年丙辰（一八五六）　三十四歲

中進士，選庶吉士。會試之作包括《告諸往而知來者》、《洋洋乎發育萬物峻極于天》、《莫如爲仁》，另有《賦得游鱗萃靈沼（得靈字五言八韻）》。

《清代硃卷集成》第二十册：「丙辰，補覆試一等第十三名，會試中式第一百三十三名，正大光明殿覆試一等第十九名，殿試第二甲第二十五名，朝考二等第八名，欽點翰林院庶吉士。」

葉英華《斜月杏花屋詩鈔》卷三詩題：「丙辰六月，接蘭兒南宫館選之信，詩以誌喜。是科粤中進士得館選者，只蘭一人。」

作《雙雙燕·問燕，和沈伯眉世良韻》（畫梁露濕）、《百字令·銅雀臺瓦硯，和朱墨莊寶齡韻》（紫雲誰割）於此前。《賣花聲》（萬頃碧玻瓈）（雲鬟耀珠鈿）兩闋亦應作於此前。

與潘祖同自是年起時相往還。

潘承弼識《清代學者象傳合集》：「蘭臺先生與先祖譜琴府君同登咸豐丙辰進士第，同官京師，時相往還。」

《揚州慢·題孫駕航前輩楫虹橋舊游圖，用白石翁原韻》（欄曲兜春）當作於本年後。案：孫楫咸豐二年中進士，散館，改内閣中書。

陳壽祺、秦賡彤中進士。

文廷式生。

咸豐七年丁巳（一八五七）　三十五歲

乃父英華避寇鄉居。

楊鋭（叔嶠）生。

杜儁逝世。

咸豐八年戊午（一八五八）　三十六歲

正月，作篆書八言聯「書畫題籤鼎彝款識，煙雲供養冰雪聰明」，有題識。

汪兆銓（莘伯）、易順鼎、康有爲、潘飛聲（蘭史）生。

賀桂齡逝世。

咸豐九年己未（一八五九）　三十七歲

《題張梅生大令（兆華）珠海侍游圖》或作於此後。

梁鼎芬、李綺青（漢珍）、周鑾詒、徐鑄（巨卿）生。

張維屏逝世。

李應田逝世。

丁至和《萍緑詞》卷三《漢宮春》詞序：「戊午二月，同李研卿篆香樓看玉蘭，各賦長短句。明年，研卿下世。」

咸豐十年庚申（一八六〇） 三十八歲

沈世良、杜友韋逝世。

咸豐十一年辛酉（一八六一） 三十九歲

七月十五日，作《瑶花》（纖雲浄洗）。

汪兆鏞（憬吾）生。

陳其錕逝世。

清穆宗同治元年壬戌（一八六二） 四十歲

七月，以军机章京补用。

梁章鉅等《樞垣記略》卷五《除授》四：「同治元年七月十六日旨：吴國杰、徐用儀、史崧秀、邵文煦、徐景軾、方熊祥、葉衍蘭、蕭庭滋、金曰修、梁思問、温忠善、黄雲鵠、胡延夔、何銘壽、陸奭棠、張善倬，俱著記名以軍機章京補用。」

同治二年癸亥（一八六三）　四十一歲

王人文（遯廬）生。

同治三年甲子（一八六四）　四十二歲

五月，由户部主事入直。

梁章鉅等《樞垣記略》卷十九《題名》五：「葉衍蘭，字蘭臺，廣東番禺人。咸豐丙辰進士。同治三年五月由户部主事入直，現官户部員外郎。」

七月，賞加四品銜。

梁章鉅等《樞垣記略》卷十一《恩叙》六：「（七月）初四日諭：户部主事葉衍蘭，著賞加四品銜。」案：據《咸豐同治兩朝上諭檔》，七月初五日，先生與胡家玉、許庚身等四十餘人聯名上奏，「恭謝天恩」。

陶邵學（子政）生。

同治四年乙丑（一八六五）　四十三歲

父英華逝世。歸粤。守制期間作致方濬頤書札。翁同龢曾致吊。

《翁文恭公日記》：五月廿五日，「吊葉蘭臺同年衍蘭丁憂」。

楊鍾羲（雪橋）、梁靄（一字飛素）生。

同治五年丙寅（一八六六）　四十四歲

楊其光（崙西）生。

同治六年丁卯（一八六七）　四十五歲

秋後，陳澧作《致葉蘭臺書》。先是，曾致函陳澧。

鈔本陳澧《東塾集餘稿·致葉蘭臺書》：「今年，大吏延請主講菊坡精舍，再三固辭，終不獲命，舍己芸人，良可媿也。瑞墀親家時時聚晤，親戚情話，藉慰寂寥。都門舊游，恍如隔世，涑文侍講想當勝常，晤時爲道相念。」案：揆之文意，此時當已服闋返京。又，許其光（涑文）上年以侍講升補，編纂《文宗實録》，本年編纂《皇清奏議》。

汪宗衍編《陳東塾先生年譜》：「（同治六年）秋，運使方濬頤子箴創設菊坡精舍，請先生任掌教。」

陳壽祺逝世。

同治七年戊辰（一八六八）　四十六歲

七月，賞加三品銜。

梁章鉅等《樞垣記略》卷十二《恩叙》七：「七月十八日諭：户部主事葉衍蘭，著賞加三品銜。」

同治八年己巳（一八六九）　四十七歲

十一月，將補户部員外郎。

梁章鉅等《樞垣記略》卷十二《恩叙》七：「十一月二十四日本處奏：户部主事葉衍蘭，請遇有本部員外郎缺出，無論題選咨留，即行奏補。……奉旨：依議。」

馬貞榆（季立）舉學海堂專課肄業生。

陳慶森（蓁階）生。

同治九年庚午（一八七〇）　四十八歲

許乃釗逝世。

同治十年辛未（一八七一）　四十九歲

摹釋大汕所繪《陳其年填詞圖》。

潘飛聲《在山泉詩話》卷三：「余初謁葉蘭臺先生於越華講院，先生張盛筵欵客，并出《陳其年填詞圖》與姚伯懷、冒鶴亭同觀。圖長二丈餘，先生宦京時所手摹者，畫、字皆畢肖。繪其年坐席上握翠管攤書，長髯秀目，神采風流，令人艷慕。旁一美人坐蕉葉，倚長簫。未見雲郎也。卷中題者，一時瀏覽難盡。先生云以尤西堂《洞仙歌》四詞爲最佳。蓋借摹年餘，始成此卷。末有先生綴題長古一篇，今不復記憶矣。」又夏承燾《天風閣學詞日記》：（一九六一年九月七日）「觀葉衍蘭所摹《陳其年填詞圖》，陳髯席地而坐，旁有吹簫女坐蕉葉上，題詩詞曲者，當時名家殆遍，衍蘭一一仿其筆跡。跋謂原圖家藏數世，流落京師，爲雪苑袁氏所得，袁即陳氏外孫也。余從子久舍人處假歸，重臨一本云。署年爲同治十年。」

《題陳其年先生填詞圖》詩或作於此時。

作《季士周駕部邦楨招飲咫村酒後作歌》詩於此年後。案：季邦楨（士周）本年中進士。

譚瑩逝世。

同治十一年壬申（一八七二）　五十歲

八月，賞給隨帶加三級。

梁章鉅等《樞垣記略》卷十二《恩敘》七：「（十一年八月二十七日）是日奉諭：員外郎葉衍蘭，著賞給隨帶加三級。」

同治十二年癸酉（一八七三）　五十一歲

應先生之請，潘祖蔭序葉英華《花影吹笙詞鈔》，略云：「同年葉君蘭臺，蒐輯年丈蓮裳先生詞稿，經數年而成帙，屬蔭序之以付梓。丈舊有手定稿，燬於兵，蘭臺梓之，意甚摯。歐陽氏曰：『惟爲善者能有後，而託於文字者可以無窮。』蔭未知此本既出，海内論定視姚丈、許丈爲何如。然當其哀樂所流，纏綿靡極，亦自有不得已之故在也。」

梁啓超（任公）、冒廣生（鶴亭）生。

孔昭熙（一字静航）中舉。

同治十三年甲戌（一八七四）　五十二歲

八月初五日，跋所藏羅聘《鬼趣圖》，略云：「山人當日不過游戲神通，涉筆成趣，而諸名流争相題詠，不數年，遂成牛腰鉅卷。想見前輩吟壇競爽，翰墨風流。乃未及百年，圖已數易主，雲烟過眼，此後復不知歸於誰何，惟願得之者愛惜保存，勿使殘燬散失，則數百年後，名題妙繪，相得并傳，亦山人筆墨之幸也夫。」

潘之博（若海）、陶牧（伯蓀、小柳）生。

清德宗光緒元年乙亥（一八七五）　五十三歲

應先生之請，汪瑔襄校葉英華《花影吹笙詞鈔》，并於十一月初十日作後序，略云：「瑔昔當弱歲，僑寓兹邦，以士衡入雒之年，有向秀攀嵇之志，時與喆嗣蘭臺、莄船昆季撫塵結契，婁袛論文，輒於譚藝之餘，傍及倚聲之作。……今年冬，蘭臺昆季將刻先生遺集，先以詞稿付刊。距賦柳眼詞，時已將三十稔矣。管裁嶰谷，猶聞老鳳之聲；簡出羽陵，不受枯蟫之蠹。屬襄讎校，兼綴蕪言。」

本年，汪瑔《隨山館全集》七種刊行，含《隨山館詞稿》一卷《續稿》一卷，先生《長亭怨慢·余與芙生別三十年，舊雨再聯，春風重唱，以詞稿屬爲點定，即書其後》（問何事、頻年載酒）題於卷首，則當作於其時。

麥孟華（孺博、蜕庵）、諸宗元（貞長、貞壯）生。

光緒二年丙子（一八七六）　五十四歲

作《陌上花》（更闌話盡）。

《陌上花》詞題：「送易實甫孝廉順鼎隨父任之黔中。」案：是年，易順鼎在京應禮部試。易父佩紳授貴州貴東道員。

《題東軒吟社畫象》應作於是年後。案：錢塘汪氏振綺堂刻本《東軒吟社畫象》刊於本年。至遲於本年七月之前，曾兩次致函曾國荃。

曾氏復函載《曾忠襄公書札》卷九，中有云：「奉二月望前賜覆」、「奉月之初三日賜書」。據《曾忠襄公書札叙目》，該卷所收者，作期「起同治丙寅七月，迄光緒丙子七月」。

光緒三年丁丑（一八七七）　五十五歲

鈔乃父英華《蓮裳公詞稿》於《花影吹笙詞鈔》刊刻之前，并請人審訂。

上海圖書館藏本《蓮裳公詞稿》二卷，有葉恭綽題簽並題識：「此爲先曾祖蓮裳公詞稿。卷首審訂者不知何人，似係先祖南雪公刻此詞時請其審訂者，因刻本悉依其意見也。蓮裳公手稿甚多，迭經變亂，所存無幾。十年前，余始將詩稿付刊。名《斜月杏花屋詩》。一九五七年四月，曾孫恭綽謹志。自去冬始，書價大昂。此爲北京東來閣自廣州搜購所得。此册未選諸作，後均未刻。」卷首另有審訂者識語：「《花影吹笙詞》擬刻者上有紅圈。」

不晚於本年，潘曾瑩序葉英華《花影吹笙詞鈔》，略云：「今蘭臺農部以尊甫蓮裳先生《花影吹笙詞集》見示，寓懷綿渺，造語幽腴，別具爐錘，自成馨逸。組織工矣，而無襞績之痕；醞釀深矣，而無沾滯之習。具跌宕縱横之致，而不病於粗豪；極纏綿悱惻之情，而不涉於冶靡。洪纖合度，高下在心。洵大雅之遺音，南宋之正軌也。至其游仙諸闋，絶去凡襟，獨標高格。證前盟於白石，結遐想於丹梯。」先生所作《浪淘沙・題潘星齋年丈曾瑩藤花館填詞圖》（花海擁書城）或在此前後不久。

二月，跋乃父英華《花影吹笙詞鈔》。

春，得《空山聽雨圖册》三册，有序。《洞仙歌・題清微道人空山聽雨圖》（九龍山色）當作於此時。

秋，繪成《三國人物相傳》六卷，凡百人，墨線勾勒，形態各異，栩栩如生。

《三國人物相傳》每卷末均題：「光緒三年歲在丁丑秋，南雪葉衍蘭繪。」

本年，成《歷代賢女相傳》。

《歷代賢女相傳》卷六包括彭娥、武宗才人、關盼盼、衛敬瑜妻、臨川梁氏等人，有題識：「光緒三年歲在丁丑，南雪。」

《洞仙歌·題潘星齋年丈曾瑩西崦探梅圖》（清溪一曲）或作於本年。

光緒四年戊寅（一八七八）　五十六歲

仲春，叙秦賡彤《鐵華仙館集》。

蘇廷魁、潘曾瑩逝世。

光緒五年己卯（一八七九）　五十七歲

閏三月，陳璞題記《説文統系圖》石刻，謂圖爲先生由都門摹寄陳澧：「《説文統系圖》，羅兩峰爲桂未谷作也。前行者許君，左右扶掖之者江氏、顔之推，後隨者李陽冰，隨且語者徐鉉、徐鍇兄弟，道士服者張有，眇且跛者吾丘衍云。陳蘭翁弟子葉蘭臺由都門摹寄蘭翁，乃屬伍用蘊重摹，刻石學海堂，嵌至山亭壁鄭君小像之右。」《番禺縣續志》卷三十九以下有案語云：「羅聘爲桂馥繪此圖，事在乾隆四十五年。原本藏曲阜孔氏，葉户部衍蘭假之，摹寄東塾先生，並録桂馥、張塤、王念孫、丁述、盧文弨諸人題記於上方。丁跋謂：　桂未谷後又繪説文統系第二圖，未見。　葉摹本今爲東塾文孫慶貞珍藏。」

重孫恭紃生。

光緒六年庚辰（一八八〇）　五十八歲

《葉遐庵先生年譜》：（民國五年）「四月廿五日，兄道繩先生棄世。……年三十有八。」

與樊增祥相過從。

樊增祥民國十六年正月十二日題《清代學者象傳》之《沁園春》（一代龍門）詞序：「光緒六年庚辰，余散館，居京師候銓。番禺葉蘭臺前輩特枉高軒，訪余於圓通道院。」

梁鼎芬入都，寓先生宅，從學詞。先生《賀新郎·賀梁節庵（鼎芬）新婚》當作於此時。

葉恭綽《款紅樓詞跋》：「丈少日入燕，即寓先大父南雪公米市胡同宅，從南雪公學詞。」

葉恭綽《節庵先生遺詩續編序》：「寒家與丈，累代摯交。丈光緒庚辰入都，即寓先祖南雪公宅，繼乃遷棲鳳樓。……丈尊稱南雪公爲三伯，函劄皆然，不稱字與號也。」

蔡世佐中進士。

光緒七年辛巳（一八八一）　五十九歲

十月初三日，二孫恭綽生。

《葉遐庵先生年譜》：「十月初三日辰時，先生降生於北京米市胡同蘭臺公之寓邸。」

《游絲四首和友人作》詩當撰定於本年。和作初稿曾呈正於原唱者繆荃孫。

汪瑔《隨山館猥稿》卷九中「和葉蘭臺户部衍蘭《游絲》四首」、「蘭臺惠寄研光箋，云是乾隆間藩邸所製也，賦詩爲謝」等詩標示作年「辛巳」。

光緒八年壬午（一八八二）　六十歲

本年之前，作《許星叔同年庚身招飲寓齋出尊甫玉年先生遺作寒林平遠圖屬題走筆應之》、《臘月十五夜待月入直口號》、《送彭雪琴宮保玉麟回籍步何小宋尚書璟韻》詩於爲官京師時。

暮春，請疾歸。未出都門，原配柳氏逝世。秋，旋里，攜归羊城者仅數竹箱書畫。歸粵後，專力填詞，長期主講越華書院。

《秋夢盦詞鈔》自序：「壬午秋間，乞假旋里。」

《粵東三家詞鈔》本《大酺・題儷仙内子遺照》（甚返魂香）尾注：「余請假歸里，内子歿於俶裝之前一日。」

梁鼎芬等编纂《番禺縣續志》卷二十：「以忤某邸，遂告歸。行裝書畫數簏外，無長物也。」

冒廣生《海雲閣詩鈔跋》：「比師掛冠歸……師時耑填詞，不復措意於詩。」

《葉遐庵先生年譜》：「蘭臺公值樞垣，以與當道不洽，請疾歸。是年夏，（案：據先生詞別集自序，不確。）回粵。叔達公俞太夫人偕先生昆仲從焉。蘭臺公爲陳蘭甫先生澧入室弟子。回粵後，主講越華書院。性高潔，不與當道往還。歷任督撫將軍爲同年張之洞、譚鍾麟（文卿）及倪文蔚、長善又彭玉麟至粵，皆致敬禮，並相唱和。著籍門弟子先後數千人，知名之士，半出其門。」

作《將出都門感賦》詩於本年春。

七月二十二日，致函張鳴珂，略云：「夏間接奉手緘，時正整理歸裝，匆匆未即裁復，深盼初秋良覿，藉慰欽忱。比維侍祉增綏，道紉益譽，定符所祝。弟京國秋風，頓思蒓菜；先塋宿草，待掃松楸。檢校琴書，料量數月，荷花生日，始定行期。爰挈細君扁舟南下，正報歸帆抵滬，問水西泠，道出鴛湖，輕舠訪戴，煙雨樓畔，握手論心。不意閨人素患肝疾，臨時病發，藥石無效，撒手離塵。驪唱俄催，鵾絃倏斷，人天搔首，悼痛逾深。現定於八月初間攜眷同返。仍由津海附搭輪船。萬里孤帆，遺棺共載，衹增眉繭，莫解胸春，奉倩神傷，曷能自已。申江繫楫，不獲遲留，載酒元亭，徒存虛願，悵惘奚如。內人卅餘年伉儷相莊，幽嫻淑慎。弟曾預作《扁舟偕隱圖》，自題四截，同人多有留題，何意良緣頓成悽眷。詩詞兩首，就正詞壇，倘蒙寵賜佳章，俾光泉壤，戴均存歿也。懷人傷逝，百感茫茫。」

本年，《秋夢盦詞鈔》二卷、《詞續》一卷刊於羊城。南京師範大學圖書館有藏本。

與陶福祥往還益密當至此年始。

葉恭綽《陶春海遺墨跋》：「春海先生與先大父南雪公同受業於東塾先生，析疑問難，至相善也。厥後，春海先生主講禺山書院，先大父主講越華書院，往還益密。」

《百字令》（秋江無恙）當作於是年。

《百字令》（秋江無恙）詞序：「壬午春暮，乞假南旋。爰卜秋期，琴裝遄發。因倩梁杭叔秀才爲寫《扁舟偕隱圖》，聊作他日買山之券，自題四絕，和者數家。何意驪唱才催，鸞絃倏斷。畫圖無恙，執玉手以何期；孤棹淒然，拂漆棺而作伴。人天悲絕，夢影何因。《百字謠》成，千絲淚咽。」

《金縷曲·題雅遜齋詩鈔贈樊雲門大令增祥》當作於是年前。案：樊氏光緒三年中進士，改庶吉士。散館後，補陝西宜川、渭南等縣知事。

譚獻至遲於本年即有意邀約梁鼎芬編刊《粵三家詞》。

譚獻《篋中詞·今集續四》汪瑔、沈世良詞後評語：「約梁君將合三集，益以寓賢汪玉泉，爲《粵三家詞》云。」

《送倪豹岑中丞文蔚入都》詩或作於是年後。

正月，陳澧逝世。

七月，馮煦序譚獻所輯選《篋中詞》。該編選録先生詞作四首。

光緒九年癸未（一八八三）　六十一歲

二子佩瑲以疾未隨先生歸，留居京邸。

葉恭綽《先君仲鸞公家傳》：「南雪公歸里，先君居京師賣文自給。先伯伯蘧公負債多，無以償。先君授徒趙氏，月束脩四金，以二金爲先伯償逋，二金供薪水。久之，債主不復再索。」

序張景祁《新蘅詞》當在該集是年刊行之前。

《書蘊梅悼亡詩後》、《南浦·草色，和張韻梅大令景祁韻》（春鎖一庭陰）及《秋宵吟·和蘊梅韻》（掌中情）等一詩二詞均或作於此年前。

張僖（韻舫）中進士。

冬，丁紹儀自序所輯選《國朝詞綜補》。是編選録先生詞作一首。

光緒十年甲申（一八八四）　六十二歲

四月二十一日，三媳俞氏逝世。

《葉遐庵先生年譜》：「四月廿一日，俞太夫人棄世，年三十。俞太夫人安徽徽州婺源縣籍。……兄炳輝，光緒庚辰科進士。」

《春柳四首用漁洋山人秋柳韻和友人作》當作於本年，不久之後寫寄李綺青。

張鳴珂《寒松閣詩》卷三標示所收録者作於「光緒丁丑至甲申」，中有《春柳用漁洋山人秋柳韻》，與先生所作韻脚同。

李綺青《霜天曉角》（海天雁到）詞題：「南雪先生以和漁洋秋柳詩寫寄，賦此答之。」

七月二十二日致張鳴珂函：「蒙賜書大作，花光洗霧，玉暖蒸雲，悱惻纏綿，哀艷騷屑，洵足繼武玉田，追蹤石帚，浣薇雒誦，佩服奚如，謹當錦襲紗籠，珍逾球璧矣。承示秋間即將大著詞本與《説文佚字考》同授梓人，剞劂告竣，務求賜寄一份，俾先讀爲快。弟弱齡弄翰，即好辭章，兵燹之餘，盡遭燬失。自入都後，軟紅十丈，遂逐輪蹄，孤弦不張，吟懷斯輟。即偶有棖觸，亦蛩吟蟬噪，終不成聲，何敢以《折楊》之唱，上塵《大雅》耶！今春黎小韓大令來京，得讀佳製《春柳》四首，忍俊不禁，謬爲繼詠，又和友人《游絲》四律，統録交小韓兄帶呈郢政。未知已登詞壇否？兹再録呈教《游絲》四詩，係和繆小山編修之作，乃脱稿後同人迭有和章。因思《白雪》《陽春》，定殊凡響，尚祈俯賜和什，以當瓊瑶。曷勝欣盼。蒓客、子縝、雲門三人詞章之美，皆素所心欽。惟子縝尚未謀面，明歲伊差旋後，自可晤談也。小詞一章奉贈，又便面雜録舊作，統求郢削。另素箑面懇再賜書大作，俾出入懷裏，如挹清風，想不吝教耶！」案：此函中提及的陶方琦（子縝）本年十二月逝世，黎原超（小韓、碧山）明年逝世，張鳴珂《寒松閣詞》也於本年刊行。稍覺費解的是，與張氏「詞本」「同授梓人」的《説文佚字考》，其自序遲至光緒十二年七月二十八日，其「栞於豫章」則要到「光緒十三年丁亥四月」。

八月初五日，自序《秋夢盦詞鈔》。

八月下旬，臨《周伯侯父盤銘》等。有題識：「光緒甲申仲秋下澣，臨於寥天一齋。南雪主人。」

十二月十五日，汪瑔序《秋夢盦詞鈔》。

題於張鳴珂《寒松閣詞》卷首之《水龍吟·張公束大令鳴珂郵示新詞，賦此寄贈》（水風吹冷霓裳），和張鳴珂《垂楊·穊柳初黄，春風駘蕩，柔條披拂，依依動人，爲賦此解》（垂垂灞岸）之《垂楊》（章臺夢杳）以及《水龍吟·久不得玉珊信，歲暮感懷，賦此寄之》（白雲無限相思），《西子妝·題玉珊寒松閣填詞圖》（山月邀涼），《聲聲慢·題玉珊江天琴話圖》（關河鴻雪）等闋均當作於是年前後。

不晚於本年，曾致冒廣生函，中云：「山舟先生長札，務望付來一觀。文節公遺札，是否與令外伯祖畇叔前輩？乞詳告，擬敬跋數行於後也。」

秦賡彤、周星譽逝世。

冒祖澄（哲齋）罢官归里。

光緒十一年乙酉（一八八五）　六十三歲

爲二孫恭綽啓蒙。二子佩瑲入孫詒經幕。

《葉遐庵先生年譜》：「是年，蘭臺公爲之啓蒙，始讀四書。叔達公亦自訓之」，「仲鸞公入順天學政孫公詒經幕，爲襄校試卷，兼司文牘」。

冬，招同人賦詞聯句。

汪兆鏞《葉次周以其世父南雪丈遺畫裝册屬題四首》詩之一尾注：「光緒乙酉冬，梁節庵歸里，南雪丈招集池館，賦詞聯句，『杏梁』七字，梁首唱也。」

冬，作《惜紅衣》（艷借霜腴），乃「雁來紅唱和」之屬。

汪宗衍《雁來紅圖卷詞録跋》略謂：「光緒乙酉十一月，梁節庵丈鼎芬罷官歸里，先伯莘伯先生招同楊叔嶠丈鋭、王子展丈存善、朱棣垞丈啓連、陶子政丈邵學集越秀山學海堂，酒半，過菊坡精舍。時雁來紅盛絶，梁丈首倡此詞，先伯因囑余子容丈士愷繪《雁來紅圖》，各題所爲詞于後。翌年，徐巨卿丈鑄、文道希丈廷式、易仲實丈順鼎、石星巢丈德芬，與家大人咸有繼聲。時葉南雪先生衍蘭以詞壇老宿，亦欣然同作，陳菶階丈慶森則戊戌秋補作，俱裝池成册。」

本年刊行之汪瑔《旅譚》選録先生詩作佳句若干，皆《海雲閣詩鈔》所未載者。先生原詩作年自當繫於此前。

徐鑄中舉。

光緒十二年丙戌（一八八六）　六十四歲

正月，張鳴珂序《秋夢盦詞鈔》。

上海圖書館藏鈔本《秋夢龕詞鈔》，卷首有汪瑔、張鳴珂二序及先生自記。是該本鈔録時間當不早於是年。

夏，作《鴛鴦十二首》，有自記。

冒保泰（文川）、周鑾詒逝世。

光緒十三年丁亥（一八八七）　六十五歲

教授二孫恭綽習造句及屬對。命恭綽等就學於任世傑家。

葉恭綽《海雲閣詩鈔跋》：「憶恭綽七歲時，先大父喜其慧，時課以對偶。一夕，本生先嚴令學爲詩，以春雨爲題，及成首句云『幾夜無明月』，先大父謂其有思致，深獎之。忽忽遂已四十餘年，有如隔世。」

葉恭綽《任穆臣師蓮隱詩録跋》略云：「余七歲奉先大父南雪公命拜任穆臣表兄爲師。師爲余從姑母之子，少孤，從陳東塾先生游，清操力學，事母以孝稱。先大父意奉爲師範，不徒在呫嗶也。余每晨與道生兄、懿卿弟往師狀元橋家塾，例入謁姑母……同學二十餘人，獨與曹伯陶、詹戟桓及胡清瑞、展堂兄弟較稔……旋以走讀不便，歸讀越華書院。」

予王秉恩觀清代學者像册。

光緒十四年戊子（一八八八）　六十六歲

二月，汪瑔序《海雲閣詩鈔》。

二子佩瑲中式順天鄉試舉人。

《清代官員履歷檔案全編》第五册：「葉佩瑲，現年三十八歲，係廣東番禺人。由監生應光緒十四年戊子科順天鄉試，中式第八十三名舉人。十六年五月，遵例報捐同知，不論雙單月分省試用。旋經前山東巡撫張曜調赴河工差委。十七年，因堵合高家套漫口出力，保奏請免補本班，以知府仍分省試用，並加三品銜。是年九月初七日，吏部議准覆奏，奉旨依議復在山東振捐局報捐指省，江西原保班補用。本年六月，赴部驗看分發。本月十六日，吏部帶領引見，奉旨照例發往。」

歲末，易順鼎叙先生所編《舊雨聯吟》。案：《舊雨聯吟》一卷，乃收録先生《鴛鴦十二首》、《游絲四首和友人作》以及張鳴珂、劉光焕（雯山）、蔡世佐、許善長、易順鼎、汪瑔、徐琪、譚獻、王人文等人相關酬唱詩作而結集刊行者。葉佩瑲《過庭百録》葉恭綽按語中所謂《聯珠集》，當即指此。邀何璟等人讌集當早於是年。

請柬中有云：「與椒堂兄合份公請，並邀小宋前輩暨延秋□以吉三月叙」。案：何璟（小宋）本年逝世。

鄭權（玉山）中舉。

光緒十五年己丑（一八八九）　六十七歲

請譚獻代訂詞集，賦詞寄謝。譚獻有詞寄答。

譚獻《復堂日記》卷八：「番禺葉南雪太守衍蘭介許邁孫以《秋夢庵詞》屬予讀定。綺密隱秀，南宋正宗。於予論詞頗心折，不覺爲之盡言。」

譚獻《瑣寒窗》（拂拭琴絲）詞題：「寄答葉蘭臺粵中。」

袁保齡、方濬頤、沈景修逝世。

光緒十六年庚寅（一八九〇）　六十八歲

柳龍驤授讀二孫恭綽。二子佩瑲回粵謁庶母。二子妾簡氏來歸。

《葉遐庵先生年譜》：「從柳鏡芙先生龍驤讀。柳先生爲祖妣柳太夫人族孫」、「是年，仲鸞公攜眷回粵謁祖庶母。簡氏來歸。」

《秋夢盦詞鈔》二卷、《續》一卷、《再續》一卷初刊於羊城。案：上海圖書館藏明清名家手稿中有先生修改稿本《秋夢盦詞鈔》，於此初印本上親筆修改。初印本的後印本（如《續修四庫全書》所據以影印者即遼寧省圖書館藏清光緒十六年羊城刻本後印本）根據修改稿本作了更正。

《秋夢盦詞鈔》後曾經著名藏書家宋春舫收藏。案：國家圖書館所藏《秋夢盦詞鈔》一本中有褐木廬浮籤。

鄭權《滿庭霜・題葉蘭臺年丈〈秋夢盦詞鈔〉》（游倦京華）或作於是年。

九月二十七日，張鳴珂作《九月二十七日詣盧山烏龍潭禱雨還紀事作》。先生後來有奉和詩并跋題於釋雪舟所繪《龍潭禱雨圖》。先後以詩酬唱者另有易順鼎、游三立、熊光、譚獻、李維翰、曹秉濬、李承時、梅雨田、朱福詵、酆丙章、石中玉、陶牧、諸宗元、徐舒華、涂同軌、石振龍等十六人。其中，李維翰（芑香）爲南社社員，曾於民國元年六月三十日與高燮、高旭、陳蛻等十六人人聯合發起「國學商兑會」。

秋，繪成《聖賢像傳》。

《聖賢像傳》毛筆白描，凡四册一百五十二幅，有題識：「光緒十六年歲在庚寅秋，南粵人南雪葉衍蘭清稿於古吴錫山南禪寺西廂。」案：先生上年所繪之《聖賢圖相》若干册，題識中有「光緒十有五年歲在己丑」、「葉衍蘭南雪」等字樣，或即《聖賢像傳》之未定稿。

本年，繪成《神仙高僧圖相》一册。有題識：「光緒十六年歲在庚寅，葉衍蘭南雪氏寫真。」

《百花塚題記》當作於本年。

手鈔吴偉業《梅村詞》當在此本是年刊行後，有評語二則。

梁靄逝世。曾有詩呈先生，題曰「越華書院呈葉蘭臺先生」。

潘祖蔭、彭玉麟、倪文蔚、孔廣陶、曾國荃逝世。

許善長約於本年逝世。

劉光煥逝於本年後。

光緒十七年辛卯（一八九一）　六十九歲

二月初三日，汪瑔逝世，先生有聯挽之：「綺歲記聯吟，華嶽潯陽同勁敵；騷壇難振響，詞牋賦筆總傷神。」

命三子佩琮之次子恭綽承嗣二子佩瑲爲子。

《葉遐庵先生年譜》：「蘭臺公命承嗣仲鸞公爲子。先是，仲鸞公回粤，見先生賦性沉默，不與群儿嬉戲，特賞之，謂爲可成大器。汪太夫人尤鍾愛。至是，請於蘭臺公，取以爲嗣。時恭綽庶弟恭徽猶未生也。」

《陌上花·題金湝生同轉武祥冰泉唱和集後》（林巒路曲）、《憶舊游·前詞成後，偶憶從前惠山品泉之樂，再填此解》（自坡仙去後）兩闋均應作於本年。案：《冰泉唱和集》有光緒十七年嶺南刊本，姑據以繫年。

《題羅兩峰鬼趣圖》詩至遲作於本年。

張鳴珂《寒松閣詩》卷四標示所收録者作於「光緒乙酉至辛卯」，中有《羅兩峰鬼趣圖今藏番禺葉氏緑莊嚴館蘭臺太守以泰西映本見寄賦此題之》。

《百字令·芙生以端溪石硯見貽，賦此寄謝》（天涯橐筆）、《孤鸞·貞孝金女傳題詞，芙生屬作》（麝塵香碎）作於本年前。

梁肇修逝於是年後。

光緒十八年壬辰（一八九二）　七十歲

二月，二子佩瑲北上會試。不第。

《葉遐庵先生年譜》：「二月，從仲鸞公北上會試，寓北京官菜園上街。仲鸞公自授之」，「是年，仲鸞公會試不第，以知府分發江西。先生從侍。」

康有爲爲先生作詩祝壽。

康有爲詩題：「以千秋瓦鼎湖藤杖爲葉蘭臺郎中丈七十壽。丈六十自軍機謝歸，主講越華書院，足跡不入官府。」

作《金縷曲・七十生日自述》（試買春前醉）。

不早於本年三月初六日，手書詞稿一紙致易順鼎。

詞稿録詞四闋：《金縷曲・七十生日自述》（試買春前醉）、《摸魚兒・春感和友人韻》（裏斜陽、柳棉芳草）、《玉京謠・夢繞花飛，春隨雲懶，紅閨殢病，翠管鐫愁》（院鎖蘼蕪冷）、《臺城路》（殘紅瘦盡蘅蕪院），尾署：「曼伽未定草稿。」

自本年始，授業冒廣生、姚紹書（伯懷）、潘飛聲、黃映奎、汪兆銓等於越華書院。

冒懷蘇編著《冒鶴亭先生年譜》：（光緒十八年）「是後，先生又從葉蘭臺（名衍蘭）游」。（民國十八年四月）「先生同王書衡（名式通）、李釋堪、黃秋岳等人招集水榭上巳修禊。先生晤黃慈博（名佛頤），其父黃日坡三十年前曾與先生師事葉蘭臺。」

潘飛聲《在山泉詩話》卷二：「『茂陵』句謂辛伯與余均受學業葉蘭臺先師門下也。」

葉恭綽《潘蘭史先生詩序》：「昔先大父南雪公掌教越華書院，從受學者及千，獨心賞先生。先生與冒丈鶴亭、姚丈伯懷同學詩詞于南雪公，公恒賞先生之作，謂可大成，恭綽兒時即習聞之。」

夏敬觀《番禺潘蘭史先生説劍堂集序》：「予與君辛亥後始相識，稔其嘗受業於葉南雪先生，則知君者宜莫遐庵若也。」

葉恭綽題跋冒廣生《戊申詩卷》：「余年十二識鶴亭丈於廣州布政司後街越華書院，時丈才冠。以爲先祖南雪公弟子，故見存。」

冒廣生《遐庵詞稿序》：「余少時從吾師南雪先生學爲詞。所居越華講舍，有竹木池亭之勝。後堂絲竹，余與潘蘭史、姚伯懷恆得與聞。今潘、姚並逝，舊時講舍已易民居。數年前客廣州，過布政司後街，輒低徊不能去。初見裕甫，才十一二歲，余所學百無一就，而裕甫亦年過六十矣。」

冒廣生《小三吾亭詞話》卷一：「解組以後，主講越華院書院十年。余與姚伯懷、潘蘭史皆從問字。後堂絲竹，至今猶繞夢寐。」卷四：「會稽姚伯懷觀察紹書、番禺潘蘭史徵君飛聲與余皆學詞於秋夢庵。」案：冒廣生《金縷曲・賦呈葉南雪先生》（老去文園客）當作於此後不久。

劉翰棻師從先生亦或自此年始。

劉翰棻《琴調相思引・己巳（民國十八年）十一月十六日夜，坐月棻香簃》尾注：「此題與葉户部南雪師《秋夢盦詞鈔》内調寄《瑶花》一首略同，而詞與意全不同。」

五月，序孔廣陶《鴻爪前游記》。

尾署：「時光緒十有八年五月，番禺葉衍蘭并書於越華講院。」

閏六月廿二日，譚獻得先生廣州書。

譚獻《復堂日記》續録：「得葉蘭臺廣州書，寄《蘭甫遺書》、《快雪堂法帖》、小端硯一方。蓋署『復堂先生修書研』。」

八月，識所寫刻朱墨套印本黄淳耀評、黎二樵批點《李長吉集》四卷、《外集》一卷。

劉成禺《世載堂雜憶·嶺南詩畫大家》：「葉玉甫祖蘭臺先生，手寫李長吉詩集，用五色本套。黎二樵圈點批評，推許備至。而於長吉詩句中『彈琴看文君，秋風吹鬢影』二句，加三層套圈。

評曰：『予之長吉先生，真是千古神筆。』可知二樵得力於長吉詩不淺。」

秋，譚獻序《秋夢盦詞鈔》。先是，譚獻作《秋夢盦詞鈔》第一序。

秋，招潘飛聲、冒廣生等集秋夢盦，觀其手摹《陳其年填詞圖》。時葉恭綽在侍。潘飛聲作《掃花游·葉南雪户部丈招同諸詞人集越華講院，觀户部手摹陳其年先生填詞圖，即席譜此》（玉梅勸酒），冒廣生作《水龍吟·同人集秋夢盦觀陳其年填詞圖》（一枝横笛梅邊）。

季秋，識所編《秦淮八艷圖詠》。

十一月，張景祁序先生所編《秦淮八艷圖詠》。

十一月下旬，跋《秦淮八艷圖詠》。案：《秦淮八艷圖詠》本年由越華講院刻行，收先生爲「秦淮八艷」（馬湘蘭、卞玉京、李香君、柳如是、董小宛、顧横波、寇白門、陳圓圓）所繪畫像、所作小傳及與張景祁、李綺青、張僖共四人吟詠八艷之同調（依次是《國香慢》、《女冠子》、《三姝媚》、《疏影》、《月下笛》、《眉嫵》、《翠樓吟》、《慶宮春》）詞作各八首共三十二首。又，《題李香君小影》、《繞佛閣・題圓圓小像》（艷蟾照影）一詩一詞當作於此前。

潘飛聲《在山泉詩話》卷四：「葉南雪師衍蘭曾摹《秦淮八艷圖》爲一卷，雕刻精細，題詠秀雅，紙貴一時。圖後，師各爲小傳，并題詞八闋。」

命潘飛聲爲《空山聽雨圖》題詞當在本年後。

夏敬觀《忍古樓詞話》載潘飛聲《浪淘沙》（流水遠潺潺）詞序：「王清微《空山聽雨圖》。葉南雪師命題。」

梁啓超、麥夢華學詞於先生當在本年後。

光緒三十四年刊行之梁令嫻《藝蘅館詞選》丁卷録葉英華詞一闋，詞前鈔存譚獻評語一則，另有令嫻按語：「居士爲蘭臺太夫子之尊甫，家大人與麥丈同學詞於蘭老。篋中無蘭老詞，未獲甄録，良用遺憾。附誌數語，以記淵源。」

九月，楊永衍自序所輯《粵東詞鈔二編》。是編選録先生詞作十二首。

倪鴻逝世。

游三立中進士。

光緒十九年癸巳（一八九三）　七十一歲

正月十四日，譚獻閱《秋夢盦詞》有評。

譚獻《復堂日記》續録：「繙閱《秋夢盦詞》。七十老翁，旖旎風華，不露頹脱。此翁自少壯以來，殆專以倚聲爲寄者也。」

春，繪成《梁山英雄譜》。

《梁山英雄譜》毛筆白描，凡二册，包括宋江、武松等人，尾署：「《梁山英雄譜》下册終。光緒癸巳春，岭南南雪寫。」鈐有葉衍蘭印章。

夏，序葉璧華《古香閣全集》。

自本年起，葉璧華受業於先生之門三年。夏，葉璧華赴越華書院請業。

葉璧華《寄少穎侄倩八首》之七首句「曾經負笈勵三餘」夾注：「癸巳，予受業葉蘭臺先生。」

葉璧華《慶春澤慢》詞序：「癸巳孟夏四日，進越華書院請業，與同人鍾畹媛、陶秀崧、胡雙仙、康姚嫻、沈筱娟荷亭賞雨，即賦一闋。」

葉璧華詩題：「孟夏四日與同人小集蘭臺先生講堂紀事步陶秀崧女士韻」、「奉贄葉蘭臺先生」、「蘭臺先生命賦早梅四律」、「蘭臺先生《鴛鴦十二首》情文相生，膾炙人口，當時聯吟者甚多。甲午春初，紅窗滯病，沉鬱無聊，浣薇三復，不禁興懷。爰吟六章，以附驥尾」。

葉璧華自序《古香閣全集》：「葉蘭臺先生主持風雅，跌宕琴歌，幸葑菲之無遺，媿桃李之忝列，質疑問難，喜獲提撕。」

葉璧華《高陽臺》（蕉雨敲窗）詞序：「癸巳仲夏，暨同人小集荷亭，紅衣翠蓋，掩映波欄，亭闌四面，皆作波紋，擫笛調琴，吟香鬬句。甲午仲夏重至，清芳盈沼，風景不殊，而筱娟、淑芬兩世妹惜登仙録。（淑芬，蘭臺先生幼女。）滄桑世事，愴然於懷，返館淒清，感而賦此。」

八月初十日，譚獻選就《嶺南三家詞》。

譚獻《復堂日記》續録：「葉蘭臺屬選《嶺南三家詞》，爲沈伯眉、汪玉泉及蘭翁，今日始就。審定圈識，寫目録寄去。沈爲《楞華館詞》，汪爲《隨山館詞》，葉爲《秋夢盦詞》。」

《鳳凰臺上憶吹簫・題劉光珊炳照留雲借月盦填詞圖》（紅黯春魂）或作於是年前後。

得顧貞立《棲香詞》在是年之前。

李佳《左庵詞話》卷下：「無錫顧梁汾……姊碧汾女士《棲香詞》二卷，金粟香在葉蘭臺吏部許鈔得。」

金武祥《粟香五筆》卷六：「余甲午再次羊城，在越華院長葉蘭臺部郎許得《棲香詞》二卷，爲山陽李芝齡侍郎於道光六年督學江右時刊本。」案：金氏同書同卷有云：「錢孟鈿夫人刊有《浣青詩鈔》八卷《續》一卷，傳本已少，亦於蘭臺院長許借録之。」錢集有道光二十四年刊本，然先生得之於何時，亦不可確考。與此類似的情況還有如潘飛聲《在山泉詩話》卷三所云：「（吴尚憙）《寫韻樓稿》一卷，藏葉蘭臺師處」。

龔易圖逝世。前此，先生曾致函龔氏。

正月，潘飛聲自序所輯《粵東詞鈔三編》。

許庚身、曹秉濬逝世。

光緒二十年甲午（一八九四）　七十二歲

正月，張景祁序《秋夢盦詞鈔》。

二月，易順鼎序《秋夢盦詞鈔》。

二月二十二日，譚獻收到《秋夢盦詞續》。

譚獻《復堂日記》續録：「上江裕輪舶回杭。昨葉南雪以《詞續》寄示。鮮妍修飾，老猶少壯，壽徵也。予媿之。」

三月初三日，招同人修褉啓秀樓。

鄭權《最高樓》詞序：「甲午上巳，葉蘭臺年丈修褉啓秀樓，因謁三君祠。同會者十人，朱蓉生侍御、廖澤群編修、沈芷鄰部郎、梁梅溪、李邵初兩内閣、陳孝直、陶見心兩廣文、馬季立明經也。」

春，長子佩瑗與冒廣生過從。

冒廣生《留別葉蘭臺先生》之四首二句：「今春與伯子（謂伯蘧），痛飲長安市。」

八月，譚獻序《粵東三家詞鈔》。

秋，招邀冒廣生、梁鼎芬等讌集秋夢盦。是時，冒廣生將往温州就婚，作《留別葉蘭臺先生》詩六首。

　　冒廣生光緒三十一年九月所作《寄梁節庵》詩末二句「沈思江滸紅雲宴，愁共春潮滿酒杯」注：「謂甲、乙間葉南雪師招節庵及余輩讌集秋夢盦。」（《小三吾亭詩》卷三）

十月之前，康有爲作《致葉衍蘭書》：「門下士曹秀才泰……頃考越華得外課，惟公惠才，望陶成之，俾有藉以成學。」案：曹泰字箸偉，康有爲萬木草堂門人。《康南海自編年譜》謂：（光緒二十年）「十月，曹箸偉卒。」

冬，序冒廣生《小三吾亭詞》。案：冒廣生《小三吾亭詞話》卷一云：「乙未，余計偕北上。先生手書『文章有神交有道，珍珠無價玉無瑕』十四字楹帖見詒，又爲賦《慶春澤》慢詞以寵其行云云。」所載先生作詞時間不盡一致。當以先生自記時間爲是。

本年，作《菩薩蠻》（遥山黯淡春陰滿）、（琅璈鈿瑟瑶池宴）、（觸輪夜半飛鰩惡）、（鳳窠群女巔頂舞）、（淮南赴召牙璋起）、（封狼天塹能飛渡）、（金鑾下詔璿宫裏）、（窮鱗縱壑滄溟闊）、（向陽花木都腸斷）、（卅年競鑄神州鐵）。梁鼎芬以同調如數和之。

　　葉恭綽《先祖集外詩詞》：「先祖南雪公《秋夢盦詞》及《海雲閣詩》已先後刊行，但尚有遺逸，其最爲當時稱誦而未入集者，有甲午感事《菩薩蠻》十首及臨終《病黄詩》四首。」

梁鼎芬和作詞題：「和葉南雪丈（十首）」。案：葉恭綽《梁節庵遺文》云：「其《款紅樓詞》爲余所刊，匆促間不無遺漏。茲檢得《菩薩蠻》四首録後，蓋有感時事之作，當在光緒甲午前後也。」此四闋首句分别爲「緗奩春冷盤龍鏡」、「畫堂春暖圍金谷」、「湘裙疊翠泥金簇」、「畫欄幾點櫻桃雨」，實乃葉衍蘭之作，故不在《詞學季刊》第一卷第四號《近代名賢佚詞》所收梁鼎芬十首和作之列。

《水龍吟·並蒂蓮》（曉風吹透霞裳）、《水龍吟·疊前韻又一首》（水宫環佩偕來）、《臺城路·題自畫梅雪幽閨圖》（凍痕深沍晴煙濕）或作於是年前後。

梁鼎芬《江南好》（鴛鴦好）、《菩薩蠻》（閉門自有深山意）、《一翦梅》（違世心情絶世姿）、《水龍吟》（新來欲説相思）四闋詞題分别是：「南雪丈有鴛鴦詩，爰題一詞，不敢步韻也」、「題葉南雪丈藏清微道人空山聽雨圖」、「題葉南雪丈梅雪幽閨畫扇」、「葉南雪丈屬賦並蒂蓮，同辛白、香雪」。

朱一新、李慈銘逝世。

光緒二十一年乙未（一八九五）　七十三歲

二月，張景祁序《粤東三家詞鈔》。

三月初三日，譚獻得先生函，屬其選定三家詞。

譚獻《復堂日記》續録：「得葉蘭臺粤華書院寄星海函，屬予先閲。蓋以沈伯眉、汪玉泉及南雪詞屬予選定，將刻三家詞也。卷中先有張韻梅、玉珊鈐小印記選，予繼之，大同小異耳。遂即日加函匯封致衍若，屬達星海金陵寓廬。」

九月十七日，譚獻收到先生手書扇面。

譚獻《復堂日記》續録：「得星海鍾山寄葉叟南雪篆聯小字各體書扇面一。七十三翁手書遠寄，予方廢十指，媿此神交。」

十月十八日，致函冒廣生。

以二孫恭綽學業孟晉，先生寄佩玉獎之。

《葉遐庵先生年譜》：「南雪公以先生學業孟晉，寄佩玉獎之，曰：『願其比德于玉也。』先生別署比德堂以此。」

本年，金錫齡《劬書室遺集》十六卷本刊行，有先生所題「葉衍蘭署檢」字樣。

李文田逝世。此前與先生曾相過從。

先生《致龔易圖函》：「前日，若農兄到家面商，彼此意見相合。」

李文田《致龔易圖函》：「當即過蘭臺前輩處商略一切。」

光緒二十二年丙申（一八九六）　七十四歲

二月，識所寫刻葉小鸞《返生香》。案：香港中文大學圖書館藏本卷尾另有葉叶琴及彭悄翁《景印後記》。又，葉恭綽《吴江葉氏詩録序》云：「余童時，見先大父南雪公手寫《返生香》付刻。即訓余曰：此明末吴江閨秀葉小鸞之作也。小鸞與吾派同出石林公，全家昆仲、姊妹皆負清才。因示以《午夢堂全集》。余敬識之。」

三月三日，約同人修禊。

鄭權《掃花征》詞序：「丙申三月三日，葉蘭臺年丈約同人修禊啓秀樓。」

五月，自序《粤東三家詞鈔》。

六月十五日，致函冒廣生，請其代呈詞集周星詒：「《返生香》已告竣，特寄上一本，又《三家詞》一本，統望察收。餘拙詞一本、《三家詞》一本，煩代呈令外祖，並道景忱。」

八月，序李應田《李翰林遺集》。

尾署：「光緒二十二年丙申仲秋之月，館侍番禺葉衍蘭識於越華講舍」。

九月二十五日或稍前，作成《百字令・莽鏡拓本》（硬黄輕展）。

致冒廣生函：「莽鏡率成一詞，未見愜意，即録吟可。」

冒廣生《小三吾亭詞話》卷一：「余藏新莽始建國二年鏡，先生爲賦《百字令》云云。零縑斷墨，尚藏篋笥。」

十一月，序張景祁《揅雅堂詩》。

金錫齡、陶福祥逝世。

光緒二十三年丁酉（一八九七）　七十五歲

二月二十二日，康有爲作《致葉衍蘭書》，附詩二首《南雪先生再和祝壽之章三復步韻求和》、《南雪先生見和拙作報韻呈正》。

四月，識所寫刻之《金剛般若波羅蜜經》（附《般若波羅蜜多心經》、《大悲心陀羅尼》）。五月，該寫刻本開雕。

識語：「光緒二十三年丁酉夏四月，葉衍蘭熏沐敬書，時年七十有五。」又，《般若波羅蜜多心經》題署「信弟子葉衍蘭謹録」。

寫刻本牌記題：「光緒丁酉仲夏五月開雕。」案：劉固生後曾於民國二十一年影刊此本。

春夏間，從京師過滬，與冒廣生晤。時冒廣生由外祖周星詒處得孫銘恩致其門下士周星譽手札，持此册出視。《冒鶴亭先生年譜》謂先生爲題跋於後。

臨終，作《病黄詩》七律四首，并書之以寄冒廣生。

葉恭綽《先祖集外詩詞》：「其最爲當時稱誦而未入集者，有甲午感事《菩薩蠻》十首及臨終《病黄詩》四首。」

冒廣生《海雲閣詩鈔跋》：「獨於垂革書《病黄詩》七律四首寄廣生吴門。」

七月二十四日，病逝於廣州。二孫恭綽聞訃，自京返粵。

《葉遐庵先生年譜》：「捐監生，入京應鄉試，寓上斜街伯父伯蘧公寓」、「七月二十四日，蘭臺公棄世，年七十五。先生鄉試未終場即歸粵。」

金武祥《粟香五筆》卷八：「余歸里逾年，由張玉珊大令處寄到訃函，知太史於七月二十四日捐館。言猶在耳，亟録數章，以答知己於地下云。太史壽七十五，精神步履，不減少年。偶患痰濕，誤投補劑，遂至罔效。病中猶賦《病黃》詩四律，尤想見其神明不亂也。」

八月十三日，譚獻知悉先生去世。

譚獻《復堂日記》續録：「閲《申報》，知葉南雪翁已歸道山。此十年來未識面之老友，固逆知彼此暮年，相距迢遥，無相見期也。」

冬，滬上，文廷式作《霜葉飛》（海風吹老欹檐樹）挽先生。

陳宗侃、廖廷相逝世。

後譜

光緒二十六年庚子（一九〇〇）　先生卒後三年

冬，葉恭綽與孫氏於無錫成婚。

《葉遐庵先生年譜》：「冬，與孫氏成婚於無錫。孫夫人爲無錫孫虎峰先生祖烈女。虎峰先生與仲鸞公同官江西時締婚，至是結婚焉。」

光緒三十年甲辰（一九〇四）　先生卒後七年

正月，張鳴珂作詩緬懷先生：「填詞寫團扇，心力𨌥枉拋。公獨顧之笑，千里訂神交。詩筒時來往，佳句頻推敲。番禺葉蘭臺太守先生衍蘭。」

張鳴珂《寒松閣詩》卷七《懷人感舊詩》之《懷人詩》題注：「六十首。光緒甲辰春正月二日德興作。」《感舊詩》題注：「百四十首。正月十八日德興脱稿。」

曾孫崇智（公超）生。

光緒三十三年丁未（一九〇七）　先生卒後十年

四月初四日，二子佩瑲原配汪氏逝世。

葉恭綽《先君仲鸞公家傳》：「先妣汪夫人，餘杭文端公諱元方之女，先府君九年卒，至是合窆焉。」

光緒三十四年戊申（一九〇八）　先生卒後十一年

沈宗畸輯選《今詞綜》四卷刊行，選録清末二十八家詞，收先生之作十三首。

宣統元年己酉（一九〇九）　先生卒後十二年

五月二十日，《國粹學報》第五十五期發表先生詞四首：《繞佛閣》（艷蟾照影）、《漢宮春》（歌舞飄零）、《瑣窗寒》（悶掩香篝）、《綺羅香》（緑鎖園蕪）。

中華民國三年甲寅（一九一四）　先生卒後十七年

二月，二孫恭綽之女崇範生，側室張氏出。

《葉遐庵先生年譜》：「是月，女公子崇範生，張氏出也」，（民國元年）「側室張氏浄持來歸」，（民國五年）「九月，側室張氏浄持去世」。

中華民國六年丁巳（一九一七）　先生卒後二十年

二月，葉恭綽營葬。

《葉遐庵先生年譜》：「奉太翁仲鸞公、令兄道繩公之柩赴贛，葬於新建縣之桃花山。從仲鸞公遺志也。同時，并爲伯父伯蘧公、伯母徐太夫人、嫂鄒夫人、弟懿卿營葬於同一墓域。又葬側室張氏於北京西山之四平臺。」

中華民國九年庚申（一九二〇）　先生卒後二十三年

十二月，陳洵贈先生所繪《積水潭圖》予黄節，黄節題記寄謝。

中華民國十五年丙寅（一九二六）　先生卒後二十九年

康有爲序《清代學者象傳》。

中華民國十六年丁卯（一九二七）　先生卒後三十年

八月十九日，葉恭綽在《文字同盟》第六號上推出其致編者劄並徵求清代學者遺像啓事。《文字同盟》編者有後記。

葉恭綽致編者劄：「□□先生執事：奉示敬悉。輯刊清代學者遺像一事推出，頗屬煩難，承允助力，至所感荷。茲將啓事及名單附上二分，敢祈宣佈爲幸。八月十九日。」

《徵求清代學者遺像啓事》：「先大父南雪公輯集有清一代學人之像，自顧亭林迄魏默深，凡得百八十人，手自摹繪，各繫以小傳，選擇至精慎，恒有一像而重撫三四，一傳而屢易稿者。蓋耗三十年之精力，稿本盈兩笥，歿時尚以未得大成爲憾。恭綽不敏，思承先志，以日月易得，世變無常，謹將遺稿付之影印，以廣流傳。竊意有清一代學術，蓋極古今之蕃變，其間魁碩輩出，迄於易代，尚未有薈萃而揚搉之者。先大父所編像傳，實足爲清學術史之先河及縮景，其有助於學術之研究者不尟。顧同、光以後，未及蒐録，又同、光前攝影術未入中土，畫像頗稀，其間尚有求而未得者。茲擬繼續訪求，以期完備。謹具已有各像氏名及待訪各像氏名各一分，奉呈炤察，敬乞賜助採集，蔚成巨觀，豈惟葉氏一家之幸。凡例數則，敢列左方：一，小像不拘尺寸及攝影或寫照，最好能附以事蹟小傳，統寄天津英租界小孟莊舍下查收。一，小像如須輾轉鈎摹複印，請先示知。如果需要，謹當酌奉應需費用。如願以原本寄綽鈎摹複印者，謹當妥慎從事，並將原本奉還，不敢汙損毀失。

一，兩單以外諸賢，儻諸公認爲有應增入者，亦望不吝賜示，當爲酌列。」

中華民國十七年戊辰（一九二八）　先生卒後三十一年

正月，葉恭綽跋《海雲閣詩鈔》。

五月，冒廣生跋《海雲閣詩鈔》。

五月，葉恭綽序《清代學者象傳》。

十月，王秉恩序《清代學者象傳》。

中華民國十八年己巳（一九二九）　先生卒後三十二年

八月，冒廣生跋《清代學者象傳》。

中華民國十九年庚午（一九三〇）　先生卒後三十三年

三月，葉恭綽赴紹興下謝墅謁太高祖子安公墓。

葉佩瑲《過庭百録》葉恭綽按語：「先代五世祖子安公暨祖妣顧太夫人、六世祖聲來公暨祖妣顧太夫人、庶祖妣林夫人、七世祖施太夫人之墓皆在今紹興縣下謝墅。先君曾托湯丈壽潛訪得之。至民國十七年，綽乃托徐木君姊丈介其戚裘君仲清修理。十九年，綽乃得躬親展謁。咸先君之志焉。」

本年，先生所輯《清代學者象傳》由上海商務印書館印行。所收人物一百六十九人、畫像一百七十一幅，各系以小傳，分四册，分别爲四十二、四十一、四十五、四十三幅。其中，第一册冒襄二幅、朱彝尊二幅、黄與堅禹之鼎合一幅；第二册袁枚二幅；第三册阮元二幅；第四册陳裴之汪端合一幅。譚延闓、蔡元培、于右任、羅振玉分别爲各册題簽。案：葉恭綽《徵求有清學人象傳啓事》所附名單中，已有各像二百零七人，待訪各像二百一十人。在正式出版的《象傳》中，「已有各像」中卻有稽璜、顧蒓、戴宸、曾國藩、張之洞、翁同龢等一些人失載。

折疊式裝、硬夾包錦、木條邊飾之設色紙本圖册每册簽題：「南雪公自書、輯繪《清代學者象傳》，第二孫恭綽敬題。」案：一九六二年，葉恭綽將此圖册贈予原中國歷史博物館。

《葉遐庵先生年譜》：（民國十五年）「（葉衍蘭）晚年欲以付印，未果。仲鸞公繼之多年，籌印亦不就。」

葉佩瑲《過庭百録》葉恭綽按語：「此書於民國十七年由綽與張菊生、李拔可兩君訂由商務印書館印行，定名《清代學者象傳》。」

饒宗頤民國三十六年九月序郭偉川總編輯《潮州先賢像傳》：「近日番禺葉氏、貴陽凌氏，或摹有清學者，或圖黔中人物，以像合傳，流布海内，扇揚芳烈，識者多之。」

中華民國二十年辛未（一九三一）　先生卒後三十四年

本年，王易《詞曲史》版行，其中《振衰》第九選及先生《水龍吟》（水風吹冷霓裳）。

中華民國二十一年壬申（一九三二）　先生卒後三十五年

葉恭綽之女棪于適汪。

中華民國二十二年癸酉（一九三三）　先生卒後三十六年

四月，龍榆生主編的《詞學季刊》創刊，同時成立「詞學季刊社」，葉恭綽出任董事長。該刊至民國二十五年九月三十日第三卷第三號共出十一期，次年秋停刊。葉恭綽民國二十七年在香港時曾擬復刊，終未成事。

中華民國二十四年乙亥（一九三五）　先生卒後三十八年

六月，夏孫桐序葉恭綽輯選《廣篋中詞》。

九月，從子佩琸識葉英華《斜月杏花屋詩鈔》，略云：「光緒初，先伯父南雪公辭官歸里，始與先君子商定先刊詞集，凡得詞百餘首，《小游仙詞》一百首，即世傳之《花影吹笙詞鈔》是也，而所著《斜月杏花屋詩》則未遑剞劂。人世遷流，迄今又已歷數十寒暑矣。佩琸等每念先人翰墨詒謀，所著詩詞，異曲同工，今不克兩全其美，殊爲憾事。前歲，玉甫舍侄歸粵，於遺篋檢得詩草若干册，綿褫蠹蝕，斷爛僅存。爰去其殘缺，敬謹編校，釐爲四卷，名曰《斜月杏花屋詩鈔》，亟付手民，用光家乘。玉甫曩校印南雪公《清代學者象傳》及《海雲閣詩鈔》，兹又編刻先祖詩集，可謂善於繼述，克承先志。獨媿佩琸衰朽無能，學植荒落，父書虛讀，祖硯莫承，撫此遺編，徒增悚顔，吾族嗣淵源家學，述德揚芬，庶不幸玉甫刊行此集之微旨也夫。時民國二十四年歲次乙亥秋九月，孫佩璋謹識。」

中華民國二十五年丙子（一九三六）　先生卒後三十九年

葉恭綽刊行葉英華《斜月杏花屋詩鈔》，嗣後寄贈錢仲聯。

錢仲聯《夢苕庵詩話》：「葉譽虎寄贈其曾大父葉英華《斜月杏花屋詩鈔》四卷。」

中華民國三十一年壬午（一九四二）　先生卒後四十五年

葉恭綽輯刊葉佩瑲遺訓百則《過庭百録》。

《過庭百録》跋識尾署：「民國三十一年冬日，男恭綽謹識。」

葉衍桂《周易象義測》光緒八年前已成書，至是年仍未刊行。

梁鼎芬等《番禺縣續志》卷二十八《藝文志一》引録陳澧《周易象義測序》，略云：「葉子天船以《周易象義測》見示。……天船從余游三十餘年，余竟不知其治《易》，且成書十萬言，其深藏若虚，尤不易得，因喜而書其簡端云。」

《過庭百録》葉恭綽按語：「又先叔祖天船公之《周易象義測》、《雲西雜誌》，皆待刊。」

中華民國三十二年癸未（一九四三）　先生卒後四十六年

正月，冒廣生應葉恭綽之請作《遐庵詞甲稿序》。

中華民國三十三年甲申（一九四四）　先生卒後四十七年

十月，葉恭綽以崇武爲子、九皋爲孫、崇美爲女。

《葉遐庵先生年譜》：「十月，以二房恭徽弟之子崇武爲子，三房姪崇勳之子九皋爲孫，并以恭徽弟之女崇美爲女。恭綽年逾六十，未育子嗣，僅生一女崇範。先生本由三房出嗣二房，今兩房人丁皆不旺，弟姪輩亦尚少建樹，念承先啓後之責，時惕于懷，故有此舉。」

中華民國三十七年戊子（一九四八）　先生卒後五十一年

本年，從祖仁厚詩與任世傑詩合刊爲《葉黍成先生巢南詩鈔任穆臣先生蓮隱詩鈔合本》。

葉恭綽六月跋略謂：「余高祖巢南公，生際乾隆中葉，績學高行，詩名甚著，曾遍走燕、魯、晉、豫、贛、皖、蘇、浙、湘、鄂、滇、黔、川、陜、桂、粤，所至交其賢豪長者，與杭堇甫、李南澗、袁簡齋、黎二樵、張藥房相倡和，遺詩八卷未刊，久存叔祖天船公所。抗日戰起，子長弟以屬余於香港。香港淪陷，余爲日軍監往上海，藏物散盡，而此八卷適幸存。勝利後，余歸里養疴，念旦暮去人世，巢南公既無後，而此區區者若復歸湮滅，則所遇實太酷，因選編一卷付印。先是，余曾以全稿請冒鶴亭、潘蘭史兩丈甄擇，以皆先大父南雪公弟子也。兹所印則並兩丈所選者合爲一編，雖或有遺珠，而精英略具，標曰《巢南詩鈔》，從其胖也。昔聞之家中諸長輩，謂公與袁簡齋交契，嗣以論詩不合，遂並公詩之已入《隨園詩話》者删之，論者或以爲惜。」

一九五二年（壬辰）　先生卒後五十五年

葉恭綽編成《清詞鈔》，香港中華書局一九七五年初版時更名爲《全清詞鈔》，選録先生之作十九首。先是，葉恭綽曾計劃輯選《清六十家詞》。

葉恭綽序陳乃乾《清名家詞》有云：「余曩者有《清詞鈔》之輯，欲網羅有清一代之詞，擇尤選録，經營五載，所輯蓋五千餘家，以矜慎從事，猶未勒成。復欲選其最者爲《清六十家詞》，以確有本源，能自立門户者爲限，牽於人事，亦未成書。海寧陳乃乾先生……先我著鞭。此書出，而余之《清六十家詞》殆欲焚筆硯矣。……民國二十五年六月。」

一九五三年（癸巳）　先生卒後五十六年

葉恭綽續編之《清代學者象傳》由安定珂羅版社影印面世，有四月自序。該編收錢謙益、孫奇逢等二百人。侯方域與第一集重出，但取像不同。陳叔通、郭沫若爲之題簽。有圖無傳。

史樹青《中國歷代名人畫像譜序》：「（《清代學者象傳》）已由葉恭綽先生編爲初集和二集，其第三集已經編成，尚未出版。」

八月，毛澤東致函葉恭綽索觀《清代學者象傳》第一集。

《毛澤東書信選集》：「益虎先生：承贈清代學者畫像一册，業已收到，甚爲感謝！不知尚有第一集否？如有，願借一觀。順致敬意。」

一九七一年（辛亥）　先生卒後七十四年

臺北《大陸雜誌》出版《中國近代學人象傳初輯》，明顯模仿《清代學者象傳》體例。

何奕愷《清代學者象傳研究》：「（《中國近代學人象傳初輯》）書中惟一與《象傳》第一集同收者就是後者所收最後一人『魏源』，且明言肖像與傳文皆採自《象傳》。這一點似乎顯示《中國近代學人象傳》有意作爲《象傳》第一集之嗣響。」

一九八〇年（庚申）　先生卒後八十三年

余祖明編《廣東歷代詩鈔》版行，卷四選録先生詩《論詩》、《高樓》、《感舊》凡六首。

一九八五年（乙丑）　先生卒後八十八年

錢仲聯於《詞學》第三輯上發表《光宣詞壇點將録》，點先生爲「天速星神行太保戴宗」：「著《秋夢盦詞鈔》，往往一片神行，絶塵莫躡。長亭怨慢《書汪瑔詞卷後》所云『悽艷，有萬紅香透』者，亦自爲寫照也。」